AF307861

Amy Myers ist eine britische Autorin mehrerer erfolgreicher Krimi-Reihen, darunter die Nell Drury ermittelt-Reihe, die in den 1920er Jahren spielt, und die zeitgenössische Marsh & Daughter ermitteln-Reihe. Sie schreibt auch kurze Kriminalgeschichten für Zeitschriften und Anthologien. Gemeinsam mit ihrem Mann lebt sie in der wunderschönen Gegend von Kent in Südengland, wo viele ihrer Romane angesiedelt sind.

NELL DRURY

und das Variéte des Todes

AMY MYERS

Überarbeitete Neuausgabe November 2021

© 2021 dp Verlag, ein Imprint der dp DIGITAL PUBLISHERS
GmbH

Made in Stuttgart with ♥
Alle Rechte vorbehalten

Nell Drury und das Varieté des Todes

ISBN 978-3-98637-326-9
E-Book-ISBN 978-3-98637-116-6

Copyright © 2019 by Amy Myers
Titel des englischen Originals: Death at the Wychbourne Follies

Published by Arrangement with Amy Myers.
Dieses Werk wurde vermittelt durch die Literarische Agentur
Thomas Schlück GmbH, 30161 Hannover.

Copyright © 2020, dp Verlag, ein Imprint der dp DIGITAL
PUBLISHERS GmbH
Dies ist eine überarbeitete Neuausgabe des bereits 2020 bei dp Ver-
lag, ein Imprint der dp DIGITAL PUBLISHERS GmbH erschienenen
Titels Das Varieté des Todes (ISBN: 978-3-96817-353-5).

Übersetzt von: Anja Samstag
Covergestaltung: Buchgewand
Umschlaggestaltung: ARTC.ore Design
Unter Verwendung von Abbildungen von
stock.adobe.com: © lumyaisweet, © hespasoft
shutterstock.com: © Darya Komarova, © yykkaa
depositphotos.com: © davidschrader, © R-studio
Korrektorat: KoLibri Lektorat
Satz: dp DIGITAL PUBLISHERS GmbH
Druck und Bindung: Books on Demand GmbH, Norderstedt

Anmerkung der Autorin

Die Grafschaft Kent besticht mit bezaubernden alten Anwesen und Herrenhäusern. Wychbourne Court ist eines davon und liegt zwischen den berühmten Herrenhäusern Knole House und Ightham Mote, nicht unweit von Anne Boleyns Schloss Hever Castle. Im Gegensatz zu diesen Bauten ist Wychbourne Court jedoch mit all seinen Bewohnern, Dorfbewohnern und Gästen fiktiv. Das Londoner *Gaiety Theatre*, von dem in diesem Roman so viel gesprochen wird, ist auch real, so wie auch der Guv'nor. Das *Gaiety Theatre* hat seine Türen kurz vor dem zweiten Weltkrieg geschlossen. Die Schauspieler, die in diesem Roman dort auftreten, sind genauso fiktiv wie die anderen Charaktere.

Wychbourne Court ist nicht von alleine entstanden, es genoss die enorme Unterstützung meiner Agentin Sara Keane von *Keane Kataria* und von meinem Verleger *Severn House* – Kate Lyall Grant und ihrem unvergleichlichen Team, inklusive Sara Porter, Copy-Editor Emma Grundy Haigh und Piers Tilbury, die *Nell Drury und das Varieté des Todes* und den Vorgänger *Nell Drury und der Mörder von Wychbourne Court* auf magische Art und Weise zum Leben erweckt haben. Ich bin ihnen allen zutiefst dankbar.

Wychbourne Court

Mitglieder der Ansley-Familie
Lord (Gerald) Ansley, der 8. Marquess Ansley
Lady (Gertrude) Ansley, die Marchioness Ansley
Lord Richard Ansley, einer ihrer drei Söhne
Lady Helen Ansley, ihre ältere Tochter
Lady Sophy Ansley, ihre jüngere Tochter
Lady Clarice Ansley, Schwester von Lord Ansley
Die höhergestellten Bediensteten
Nell Drury, Köchin
Frederick Peters, Butler
Florence Fielding, Hausdame
Mr Briggs, Lord Ansleys Kammerdiener
Jenny Smith, Lady Ansleys Kammerzofe
Gäste, weitere Bewohner und Besucher
Arthur Fontenoy, der ehemalige Geliebte des 7. Marquess
Rex Beringer, Gast
Lady (Katie) Kencroft, Gast
Lord (Charles) Kencroft, Gast
Lynette Reynolds, Gast
Neville Heydock, Gast
Alice Maxwell, Gast
Tobias St John Rocke, Gast
und
Kriminalinspektor Alexander Melbray vom Scotland Yard

Kapitel 1

„Eine Revue!" Mrs Fielding gab ein verächtliches Schnauben von sich.

Nell hatte Mühe, ein Kichern zu unterdrücken. Die Missbilligung der Hausdame war zu erwarten gewesen, aber als Chefköchin war Nell anderer Auffassung.

„Triefende Törtchen", feuerte sie zurück. „Wieso sollen sie denn nicht zum Spaß eine Revue aufführen? Die Ansleys toppen die Ziegfeld Revue doch mit Leichtigkeit."

„Pierrots, also wirklich. Man stelle sich nur Ihre Ladyschaft als Clown verkleidet vor, wie wir sie an der Küste gesehen haben. Das ist einfach falsch."

„Es ist für einen guten Zweck", sagte Nell strahlend. Sie wusste, dass Lord Ansley dem Vorschlag seiner Kinder einzig aus dem Grund zugestimmt hatte, dass die Einnahmen an eine Wohltätigkeitsorganisation für Kriegsveteranen gespendet werden würden. Es war 1926 und der Krieg war seit sieben Jahren vorbei, doch wie sollte man das so genau feststellen? Die überlebenden Männer und Frauen waren zwar physisch heimgekehrt, aber viele von ihnen weilten gedanklich noch immer in 1918, kämpften mit psychischen Wunden und physischen Verletzungen und sie alle hatten emotionale Narben, mit denen sie rangen.

Mrs Fielding stand vom Tisch auf und gab damit zu verstehen, dass die Unterhaltung beendet war. „Und außerdem fängt es an zu schneien", ergänzte sie düster und ignorierte Nells Argument.

Nell sah aus dem Fenster im Zimmer der Butler, welches noch immer liebevoll Pug's Parlour genannt wurde, wo sich die anderen höhergestellten Bediensteten des stattlichen Herrenhauses Wychbourne Court zu einem kurzen Mittagessen versammelt hatten. Zu Nells Überraschung behielt Mrs Fielding recht. Tatsächlich tanzten vor dem Fenster auf einmal Schneeflocken, die im Küchenhof zu Boden fielen. Es war der erste Schnee in diesem Monat, aber es war noch mehr als genug Zeit dafür, schließlich war es erst Mitte Januar. In einigen Stunden würden die Gäste eintreffen und das widrige Wetter war kein gutes Omen für einen ruhigen Verlauf des Wochenendes, das ihnen bevorstand – und schon gar nicht für die Wychbourne Revue.

„Lassen Sie es sich gesagt sein. Da kommt nichts Gutes bei heraus." Mit einem abschließenden Naserümpfen marschierte Mrs Fielding hinaus, wobei sich der altmodische Bombasinstoff ihres Rockes aufbauschte. Der Butler Mr Peters warf Nell einen mitleidigen Blick zu und folgte der Hausdame aus dem Salon. Er hatte keine Wahl jetzt, da seine *tendresse* zu Mrs Fielding ein offenes Geheimnis war. So blieben nur noch Lord Ansleys Kammerdiener Mr Briggs, da Lady Ansley auf die Ankunft einer neuen Kammerzofe wartete. Mr Briggs war wie zumeist in seine eigene Gedankenwelt vertieft und lächelte besonnen. Seit dem Krieg litt er an einer Bombenneurose und hatte seine eigene Art und Weise, den Alltag zu bestreiten.

Insgeheim hatte auch Nell ihre Zweifel an der Revue, aber sie hatte diese als nichtig abgetan. Als Köchin war es ihre Aufgabe, für den heutigen Abend ein so grandioses Abendessen zu zaubern, dass es den Weg zu der Revue ebnen und am Wochenende alles glatt über die Bühne gehen würde. Beim Willkommensessen würde es Seebarsch an einer Champagnersoße geben, gefolgt von Fasan und dann Apfelkompott mit einer Kirschcreme, sodass alle Gäste, die von Donnerstag bis Sonntag blieben, glücklich gestimmt sein würden. Wieso sollte es denn auch nicht glatt laufen? Draußen der Schnee und drinnen die Wärme und Gemütlichkeit von Wychbourne Court und dazu noch ihre Koch-künste – was wollte man mehr?

Es waren die 1920er-Jahre. Der Krieg war vorüber und trotz der Probleme, die er hinterlassen hatte, entstand um sie herum eine schöne neue Welt, genau wie auch in ihrem Kopf neue Ideen entstanden. Kochen war eine Kunst und die Küche war ihr Atelier. Ihre Aufgabe war es, sicherzustellen, dass die Gerichte, die sie kochte, dem gerecht wurden. Schwere Speisen waren ein Ding der Vergangenheit, genau wie die Vorschriften der Le-bensmittelrationierung zu Kriegszeiten. An ihren Platz trat nun der Reiz, in Vergessenheit geratene Düfte und Gewürze wiederzuentdecken und sich den prächtigen exotischen neuen Aromen und Gerichten aus weiter Ferne hinzugeben. Wychbourne Court mit seinen eige-nen Kräuter- und Gemüsegärten und dann noch der Obstplantage glich in Nells Augen einem Paradies, in dem sie ihren Traum, ihre eigene Küche zu kreieren, verwirklichen konnte. Fort mit den Zweifeln und den Sorgen. Dieses Wochenende würde alles gut gehen.

Lady Gertrude Ansley hingegen rang noch immer mit ihren Zweifeln. Bis ihre Kinder sie mit der Planände-rung der Revue überrumpelt hatten, hatte sie ein

Wiedersehen auf Wychbourne Court mit ihren Theaterfreunden vom *Gaiety Theatre* für eine wunderbare Idee gehalten und auch die recht spontane Aufführung, die im Ballsaal hatte stattfinden sollen. Seit ihrer Hochzeit mit ihrem geliebten Gerald, dem 8. Marquess Ansley, vor mehr als dreißig Jahren, hatte sie nur wenige ihrer Freunde gesehen und noch immer sehnte sie sich manchmal nach den aufregenden alten Zeiten auf der Bühne. Ihre Bühnenkarriere war kurz, aber erfolgreich gewesen, dank ihrer Rolle in *The Flower Shop Girl*.

„Hast du die alten Postkarten gefunden, Helen?", fragte sie ihre ältere Tochter nervös. Die Karten ihrer Freunde und ihr waren tausendfach verkauft worden, doch nun stand eine neue Generation auf der Bühne. Die alten Karten auszustellen, würde ihren ehemaligen Freunden und auch ihr selbst Freude bereiten, denn für gewöhnlich waren Erinnerungsstücke an die Zeit am Theater auf den Fliederfarbenen Saal, ihren Salon, beschränkt. Hier konnte sie sich von ihren Aufgaben als Marchioness Ansley erholen und in Erinnerungen schwelgen.

Helen gähnte und nahm eine andere ebenso elegante Pose auf der Chaiselongue ein. Wenn doch nur diese Herrenschnitte aus der Mode gingen, sodass das goldene Haar ihrer Tochter wieder die klassisch hübschen Gesichtszüge umspielte, dachte Gertrude, doch Helen beharrte darauf, à la mode zu sein. „Sie sind alle im großen Saal ausgestellt", versicherte Helen ihr. „Peters kümmert sich darum und der nervige kleine Herr hilft ihm."

„Mr Trotter meint es nur gut, Helen", sagte Gertrude beschwichtigend. „Und außerdem ist deine Tante auf diese Weise beschäftigt."

Das war eine gehörige Untertreibung. Geralds Schwester Clarice lebte bei ihnen und war stets sehr *beschäftigt*, wenn es um die Geister von Wychbourne Court ging. Sie hatte sich ihrem Wohlergehen – wie sie es bezeichnete – verschrieben und hatte arrangiert, dass Mr Timothy Trotter, ein bekannter Geisterfotograf, einige Tage auf Wychbourne Court verbrachte. Wie Clarice nun einmal war, hatte sie natürlich vergessen, dies ihr oder den Bediensteten gegenüber zu erwähnen. Gestern musste Peters daher rasch veranlassen, dass eine Dunkelkammer eingerichtet und ausgestattet wurde, wozu ihr Sohn Richard nach Sevenoaks hatte fahren müssen, um Chemikalien, Schälchen und andere merkwürdige Gegenstände zu besorgen. Mr Trotter hatte ihnen nervös versichert, dass er seinen eigenen Vergrößerer mitgebracht hatte und ihnen keine Arbeit machen würde. Dies ließ vermuten, dass das Gegenteil eintreten würde und tatsächlich gab er einfach keine Ruhe.

Gertrude hing wieder ihrer größten Sorge nach. „Hast du auch die Poster und Programme dekoriert?" Es war ein Jammer, dass ihre jüngere Tochter Sophy bei der örtlichen Labour-Partei so eingebunden war und sie die Aufgaben nicht ihr übertragen konnte. Helen war ein Schatz, aber launenhaft und langweilte sich schnell. Es war die Last, die hübsche Frauen trugen, dachte Gertrude. Sie erhielten zu viel Aufmerksamkeit und konnten vor lauter Glitzer und Glamour den rechten Weg nicht mehr sehen. Wenn Helen doch nur den liebenswürdigen Rex Beringer heiraten würde.

„Erledigt", antwortete Helen gelangweilt. „Wir haben sie im Frühstückssaal, der Bibliothek und den Gästezimmern verteilt. Hast du denn deine waghalsige Tat schon hinter dich gebracht?"

Gertrude erbleichte bei dem Themenwechsel. „Noch nicht", sagte sie abwehrend. „Ich dachte, ich erzähle es ihnen beim Dinner."

„Sag es ihnen *nach* dem Dinner. Dann hat auch der verkrampfte Hubert Jarrett schon genug Port getrunken."

Gertrude seufzte. Das Wochenende war ursprünglich bloß als Wiedersehen geplant und bisher hatte sie nicht den Mut zusammennehmen können, ihren Gästen von der Revue zu erzählen, die als lustige Idee zu ihrer eigenen Unterhaltung angefangen hatte, sich aber dann dank Richard zu einer ausgewachsenen Show, die im Dorf Wychbourne im *Coach and Horses Inn* aufgeführt werden würde, entwickelt hatte. Nun durften auch Dorfbewohner und natürlich auch die Bediensteten Karten für die Revue erstehen. Es war alles für einen guten Zweck, hatte Richard ihnen großspurig versichert, schließlich war es eine wunderbare Tat, den Ertrag zu spenden. Trotz alledem erschauderte Gertrude bei dem Gedanken, was alles schiefgehen könnte. Was, wenn der Unruhestifter Jethro James eine Karte kaufte?

Gertrude klammerte sich an Helens Lösungsvorschlag. „Also gut", sagte sie zögerlich.

„Ach, Mutter", warf Helen plötzlich alarmiert ein, „hast du Neville Heydock gesagt, dass Lynette Reynolds anwesend sein wird?"

„Das habe ich nicht", gab Gertrude zu. Lynette hatte typischerweise zunächst die Einladung abgelehnt, nur um im letzten Moment ihre Meinung zu ändern. Obgleich ihr jetziger Ehemann sie nicht begleiten würde, hatte sie die Einladung doch angenommen.

„Neville Heydock ist immer noch ein heißer Feger, auch wenn er ein Oldie ist." Helen kicherte. „Ich kann seinen Gesichtsausdruck kaum erwarten, wenn er sie erblickt."

Gertrude war zu beschäftigt damit, sich Lynettes Gesichtsausdruck vorzustellen, um Helen zu antworten. Es war ihr gar nicht in den Sinn gekommen, dass das zu Problemen führen könnte. Lynette war immer sehr emotional gewesen und auch wenn sie offensichtlich wieder geheiratet hatte, waren die Zeit der Scheidung von Neville und die Gerüchte, die man sich danach zugeflüstert hatte, so unschön gewesen, dass sie nicht daran zurückdenken wollte.

Konnte sonst noch etwas schiefgehen? Sicherlich nicht. Natürlich war da noch Alice Maxwell. Auf eine gewisse Art und Weise ähnelte sie Hubert Jarrett sehr. Sie nahm ihre Karriere (und das Frauenwahlrecht) äußerst ernst. Gertrude war zu Ohren gekommen, dass sie beide hofften, ihren Status zu erhöhen, so hoffte Hubert, in den Adelsstand erhoben zu werden und Alice darauf, eine Dame des Ordens des Britischen Weltreichs zu werden. In Gertrudes Augen war dies jedoch sehr unwahrscheinlich, wenn man bedachte, wie lange Henry Irving und Ellen Terry auf eine solche

Anerkennung gewartet hatten. In ihren Fällen jedoch hatte es Gerüchte über unkonventionelle Lebensstile gegeben, die ihre Chancen verringert und die Anerkennung hinausgezögert hatten. So etwas konnte jedoch gewiss nicht über Hubert oder Alice geflüstert werden, die strenge moralische Prinzipien hatten. Doch was würden sie nur zu ihren Revue-Plänen sagen? Und würden sie überhaupt miteinander reden? Helen hatte ihr die neuesten Gerüchte, dass zwischen den beiden Funkstille herrschte, zu spät zugetragen, um jetzt noch die Gästeliste zu ändern.

Abgesehen von Gerald, konnten nur zwei Personen Gertrude aus ihrer verzweifelten Lage retten. Eine war die unbezahlbare Nell. Sie war eine großartige Chefköchin und würde sichergehen, dass Dinner und Lunch ausgezeichnet sein würden und sie stand ihr als Vertraute stets treu zur Seite, wenn Ärger drohte. Nell würde für sie nach Warnsignalen Ausschau halten.

Ihr zweiter Retter würde ihr Gast Tobias sein. Er würde die Situation schon beruhigen, dachte Gertrude dankbar. Tobias St. John Rocke war im *Gaiety Theatre* der Trostspender und Geheimniswahrer gewesen, an dessen Schulter sie alle ab und zu geweint hatten. Der Friedensstifter, der Überbringer des gesunden Menschenverstandes würde ihr beistehen.

Auf ruhiger See ist jeder gern Kapitän, so ging das Sprichwort. Eine stürmische See erforderte jedoch, dass man rasch handelte. Nell atmete tief durch. Brutzelnde Bohnen, die Zeiger der Uhr bewegten sich viel zu schnell. Einer ihrer Souschefs war in Tränen aufgelöst, die andere schmollte, Mrs Fielding freute sich hämisch, wohingegen Mrs Squires, Nells Beiköchin, sich nach bestem Bemühen raushielt. Die Küchen- und Spülmädchen schwirrten verängstigt umher und warteten auf Anweisungen, während alle anderen sich flugs Gründe ausdachten, wieso sie gerade nicht in der Küche sein konnten. Nell hatte gerade erfahren, dass das Esskastanienpüree, welches zum Fasan serviert werden sollte, wohl versehentlich weggeworfen worden war. Sie biss die Zähne fest zusammen. Die Schuldigen würde sie später ausmachen können, im Moment brauchte sie jedoch eine Lösung.

„Also dann", sagte sie kämpferisch, „wippende Windbeutel, worauf wartet ihr denn noch? Röstet und glaciert mehr Esskastanien, aber flott. Benutzt sie als Garnitur. Kocht eine Madeira-Soße zum Fasan. Und jetzt guckt nicht groß wie ein Hummer, der bettelt, nach Hause zu dürfen. Legt los."

Und sie legten los. Sie sah Michel an, dass er der Übeltäter war, aber sie wusste auch, dass es ein einmaliger Fehler gewesen war. Damit war das Thema gegessen. Ordnung kehrte wieder ein. Küchen waren wie Schnellzüge zu grandiosen Orten. Es brauchte nicht viel, um sie von den Gleisen zu stoßen, aber es war auch nicht zu schwer, sie wieder auf die Gleise zu bringen, wenn man wusste, was man tat. Nach einem glücklichen Jahr als Köchin auf Wychbourne Court und ihrer sechs Jahre langen Ausbildung bei Monsieur Escoffier im *Carlton Hotel* in London, war Nell sich dessen bewusst. Gelegentlich tauchte ein faules Ei auf, aber das war ganz normal. Nur bitte nicht an diesem Wochenende, hoffte sie.

Als sie die Mandelsuppe (eine Spezialität von Vorspeisenköchin Kitty) inspiziert hatte, sah Nell Mr Peters hereintreten. Was er wohl wollte? Mr Peters war nicht besonders groß gewachsen, strahlte jedoch eine enorme Autorität aus und das, obwohl er kein ausgebildeter Butler war, als er nach Wychbourne kam. Er war der Offiziersbursche von Lord Noel gewesen, dem Sohn der Ansleys, der in der ersten Flandernschlacht gefallen war. Kenelm, ihr ältester Sohn, arbeitete im Ausland für den Kolonialdienst und Richard war mit sechsundzwanzig Jahren der Jüngste.

Mr Peters' Anliegen erwies sich glücklicherweise als unkompliziert.

„Der Tee darf serviert werden, Mrs Fielding. Der letzte Gast ist im Salon eingetroffen", verkündete er.

Den Bediensteten, die die Gäste begleiteten, wurden schon ihre Zimmer im Bedienstetenflügel gezeigt. Gott sei Dank waren es bloß drei an der Zahl, dachte Nell. Manchmal konnten sie mehr Mühe machen als die Gäste selbst. Einer von ihnen war der Diener des Diplomaten Lord Kencroft, dann war da eine respekteinflößende Dame namens Doris Paget, die Ankleiderin von Miss Maxwell, und zuletzt noch Mr Heydocks persönlicher Diener Mr Winter, der ein Jeeves war, wie er im Buche stand, und ihm auf Schritt und Tritt folgte, hatte Nell sich sagen lassen. Mrs Fielding zufolge schienen sie alle frohen Mutes.

Nell war froh, dass der Tee in den Zuständigkeitsbereich der Hausdame fiel und nicht in ihren. Mr Peters hatte die Ankündigung wie die Verkündung des Untergangs klingen lassen und Nell hoffte inständig, dass es nicht so war.

„Ist Mr Heydock wirklich hier?", fragte Kitty gespannt. „Ich würde ihn so gerne sehen." Das Highlight des Herbstes war ihr Besuch im *Drury Lane Theatre* gewesen, wo sie *Rose Marie* gesehen hatte, eine romantische Operette, die in den kanadischen Rocky Mountains spielte.

„Ich habe ein Bild von Lady Kencroft in der Zeitschrift *Illustrated London News* gesehen. Lady Sophy hat es mir gezeigt", sagte eines der Küchenmädchen. „Darauf war sie mit Rudolph Valentino zu sehen. Er dreht gerade einen Film über den Scheich." Auch wenn Valentino gut aussehend war, war er nicht Nells Typ, obgleich jede Frau, die Nell kannte, für ihn schwärmte.

„Ich bezweifle, dass Rudolph sie nach Wychbourne begleitet", sagte Nell knapp. „Du wirst dich mit Neville Heydock begnügen müssen." Neville war zumindest unterhaltsam. Er war in vielen Komödien und Musicals aufgetreten und hatte eine beeindruckende Singstimme. So stellte er die meisten Hauptdarsteller in den Schatten, auch wenn er nicht mehr der Jüngste war. Sie hatte ihn im *Albion* am Strand in London spielen sehen und konnte es kaum erwarten, ihn in Wychbourne wiederzusehen. „Er wird bei der Revue am Samstag auftreten."

„Vielleicht singt er *Rose Marie, I Love You*", sagte Kitty hoffnungsvoll.

„Am Samstag ist mein freier Abend." Mrs Squires hatte sich bisher kaum an der Unterhaltung beteiligt. „Ich plane, mit meiner Freundin Ethel hinzugehen." Im Gegensatz zu den meisten Bediensteten von Wychbourne Court, die wie Nell im Ostflügel wohnten, lebte Mrs Squires im Dorf.

„Nach der Vorstellung wird ein spätes Dinner serviert“, kommentierte Mrs Fielding bestimmt. „Du wirst also nicht gehen, Kitty“, fügte sie selbstzufrieden hinzu. Da sie jedoch als Küchenbedienstete Nell als Chefköchin unterstanden, konnte sie nicht über Kitty und Michel verfügen, was der Hausdame stets ein Ärgernis war.

„Einige können möglicherweise zu der Aufführung gehen“, warf Nell ein.

„Jedoch nicht diejenigen, die sich ihrer Pflichten bewusst sind, Miss Drury.“

Doch Nell ging ihr nicht in die Falle. Sie war eine ranghohe Chefköchin und Lady Ansley hatte sie gebeten, zur Aufführung zu kommen. Aus einem Grund, der sich Nell entzog, sorgte sich Ihre Ladyschaft, dass etwas schiefgehen könnte – was wiederum Nell Sorgen bereitete. Sie liebte Wychbourne Court und fühlte sich als Teil des Ganzen, was bedeutete, dass sie helfen wollte, wenn es Schwierigkeiten gab. Und hin und wieder gab es die. Es war eigentlich gar keine Überraschung, wenn man bedachte, dass die Ansleys schon vor der Normannischen Eroberung Englands auf Wychbourne Court gelebt hatten. Das ursprüngliche Bauernhaus war längst zu einem prächtigen Herrenhaus aus rotem Backstein geworden, das im achtzehnten Jahrhundert um zwei Flügel erweitert worden war.

Nell konzentrierte sich auf die anstehende Aufgabe: die Vorbereitungen für das Dinner. Der Seebarsch mit Champagnersoße war das Lieblingsgericht des berühmten Carême, dem Koch des Prinzregenten, gewesen und man durfte es nicht aus den Augen lassen. Den Fasan, nun mit einer Madeira-Soße, hatte sie unter

Kontrolle, wie auch die Äpfel und die Syllabubs. Syllabub war das Lieblingsdessert von Dr Johnson, erinnerte sich Nell, und es war ein hervorragendes Ass im Ärmel, genau wie ein Ersatzdarsteller. Es kehrte wieder Ordnung ein. Küchen sind wie Rezepte, dachte sie. Man musste nicht jeder kleinsten Anweisung folgen, aber man musste wissen, was man tat.

Sie nahm im Hintergrund die Unterhaltung über die Revue am Samstag unterschwellig wahr, doch Muriel, eine der Küchenhilfen, zog ihre Aufmerksamkeit auf sich, als sie den Fischtopf und Dämpfer hereintrug. Sie war kurz stehen geblieben, um mit einem der Küchenmädchen zu reden und Nell konnte hören, worum es ging.

„Lady Sophy hat gesagt, dass Ihre Ladyschaft und ihre alten Freunde sich als Pierrots verkleiden und tanzen werden", sagte Muriel.

Nell verdrehte innerlich die Augen. Lady Sophy neigte dazu, zu viel über die Pläne der Familie zu schwatzen, was mit ihren politischen Ansichten zusammenhing, dass die Familie und Bediensteten in ihren Augen eine große glückliche Familie sein sollten. Und das waren sie auf eine Weise, doch es bedeutete nicht, dass jedes Mitglied wollte, dass alle über alles Bescheid wussten, oder dass manche Mitglieder niemanden einstellen konnten, um ihre Wünsche zu erfüllen. Darüber hinaus würden Lady Ansleys Sorgen sicherlich nicht dadurch schrumpfen, dass die Revue hier diskutiert wurde.

Nell wusste haargenau, dass es Lord Richards Idee gewesen war, die Revue im *Coach and Horses Inn* zu veranstalten und dass Lady Ansley eine Heidenangst davor hatte, wie ihre Gäste auf die Neuigkeiten reagieren würden. Auch wenn die meisten von ihnen noch auf der Bühne standen, würden sie ihre Meinungen dazu haben, ob es ratsam war, bei einer Revue aufzutreten, jetzt wo die Bühne ins *Coach and Horses Inn* verlegt worden war. Die Gäste gingen noch von einer spontanen Revue im Ballsaal von Wychbourne Court mit einem vergnügten Publikum des Freundeskreises unter sich aus, aber für die Förmlicheren von ihnen mochte es eine ganz andere Situation sein, dass die Familie Karten in einer Gaststätte verkaufte. Lord Richard, Lady Helen und Lady Sophy hatten mit besten Absichten gehandelt, aber manchmal führten diese auf direktem Weg ins Desaster.

Hier vereint waren die Menschen, die sie gekannt und lieb gewonnen hatte, dachte Gertrude und sah sich am Tisch nun etwas beruhigter um. Es waren natürlich noch weitere Gäste anwesend. Clarice kümmerte sich um Mr Trotter, der etwas überfordert wirkte, so nervös, wie er vom einen zum anderen der versammelten Mannschaft blickte. Rex Beringer hatte wie so häufig nur Augen für Helen, die sich wie Richard und Sophy von ihrer besten Seite zeigte. Gertrude hatte sich gesorgt, dass sie zu schnell in Diskussionen über die Revue eintauchen würden, aber stattdessen und *scheinbar* mit echtem Interesse fragten ihre Kinder die Gäste vom *Gaiety Theatre* über ihre Erinnerungen an die Zeiten dort aus.

Sieben Gäste aus ihrer Gaiety-Zeit waren anwesend. Manche hatte sie seit ihrer Zeit auf der Bühne nicht mehr gesehen und andere hatte sie vor zehn Jahren bei der Beerdigung von George Edwardes, der als Guv'nor bekannt gewesen war, getroffen. Edwardes war lange Zeit der Leiter der *Gaiety* und *Daly's Theatres* gewesen, sodass man seinen Namen für immer mit den Gaiety Girls in Verbindung bringen würde, mit denen er Musik, Humor und Dramatik vereint hatte.

Früher hatte sie der gutherzigen, lieben Katie mit den braunen Ringellöckchen ihr Herz ausgeschüttet, die dramatische und impulsive Lynette hatte sie in schweren Stunden aufgeheitert und Constance mit den ernsten dunklen Augen hatte ihre Weisheiten mit ihr geteilt, Alice hatte stets eine Mission und wagte es sogar gelegentlich, sich dem Guv'nor zu widersetzen.

Sie alle waren dem attraktiven Neville Heydock mit seinem unvergleichlichen Stil und seiner faszinierenden Tenorstimme verfallen. Er war außerdem auch sehr nett, erinnerte sie sich. Kein Wunder, dass Lynette bis über beide Ohren in ihn verliebt war. Gertrude hatte jedoch seinen Gesichtsausdruck bemerkt, als er sie hier erblickte. Lynette hatte es zu Gertrudes Erleichterung nur amüsant gefunden. Hubert, Constances Ehemann, wirkte so nobel und trostlos, wie seine grandiosen Übertragungen tragischer und dramatischer Prosa und Dichtkunst es verlangten. Und doch hatte sie ihn als eher mürrischen jungen Neuling im Chor in Erinnerung, der sich nicht traute, den Mund aufzumachen und nur mit Glück überhaupt ein Solo bekam.

Gertrudes Blick fiel dann auf Tobias, ihren einstigen Fels in der Brandung, dem sie dankbar war. Hier war er nun, genauso füllig und fröhlich wie früher, so wie sie sich an den Friedensstifter erinnerte. Er hatte sich der Aufgabe angenommen, Constance zu unterhalten und er hatte sie sogar zum Lachen gebracht, was für ihre ruhige, stille Art untypisch war. Tobias hatte immer Charakterrollen gespielt und war berühmt für den alten Onkel in *Waltzing in Summer*, den Bauern in *The Count of Rosenbourg* und den fröhlichen Bäcker in *The Flower Shop Girl*.

Sie sahen alle noch genauso aus, wenngleich etwas grauer, ein bisschen molliger und ein wenig ernster. Sowohl der Tee als auch der Empfang im großen Saal vor dem Dinner waren gut über die Bühne gegangen. Katie, mit ihrem Ehemann Charles, dem Diplomaten Lord Kencroft, war so strahlend und quirlig, wie Gertrude sich an sie erinnerte. Neville schien sich angeregt mit Lynette zu unterhalten und Constances selbstgefälliger Ehemann Hubert redete sogar mit seiner Erzfeindin Alice Maxwell, die genau wie Tobias nie geheiratet hatte. Alice war immer so ernst und ihrer Karriere verschrieben gewesen und wie Hubert auch war sie von der musikalischen Komödie zum Drama gewechselt.

Gertrude entspannte sich allmählich. Worum hatte sie sich so gesorgt? Ihre Zeit am *Gaiety Theatre* war natürlich nicht immer nur rosig gewesen, es hatte düstere Phasen gegeben, aber das war nun alles Vergangenheit. Als die Herren ihren Port serviert bekommen hatten und sich wieder zu den Damen im Salon gesellten, musste sie bloß noch beiläufig erwähnen, wo die Revue stattfinden würde. Ja, wahrlich war alles so gut verlaufen und Nells Speisen hatten wie erhofft dazu beigetragen. Der Fasan mit der besonderen Soße war hervorragend gewesen.

Doch dann hörte Gertrude das lästige Wort, das sie erst später in den Raum hatte werfen wollen.

„Eine Revue", merkte Lynette an. „Was für eine grandiose Idee, Gertrude."

Gertrude bemühte sich, zu lächeln. „Es war Richards Idee. Seine Schwestern und er sind ganz erpicht darauf, in meine Fußstapfen zu treten – zumindest behaupten sie das – und wollen dieses Wochenende unser eigenes Theater auf die Beine stellen. Erinnert ihr euch …?"

„Was genau wird dabei von uns erwartet", unterbrach Hubert sie, der entweder nicht hörte, was sie sagte, oder sich nicht darum scherte. Er beäugte sein Syllabub, als wäre es ein erbitterter Feind, dachte sie, als Panik in ihr aufstieg.

Sie sah, wie die arme Constance erstarrte. Wie konnte sie ihn geheiratet haben? Sie war so lieb und er so arrogant. Gertrude gab ihr Bestes. „Richard hat den Großteil der Revue geplant und es soll Sketche und Lieder geben, außerdem haben er und meine Töchter sich eine äußerst amüsante Pantomime-Einlage ausgedacht. Er hofft, dass ihr Lust habt, eure besonderen Talente in die Revue einzubringen und natürlich würde er sich geehrt fühlen, wenn du eine deiner meisterhaften Darbietungen vortragen würdest, Hubert."

„Einen Monolog?", fragte Hubert, als hätte ihn noch nie jemand um solch einen Gefallen gebeten. „Vielleicht *Sein oder Nichtsein?*"

„Wundervoll", sagte Gertrude schwach und fragte sich, wie viele der Dorfbewohner wohl die Feinheiten von Hamlets Monolog zu schätzen wussten.

Als ihr Rivale so viel Aufmerksamkeit zuteil wurde, versteifte sich Alice Maxwell und mischte sich rasch in die Diskussion ein. „Also ich habe vor, Yasmins Rede aus *Hassan* von Flecker und dann meine berühmte Interpretation von *Medea* zu präsentieren."

„Ausgezeichnet!" Gertrude versuchte, so dankbar sie konnte zu klingen, als wäre ein altgriechisches poetisches Drama über rachsüchtige Frauen, die ihre eigenen Kinder umbringen, genau, worauf sie gehofft hatte.

Tobias musste ihre Bestürzung bemerkt haben und entpuppte sich prompt als der Friedensstifter, an den sie sich noch so gut erinnerte. „Ich mache, was immer du möchtest, Gertrude. Das weißt du ja. Immer dem Direktor gehorchen, oder wie war das? Schließlich sind wir alle Freunde."

„Kaum Freunde, mein Liebster", murmelte Lynette. „Aber eine Revue und Pantomime klingen angemessen für das Publikum im *Coach and Horses Inn*. Sie werden es lieben."

Schockiert hielt Gertrude den Atem an. Nicht jetzt. Oh, bitte, nicht jetzt.

„Was für ein Publikum? Ich nahm an, es ist bloß eine Aufführung hier im Ballsaal", rief Hubert aufgebracht.

„Herrje, hast du es denn nicht erklärt, meine liebe Gertrude?", fragte Lynette unschuldig. „Wir führen die Revue in einer Gaststätte im Dorf auf, Hubert. Wird das nicht großartig, ihr Lieben?"

Stille machte sich breit. „Eine Gaststätte?" Hubert sah sie bestürzt an. Gertrude erzitterte. Was nun? Was sollte sie sagen? Gerald war normalerweise zur Stelle, um zu helfen, aber hier war er machtlos. Doch Hilfe eilte schon. Es war nicht Gerald, auch nicht Tobias, sondern – überraschenderweise – Peters.

„Ihre Ladyschaft, der Kaffee wird nun im Salon serviert", verkündete er schlicht.

Gertrude klammerte sich an die unerwartete Rettung. Sie hatte ihm bisher kein derartiges Signal gegeben, aber sie war ihm zutiefst dankbar. Sie erhob sich. „Meine Damen, sollen wir uns in den Salon begeben?"

Nell hatte sich im Servierzimmer etwas außer Sicht zurückgezogen und entspannte sich einen Moment lang, während die Damen in den Salon hinübergingen, der an der hinteren Seite von Wychbourne Court gelegen war. Mr Peters hatte nur widerwillig das gängige Protokoll gebrochen, welches verlangte, dass er wartete, bis Ihre Ladyschaft ihm das Signal gab, aber Nell hatte es geschafft, ihn zu überzeugen, dass nun der richtige Moment war. Wenn die Herren sich nach dem Port wieder zu den Damen im Salon gesellten, würde Mr Jarrett mit etwas Glück seine Sorgen um den Veranstaltungsort der Revue bereits vergessen haben. Sie beobachtete die Damen, die in ihren Abendkleidern mit den langen Schleppen den Raum verließen. Lady Helens elegantes blaues Chiffonkleid war vorne gewagte hoch ausgeschnitten, auch wenn es hinten wie üblich bis zum Boden reichte. Lady Clarice schien es zu widerstreben, sich von Mr Trotter zu trennen, aber Mr Rocke schien sich um ihn zu kümmern. Lady Sophy hatte es wieder einmal geschafft, an der Tür des Servierraums vorbeizukommen und stieß diese auf.

„Gut gemacht, Nell", flüsterte sie ernst, dann eilte sie ihrer Schwester hinterher. Da sie deutlich kleiner und kräftiger gebaut war als Lady Helen, hatte sich Lady Sophy damit abgefunden, das Rampenlicht ihrer

Schwester zu überlassen und es kümmerte sie nicht im Geringsten. Nell sehnte sich danach, ihnen zu folgen und im Salon Mäuschen zu spielen, denn es schien sich Ärger anzukündigen. Lady Ansley hatte während des Dinners sehr verstimmt ausgesehen und vielleicht konnte Nell etwas für sie tun. Konnte sie den Kaffee vielleicht einfach selbst servieren? Wieso denn nicht? Sie war in ihrem schwarzen Chiffonkleid angemessen gekleidet und so würde sie auch als Mäuschen nicht weiter auffallen. Wenn sie hören könnte, was sich zutat, würde sie besser sagen können, ob die Sorgen Ihrer Ladyschaft gerechtfertigt waren.

Der Kaffee half tatsächlich, dachte Gertrude dankbar, als die Herren schließlich durch die Türen des Speisesaals kamen. Die Damen waren bereits von ihrem kurzen Rückzug nach oben zurückgekehrt und der Portwein hatte seinen Teil für die Herren getan. Sogar Mr Trotter hatte ein Lächeln auf den Lippen und Gerald sah nicht im Geringsten besorgt aus. Mr Trotter war zwischen Tobias und Gerald hereingekommen, der seine Unsicherheit sicherlich bemerkt hatte. Lord Ansleys Rücksichtnahme auf solche Dinge bewegte Gertrude stets.

„Welch Verlockung uns hier erwartet", erklärte Tobias, „da bin ich froh, auf das zweite Glas Portwein verzichtet zu haben. Der 1912 ist wahrhaft hervorragend, Gerald."

„Du hast ihn hinreichend bewundert, Toby", sagte Neville leichthin.

„Es wäre langsam wieder an der Zeit für einen so guten Jahrgang", merkte Gerald an und Gertrude entspannte sich allmählich. Es war Verlass auf Gerald, bedrohliche Wolken zu verjagen.

Doch sie hatte sich zu früh entspannt. „Diese Idee in einer Schankwirtschaft aufzutreten, Gertrude", setzte Hubert an.

Sie nahm alle Kraft zusammen. „Eine *Gaststätte*", sagte sie mit Nachdruck. „Sie haben dort einen wunderbaren Saal, der für förmliche Untersuchungen und Ratssitzungen genutzt wird."

„Dennoch nehme ich an, dass die Revue für alle Gäste offen sein soll?"

„Die Einnahmen aus dem Kartenverkauf werden an eine Wohltätigkeitsorganisation für Kriegsveteranen gespendet", erklärte Gerald freundlich.

Doch vergeblich. „Ich bevorzuge es, sie auf andere Weise zu unterstützen", sagte Hubert steif. „Ich fühle mich dabei nicht wohl. Meine Kunst raubt mir all meine Kraft. Sie verlangt eine angemessene Bühne und Publikum, das meine Arbeit zu schätzen weiß. Ich trete nicht in Schankwirtschaften auf."

„Shakespeare hat es getan", entgegnete Alice.

„Das hat er tatsächlich", strahlte Tobias, der Gertrude zu Hilfe kam. „Ich habe vor, Sir Toby Belch am Samstag zu spielen, komm, Hubert, es ist eine Ehre, in Wychbourne aufzutreten."

Gertrudes Hoffnung verflog erneut, denn Hubert sprach weiter, als hätte Tobias kein Wort gesagt. „Wie ich Constance verstehe", tönte er hochtrabend, „gibt es Pläne, uns als Pierrots zu verkleiden. Das kann ich nicht akzeptieren. Ich habe meine Standards und ich bin weder gewillt, in einem Clownskostüm herumzutänzeln, noch erlaube ich es meiner Frau, das weiße

Rüschenkleid zu tragen, das meinem Verständnis nach demselben Zweck dienen soll."

„Aber, Hubert ...", flehte Constance.

„Genug." Er hob die Hand.

„Du bist immer schon ein großspuriger Langweiler gewesen", sagte Neville freundschaftlich. „Ein Clown auf deine eigene Weise."

„Wählen Sie Ihre Worte mit Bedacht, Mr Heydock", sagte Hubert aufbrausend. „Wir sprechen in Anwesenheit von Damen, sonst würde ich auf Ihren Kommentar nachdrücklicher antworten."

Einen Moment lang war es totenstill, dann folgte ein Aufruhr, als jeder versuchte, etwas zu sagen – dann die Stimme zu erheben – und das alle auf einmal. Der Lärm wurde so laut, dass Gertrude es nicht mehr aushielt. Sie hätte alles gegeben, um diesem Albtraum ein Ende zu bereiten. Nicht einmal Nell, die sie an der Tür sah, konnte sie trösten. Es gab nichts, was Nell für sie tun konnte, oder überhaupt jemand tun konnte.

Das Thema musste schleunigst gewechselt werden. Das Treffen hatte ein erfreuliches Wiedersehen sein sollen, trauerte Gertrude. Sie hatten so schöne Zeiten zusammen erlebt, oder etwa nicht? Wechsle das Thema, wechsle schnell das Thema. Eine Erinnerung kam ihr in den Sinn, eine unglückliche. Sie war dreißig Jahre verschwiegen worden, welchen Schaden konnte sie jetzt schon noch anrichten?

Als sie noch darüber nachdachte, hörte sie ihre Stimme schon verzweifelt die Frage stellen, die sie nie gewagt hatte, auszusprechen.

„Was genau ist Mary Ann widerfahren?"

Kapitel 2

Tobias rettete sie aus der angespannten Stille, die ihrer Frage folgte. Gertrude blickte in entsetzte, ja, gar verängstigte Gesichter, die sich auf Tobias richteten.

„Nun, Gertrude, wir werden nie die ganze Geschichte erfahren", sagte er düster. „Natürlich kanntest du Mary Ann nicht selbst, weil sie uns verlassen hatte, bevor du sie in *The Flower Shop Girl* ersetzt hast. Das Leben am Theater ist so schnelllebig, dass wir viel hinter uns lassen, ohne es zu bemerken. Was für eine wunderbare Gelegenheit du kreiert hast, damit wir die Möglichkeit haben, uns alle wiederzusehen. Sag, Gertrude, wirst du in der Revue am Samstag *Song of My Heart* singen? Und werden wir das Vergnügen haben, dich als schöne Prinzessin in Richards Pantomime zu sehen?"

„Ich trete die Rolle an Helen ab, aber ich danke dir, Tobias." Sie meinte es aufrichtig. Tränen der Erleichterung stiegen ihr in die Augen und Tobias lenkte die Aufmerksamkeit von ihr und wechselte das Thema, um das Tabuthema Mary Ann Darling hinter ihnen zu lassen. Es stimmte, dass keiner es wirklich als Tabu erklärt hatte, aber Gertrude hatte immer den Eindruck gehabt, als sie 1893 im *Gaiety Theatre* als junge strebsame Schauspielerin anfing. Das Bild von Mary Ann, das mit den Postkarten im großen Saal auslag, musste es ihr ins Gedächtnis gerufen haben.

Nun bemühte sie sich, nach außen keinerlei Gefühlszeichen zu zeigen – nicht einmal, als sie vergeblich auf Geralds übliches unterstützendes Nicken hoffte. Er sah weder sie noch Constance an, neben der er saß. Es schien, als wäre sogar er Teil der Geschichte, von der sie ausgeschlossen war. Nein, das war abstrus. Schließlich schienen weder Mr Trotter noch ihre Kinder zu spüren, dass das Thema Mary Ann ein gefährliches Terrain war. Der schreckliche Moment war vorüber. Oder etwa nicht?

Sie merkte, dass Katie sie ängstlich beobachtete. „Du musst *Song of My Heart* am Samstag singen, Gertrude“, sagte ihre Freundin warmherzig. „Das ist eine wunderbare Idee, stimmt ihr mir nicht zu?“

Einstimmig pflichteten sie ihr bei und das reichte, um Gertrude zu überzeugen, dass es tatsächlich eine Geschichte gab, die sie nicht kannte und mit der viele der Anwesenden gut vertraut waren.

Jedoch nicht alle. Gertrude rutschte das Herz in die Hose, als Mr Trotter sich ausgerechnet jetzt zu Wort meldete.

„Wer ist diese Mary Ann, die Sie erwähnten?“, fragte er wissbegierig.

Glücklicherweise war erneut Tobias zur Stelle. „Mary Ann Darling war eine liebe Freundin, die uns viel zu früh verlassen hat.“

Doch Mr Trotter ließ sich nicht beirren. „Ich glaube, ich habe den Namen schon einmal gehört. Gab es nicht ein vermisstes Mädchen mit ebendiesem Namen?“

Er ließ sich auch nicht von den ausbleibenden Antworten aus der Ruhe bringen und fügte hinzu: „In den Neunzigern war ich im Alter von zehn Jahren ganz versessen in Sherlock Holmes und habe die Suche nach ihr aufmerksam mitverfolgt. Ich wurde selbst ein bisschen zum Detektiv und war überzeugt, dass sie ermordet worden war und nur ich den Fall lösen könne.“ Er lachte nervös auf und hörte abrupt auf, als niemand mit ihm lachte.

„Ermordet, Mr Trotter?“, wiederholte Gertrude schockiert und sah aus dem Augenwinkel, dass nicht nur Peters sondern auch Nell umhereilten und allen Gästen Kaffee anboten. Nie war sie dankbarer, sie zu sehen. Peters hatte ein unheimliches Händchen dafür, den richtigen Moment auszumachen, um sich einzuschalten. Trotz alledem konnte den Abend nichts mehr retten.

Vielleicht lag sie jedoch falsch, denn Tobias durchbrach das Schweigen und antwortete: „Große Güte, Mr Trotter. Welch Melodrama. Ich vermute, dass Mary Ann sich vor jemandem fürchtete und daher wurde die Möglichkeit eines Mordes in Betracht gezogen, aber darüber ging es nicht hinaus.“ Er sah sich am Tisch um, doch niemand sprach.

Zuletzt führte Charles Kencroft an: „Suizid stand auch zum damaligen Zeitpunkt im Raum, aber es schien unwahrscheinlich, außer es geschah nach einer Auseinandersetzung mit einem Liebhaber. Wir wussten nichts über ihr Privatleben, aber es gab keine Anzeichen, dass sie verlobt war.“

„Ich las in der Zeitung, dass ein oder zwei Jahre später ein Körper im Fluss gefunden und identifiziert wurde“, sagte Tobias. „Die Todesursache war nicht bekannt und bis dahin war das öffentliche Interesse ohnehin abgeebbt. Ich sah die arme Mary Ann zuletzt, als sie das Theater verließ und zu *Romano’s* fuhr. Welch einen Spaß sie dort gehabt haben und wie traurig, was dann folgte.“

Gertrude spürte die Situation wieder aus dem Ruder laufen und erneut machte sich Schweigen breit, sodass sie die Tränen zurückhalten musste. Alice sah niedergeschlagen aus, Constance verstimmt und Katie bestürzt, ja, selbst Lynette war zum Schweigen gebracht worden. Auch Charles Kencroft blieb still. Gertrude kannte ihn nur flüchtig. Er war wie Gerald einer der Stage-Door-Johnnys des *Gaiety Theatres* gewesen, schon bevor sie Teil der Besetzung in *The Flower Shop Girl* wurde, und später hatte er Katie geheiratet.

Geschickt nahm Tobias den Faden wieder auf. „Sollen wir nicht über die geplanten Torheiten der Aufführung am Samstag reden? Unterhaltungen über betrübende vergangene Torheiten können vertagt werden, besonders da nicht alle Anwesenden Mary Ann kannten. So weit zurückliegende Erinnerungen können unzuverlässig sein, warum sollten wir solch eine Geschichte jetzt herauskramen? Schlafende Hunde, meine Lieben, schlafende Hunde."

Die Unterhaltung entwickelte sich danach schnell in eine andere Richtung und Gertrude sah, wie ihre Gäste sich allmählich entspannten. Sie zitterte noch immer, hauptsächlich jedoch, weil Gerald geschwiegen hatte. Schließlich musste er Mary Ann gekannt haben.

Für gewöhnlich genoss Nell diese kostbaren Momente im Kochtopf, wie sie die kleine Kammer, die dem Chefkoch zustand, liebevoll nannte und wo sie Rezepte und Essenspläne studierte und ihren Dienstplan ausarbeitete. Hier beflügelte der Traum, ihre ganz eigene Küche zu kreieren, bei der routinemäßigen Schreibarbeit. Es war mehr als nur ein Traum. Sie wollte ihre Ideen in die Tat umsetzen. In ihrer Küche würden alle fünf Sinne eine Rolle spielen und dank Wychbourne konnte sie darein eintauchen, wann immer sie wollte. Sehen, zum Beispiel: Sie musste nur durch die Gärten von Mr Fairweather schlendern, um Obst und Gemüse im Überfluss zu sehen. Riechen: Nichts war vergleichbar mit den Düften, die aus einer gut geführten Küche kamen. Hören: Die um die Blüten summenden Bienen oder die klappernden Töpfe bedeuteten, dass ein Gericht bereitet wurde. Tasten: der weiche Flaum des ersten Pfirsichs der Saison. Und zuletzt Schmecken: der Inbegriff des Genusses, der die Sinne vereinte.

Normalerweise bot ihr der Kochtopf ausreichend Spielraum, um ihre Pläne umzusetzen. Doch nicht an diesem Freitagmorgen, als die Ereignisse des vorherigen Abends ihr noch durch den Kopf gingen. Auf den ersten Blick hatten die Gäste wie eine faszinierende Gruppe Schauspielerinnen und Schauspieler gewirkt. Alice Maxwells große, imposante Statur kam Nell von ihren Bühnenvorführungen bekannt vor, wie auch der wichtigtuerische Hubert Jarrett und natürlich Neville Heydock. Sie hatte sogar Tobias St. John Rocke einmal gesehen, ein kleiner, plumper Mann mit huschendem Blick. Die impulsive Lynette Reynolds war ihr fremd und sie war ihr misstrauisch gegenüber, ganz im Gegensatz zu der ruhigen Constance Jarrett. Doch dann hatte sich der angenehme Abend in etwas ganz anderes verwandelt. Nell hatte es wenig ausgemacht, aber der Effekt, den es auf Lady Ansley hatte, war ihr nicht entgangen.

Das Klopfen an der Tür unterbrach sie, als sie gerade *The Gentle Art of Cookery* von Mrs Leyel aufgeschlagen hatte. Rosenwasser? Hatte sie welches? Nell machte eine gedankliche Notiz, darüber mit Mr Fairweather zu sprechen, wenn es Sommer wurde.

„Meine liebe Nell, bitte verzeihen Sie meine Störung zu solch einer geschäftigen Zeit." Arthur Fontenoy zog den Hut, als er zur Tür hereintrat.

„Es ist mir immer eine Freude, Arthur." Das meinte Nell auch so. Rasch räumte sie einen Stapel Kochbücher vom einzigen weiteren Stuhl in der Kammer.

Der adrette Mr Fontenoy, oder Arthur, wie er von ihr genannt werden wollte, war nun in seinen Siebzigern und war der liebe Freund von Lord Ansleys verstorbenem Vater gewesen, dem siebten Marquess. Er lebte auf dem Anwesen im Wychbourne Court Cottage. Leider war dies nahe dem Dower House gelegen, wo Lord Ansleys Mutter noch immer herrschte. In Nells Augen war es unwahrscheinlich, dass die Witwe und Arthur Freunde gewesen waren, auch ohne die Verschlimmerung durch das Testament von Geralds Vater, welches demjenigen, der den anderen überlebte, ein stattliches Erbe vermachte. Während Arthur beeindruckend gutmütig gegenüber Lady Enid war, wie die Witwe wünschte, angesprochen zu werden, brachte sie ihm diese Höflichkeit nicht entgegen.

„Clarice berichtete mir von Peters' Auftritt gestern Abend zu so passendem Moment und es überrascht mich nicht, Nell", fing Arthur an. „Auch nicht Ihre im Salon. Sie haben ein bemerkenswertes Talent, solche Momente zu erspüren. Clarice erzählte mir jedoch, dass Gertrude noch immer sehr bestürzt ist."

Nell wurde es schwer ums Herz. Das war also der Grund, wieso Lady Ansley sie noch nicht gerufen hatte, um mit ihr das Menü zu besprechen. „Liegt es am *Coach and Horses Inn* oder der möglicherweise ermordeten Dame?"

„Vorwiegend Letzteres, vermute ich. Meines Wissens nach kannte Gertrude Mary Ann nicht, aber die meisten der Gäste scheinen sie gekannt zu haben. Es gibt häufig Geschichten über Menschen, die sich auf mysteriöse Weise in Luft aufgelöst haben und meist gibt es eine einfache Erklärung. Manchmal tut sich jedoch keine solche Erklärung auf, wie im Falle Mary Ann. Obwohl später eine Leiche identifiziert wurde, fasziniert die Geschichte ihres Verschwindens die Leute noch immer. Dass das Wort ‚Mord‘ gestern trotz Mr Rockes vergeblichen Bemühungen, den Gedanken zu vertreiben, gefallen ist, war beunruhigend. Es ist mit Sicherheit der Grund, aus dem Gertrude besorgt ist."

„Obwohl sie diese Mary Ann Darling nicht kannte? Kannten *Sie* sie, Arthur?"

„Ich habe sie getroffen und erinnere mich, sie Anfang der Neunzigerjahre auf der Bühne gesehen zu haben. Sie war entzückend – nicht, dass ich eine persönliche Vorliebe für junge Damen oder Damen im Allgemeinen hege. Aber sie war nichtsdestotrotz hübsch und strahlte Charme und Bescheidenheit aus. Sie hatte eine gewisse Unschuld – oder zumindest erschien es ihrem Publikum so –, die nach dem Hang zur Klugheit und Scharfsinn am Varietétheater äußerst erfrischend war."

„Ich bin erst 1896 geboren, aber ich schätze, ich habe alte Postkarten mit ihrem Portrait im großen Saal gesehen", sagte Nell und durchkämmte ihre Erinnerungen. „Was glauben *Sie*, ist ihr widerfahren? *Ist* sie ermordet worden? Dem zufolge, was ich gestern gehört habe, scheint es Zweifel daran zu geben."

„Da kann ich mir wie Shakespeare keinen Reim draus machen. Ich kenne die Geschichte nur bis zu Mary Anns Verschwinden. Jedoch weiß ich auch, dass Miss Darling viele Verehrer hatte und mindestens einen unliebsamen Verehrer, der sie in Briefen bedrohte, ihr umherfolgte und sie am Bühneneingang belästigte. Eines Abends verschwand sie nach der Aufführung von *The Flower Shop Girl*.“

„Das müssen Sie mir genauer erklären, Arthur. Sie hat sich in Luft aufgelöst?“

„Nach der Aufführung, wenn ich mich recht erinnere. Sie aß im berühmten Restaurant *Romano's* mit jemandem, dessen Identität nie geklärt wurde, nahm dann eine Droschke, statt im Wagen ihres Begleiters nach Hause zu fahren. Als der Kutscher vor dem Haus hielt, war die Droschke leer.“

„Und er hat nichts gehört?“ Das klang kurios. Wie konnte er nichts mitbekommen haben?

„Soweit ich weiß, nicht. Der Körper wurde erst sehr viel später gefunden und es war schwer nachzuvollziehen, was passiert war, sodass die Droschke plötzlich leer war. Man sprang nicht einfach so im Abendkleid während der Fahrt von einem pferdegezogenen Wagen. Mary Ann hatte jedoch vor jemandem Angst gehabt, habe ich mir sagen lassen, und das Gerücht kursierte, dass sie entweder entführt oder umgebracht worden war.“

„Mord ist also nicht ausgeschlossen.“ Nell fing an zu zittern. „Sie sagten, dass sie Drohbriefe erhalten hatte und dass die Themse nicht weit vom Restaurant und dem *Gaiety Theatre* fließt. Dort wurden viele Frauen gefunden, die ertrunken sind.“ Sie überlegte einen

Moment lang. „War die Droschke eines dieser alten Growler?“

„Das kann ich nicht sicher sagen. Ich verstehe jedoch Ihren Gedanken. Es ist unwahrscheinlich, dass es ein Hansom Cab war, denn selbst in der Dunkelheit wäre es doch schwer, auszusteigen, ohne dass der hinter einem stehende Kutscher es bemerkt. Außerdem hätte die Kutsche sehr langsam fahren müssen. Der Öffentlichkeit zufolge ist sie einfach verschwunden. Die Details der Kutschfahrt wurden damals nicht preisgegeben. Ich kenne die Informationen, die ich Ihnen genannt habe, nur – und das gestehe ich Ihnen im strengsten Vertrauen – weil Lord Ansleys Vater, mein lieber Hugo, der verstarb, kurz bevor Gerald seine Gertrude kennenlernte, vom Interesse seines Sohnes am *Gaiety Theatre* erfahren hatte. Hugo wollte die Gründe für Geralds Faszination mit dem Theater erforschen und aus bekannten Gründen, die Gerald damals jedoch nicht bekannt waren, konnte ich das Theater häufig besuchen. Ich galt als eine zuverlässige schützende Begleitung junger Damen, daher dinierte ich regelmäßig im Restaurant *Romano's* und lernte Mr Edwardes selbst kennen.“

„Glauben Sie, dass jemand vom Theater von Mary Anns Besuch im Restaurant und von der Droschke gewusst hat?“

„Zweifelsohne, ja. Jeder von Mr Edwardes bis zum Bühnenarbeiter. Außerdem muss das Restaurant voller Gaiety Girls gewesen sein, die sie losfahren haben sehen müssen und wussten, wer ihr Begleiter war. Natürlich muss es der Portier auch gewusst haben. In der Theaterwelt sprach sich alles schnell herum.“ Er schwieg kurz. „Woraus wir schließen müssen, dass auch einige der derzeitigen Gäste auf Wychbourne Court es gewusst haben müssen. Obgleich ich an dem Abend, an dem Mary Ann verschwand, nicht im Theater war, erschienen mir ihre Reaktionen auf ihr Verschwinden in den darauffolgenden Tagen ein wenig herabgespielt, wo sie doch so eine prominente Rolle in der Besetzung einnahm.“

„Vielleicht war es bloß die Unbeholfenheit der Situation und die Aufregung hatte sich bereits gelegt“, sagte Nell hoffnungsvoll.

„Ich hoffe es. Wir werden alles zu seiner Zeit erfahren, schließlich finden am Nachmittag die Proben für die Revue im Ballsaal statt und die Aufführung selbst im *Coach and Horses Inn* – natürlich nur wenn der Schnee es zulässt.“

Nell war nur einmal kurz am Morgen in den Küchengarten hinausgeeilt und hatte die Schneedecke gesehen und auch wie die Flocken sanft und unaufhaltsam zu Boden fielen.

Das könnte sich schwierig gestalten, dachte sie. Wychbourne war ein großes Herrenhaus, aber wenn die Gesellschaft eingeschneit wurde, konnte dies in einem angespannten Verhältnis resultieren. Im Gegensatz zu Weihnachtspudding half es bei alten Geheimnissen nicht unbedingt, einfach nur kräftig zu rühren, bis ein gleichmäßiger Teig entstand.

„Ich sollte Ihnen mitteilen, dass noch weitere Freuden für den heutigen Abend geplant sind, Nell.“

„Ich habe das ungute Gefühl, dass ich keine Freude daran haben werde“, sagte Nell nichts Gutes ahnend, als sie Arthurs verschmitzten Blick sah.

„Oh, kommen Sie, wer könnte da Nein sagen? Der werte Mr Trotter hat seine professionellen Dienste – mit der begeisterten Zustimmung von Lady Clarice – zu unserem Vergnügen angeboten und er wird nach dem Dinner eine Sitzung halten, bei der er die Gäste mit den Geistern, die uns mit ihrer Anwesenheit beehren, fotografisch festhalten wird. Ich höre, er ist für solche Porträts bekannt. Er wird die Fotografien morgen in der provisorisch eingerichteten Dunkelkammer entwickeln und falls die Geister keine Einwände äußern, wird er sie mit seinem Vergrößerungsapparat drucken und für uns noch am Wochenende ausstellen.“

Nell lachte. „Kauderwelsch quasselnde Kaulquappen, Arthur, also wirklich! Man muss es Clarice anrechnen, dass sie sich nicht entmutigen lässt. Ist Mr Trotter wahrhaftig ein Medium?“

„Es scheint zumindest so. Im Gegensatz zu Mr William Hope, den Harry Price kürzlich bekanntlich entlarvt hat, gibt es keine Ermittlungen gegen Mr Trotter durch den Verein zur Erforschung parapsychologischer Phänomene, die Society for Psychical Research.“

„Wieso erzählen Sie mir davon, Arthur?“, fragte sie misstrauisch.

„Ich hoffe, Lady Clarice sieht nicht vor, mich in dieses Spektakel einzubeziehen.“

„Meines Wissens nicht. Aber ich wollte Sie darüber unterrichten, sollte sich die – nennen wir es – wachsende Anspannung nicht durch Ihre exzellente Küche beruhigen.“

Als Lady Ansley sie später in ihren Salon kommen ließ, sah Nell ihr deutlich an, wie mitgenommen sie war. Nell hatte sich insbesondere mit dem Dinner-Menü große Mühe gegeben: Jakobsmuscheln nach französischer Art mit Speck, Petersilie und Weißwein, gefolgt von Aylesbury-Ente und Boodles' Orange Fool zum Dessert, was trotz des komischen Namens ein Favorit der Familie war. Keine schlechte Wahl in solchen Umständen, dachte sie.

„Ich bin froh, dass es heute ein so besonderes Dinner gibt, Nell", sagte Lady Ansley und legte das Menü zur Seite. Nell vermutete, dass sie es nicht einmal gelesen hatte. „Unsere Freunde werden nach der Probe am Nachmittag erschöpft sein." Nell sah, dass sie Mühe hatte, zu lächeln. „Danach wird zum Tanz gebeten. Das wird alle aufmuntern." Lady Ansley sah plötzlich bestürzt aus. „Dieser Vorschlag, die Geister zu fotografieren. Wie fürchterlich unpassend. Mr Trotter scheint erpicht darauf, dass unsere Gäste in den Räumen fotografiert werden, in denen die Wychbourne-Geister spuken, wie mir Clarice versichert. Ich bin nicht sicher, wieso sich unsere Gäste mit *unseren* Geistern verbunden fühlen sollten, aber Clarice scheint zu hoffen, dass sie die Ahnen der Gäste oder andere umherirrende Geister anlocken. Ich sollte sichergehen, dass unsere Gäste sich nicht gezwungen sehen, teilzunehmen, doch welch andere Unterhaltung kann ich ihnen bieten? Mr James hat am Morgen selbstverständlich die Jagd abgesagt, da der Schnee zu stark fällt. Zumindest Gerald ist erfreut über den Ausfall, denn er kann die Jagd nicht ausstehen, aber die Herren hatten fest damit gerechnet. Was können wir ihnen sonst vorschlagen? Kartenspiele? Brettspiele? Versteckspielen?"

„Vielleicht besser nicht. Die Hausmädchen und Zimmermädchen werden noch bei der Arbeit sein." Nell stellte sich Mrs Fieldings Gesicht vor, wenn ihre geliebte Routine von versteckspielenden Gästen unterbrochen würde. „Wieso bauen Sie keinen Schneemann oder veranstalten eine Schneeballschlacht?"

Was sie als halbherzigen Scherz vorschlug, wurde von Lady Ansley dankend aufgegriffen.

„Welch ein Spaß. Das würde allen Freude bereiten." Doch dann machte sie ein langes Gesicht. „Ich kann mir nicht vorstellen, wie Hubert Jarrett oder Alice Maxwell im Schnee spielen, so gerne ich auch Hubert einen großen Schneeball direkt ins Gesicht werfen würde. Nell, ich weiß, Sie haben am Nachmittag die Hände voll mit den Vorbereitungen für unser Dinner, aber ich wäre Ihnen äußerst dankbar, wenn sie den Nachmittagstee beaufsichtigen würden. Er wird im Ballsaal stattfinden, da wir mitten in den Proben sein werden. Ich bin sicher, Mrs Fielding wird es schätzen, wenn Sie anwesend sind."

Das würde Mrs Fielding mit Sicherheit nicht, aber sie würde sich damit arrangieren müssen, dachte Nell und strukturierte gedanklich rasch ihren Zeitplan um. „Natürlich." Sie zögerte und fragte sich, ob sie etwas sagen sollte oder besser nicht. „Sorgt Ihr euch um die Revue, Lady Ansley?", fragte sie schließlich.

Lady Ansley zog eine Grimasse. „Ja", gab sie zu. „Unsere drei Musketiere, wie Gerald unsere angeblich erwachsenen Kinder gerne nennt, versuchen, die Revue zu einem Erfolg zu machen – sogar Helen gibt sich große Mühe. Richard treibt seine Schwester mit seinem typisch stürmischen Charakter in den Wahnsinn und

Helen folgt ihm gehorsam. Sophy, die für gewöhnlich diejenige mit dem gesunden Menschenverstand ist, hat sich aus der Planung zurückgezogen, weil sie anderweitig beschäftigt ist, aber nun zeigt sie mehr Interesse. Ich hoffe, der Schnee verhindert, dass sie für die Labour-Partei Flaggen schwenkt und stattdessen hinter den Kulissen hilft. Natürlich ist auch noch Rex über das Wochenende hier – so ein feiner junger Mann."

Nell stimmte ihr zu. Rex Beringer vergötterte Helen, die ihn kaum eines Blickes würdigte, weshalb er häufig Sophy zur Seite stand. Ihr war in der Tat schon einige Male der Gedanke gekommen, dass Rex und Sophy eine weitaus bessere Partie abgäben als Rex und Helen.

„Nichtsdestotrotz", sprach Lady Ansley weiter, „fürchte ich ..."

„Was genau, Lady Ansley?", hakte Nell nach.

„Ich weiß es nicht, Nell. Wenn ich es nur wüsste."

Zutiefst beunruhigt kehrte Nell in den Ostflügel der Bediensteten zurück. Es konnten nicht nur die Revue oder die Geisterversammlung sein, die Lady Ansley Sorgen bereiteten. Es musste mit Mary Ann Darling zusammenhängen und das brachte Nell auf eine Idee. Statt die Hintertreppe zum Ostflügel zu nehmen, ging sie die Prunktreppe herunter und durch den großen Saal, wo sie nach den Postkarten und Postern der Gaiety-Zeit Ausschau hielt, die dort ausgestellt waren.

Dort strahlten sie alle in ihrer ehemaligen Pracht: nicht nur die aktuellen Gäste von Wychbourne Court sondern auch Gertie Millar, Nellie Farren, der große Forbes-Robertson, Seymour Hicks, seine Frau Ellaline und ein Dutzend weitere, von denen sie einige nicht kannte. Eine der Postkarten stach jedoch heraus: die

Mary Ann Darlings. Nell inspizierte sie neugierig. Sie war tatsächlich bildhübsch – wobei das alle Gaiety Girls waren. Was war also so besonders an Mary Ann? Nell konnte es erst nicht festmachen, aber dann kam sie zu dem Schluss, dass es die Tatsache war, dass sie sich ihrer Schönheit nicht bewusst schien. Sie forderte nicht, vom Betrachter angehimmelt zu werden, wie es andere der Gaiety Girls auf den ausgestellten Bildern taten. Sie hätte Mary Ann Darling gerne kennengelernt, dachte Nell.

„Sie geben ein wunderbares Monster ab, Rex", kicherte Helen.

Sophy musste ihr zustimmen. Sie mochte Rex Beringer gerne, auch wenn ihre politischen Ansichten sich unterschieden – er verstand ihre Argumentation für den Sozialismus einfach nicht –, ihre Schwester jedoch interessierte sich nicht die Bohne für ihn. Trotzdem erwartete Helen, dass er um sie herumscharwenzelte, wie sie meinte, dass es ihr zustehen würde. Das war die Crux mit dem Schönsein, schätzte Sophy. Sie selbst kannte dieses Problem nicht und war froh, sie selbst zu sein und nicht Helen.

Obwohl er vielbeschäftigt war, war Rex eigens für das Wochenende aus London angereist, nachdem sie ihn gebeten hatten, bei der Revue zu helfen. Er war ein so unbekümmerter Mann, dass sie dachte, er würde einen furchtbaren Schauspieler abgeben, aber er entpuppte sich als erstklassig – zumindest, wenn man auf der Bühne mit einem falschen Monsterkopf herumstolzieren Schauspielern nennen konnte. Er spielte das Biest ihrer halbstündigen Pantomime, die sie für die zweite

Hälfte der Revue geplant hatten: *Die schöne Prinzessin und der biestige Schuft.*

Gerade lag Richard entspannt auf einem der Sofas des Blauen Salons, den sie ausgewählt hatten, um ihre Pläne für die Pantomime vor der Probe am Nachmittag noch einmal zu besprechen. Einen Probedurchlauf der Probe hatte er es genannt und war überraschend enthusiastisch, was ein gutes Zeichen war, dachte sich Sophy, da ihr Bruder sich in letzter Zeit für kaum etwas begeistern konnte. Sein Liebesleben war praktisch nicht existent. Er hatte sich seit mindestens einem Monat nicht mehr verliebt und unter den Gästen dieses Wochenendes gab es keine passenden Kandidatinnen.

„Vielen Dank, meine Schönheit", rief Rex Helen durch den Monsterkopf zu, während er eine weitere Runde durch den Raum stolzierte. Er war ein eher schlaksiger Mann, was es noch komischer machte, ihn mit der riesigen Attrappe auf dem Kopf zu sehen, dachte Sophy.

„Fangen wir mit der ersten Szene in der Heiratsvermittlung für Bestien an", gab Richard vor und hievte sich vom Sofa hoch, um in seiner Rolle als Angestellter der Agentur die Ansprüche des Biests an die zukünftige Braut aufzunehmen. Helen war selbstverständlich die ihn verachtende Schönheit. Sophy hatte man mit ihrer Zustimmung die Rolle der hässlichen Schwester überlassen, die sich gut vorstellen konnte, das Biest zu heiraten. Leider wollte das Biest sie jedoch nicht. Es war fest entschlossen, die Schönheit zu heiraten.

„Ich will eine Ehefrau!", heulte das Biest gehorsam.

Der Angestellte Richard sah gelangweilt auf. „Wessen Ehefrau wollt Ihr haben? Ha, ha, ha", setzte er nach.

„Ich werde es nicht sein." Helen gesellte sich auf den hochhackigen Schuhen schwankend zu ihnen.

„O doch, das werdet Ihr!", rief das Biest laut, Pantomime ausführend.

„Und was ist mit mir?", fragte Sophy klagend aufs Stichwort.

Das Biest sah sie abfällig an. „Ihr seid die hässliche Schwester. Euch will ich nicht."

Welch dumme Worte, dachte Sophy. Es waren nur Worte und doch versetzten sie ihr einen Stich. Dachte er wirklich so über sie oder war es nur seine Rolle? Als hätte er ihre Gedanken gelesen, nahm Rex den Monsterkopf ab und zwinkerte ihr zu.

„Glücklicherweise habe ich hier eine Mary Ann Darling auf meiner Liste stehen", sagte Richard.

„Wag es nicht, den Namen in der Aufführung zu erwähnen, Richard", rief Sophy entsetzt aus. „Mutter ist so schon bestürzt."

Richard zuckte mit den Schultern. „Wahrscheinlich nur wegen der neuen Kammerzofe, die heute anreist. Außerdem war es bloß ein Scherz."

„Nein", sagte Sophy entschlossen. „Irgendetwas ist faul an der Sache – so wie sie über das Mädchen gestern Abend im Salon gesprochen haben. Das ist definitiv kein Scherz."

„Das stimmt", sagte Rex ernst. „Ich erinnere mich daran, wie meine Mutter über sie geredet hat. Sie war die Mary Pickford der Bühne, große blaue Augen und langes blondes Haar. Natürlich nicht so hübsch wie Ihr, Helen", fügte er rasch hinzu, was Helen zum Lächeln brachte und Sophy zum Schaudern.

„Ist an der Geschichte über einen Mord etwas dran?", fragte Richard nun mit mehr Interesse.

„Woher sollte ich das wissen?", antwortete Rex. „Ich war ja noch ein Säugling, als sie verschwand."

„Vielleicht hat der Guv'nor des *Gaiety Theatres* sie kaltgemacht", warf Richard mit neuer Energie ein. „Was ich gerne wüsste: Könnte sie jemand der anwesenden Gäste abgemurkst haben?"

Sophy sah ihn noch entsetzter an. „Wir hatten letztes Jahr genug Gerede von Mord. Unsere Eltern halten das nicht noch mal aus, also wagt es nicht, das Thema anzusprechen."

Richard zuckte gleichgültig mit den Schultern. „Na gut, ich streiche den Satz. Aber vergiss nicht, dass Märchen voller Verbrechen und Menschen, die Morde planen, sind. ,Fee-fi-fo-fum, ich rieche Menschenfleisch' und all die bösen Hexen."

„Dann sollten wir unserem ein glückliches Ende verpassen", sagte Sophy bestimmt.

„Vergiss nicht, dass das Biest sich als ein schöner Prinz entpuppt. Schlag dir die bösen Hexen aus dem Sinn."

„Zauberer-haft", krönte Rex ihre Diskussion.

Neville Heydock lockerte sich die Krawatte und bereitete sich auf seinen Auftritt im Ballsaal bei der Probe vor. Nicht übel, munterte er sein Spiegelbild auf. Sein ,Jeeves', wie er Ronald Winter scherzend nannte, würde nicht an seiner Seite sein, aber gerade jetzt brauchte Neville Bestätigung. Er hatte seit Jahren eine Wochenendfeier auf Wychbourne Court besuchen wollen. Der leuchtende Stern der Musical-Bühnen und Schwarm aller Frauen zu sein, war eine Sache, hierher eingeladen zu werden, war in seinen Augen die gesellschaftliche Krönung. Wenn sie nur wüssten ... Bis zum gestrigen Abend hatte er kein Problem gesehen, nicht einmal obwohl Tobias hier war. Doch dann hatte er mit Entsetzen ausgerechnet Lynette gestern Abend die Treppe hinuntergleiten sehen, die sich wie gewöhnlich in fließendem Chiffon und Diamanten zur Schau stellte. Er hätte es ahnen sollen. Zumindest hatte sie die Krallen bisher nicht ausgefahren – vielleicht hatte sie zu viel zu verlieren, jetzt da sie wieder verheiratet war. Und um dem Ganzen noch die Krone aufzusetzen, war da noch Mary Ann. Warum, um Himmels willen, hatte Gertrude es angesprochen?

„Was für eine Überraschung“, hatte Lynette mit einem Funkeln in den Augen gesagt, als sie ihn sah. „Wie schön, dich wiederzusehen, *Darling*.“

„Hier stehen wir nun wieder zusammen auf der Bühne. Ich werde nur für dich singen, mein Schatz“, hatte er erleichtert geantwortet. Noch immer keine ausgefahrenen Krallen. Doch zu früh gefreut.

„Wie wäre es mit ein wenig Gershwin vielleicht? *The Man I* Don't *Love* aus *Lady, Be Good*?“

„Eine hervorragende Idee“, gab er so gleichgültig, wie er konnte, zurück. „Mir wäre *It Had to Be You* lieber.“ Nicht so schlagfertig, wie er gerne reagiert hätte, aber es würde genügen. Zumindest hatte sie kein Drama daraus gemacht und das trotz all dem Wirbel um Mary Ann und die guten alten Zeiten.

Doch das alles war gestern gewesen. Nun musste er während der verdammten Probe seine Show durchziehen. Sei charmant, bewahre Haltung und all das.

Auch Hubert Jarrett hatte sich widerstrebend auf den Weg in den Ballsaal gemacht. Als müsse er seinen besten Monolog üben. *Seinen*, nicht Shakespeares. Es war die Interpretation, die den Monolog vom Alltäglichen abhob. Abgesehen davon, würde er an Zeiten erinnert werden, die er lieber vergaß. Er hatte gedacht, dass diese Zeiten weit hinter ihm lagen und er sich dadurch relativ sicher fühlen konnte. Er hatte Constance eilends geheiratet, das *Gaiety Theatre* verlassen und hatte eine weitaus erfolgreichere Karriere auf der *wahren* Bühne hingelegt, die ihm schon bald – dessen war er sich sicher – den Ritterstand bringen würde. Er hatte die Einladung zum Wochenende ablehnen wollen, aber es hatte Constance am Herzen gelegen, Gertrude zu besuchen und er war ausnahmsweise ihrem Wunsch nachgekommen, in Anbetracht dessen, dass ihre Gastgeber Marquess und Marchioness Ansley waren und Lord Kencroft einer ihrer Gäste.

Und dann hatte ausgerechnet Gertrude Mary Ann erwähnt, woraufhin klar wurde, dass zumindest eine Person sich noch an *seine* Vergangenheit erinnerte.

Constance an seiner Seite lächelte zu ihm hinauf. „Du siehst großartig aus, Hubert. Du wirst die eindrucksvollste Person der Revue sein."

„Danke dir, meine Liebe." Er hatte keine Zweifel daran, dass sie recht hatte, doch dann erinnerte er sich an das, was er ihr hatte sagen wollen. „Ich habe Gertrude versichert, dass ich in der Revue mitspielen werde, aber ich habe ihr noch einmal erklärt, dass ich natürlich nicht stattgeben kann, dass ich oder du in der

Tanznummer zum Abschluss in Pierrots verkleidet auftreten."

„Und dennoch werde ich genau das tun, Hubert."

Ihre ruhige Antwort traf ihn – es war das erste Mal, dass sie sich ihm widersetzte – wie ein Schlag ins Gesicht. Doch er schwieg. Etwas anderes konnte er sich nicht leisten, nicht hier mit Tobias Rocke anwesend, dem Geheimniswahrer. Sogar seine Erzfeindin, diese Außenseiterin Alice Maxwell, war hier. Sie hatte damals am *Gaiety Theatre* in der Tat genau wie er nur kleine Rollen gespielt, doch nun strebte sie auf in *seine* Welt: Sie war bereits in Sarah Bernhardts Fußstapfen getreten und hatte Hamlet gespielt. *Seine* Rolle. Die Aufführung war bloß in einem kleinen Theater gewesen und ließ sich mit seinen eigenen Erfolgen gar nicht messen, aber trotz alledem hatte sie ärgerlich gute Kritiken erhalten. Natürlich nur weil sie eine Frau war, nicht weil sie irgendein Talent besaß. Irgendetwas musste dagegen unternommen werden.

Es war ihm zuvor nicht aufgefallen, dass das Wochenende Nachteile mit sich bringen könnte, doch nun fühlte er sich, als könne das Damoklesschwert jeden Augenblick fallen.

„Tobias!" Alice Maxwell fand ihn im Salon. „Schön, ich bin froh, dass du alleine bist. Ich würde dich gerne vor der Probe sprechen."

Tobias strahlte und erhob sich aus seinem Sessel. Er balgte sich gerne, besonders wenn er die Oberhand hatte, und Alice war eine würdige Sparringpartnerin. Ihr Auftreten war zumeist überwältigend, doch sie war eigentlich liebenswert. Früher hatte sie Fußmärsche für das Frauenwahlrecht angeführt und er war überrascht, dass sie sich die neuen Gesetze nicht zunutze gemacht hatte, um sich selbst zur Parlamentswahl aufstellen zu lassen. Tatsächlich zierte sie noch immer die Bühne, wobei dominieren es besser beschrieb. Beeindruckend, nichtsdestotrotz. Ihre Medea traf es auf den Punkt, wie sie das Messer schwang, mit dem sie gerade ihre Kinder umgebracht hatte. Ein Jammer, dass Sybil Thorndike sich die Rolle der Joan of Arc in Shaws Stück geschnappt hatte, die Rhetorik hätte wie angegossen zu Alice gepasst.

„Meine liebe Alice, wenn ich nur bleiben könnte. Doch leider muss ich gehen", erzählte Tobias ihr. „Ich habe Gertrude versprochen, ich würde sie zur Probe im Ballsaal begleiten. Sie ist so bestürzt, die arme Lady, dass sie das Unaussprechliche gestern Abend angesprochen hat. Hier stehe ich nun, bereits verspätet. Sollen wir unser kleines Schwätzchen später halten?"

Alice blieb auf dem Fleck stehen. Die Dame war es definitiv nicht gewohnt, ausgebremst zu werden. Schließlich hoffte sie doch, in Ellen Terrys Fußstapfen zu treten und die Würde der Dame verliehen zu bekommen.

„Was für ein Spaß das wird", versicherte er ihr im Gehen. „Alle Freunde wieder vereint."

Da war sich Alice nicht so sicher. Hierherzukommen, war ein Fehler gewesen. Es weckte alte Erinnerungen, erinnerte an alte, noch offene Rechnungen und am allerschlimmsten – an Ängste.

Tobias genoss es, die eindrucksvolle Treppe zu Gertrude hinaufzugehen. Es war tatsächlich schön, für dieses Wiedersehen in Wychbourne zu sein. Ganz wie die guten alten Zeiten, als er im *Gaiety Theatre* das erste Mal zu dem Ruf des Geheimniswahrers gekommen war. Den Namen hatte er verdient. Einige der Geheimnisse hatte er fast vergessen, aber es war überraschend, wie sie zu ihm zurückkamen, als er jenen wieder gegenüberstand, die er vor so vielen Jahren getröstet hatte. Die Geschichte um Mary Ann Darling war natürlich ein gefährliches Terrain, aber nach all der vergangenen Zeit konnten sie sich damit befassen, wenn er sorgsam vorging.

„Mein lieber Tobias", grüßte Gertrude ihn erleichtert, als er in den Salon trat. „Du bist noch immer ein solch wunderbarer Trostspender."

„Du hättest Mary Ann nicht erwähnen sollen, meine liebe Gertrude", sagte Tobias sanft.

„Ich weiß", sagte sie reumütig, „und doch habe ich es getan."

„Es spielt keine große Rolle. Bald wird es vergessen sein."

Gertrude sah ihn überrascht an. „Aber dieser schreckliche Gedanke – *Mord* –, wie könnten unsere Gäste das vergessen?"

„Es wird flüchtig die Rede davon sein und dann wieder in Vergessenheit geraten. Weiter darüber zu reden, würde neuen Klatsch, wenn nicht sogar Beweise verlangen und beides hat es nicht gegeben. Arme Mary Ann. Es ist über dreißig Jahre her, seit sie verschwunden ist und irgendwie ihr Leben verlor. Sie hatte allerhand Leidenschaft entfacht."

„Wer hat mit ihr an jenem Abend gegessen, Tobias?", fragte Gertrude plötzlich.

„Du weißt es nicht, meine Liebe? Dann liegt es nicht an mir, es dir zu sagen.“

„Jeder, der im *Romano's* aß, muss es gewusst haben“, plädierte sie.

„Das ist unwahrscheinlich, denn ich gehe davon aus, dass Mary Ann und ihr Begleiter einen privaten Raum hatten.“

„Also weißt du doch mehr darüber, Tobias“, sagte sie scharf.

Er schüttelte den Kopf. „Gertrude, ich bitte dich. Das facht die alten Spannungen zu sehr an. Sollen wir nicht vielleicht die Aufführung morgen im *Coach and Horses Inn* absagen? Das Wetter ist schließlich rau und es schneit noch immer.“

„Aber wie können wir das tun?“, fragte sie verzweifelt.

„Ich gehe hinunter in den Ballsaal, sprich du mit Gerald, Gertrude. Jetzt gleich. Ich habe ihn im Zimmer des Verwalters gesehen.“

„War es denn so eine schlechte Idee, der Revue zuzustimmen, Gerald?“ Gertrude konnte an seinem Gesicht ablesen, was ihr Ehemann antworten würde. Sie dachte nicht nur an die Revue. Die neue Kammerzofe war aus London gekommen und schien – nun, ihre Mutter hätte sie als schwierig bezeichnet.

Gerald blickte ernst drein. „Nicht die Revue selbst. Das konntest du ja nicht wissen“, sagte er.

„Von Mary Ann Darling?“, fragte sie ängstlich. „Du musst sie gekannt haben, nicht?“

„Das habe ich. Ich bewunderte ihr Schauspiel und ich habe sie in meiner Zeit als Weiberheld an deinem Bühnenausgang kennengelernt. Sie war sehr hübsch.“

Gertrudes Ängste nahmen zu. Sie hatte Mary Anns Rolle im Stück übernommen. Hatte Gerald sie deshalb geheiratet? Nicht ihretwegen, sondern weil sie ihn an Mary Ann erinnerte? Mary Ann hatte den Postkarten zufolge blonde Haare gehabt, wohingegen Gertrudes braun war, aber selbst dann …

„Weißt du, was ihr zugestoßen ist?", platzte es aus ihr heraus.

Gerald wurde nur äußerst selten wütend. „Wenn ich es gewusst hätte, dann hätte ich eine solche Information an die Polizei weitergegeben."

„Aber natürlich, das weiß ich", stockte sie. „Tobias findet, wir sollten die Revue absagen."

Nun beruhigte Gerald sich. „Absagen? Was für ein Unsinn. Komm, Gertrude, stellen wir uns den Raubtieren in unserer Manege." Er nahm sie in den Arm und schon fühlte Gertrude sich besser.

Sie nahm seinen Arm und gemeinsam gingen sie in den Ballsaal. „Lass uns diese *unmögliche* Revue aufführen", flüsterte er ihr amüsiert zu, als sie den Saal betraten.

Flatternde Flamingos, was war nur los?, fragte sich Nell. Mrs Fielding wirkte beinahe froh, sie zu sehen, als sie in den Destillierraum kam, um ihr mitzuteilen, dass sie beim Nachmittagstee helfen würde, wo Mrs Fielding doch normalerweise ihren eigenen Bereich sehr bestimmt verteidigte.

Es stellte sich heraus, dass zwei Ereignisse zu Nells plötzlicher Beliebtheit beigetragen hatten. Zunächst hatte sich Miss Paget als ernst zu nehmende Herausforderung entpuppt, denn es schien einen Streit darüber zu geben, ob der Earl Grey, der Miss Maxwell serviert worden war, die echte Mischung des Teehändlers Jacksons of Picadilly war oder nicht. Und dann noch die Aufregung um die Ankunft von Miss Jenny Smith, Lady Ansleys neuer Kammerzofe. Aufgrund des starken Schneefalls war sie mit dem Ackerwagen bis Wychbourne gekommen, doch anstatt sich bei Mrs Fielding im Ostflügel anzumelden, war sie flott durch den Haupteingang von Wychbourne Court marschiert und hatte darauf bestanden, dass Mr Peters sie zu Lady Ansley brachte. Schließlich arbeite sie für Lady Ansley und nicht für die Haushälterin.

„Der Schokoladenkuchen sieht wunderbar aus", sagte Nell herzlich zu Mrs Fielding, als sie zum Ballsaal gingen und sie wurde damit belohnt, dass Mrs Fielding versuchte, sich die Freude über das Kompliment nicht anmerken zu lassen. Danach musste Nell ihre Aufmerksamkeit zweiteilen und Tee sowie Sandwiches und Kuchen am hinteren Ende des Ballsaals servieren, aber gleichzeitig auch beobachten, was sich vorne auf der Bühne zutrug. Gedankenverloren nahm sie sich selbst eines der Gurkensandwiches, während sie so zusah. Da fühlte sie sich plötzlich wie Algernon aus *The Importance of Being Earnest*, der sie alle selbst futterte. Mr Jarrett, der gerade seinen Monolog aus *Hamlet* wiedergab, würde es mit Sicherheit für respektlos erachten. Nach ihm hielt Alice Maxwell ihren Monolog, aber dann kam endlich die Komödie.

Es war schwer vorstellbar, dass dies dieselben Menschen waren, die einander gestern Abend so heftig angegangen waren, dachte Nell. Und doch arbeiteten sie nun anscheinend in Harmonie zusammen. Sie war nicht die einzige Person, die die Probe aus der Entfernung beobachtete.

„Miss Drury, dürfte ich Sie wohl um einen Gefallen bitten?", sprach eine zaghafte Stimme neben ihr.

Es war Mr Trotter, der sie mit zitternden Händen fast am Ärmel zupfte. Er schien auf keine Antwort zu warten und sprach gleich weiter. „Lady Clarice hat vorgeschlagen, dass ich mich bezüglich meiner kleinen Zusammenkunft heute Abend an Sie wende. Wir werden nach dem Dinner im Gelben Salon zusammenkommen."

Was um alles in der Welt war nur los? Im Nachhinein erinnerte sich Nell, was Arthur Fontenoy ihr über die Versammlung zum Gespenster herbeirufen erzählt hatte. „Dann planen Sie also, die Gespenster zu fotografieren?"

„Ich bevorzuge den Begriff Geist. Es wird keineswegs eine formelle Geisterführung. Lady Clarice erwähnte, dass es bei einer vorherigen Führung einen bedauernswerten Vorfall gegeben hat, aber meine Zusammenkunft wird keine Wiederholung dieser Ereignisse sein."

„Wie erleichternd." Sie zwang sich zu lächeln, wenn auch verhalten. Wenn man Lady Clarice (und tatsächlich einigen weiteren Leuten) Glauben schenkte, gab es viele Geister auf Wychbourne Court, doch glücklicherweise traten sie nur selten in Erscheinung. „Wie kann ich Ihnen helfen?", fragte sie.

„Ich würde Sie gerne einfach nur fotografieren, um die Geister zu ermutigen."

Da haben wir es also, dachte Nell misstrauisch.

„Vielleicht haben Sie einige meiner Arbeiten gesehen", führte er fort. „Besonders stolz bin ich auf den guten Doktor Griffith. Eine wahrhaft erfolgreiche Sitzung. An seiner Seite sieht man den Geist seiner verstorbenen Frau. Mein anderer großer Erfolg war die im Exil lebende Weißrussin Grand Duchess Frederica, die von ihrer Tochter besucht wurde, welche in der Revolution ums Leben gekommen war."

„Wieso fragen Sie mich?", fragte sie vorsichtig.

„Lady Clarice glaubt, dass Sie übernatürliche Fähigkeiten besitzen und helfen könnten, einige der Geister von Wychbourne Court herbeizurufen, indem Sie sich auf sie konzentrieren."

Nell war entsetzt. Übernatürliche Fähigkeiten? Sie? „Und wenn nichts passiert?", fragte sie und versuchte ruhig zu bleiben, merkte jedoch, wie ihre Stimme piepsig wurde.

„Dann werden Sie ein bezauberndes Portrait von sich haben, geschossen von einem der besten Fotografen Englands, mir, und mehr nicht. Lady Clarice war es sehr wichtig, dass ich Sie frage."

Nell gab sich geschlagen, genervt davon, wie wichtigtuerisch der Mann doch war. Aber letztendlich konnte ihr nichts passieren, es war nur ein Foto.

Stimmte das wirklich? Das Dinner war gut gelaufen, aber hier war sie nun zu einer Uhrzeit, zu der sie lieber unter ihre Decke geschlüpft wäre und ging mit Lady Ansley und ihren Gästen die Prunktreppe zum Gelben Salon im Westflügel hinauf. Die elektrischen Lichter waren gedimmt und flackerten, da dem Generator von Wychbourne das kalte Wetter missfiel, was eine passende Atmosphäre für Gespenster – nein, *Geister*, korrigierte Nell sich – schuf. Eine Zeit lang hatte es Gerüchte gegeben, dass das Dorf an den Hauptstromkreis angeschlossen und so der Generator von Wychbourne Court abgelöst würde. Für Nell konnte dies nicht bald genug passieren. Die Küche hatte zwei kleine elektrische Öfen, die immer dem Risiko der regelmäßigen Ausfälle ausgeliefert waren, sodass schon so einige Soufflés und Gemüsegerichte verhunzt worden waren. Eine sichere Stromversorgung wäre ein Segen.

„Ich denke da an eine Fotografie von uns allen, Mr Trotter", verkündete Lady Clarice, „aber insbesondere brauchen wir eines von den Gaiety Ladys."

„Aber ja, Lady Clarice", antwortete Mr Trotter. „Sind die Barographen bereit? Die Temperatur ist entscheidend."

Lady Clarices energischem Nicken nach zu urteilen, waren sie bereit. „Ich sollte Ihnen erklären", sagte sie, „dass Mr Trotter sehr erfolgreich bei Geistern jener, die wir besonders geschätzt haben, ist, doch heute hat er freundlicherweise angeboten, zu versuchen, die Geister des *Gaiety Theatres* herbeizurufen. So viele von Ihnen werden an sie denken, dass sie überzeugt werden, hierher zu kommen. Miss Drury ist auch hier, um mit ihren übersinnlichen Eigenschaften mitzuwirken."

Wie um alles auf der Welt war Lady Clarice nur auf diese alberne Idee gekommen?, fragte sich Nell. Es war sicherlich harmlos, überlegte sie, wenngleich auch völlig unbegründet, drum würde sie Lady Clarice zuliebe mitspielen. Konzentriere dich auf Wychbourne, sagte sie sich. Ihre eigenen Vorfahren wären in dieser Umgebung vollkommen verloren gewesen. Denk an Geister: Angeblich würden die Geister von Wychbourne sie ermutigen, zu erscheinen. Genau, sie würde an Calliope denken, den singenden Geist, und an Adelaide, die Ehefrau des vierten Marquess und vielleicht auch an den verfluchten Kreuzritter, den guten alten Sir Thomas. Sie würde all das Geschwätz über das Theater und Mary Ann Darling aus ihren Gedanken verbannen, zumindest vorübergehend.

„Zuerst werden wir die Orte aufsuchen, die die Geister von Wychbourne Court für gewöhnlich heimsuchen, damit sie anfangen können, ihre Freunde vom *Gaiety Theatre* herbeizurufen", sagte Mr Trotter stolz.

Nell gab sich große Mühe und folgte brav Mr Trotter und Lady Clarice, die die Gruppe zu den verschiedenen Orten führten, die die Geister heimsuchten. Da gab es zum Beispiel Calliope, die den Korridor des Westflügels mochte, und Adelaide, die eines der leeren Gästezimmer bevorzugte. Und natürlich noch Violet – wie hatte sie bloß ihr Lieblingsgespenst, die liebe gute Violet vergessen können?, fragte sich Nell. Nun ja, jetzt war es zu spät, um sich auf sie zu konzentrieren.

Bisher hatte sich die Gruppe relativ gut benommen und gelegentliches Gekicher wurde rasch überspielt, als die Gruppe in den Gelben Salon zurückkehrte.

„Und nun, Mr Trotter", verkündete Lady Clarice, „sind wir bereit für das Bild der Gaiety-Darsteller."

Aus Sorge, ein Grinsen könne sie verraten, konzentrierte Nell sich auf die Gaiety-Darsteller, wie sich Lady Ansley, Lady Kencroft, Mrs Reynolds, Miss Maxwell, die Jarretts, Mr Heydock und Mr Rocke in feierlicher Weise auf und um eines der großen Sofas versammelten.

„Gerald?", rief Lady Clarice ihren Bruder spitz herbei.

„Charles und ich zählen nicht“, antwortete Lord Ansley. „Wir waren bloß Weiberhelden an den Türen des Theaters.“

„Komm doch her, Gerald“, bat ihn Lady Ansley.

Sie hat Angst, bemerkte Nell plötzlich beunruhigt. Und es war nicht nur Lady Ansley. Alle Anwesenden waren nervös. Vielleicht war es lediglich ihre Einbildung, aber im flackernden Licht der Lampen und Mr Trotter, der in der eisigen Stille ständig an seiner Kamera herumpfriemelte, war es ein Leichtes, zu glauben, dass die Geister des *Gaiety Theatres* sich versammelten.

Kapitel 3

Noch immer fiel der Schnee unermüdlich zu Boden. Es half nichts, noch länger zu warten. Es war Samstagmorgen, schon zehn Uhr und Nell war gerade von einer entmutigenden Unterhaltung mit Mr Fairweather über ihren für das Abendessen geplanten Salade Niçoise mit Sellerie zurückgekehrt. Den konnte sie also vom Menü streichen. Nun musste sie sich eben etwas anderes überlegen. Ein Kartoffelgratin mit einem Hauch Anchovis vielleicht? Kaum überraschend war die frühmorgendliche Lieferung mit Blumen und Gemüse von dem Wetter betroffen, aber mit etwas Überredungskunst hatte sie erreicht, dass Mr Fairweather ihr etwas Chicorée und Spargel aus den beheizten Gewächshäusern abtrat.

Nun musste sie nur noch die Änderungen am Menü mit Lady Ansley besprechen, aber dies sollte nicht zu kompliziert werden. Am Vorabend war der Fototermin mit den Geistern überraschend reibungslos verlaufen, sogar das letzte Treffen im Gelben Salon. Es waren keine Gespenster aufgetaucht, aber Mr Trotter war sicher, dass welche der Gaiety-Geister unter ihnen waren. Niemand hatte ihm widersprochen.

Die Revue am Abend würde jedoch weitere Herausforderungen mit sich bringen. Tatsächlich hatten diese schon begonnen. Sie hatte von Mr Peters gehört, dass der Schnee bedauerlicherweise nicht stark genug fiel, um die Revue abzusagen, was wiederum bedeutete, dass Kulisse, Möbel und Requisiten mit dem Lastwagen des Bauern Pearson und dem alten Tonneau, dem zweirädrigen Pferdefuhrwerk, zum *Coach and Horses Inn* befördert werden mussten, da die meisten Automobile (wie auch ihr eigenes) und die Lieferwagen nicht ansprangen.

„Zumindest können Pferde nicht eingeschneit werden“, hatte sie es kommentiert.

„Die Jagd ist schon wieder abgesagt“, hatte Mr Peters finster geantwortet.

Eine weitere Herausforderung, die wieder zu verstimmten Gentlemen führen würde, die ihrem Wochenendvergnügen beraubt waren, da es morgen auch keine Jagd geben würde, schließlich fanden sonntags keine Jagden statt.

Als Nell im Salon ankam, war sie erleichtert, Lady Ansley in besserer Laune als erwartet vorzufinden.

„Wart Ihr mit der Probe gestern zufrieden?“, fragte Nell, nachdem die Menüs für den Nachmittagstee und das späte Abendessen besprochen waren. Nell war nicht sicher gewesen, ob die Suppe und das leichte Buffet am späten Abend Zustimmung finden würden – kein Lauch, kein Spinat, hatte Mr Fairweather ihr grimmig mitgeteilt.

„Zum Glück gab es erstaunlich wenige Probleme“, antwortete Lady Ansley und nahm Nells Vorschläge, ohne zu murren, an. „Richard schien zumindest glücklich damit, wobei, wenn man die Verladung der Kulisse bedenkt, scheint eher Sophy die Verantwortung zu übernehmen.“

Von dem, was Nell von der Probe gesehen hatte, während sie Tee serviert hatte, würde die Revue kaum für das Londoner Palladium geeignet sein, aber sie war recht passabel und sie freute sich auf den bevorstehenden Abend.

„Ich bin froh, sagen zu können, dass Mr Jarrett nun zugestimmt hat, im *Coach and Horses Inn* aufzutreten und Mrs Jarrett und ich sind sehr erleichtert", fuhr Lady Ansley fort. „Miss Maxwell ist auch zufrieden – und das ist ein wahrer Triumph. Mrs Reynolds war nicht besonders glücklich, mit Meydock auf einer Bühne zu stehen, aber sie hat ihre Bedenken überwunden und Mr Heydock bekundete, sich schon zu freuen. Ich gestehe, es war doch überraschend, aber alles deutet darauf hin, dass es glatt über die Bühne gehen wird."

Trotzdem entging Nell der rasche nervöse Blick Lady Ansleys nicht.

„Und die Geisterfotografien?", fragte sie vorsichtig.

„Mr Trotter will sie am späten Nachmittag fertigstellen. Er ist fleißig dabei, sie zu entwickeln und zu drucken. Ich hoffe sehr ..." Lady Ansley hielt inne. „Ich muss gestehen, Nell, dass ich nicht weiß, *was* ich hoffe. Sollte ich hoffen, dass die Fotografien die Geister von Wychbourne Court über uns schweben zeigen, was Lady Clarice erfreuen und die Skeptischeren unter uns verängstigen wird, die die Geister bisher für eine Legende hielten? Oder sollte ich hoffen, dass keine Geister erscheinen, in welchem Falle Lady Clarice bitter enttäuscht sein wird?"

Sie hielt erneut inne und fügte dann hinzu: „Und was, wenn die Fotografien tatsächlich den Guv'nor zeigen oder noch schlimmer?"

Vorsicht, Nell, ermahnte sie sich selbst. Der Schatten von Mary Ann Darling konnte noch immer in der Luft schweben. „Wir könnten auf einige verschwommene

Schatten hoffen, die alle zufriedenstellen würden“, sagte sie heiter.

„Sie könnten solchen Schatten Namen zuordnen, wenn nötig“, lachte Lady Ansley nun leicht.

„Eine exzellente Idee“, sagte Nell ernst und hoffte, dass es ein Scherz gewesen war, da sie nicht anwesend sein würde, wenn sie die Fotografien begutachteten.

„Natürlich müssen Sie anwesend sein, wenn Mr Trotter seine Ergebnisse am Nachmittag präsentiert“, sagte Lady Ansley, ohne das Gesicht zu verziehen.

Nell stöhnte innerlich. Je weniger sie von Mr Trotter sah, desto besser. Er schien überall aufzutauchen, aber zumindest bot er eine Ablenkung, vielleicht war er die Ruhe vor dem Sturm. Vielleicht in etwa so wie die Ruhe, bevor die Milch überkocht, überlegte Nell.

Als sie jedoch wieder zurück in ihrem Reich, der Küche, war, schien alles eher ruhig.

Sie und die anderen höhergestellten Bediensteten (um die alte Ausdrucksweise zu gebrauchen, die man heute nur noch selten hörte) nahmen ihr Mittagsmahl häufig im Bedienstetensaal mit den restlichen Angestellten ein, anstatt unter sich im Speisesaal der Butler. Heute war ein neues Mitglied unter ihnen, Miss Jenny Smith, die neue Kammerzofe für Lady Ansley (und auf Wunsch auch Lady Helen). Sie war nicht zum Frühstück oder am Vorabend erschienen, daher war Nell gespannt, sie kennenzulernen.

Miss Smith kam von einer der Londoner Agenturen und entpuppte sich von einem ganz anderen Schlag als ihre Vorgängerin Miss Checkham. Sie war lebhaft, hübsch und schien ganz offensichtlich ihren eigenen

Kopf zu haben, gemessen daran, wie sie die Szene dominierte, als Nell hereinkam.

Es gab unter den etwa zwanzig Anwesenden im Bedienstetensaal nur ein Gesprächsthema: die Revue. Zur Freude der Angestellten wurden ihnen Karten für einen Schilling angeboten. Wirklich kein Wunder, dachte sich Nell, schließlich war es eine Gelegenheit, die Familie zu sehen, für die sie arbeiteten – die einige der Bediensteten sonst nie sahen und auch die restlichen nur selten. Sie auf der Bühne herumspringen zu sehen, wollte sich niemand entgehen lassen.

Mrs Squires freute sich insgeheim, denn sie hatte den Abend frei und konnte problemlos die Revue besuchen. Kitty hatte nicht so viel Glück und Michel war für das späte Abendessen verantwortlich. Kitty war nicht nur besonders verärgert, weil sie Neville Heydock nicht singen hören würde, außerdem hatte sie nun einen Freund im Dorf und *er* würde hingehen.

„Alle außer mir gehen hin", beschwerte sie sich.

„Was ist mit Ihnen, Mr Briggs?", fragte Mrs Fielding, aber er schüttelte nur heftig den Kopf.

„Befürworten Sie solch unanständiges Treiben etwa nicht?", kicherte Miss Smith.

Nell ärgerte sich, dass niemand Miss Smith wegen Mr Briggs gewarnt hatte. Als Lord Ansleys Kammerdiener nahm er seine Arbeit sehr ernst, aber das war die Obergrenze seiner Kräfte. Er achtete nicht viel auf die heutige Welt, die ihm Probleme bereitete. Seine abendlichen Ausflüge, um dem Gesang der Nachtvögel auf dem Gelände und dem abgegebenen Wald zu lauschen, genügten ihm.

Er sah sie ausdruckslos an und begann, immer wieder zu summen: *„Mademoiselle from Armenteers, parley-vous."*

Nell wusste, dass er kurzzeitig wieder an der Westfront war, sein Kopf voller Lärm von Schüssen und Granaten, Seite an Seite mit den Liedern, die die Truppen beim Marschieren gesungen hatten oder in den *estaminets*, wenn sie eine Pause machten. „Die Karten sind heute ausverkauft", mischte Nell sich schnell ein, während er leise weitersummte und gelegentlich sang. „Das bedeutet, dass viel Geld gespendet wird."

„Es kommt mir trotzdem falsch vor", sagte Mr Peters. „Jeder Hans und Franz kommt die Familie angaffen."

„Aber das macht doch nichts, wenn die Aufführung gut ist, oder?", gab Nell zurück.

„Sie werden Lord Richards Stück streichen", kommentierte er düster. „Es geht um diese Mary Ann Darling, wegen der alle so aufgebracht sind."

Nell war sprachlos. Es war sehr untypisch für Mr Peters, Gerüchte aus dem Haupthaus weiterzutratschen. Die Zeiten änderten sich, aber so schnell nun auch wieder nicht. Ein solches Thema jetzt anzuschneiden, zeigte, wie sehr der Aufruhr am Donnerstag Mr Peters erschüttert haben musste.

Mrs Squires sah von ihrem Apfelstreusel auf. Sie war eine hervorragende Beiköchin, aber nie zufrieden mit ihrer eigenen Arbeit, dabei wagte es unter ihrem Adlerblick keine Brotkrume, aus der Reihe zu tanzen.

„Die verschwundene Dame?", fragte sie. „Meine Freundin Ethel kannte sie, die Freundin, mit der ich heute Abend zur Revue gehe. Sie ist die Ehefrau des lieben John, der die Bäume auf dem Anwesen fällt. Vorher haben sie in einem der Cottages Seiner Lordships in Mill Lane gewohnt. Bevor sie John geheiratet hat, war Ethel die Ankleiderin der Dame am alten *Gaiety Theatre* und Ethel sagt, Miss Darling war ganz reizend. Sie schwebte über die Bühne wie eine Prinzessin im Märchen. Und abseits der Bühne war sie auch nett. Das kommt nicht so häufig vor, hat mir Ethel erzählt. Alle Gentlemen waren hinter Miss Darling her. Ethel war so schrecklich traurig, als sie verschwand. Sie verließ das Theater und hat Miss Darling nie wieder gesehen. Keiner sah sie jemals wieder."

„Vielleicht hat die böse Hexe sie gekriegt, falls sie wirklich eine Prinzessin war", sagte eines der Küchenmädchen finster.

Einige dieser Mädchen glaubten noch so halb an Hexen und Flüche, dachte Nell. Aberglaube war im Dorf noch weit verbreitet.

„Wohl eher ein Verrückter", kommentierte Mrs Fielding. „Böse Hexen, na klar."

„Ethel hat mir einmal erzählt", sprach Mrs Squires beharrlich weiter, „dass Miss Darling schon eine Weile nicht ganz sie selbst gewesen war."

„War sie an jenem Abend verstimmt gewesen?", fragte Nell. Auch wenn jemand Arthur erzählt hatte, dass sie sich normal verhalten hatte, mochte eine zuverlässige Meinung wie die Ethels interessant sein.

„Oh, aber ja. Sie sagte, sie würde zum Dinner ausgehen, als sie sich nach der Aufführung umzog. Sie sah bezaubernd aus, obwohl sie so besorgt war, sagte Ethel. Aber sie war wohl auch vorfreudig."

„Weiß ihre Freundin, was aus ihr geworden ist?", fragte Mrs Fielding.

Mrs Squires zögerte. „Ethel vermutete immer, dass sie ermordet wurde", flüsterte sie dann.

Ermordet? Nell sah in die Gesichter der Anwesenden. Einige sahen schockiert aus, einige neugierig und eine gespannt auf weitere Gerüchte. Nell musste einfach fragen: „Wieso das, Mrs Squires?"

„Ethel sagt, dass Miss Darling eine liebe Dame war und sie hätte jemandem einen Hinweis gegeben, wenn sie freiwillig gegangen wäre. Aber sie hat keinen Ton gesagt, also muss sie ermordet worden sein."

Nell zwang sich dazu, sich auf ihre Prioritäten zu konzentrieren. Auch wenn Mary Anns Verschwinden wichtig war, hatte es nichts mit Wychbournes Revue zu tun. Es war 1926 und sie war vor über dreißig Jahren verschwunden. Mary Ann musste warten.

„Wird alles gut gehen, Katie? Ich wünschte, ich hätte Richards verrückter Idee nie zugestimmt", jammerte Getrude. „Mir ist überhaupt nicht danach, in das Kostüm des Pierrot zu steigen und mich vor all den Menschen zur Schau zu stellen." Mit dem bevorstehenden Ereignis schwand ihre vorherige Zuversicht rasch.

„Unfug", sagte Katie Kencroft bestimmt. „Zunächst einmal haben wir diese furchtbaren kurzen Rüschenkleider, die die Pieretten oft tragen, gegen die Kostüme der Herren eingetauscht, sodass wir sie über unsere Kleider ziehen können. Und außerdem lief die Probe gestern Abend gut. Das hast du selbst gesagt. Charles sagte, es war grandios und wenn mein Ehemann so etwas sagt, dann muss es wirklich gut sein."

„Aber da haben nur wir zugesehen. Nun treten wir vor einem Publikum auf. Vor einem *öffentlichen* Publikum."

„Welches sich darauf freut, uns zu sehen", betonte Katie. „Das wird eine Mordssache, besonders die clevere Pantomime-Einlage, die dein Sohn geschrieben hat. Dein Lied wird die Krönung des Ganzen – unser *Pièce de résistance*. Du singst noch immer so zauberhaft und Tobias stimmt mir zu."

„Ich glaube euch beiden nicht."

„Tobias kann das gut einschätzen. Erinnerst du dich nicht an das eine Mal, als wir das Tempo eines Liedes im ersten Akt von *The Flower Shop Girl* ändern wollten? Es war *Roses in the Snow* und wir haben nicht auf ihn gehört. Tobias hatte recht. Es passte einfach nicht und Mr Edwardes war außer sich."

Gertrude seufzte. „Du hast recht, Katie." Sie zögerte. Sollte sie ihre wahren Ängste aussprechen? Katie war einmal eine gute Freundin gewesen, aber das war lange her. Katie hatte Charles Kencroft geheiratet und sie Gerald. Nun lebten sie getrennte Leben und hatten sich seitdem nur ein- oder zweimal gesehen. Sie hatte Katie in *Country Life* und Lynette in *Play Pictorial* gesehen, aber es waren nur Bilder, nicht die Mädchen, die sie gekannt hatte. Katie lebte nun in Nordengland und obwohl Gerald manchmal erwähnte, Lord Kencroft bei *Boodles* getroffen zu haben, hatte sie nichts von Katie gehört. Inzwischen war die zierliche, lebhafte, hübsche Katie, an die sie sich erinnerte, zu einer angenehm anmutigen Dame geworden, aber hatte sie sich noch in anderer Hinsicht verändert?

Gertrude entschied sich, es anzusprechen. Was hatte sie zu verlieren? „Es ist das Mysterium rund um Mary Ann Darling, das mir Sorge bereitet."

Katie verzog das Gesicht. „Du bist in ein Fettnäpfchen getreten, Gertie, aber woher hättest du das wissen sollen? Es ist ein heikles Thema, weshalb wir damals nicht darüber geredet haben."

„Aber wieso ist es so heikel?", bohrte Gertrude weiter, entschlossen, das Rätsel endlich zu lösen.

„Ich weiß es nicht. Es war einfach ein Tabuthema, weil wir uns alle schuldig fühlten, dass sie in Sorge schien und wir entweder es nicht bemerkt haben oder nichts getan haben. Es war definitiv eine schwere Zeit für uns mit all der Polizei dort und all den Fragen. Wir waren alle bestürzt – Lynette zum Teil, weil Neville an jenem Abend nicht bei ihr war und der Polizei gesagt hatte, dass er Mary Ann getroffen hatte. Alice war außer sich, weil Mary Ann verschwunden war, weil sie gute Freundinnen gewesen waren, Constance war sauer, weil Hubert ganz in Mary Ann vernarrt war und sie im Restaurant *Romano's* allein zurückließ, und Tobias drehte völlig durch, als sie verschwand."

„Und du, Katie?", wagte Gertrude es zu fragen.

Katie zögerte. „Ich habe sie gemocht, Gertie. Aber als du kamst, war ich froh. Der Bann schien gebrochen, unter dem wir alle seit Mary Anns Verschwinden gestanden hatten, vielleicht sogar schon eine Weile vorher. Es war kein angenehmer Bann gewesen. Aber du warst eine Außenseiterin und brachtest frischen Wind. Das bedeutete, dass ich nicht so viel über Mary Ann nachdenken musste."

Gertrude stand noch immer vor einem Rätsel. „Habt ihr nicht untereinander über sie geredet? Ihr müsst doch gewusst haben, mit wem sie im Restaurant war."

„Falls ja, erinnere ich mich nicht daran." Katie warf ihr einen Blick zu und sah, dass sie nicht überzeugt war. „Tobias weiß wahrscheinlich mehr darüber", fügte sie abwehrend hinzu. „Wenn jemand eines ihrer Geheimnisse kannte, dann er."

„Aber dann hätte er es der Polizei gesagt. Mary Ann war *verschwunden*."

„Das stimmt. Ich vermute, dass Tobias geschwiegen hat, typisch für ihn."

„Sogar wenn sie *wirklich* ermordet wurde?"

„Wenn die Polizei das gedacht hätte, wären wir alle unter Verdacht gewesen, aber ich erinnere mich nicht, dass Mord im Raum stand, als wir befragt wurden. Aber, Gertie", sagte sie dann, „zum einen ist es an der Zeit, dem drolligen Mr Trotter zu seinen Aufnahmen zu gratulieren und zum anderen müssen wir Mary Ann vergessen. Wir wissen nicht, wo es sonst hinführen könnte."

„Du hast ja recht, Katie", sagte Gertrude. Aber was sie dachte, war: *hinführen* könnte? Gerald hatte das *Gaiety Theatre* gekannt, bevor er sie kennengelernt hatte.

Nell gab sich große Mühe, Mr Trotter ernst zu nehmen, aber es war nicht einfach. Lady Clarice strahlte an seiner Seite und Mr Trotter führte sich wie ein Filmstar auf. Die Fotografien lagen auf einem Tisch im großen Saal aus. Sie waren von den kleinen Glasscheiben entwickelt und gedruckt und lagen nun alle in Kartonrahmen aus. Als Nell eintraf, waren nicht nur Lady Ansley und Lady Kencroft dort, sondern auch alle anderen Gäste, bis auf Mr Jarrett. Auch Lord Ansley fehlte, bemerkte sie.

„Wie viele Geister sind aufgetaucht, Trotter?", fragte Mr Heydock, dessen Skepsis ihm vom Gesicht abzulesen war, wie Nell auffiel.

Lady Clarice ließ Mr Trotter keine Gelegenheit, selbst zu antworten. „Solch wundervolle Ergebnisse. Sehen Sie nur, Mr Heydock. Es kann keine Zweifel daran geben, dass wir die Ehre hatten, gestern Abend von Adelaide besucht worden zu sein. Die Ärmste war mit dem vierten Marquess verheiratet. Ein Jammer, dass sie den Verstand verloren hat und dachte, Florence Nightingale zu sein. Sie bestand darauf, die Angestellten zu heilen, obwohl sie gar nicht krank waren. Und was für eigenartige Arzneien. Ich habe an ihre traurige Geschichte gedacht, als die Fotografie aufgenommen wurde und sie hat mich *gehört*."

Nell beäugte die Aufnahme, mit der Lady Clarice aufgeregt herumwedelte. Darauf saß Lady Clarice mit im Schoß gefalteten Händen in einem der leeren Gästezimmer. Hinter ihr war eindeutig der Umriss einer Dame in viktorianischem Kleid und Hut zu sehen. Nicht in einer Krankenschwesterntracht, soweit Nell es sehen konnte.

„Ich hatte nicht so viel Glück." Neville Heydock schüttelte den Kopf zerknirscht. „Der Geist von Calliope hat sich an meiner Anwesenheit gestoßen, da ich ein Rivale ihrer Gesangskarriere bin."

„Ich habe auch keinen Glückstreffer gelandet", sagte Tobias Rocke fröhlich. „Zu schade, ich bin in den Keller hinunter und habe gehofft, Jeremiah der Schmuggler würde dort auftauchen und mir einen Schluck Whisky anbieten."

Lady Clarice warf ihm einen missbilligenden Blick zu und wendete sich dann an Nell. „Ich glaube, wir haben Ihnen und Ihren besonderen übersinnlichen Fähigkeiten zu danken, Miss Drury. Die Gaiety-Fotografie war ein voller Erfolg. Sehen Sie nur."

Nimm es ernst und werde dem offenbaren Ruf gerecht, eine Affinität für das Übernatürliche zu haben, sagte Nell sich, als sie folgsam die Fotografie studierte. Sie war in der Tat sehr gut. In der oberen rechten Ecke war tatsächlich das Bild einer jungen Frau zu sehen, die auf die Gruppe hinunterblickte. Das Gesicht kam ihr irgendwie vertraut vor.

„Wir wurden tatsächlich beehrt", sprach Lady Clarice weiter. „Ich habe sie nicht gekannt, aber Lady Kencroft und Miss Maxwell haben mir bestätigt, worauf ich gehofft hatte. Dies, Miss Drury, ist der Geist von Mary Ann Darling."

***

Und es schneite noch immer. Nell trug ihren Mantel, Hut und Schal, griff ihre Taschenleuchte und schlüpfte in ihre Gummistiefel, als sie an der Tür des Ostflügels auf Miss Smith und Muriel wartete. Das hier war das echte Leben, der Kampf mit den Naturelementen, und hier musste sie nicht über das unheimliche Bild von Mary Ann Darling grübeln, das sie gesehen hatte. War der Geist von Mary Ann Darling vorbeigeschwebt? Irgendwie konnte Nell es nicht wirklich glauben, besonders da sie Mr Trotter kannte.

Wo waren ihre Mitreisenden?, fragte sie sich ungeduldig. Es war Zeit, zum *Coach and Horses Inn* aufzubrechen. Außerdem hatte sie ein ungutes Gefühl, dass Michel die scharf gewürzten Lachs-Sandwiches für das späte Abendessen vergessen hatte und Kitty war auch nicht in Bestform. Nell wappnete sich. Heute würde sie zu der Revue gehen, Schnee hin oder her, sie musste Kittys und Michels traurige Gesichter, dass sie nun die Verantwortung trugen, ignorieren.

„Hier bin ich, Miss Drury." Muriel, das junge Küchenmädchen, die gezögert hatte, den großen Schritt zu wagen und alleine zum *Coach and Horses Inn* zu gehen, trippelte auf sie zu. Sie hatte schon Mantel und Stiefel an und zog sich einen Schal eng um den Hals. Der Schal war kaum nötig, da ihr der Glockenhut so weit über die Ohren reichte, dass ihr schmales Gesicht und ihr Hals beinahe komplett darin verschwanden.

„Dann lassen Sie uns aufbrechen. Ich glaube nicht, dass Miss Smith noch kommt", sagte Nell angesäuert. Sie war nicht sicher, was sie von Miss Smith halten sollte. Sie war definitiv nicht vom selben traditionellen Schlag von Kammerzofen wie ihre Vorgängerin Miss Checkham. Miss Smith schien nicht bewusst zu sein, was ihr zustand und was nicht. Sie hatte bereits von ‚Richard' gesprochen und seinen Titel weggelassen, der im Bedienstetenflügel die übliche Höflichkeitsform war. Und doch hatte Miss Smith die meisten Bediensteten verzaubert. Kitty war eingeschüchtert und Michel freute sich wie ein Schneekönig über die neue Bereicherung seiner täglichen Routine.

Nell lief in ihren Stiefeln die Auffahrt hinunter und Muriel trottete in ihre Fußstapfen tretend hinter ihr her. Sie kam sich wie der Gute König Wenzelaus vor, der mit dem armen Bauern Mitleid hatte und ihn in seine Fußstapfen treten ließ. Sogar die Katze von Wychbourne namens Welly (kurz für Wellingtons, wie die Gummistiefel auch genannt wurden, da die Katze vier weiße Pfoten hatte) konnte dem Wetter nichts abgewinnen und das trotz des Namens. Aber es nützte nichts. Ohne funktionierende Automobile und da alle Fuhrwerke, Kutschen und Karren schon vergriffen waren – zuerst waren die Requisiten, Kostüme und Bühnenbilder transportiert worden, dann waren die Familie und ihre Gäste gefahren worden, sodass ihnen nichts anderes übrig blieb, als zu Fuß zu gehen.

Der Saal war fast komplett gefüllt, als sie ankamen. Nell konnte Lord Ansley mit seiner Mutter, der Witwe Lady Enid, in der ersten Reihe sehen. Außerdem saßen dort Lord Kencroft, Reverend Higgins, der Pastor von St. Edith's, Lady Clarice mit Mr Trotter, Arthur Fontenoy und – ja, tatsächlich – Miss Smith. Wie war sie also hergekommen? Nicht zu Fuß, dachte Nell.

„Wo soll ich mich hinsetzen, Miss Drury?", flüsterte Muriel.

„Setzen Sie sich zu mir", antwortete Nell. „Dort sind Mrs Squires und ihre Freundin. Setzen wir uns zu ihnen." Sie konnte sie in der mittleren Reihe sehen und außerdem erkannte sie den lieben John und seine Ehefrau Ethel, die eine der zwei Wäscherinnen des Dorfes war, wie Nell nun auffiel.

„Werden sie nichts dagegen haben, wenn ich mich zu ihnen setze?", fragte Muriel ehrfürchtig.

„Aber nein. Das hier ist ein Theater. Wir können uns überall setzen", sagte Nell zügig und fragte sich dann, ob dies in der Praxis wirklich wie in der Theorie funktionierte. Es war zwar eine Aufführung, um Geld für einen guten Zweck zu spenden, aber die meisten Dorfbewohner waren hier, um die Ansleys von Wychbourne Court und ihre Gäste zu sehen. Im Dorf galten sie als exotische Kreaturen aus einer anderen Welt, aber Nell dachte ganz anders über sie – sie sah eine Gruppe von Menschen, die schon lange ein Geheimnis zu hüten schien. Aber selbst wenn dem so war, ermahnte sie sich, würde das nicht die Revue beeinträchtigen.

Als sie gerade ihre Plätze einnehmen wollten, kam Arthur hinüber und begrüßte sie. „Meine liebe Miss Drury, bitte setzen Sie sich zu mir. Und Ihre Begleitung natürlich auch", fügte er höflich hinzu.

Muriel errötete, aber sie straffte die Schultern, als sie Nell folgte und ihren Platz neben ihr in der ersten Reihe einnahm. „Zehn Minuten, bis der Vorhang aufgeht", merkte Arthur an. „Was für Rätsel uns wohl heute Abend erwarten, frage ich mich."

Sophy Ansley nahm alle Kraft zusammen. Sie würde sie brauchen. Richard nahm den Abend nicht ernst genug und seine anfängliche Begeisterung für die Revue war – dank seiner Flirterei mit Mutters neuer Kammerzofe, mit der er im Tonneau davongefahren war, sodass sie hatten laufen müssen – plötzlich verflogen. Zum Glück hatte der gute arme Rex, der Helen fuhr, für sie angehalten. Zumindest hatte sich Miss Smith fachmännisch um Helens Frisur und Theaterschminke gekümmert und dann ihren Platz im Publikum eingenommen. Sie hatte auch angeboten, Sophys Gesicht zu schminken, aber sie hatte das Angebot abgelehnt. Sie hatte keine Ambitionen, für mehr als ihren kurzen Auftritt unter dem hellen Scheinwerferlicht zu stehen. Sie war viel zu beschäftigt damit, alle anderen zu koordinieren.

Helen tänzelte nun herum, als wäre sie in einem von Ma Meyricks Nachtklubs *und* sie war lieb zu Rex. Sophy wusste nur zu gut, dass das nicht lang anhalten würde. Er erkannte einfach nicht, dass sein Traum nur eine Blase war, die früher oder später platzen würde. Mit Ausnahme von ihm waren die Männer, denen Helen für gewöhnlich verfiel, das Gegenteil von Rex' Rolle in ihrer heutigen Pantomime-Aufführung. Sie waren äußerlich Prinzen und innerlich Bestien. Immerhin hatte Rex ihr zugezwinkert, als Helen einen Wirbel machte, und so freute Sophy sich. Das war ein gutes Zeichen.

Sophy entdeckte eine ihrer Freundinnen im Publikum und war froh, dass die Arbeiterbewegung vertreten war. Wychbourne war ein Überbleibsel des alten Englands, aber es war höchste Zeit, dass sie verstanden, dass dort draußen eine ganze Welt war, in der Arbeiter und Arbeitsuchende sich abmühten und hungerten. Währenddessen hatten sie eine Revue aufzuführen. Nun, kein Grund, nervös zu sein. Alles war vorbereitet, alle standen bereit. Robert, der Diener von Wychbourne Court, wartete auf das Signal, um den Vorhang aufzuziehen – hoffentlich fällt er nicht hinunter, dachte Sophy. Sie drückte fest die Daumen. Der Vorhang war an einer behelfsmäßigen Stange angebracht. Der Lampenjunge Jimmy hatte ein altes Rampenlicht zurechtgebastelt. Was die Gäste anbelangte, konnte Sophy sich nur schwer vorstellen, wie sie einmal Mutters

Freunde gewesen konnten, als sie nicht viel älter gewesen war, als sie selbst es jetzt war. Unter *ihnen* waren keine Anhänger der Arbeiterschicht, soviel stand fest.

Als sie Hubert Jarrett gefragt hatte, ob er durch das Publikum abgehen würde, statt die Treppe hinter der Bühne, hatte er sie entgeistert angesehen und sich geweigert. Miss Maxwell hingegen war vergleichsweise gütig, als Sophy sie antraf, als sie gerade die ‚Bühne‘ und die ‚Kulisse‘ betrachtete. „Nun, wir nehmen in dieser Gaststätte nicht gerade die Goldene Straße nach Samarkand“, merkte sie an, „aber es ist ja für eine gute Sache. Ich hege keine Zweifel daran, dass meine Rede aus *Medea* sie beeindrucken wird.“

Ein weiterer der schrägen Vögel, Neville Heydock, hatte einen Arm um sie gelegt und gesäuselt: „Liebe Lady Sophy, was hätten wir nur ohne Sie getan?“

Sie hatte seinen Arm energisch von sich geschoben, besonders da seine ehemalige Frau ihnen einen hämischen Blick zugeworfen hatte.

„Wie typisch“, hatte Mrs Reynolds sich eingeschaltet. „Stets der Lothario, nicht wahr, mein Liebster?“

Der freundlichste der Gruppe war in Sophys Augen Mr Tobias Rocke, der etwas von einem Teddybären hatte und sich stets bemühte, zu helfen und Ruhe wiederherzustellen. Sogar jetzt, obwohl sie unten waren, wo die Kostüme und Requisiten abgeladen worden waren, konnte man Stimmen zanken hören.

„So etwas bin ich nicht gewohnt“, beschwerte sich Mr Jarrett.

„Komm schon, Hubert“, entgegnete Mr Rocke. „Wir alle müssen uns irgendwann im Leben einmal unter das Proletariat mischen.“

„Ich bezweifle, dass du selbst deinen Worten Taten folgen lässt, Tobias", schimpfte Miss Maxwell.

„Tut das irgendjemand von uns?", fragte er lachend.

In Sophys Augen waren sie und die ruhige, hübsche Mrs Jarrett, die still umherschwebte, wie die Lady von Shalott den Fluss hinuntertrieb, dann die übermäßig temperamentvolle Lady Kencroft mit ihrem förmlichen und steifen Ehemann eine sehr eigenartige Gruppe. Man stelle sich nur vor, wie sie unten immer noch stritten, während oben der Vorhang bald aufging. Und ausgerechnet jetzt hörte sie den gefürchteten Namen Mary Ann.

„Erinnerst du dich nicht, Hubert?" Mrs Jarrett machte ausnahmsweise auf sich aufmerksam. „Wir haben nicht alle bei *Romano's* gegessen, aber bis auf Gertrude waren wir alle im Theater. Sogar du, Charles, und du, Gerald."

Ihr Vater war dort gewesen? Sophy war verdutzt. Sie mussten über den Abend sprechen, an dem Mary Ann verschwand. Was hatte also ihr Vater dort gemacht?

„Ja", hörte sie Lady Kencroft antworten. „Du warst dort, Charles, obwohl wir einander kaum kannten. Wir gingen in verschiedenen Kreisen zu *Romano's*. Warst du auch dort, Gerald?"

„Ich ging häufig ins *Gaiety Theatre* und zu *Romano's*, noch bevor ich Gertrude kennenlernte", antwortete ihr Vater steif.

Sophy schauderte. Sie kannte den Tonfall in seiner Stimme und wusste, dass er das Thema damit für beendet erklärte. Aber das muss doch über dreißig Jahre her sein, dachte sie. Wie konnte sich überhaupt jemand

noch so genau an etwas erinnern, das so lange zurück-
lag?

Der Geruch von Theaterschminke reichte, um all die
Erinnerungen zurückzuholen. Alles, was sie tun
musste, war, auf die Bühne hinauszugehen und zu singen. Gertrude zitterte in den Flügeln, die Rex und die
Diener von Wychbourne Court unter Richards Anlei-
tung gebastelt hatten und fragte sich, ob sie es schaffen
würde, den ersten Schritt auf die Bühne zu wagen. Im
Moment standen ihre Kinder auf der Bühne und spielten ihren Sketch. Zumindest lachte das Publikum. Sie
erinnerte sich daran, das erste Mal die Bühne des *Gaiety
Theatres* zu betreten, wohl bewusst, dass es egal war,
wie warmherzig und ermutigend das Publikum war, es
würde sie doch mit der reizenden Mary Ann verglei-
chen. Gertrude hatte ihr Bild immer wieder angesehen
und sich gesorgt, dass ihre eigene Leistung bloß zweit-
rangig sein würde. Manchmal hatte es sich so angefühlt. Aber auch sie besaß Talent, auch wenn sie kein
goldenes Haar oder blaue Augen hatte.
Vor mehr als dreißig Jahren hatte sie ein letztes Mal
tief Luft geholt und war anmutig in ihrem Blumenmäd-
chenkostüm auf die Bühne des *Gaiety Theatres* hinaus-
gegangen und hatte sich *Song of My Heart* singen gehört. Nun holte Gertrude, Marchioness Ansley, nach all
den Jahren wieder tief Luft und tätschelte die Diamantenbrosche, die Gerald ihr an ihrem Hochzeitstag ge-
schenkt hatte und die sie immer zu schwierigen Anläs-
sen trug. Danach ging sie anmutig hinaus auf die
Bühne des *Coach and Horses Inn*, wo ihre Tochter

ermutigend vom Klavier zu ihr hinaufsah, bereit, um sie bei *ihrem* Lied zu begleiten.

Neville Heydock war erleichtert, als er beim letzten Vers von *Rose Marie* ankam. Trotz all des Selbstbewusstseins, das er in seiner Zeit am *Gaiety Theatre* und danach entwickelt hatte, war ihm das schwergefallen. Zum Glück war ihm die Bühnentechnik zu Hilfe gekommen und das, obwohl Lynette sarkastisch von hinter der Kulisse grinste. Was um Herrgotts Namen hatte Gertrude nur dazu gebracht, sie einzuladen?

Es war alles Mary Anns Schuld. Lynette war immer so eifersüchtig auf sie gewesen – natürlich völlig unbegründeter Weise – und als er ihr den Antrag gemacht hatte, hatte er gehofft, dass ihre Ehe funktionieren würde. Aber das hatte sie nicht. Und hier waren sie nun. Zu all dem Pech, die alten Gesichter hier wiederzusehen, war Lynette offenbar auf Streit aus. Pierrots im wahrsten Sinne. Er fragte sich, ob Lynette auch nur die geringste Ahnung hatte, wie lachhaft sie aussah, wie sie in ihrem Kostüm auf und ab hüpfte, doch dann kam es ihm in den Sinn, dass er wohl genauso dabei aussah. Ach, was soll's. Um der alten Zeiten willen konnte er es ertragen, auch wenn einige der alten Zeiten besser begraben blieben.

Er sah, dass die Pantomime sich endlich dem Ende neigte, und Tobias führte seine gewohnt komische Nummer verkleidet als Mutter des Biests auf.

„Gute Nummer!", zwang er sich, zu Tobias zu sagen, als dieser von der Bühne kam. Tobias strahlte. „Jetzt sind wir Pierrots dran, Neville. Ich kann den Platz mit

Lynette tauschen, wenn du lieber an ihrer Seite sein möchtest."

Pierrots waren vielleicht an der Küste lustig, aber sie waren es definitiv nicht im *Coach and Horses Inn*, dachte Katie. Die Idee war ein großer Fehler gewesen, egal wie sehr sie Gertie beschwichtigt hatte. Hier aufgereiht mit den Bommeln, Rüschen, weißen Anzügen mit den großen Knöpfen, den spitzen Hüten und den breiten Grinsen im Gesicht erschienen ihr ihre Mitdarsteller beinahe ominös und bedrohlich. Was für ein Stuss, sagte sich Katie, es war nur eine Revue in Verkleidung. Und trotzdem sahen sie alle total *albern* aus.

Kick. „Und obwohl es uns das Herz bricht, euch zu verlassen, Wychbourne Green", sang Katie mit ihren Freunden im Chor, die Arme untergehakt. *Kick.* „Auf Wiedersehen, Wychbourne, wir müssen nun gehen ..." *Kick.* Und je schneller, desto besser, dachte Katie. Nein, das ist gemein. Arme Gertie. Wir sollten ihr sagen, wie sehr wir das Wiedersehen genossen haben. Das war ein Erfolg gewesen. Oder etwa nicht? Tobias, Neville, Alice, Gertie, sie selbst, Lynette, Constance ... Sie dachte über die anderen lächelnden Pierrots nach. Keiner wusste, was die anderen dachten – genau wie damals vor knapp dreißig Jahren, als Mary Ann verschwand. Man munkelte Dinge, aber das war alles. Was auch immer sie für Vermutungen hatten, wusste keiner *wirklich*.

Es war geschafft. Der letzte Vorhang war gefallen und Nell sprang mit dem gesamten begeisterten Publikum auf. Muriel schluchzte begeistert und applaudierte laut. Als der Applaus abebbte und die Nationalhymne vorbei war, ließ sie Muriel mit Arthur nach Wychbourne Court zurückgehen.

Nell hatte angeboten, beim ersten Aufräumen der Bühne zu helfen, damit die Ansleys zu ihrem späten Abendessen mit ihren Gästen zurückkehren konnten und als auch sie als Letzte zurückgehen konnte, waren vierzig Minuten vergangen. Die Arbeit war durch die Erkenntnis, dass der Diener Robert eine gute Singstimme hatte, aufgeheitert worden, der sie mit derben Music-Hall-Liedern unterhalten hatte. Sie fragte sich, was Mr Peters wohl zu Roberts Unterhaltungstalent sagen würde – er hatte darauf bestanden, dass sie alle die Arme einhakten und eine schräge, unmusikalische Version von *Down the Old Bull and Bush* auf die Bühne brachten. Mr Peters mochte es vielleicht amüsant gefunden haben, aber in dieser neuen Welt der Flappers und des Vergnügens gab es vieles, über das traditionelle Butler ihr Missfallen äußerten.

Nell machte sich auf den langen Spaziergang die verschneiten Spuren der Kutschen und Karren entlang, die diese hinterlassen hatten. Scheinbar waren alle bereits gefahren. Mr Hardcastle hatte wegen des Schnees schon geschlossen und Nell sah keine Menschenseele weit und breit. Der Schnee fiel nicht mehr so stark, aber abgesehen davon und dem Wind, der im Gebüsch am Friedhof raschelte, war alles still.

Nell war jedoch froh, Wychbourne Court zu erreichen und aus ihren Stiefeln, dem Mantel und dem Schal zu schlüpfen. Dann ging sie, zufrieden mit dem erfolgreichen Abend, gleich hinauf, um zu sehen, wie das späte Buffet im Speisesaal lief. Sie hatte damit gerechnet, Kitty und Michel schmollend dort anzutreffen, so wie eine schnatternde Meute, glückliche Darsteller und Verehrer, aber zu ihrer Überraschung war der Raum völlig verlassen, bis auf die Ansleys und Arthur. Das Buffet war kaum angerührt worden, was erklärte, wieso Kitty und Michel noch gepeinigter aussahen als erwartet. Es war erst kurz vor elf Uhr und weit und breit keine Gäste.

Knirschender Knurrhahn, dachte sie. Was ist hier los? Offensichtlich hatten sie sich direkt in ihre Zimmer zurückgezogen oder sie hatten schon rasch zu Abend gegessen und amüsierten sich nun anderenorts. Überdies war Lady Ansley, wie Nell ihr ansah, trotz des Erfolgs des Abends immer noch unglücklich.

Als er sie sah, bat Lord Ansley sie herüber.

„Ach, Miss Drury“, begrüßte er sie nervös. „Sie haben nicht zufällig eine verlorene Brosche im *Coach and Horses Inn* gesehen, nehme ich an?“

„Es ist meine Diamantenbrosche, Nell“, fuhr Lady Ansley dazwischen. „Die mit den Saphiren. Sie muss heruntergefallen sein, als ich die Flügel trug oder als ich das Kostüm an- und ausgezogen habe.“

„Ich habe nichts gesehen“, sagte Nell entsetzt. „Aber wir haben einen Teil der Aufräumarbeiten für morgen früh angedacht, sie könnte also noch gefunden werden. Ich gehe gerne zurück und suche nach der Brosche.“ Bei dem Gedanken rutschte ihr das Herz in die Hose. ‚Gerne‘ war eine Übertreibung, ‚schweren Herzens gewillt‘ hätte es besser getroffen.

„Nein, Miss Drury, ich werde gehen“, sagte Lord Ansley zugleich.

„Zwei Paar Augen sind besser als eines“, sagte Nell beherzt, obwohl ihre Augen vor Müdigkeit kribbelten.

„Mr Hardcastle hat für heute schon geschlossen." Sie wusste, wie viel die Brosche Lady Ansley bedeutete, daher wollte sie es nicht riskieren, bis zum nächsten Morgen zu warten.

Dieses Mal erhob Lord Ansley keine Einwände. „Vielen Dank, Miss Drury. Ich werde ihn anrufen und wir gehen gemeinsam hinunter ins Dorf. Wenn Sie keine Einwände haben, wäre es schneller zu laufen, als zu so später Stunde eine Kutsche anspannen zu lassen."

Nell war froh um seine Gesellschaft. Obwohl es nicht mehr schneite und mit der Taschenlampe, die den Weg erhellte, war es kein angenehmer Spaziergang, mal ganz abgesehen davon, dass es klirrend kalt war. Über den vereisten Schnee zu laufen, kostete sie alle Kraft und vielleicht erging es Lord Ansley genauso, denn beide machten keine Anstalten, sich zu unterhalten. Auch Mr Hardcastle, der ihnen die Tür aufmachte, schien nicht sonderlich erfreut.

„Ich schließe Ihnen die Hintertür auf, dann können Sie die Hintertreppe zur Bühne nehmen und später selbst hinausfinden, Ihre Lordschaft", sagte er unverblümt.

Die Bühne sah verloren aus. Ein Teil der Kulisse stand noch und die Kostüme lagen zusammengeknüllt an einer Seite. Die Pierrot-Kostüme waren bloß ausgezogen und auf einen Haufen geworfen worden. Lord Ansley entschied sich, die Requisiten im Lagerraum nahe der Hintertür zu durchsuchen, während Nell sich durch den Berg von Kostümen auf der Bühne wühlte.

Sie hatte gerade erst angefangen, als sie draußen Schreie hörte. Eigentlich nicht ungewöhnlich, aber war es nicht komisch, dass die Säufer so spät nachts auf dem verschneiten Dorfanger herumalberten? Die Kirchenglocke hatte gerade Mitternacht geschlagen und der Pub hatte schon geschlossen, bevor sie gegen zwanzig vor elf gegangen war. Sie warf einen Blick aus dem Fenster und im Licht einer der Gaslampen am Ende der Wiese konnte sie jemanden winken und auf den Pub zurennen sehen, der noch immer laut schrie.

„Da ist jemand wohl sternhagelvoll", rief Nell zu Lord Ansley hinunter. Als sie ihn die Tür nach draußen aufstemmen hörte, lief sie zur Treppe und hinter, um zu ihm aufzuschließen.

Er drehte sich zu ihr um, als die kalte Nachtluft sie traf. „Wohl doch nicht betrunken", sagte er knapp. „Hardcastle hat die Vordertür geöffnet, um mit ihm zu reden. Der Mann deutet nach hinten zur Wiese in der Nähe der Kirche", sagte er zu Nell und rief dann dem Gastwirt zu. „Stimmt etwas nicht?"

„Es ist eine Leiche, Ihre Lordschaft", rief er zurück. „Lethro sagt, der Mann ist tot."

„Bleiben Sie hier, Miss Drury", sagte Lord Ansley grimmig. „Ich sehe mir das an."

Aber Nell blieb nicht dort. Eine schreckliche Angst überkam sie, eine völlig irrationale Angst. Der Körper konnte irgendjemand sein, ein Besucher oder ein Dorfbewohner, der im Publikum bei der Revue gesessen hatte. Sie wagte nicht weiter zu denken. Stattdessen eilte sie Lord Ansley hinterher nur für den Fall, dass sie helfen könnte. Er und Jethro James, der dreiste Wilderer aus dem Dorf, der einen schweren Mantel und einen Hut trug, liefen, so gut es ging, über den Schnee.

„Bleiben Sie hier, Miss“, sagte Mr Hardcastle, der an der Eingangstür des Pubs zitterte. „Bleiben Sie hier. Ich gehe mit.“

„Gehen wir beide. Wer immer es ist, ist vielleicht nicht tot.“ Sie stolperte über den Schnee zu Lord Ansley und seinem Begleiter. Mr Hardcastle folgte ihr. Und dann konnte sie den Umriss im Schnee ausmachen.

Es war nicht nur ein Umriss. Als sie näher kam, konnte sie etwas anderes neben dem Körper sehen, obwohl das Licht spärlich war. Etwas Dunkles im weißen Schnee – Schmutz? Erde? Ein Mantel? Nein, Nell spürte, wie ihr sich der Magen umdrehte. Im Licht von Lord Ansleys Lampe konnte sie das Blut erkennen. Viel Blut, eine Lache und dann einige Spritzer im Schnee. Es war das Blut des Mannes, der mit dem Gesicht nach unten lag – nur dass da kein Gesicht mehr sein mochte, begriff sie mit einem Mal. Der Mann war zweifellos tot. Ein großer Stein lag auf einer Seite neben ihm. Ein zusammengeknüllter, blutiger Gegenstand, der sein Hut sein mochte, verdeckte, was immer darunter liegen mochte. Nell kämpfte mit der Übelkeit. Sie sollte gehen, sagte sie sich. Dies hatte nichts mit Wychbourne Court zu tun. Aber sie konnte sich nicht bewegen und sah gebannt zu, als Lord Ansley und die zwei anderen Männer sich entschieden, die Leiche umzudrehen.

Tobias Rocke hatte sich nicht wie die anderen Gäste früh zurückgezogen. Er war tot. Mausetot. Der Geheimniswahrer hatte die Geheimnisse mit ins Grab genommen.

Kapitel 4

„Wir sollten den Gentleman in den Pub bringen, My Lord. Das hat die Polizei am Telefon gesagt. Sie schicken morgen jemanden her, wenn der Schnee es zulässt."

Frank Hardcastles Worte stockten, als er wieder bei ihnen war, nachdem er zum *Coach and Horses Inn* geeilt war, um die Polizei zu rufen. Er musste den Ausdruck auf Lord Ansleys Gesicht erkannt und verstanden haben, dass dies keine Option war.

„Warten Sie hier, Miss Drury, wenn es geht", sagte Lord Ansley leise. „Und Sie auch, Jethro. Mit Ihrer Erlaubnis, Hardcastle, würde ich gerne Ihr Telefon benutzen und selbst mit der Polizei sprechen."

Nell sah Lord Ansley hinterher, der mit großen Schritten zum *Coach and Horses Inn* ging, wobei der Schnee unter seinen Schuhen knirschte. Sie war froh, dass er die Angelegenheit in die Hand genommen hatte. Frank Hardcastle hatte es gut gemeint, aber dies war kein zufälliger Tod, der Kopf war durch den Schlag zum Teil zertrümmert und auch am Rücken war eine Wunde zu erkennen. Sie wusste genug darüber, was bei einem Ermittlungsverfahren getan werden sollte, um sicher zu wissen, dass es nicht ratsam war, den Leichnam des armen Mr Rocke vom Tatort zu bewegen, bevor die Polizei eintraf. Sie erzitterte. Auf der anderen Seite war es eine entsetzliche Aussicht, hier an diesem furchtbaren Ort zu warten, bis die Polizei aus Sevenoaks eintraf. Bei diesem Wetter würde ihre Fahrt weder einfach noch schnell sein.

Sie fühlte sich innerlich wie äußerlich durchgefroren. Zumindest war Mr Hardcastle bei ihr. Sie hätte nicht alleine mit Jethro hierbleiben wollen. Der eigensinnige Sohn des Wildhüters Harry James, Jethro, hatte die Heimat für die Kolonien verlassen, war zurückgekehrt und hatte eine Strafe für Diebstahl verbüßt. Nun war er ein Handlanger und ein herumreisender Landarbeiter – zumindest tagsüber. Nachts wilderte er, wo sein Vater das Wild beschützte. Nell versuchte, Mitleid mit ihm zu haben, denn sein Vater war streng mit ihm und er hatte seinen Erwartungen niemals gerecht werden können. Das Wildern, worüber sein Vater dank Lord Ansleys Diskretion in völligem Unwissen war, war seine Rache am Vater. Trotzdem war er ein mürrischer Kerl, dessen gutes Aussehen von seinem ständigen unmutigen Ausdruck verunstaltet wurde.

Mr Hardcastle war jedoch ein ganz anderer Schlag Mensch und auch wenn er keine besondere Freundlichkeit Nell gegenüber zeigte, stellte er keine Bedrohung dar. Auch wenn er kompetent und ein guter Wirt war, war er nicht gerade der typische heitere Gastwirt.

Endlich sah sie Lord Ansley zurückkehren. Die Zeit erschien ihr endlos, obwohl es nur etwa zehn Minuten gewesen sein mussten. „Sie haben dem Kriminalinspektor ein Telegramm geschickt. Er wird so schnell hier sein, wie die verschneiten Straßen es zulassen", erzählte er ihnen zügig. „Ein Arzt und ein Fotograf werden ihn begleiten. Der Wagen sollte mit dem Wetter zurechtkommen, wenn sie die London Road nehmen und bei Watt's Cross abbiegen, statt darauf zu hoffen, dass die Bank Lane befahrbar ist. Ich schlage vor, dass wir uns bis dahin abwechseln und immer zu zweit Wache halten und dann in ihre Gaststätte einkehren, Hardcastle. Die Glut Ihres Feuers ist noch heiß.“

„Da mache ich nicht mit“, knurrte Jethro. „Ich bin raus.“

„Das sind Sie nicht“, verwies ihn Lord Ansley. „Sie bleiben hier wie der Rest von uns.“

„Dem Toten ist nicht mehr zu helfen.“

„Man kann ihm aber Respekt erweisen.“

Dieses Mal schwieg Jethro klugerweise.

„Und bevor Sie und ich gehen, Jethro, müssen wir noch etwas anderes bedenken“, sprach Lord Ansley weiter. „Wurde Mr Rocke ausgeraubt? Ihnen selbst zuliebe müssen Mr Hardcastle und ich sichergehen, dass dies nicht der Fall ist.“

„Beschuldigt Ihr mich des Mordes, Ihre Lordschaft?“, knurrte Jethro.

„Im Gegenteil, indem ich Sie darum bitte, Ihre Taschen zu leeren und Ihren Hut und Ihre Jacke abzulegen, gehe ich sicher, dass die Polizei keine derartigen Verdächtigungen anstellen kann.“

Jethro erkannte den Sinn im Gesagten und tat mürrisch, wie ihm befohlen, während Nell sich zwang, sich neben Tobias zu knien und zu prüfen, ob er noch seine Uhr trug.

„Überlassen Sie das mir, Miss Drury“, sagte Lord Ansley leise zu ihr und froh darüber machte Nell einen Schritt zur Seite, während die anderen beiden Männer Jethros Taschen inspizierten und dann kurz nach Mr Rockes Uhr, Geldbörse und Manschettenknöpfen sahen. Alles an Ort und Stelle.

Ausnahmsweise einmal war Jethro unschuldig, obwohl Mr Rocke auf dem Bauch lag und seine Taschen so schwer zu erreichen waren, außer wenn Jethro den Körper bewegt hätte, bevor sie angekommen waren, überlegte Nell.

Nein, er hätte Blut an der Kleidung gehabt, wenn er das getan hätte und wäre wohl mit dem Erbeuteten geflohen, anstatt nach Hilfe zu rufen. Übelkeit überkam sie wieder und sie fragte sich, wie lange sie sie in Schach halten konnte.

Lord Ansley und der selbstgerechte Jethro gingen und ließen Nell mit Mr Hardcastle zurück. Er war wortkarg wie gewöhnlich und hatte die Hände tief in den Manteltaschen vergraben und die Schultern gegen die Kälte hochgezogen. Nell entschied sich, sich darauf zu konzentrieren, wonach die Polizei suchen würde, wenn sie eintraf. Ihr war alles lieb, das ihre Augen von dem schrecklichen Anblick von Mr Rockes Körper und dem furchtbaren Stein weglenkte. Und von dem Blut. *Schau weg, Nell. Denk an etwas anderes. Stell dir vor, du wärst ein Polizist.*

Sie klammerte sich an die Vorstellung und gab ihr Bestes. Der Schnee war um den Körper herum platt getreten, sagte sie sich, aber es sind keine einzelnen Fußabdrücke zu erkennen. Ihre eigenen Fußspuren von und zum *Coach and Horses Inn* waren noch gut zu sehen, denn es hatte zumindest für den Augenblick aufgehört zu schneien. Es gab noch eine andere Spur, die von der anderen Seite des Dorfangers kam. Wohl Jethros Schritte, überlegte sie. Aber es waren andere Spuren, die ihre Aufmerksamkeit erregten. Sie konnte Fußspuren vom Friedhoftor über die schmale Straße, die den Dorfanger umgab, sehen und die Spur führte wieder zurück. Beim genaueren Hinsehen, stellte sie fest, dass es zwei Spuren waren, nicht Seite an Seite und auch nicht genau hintereinander. Die Fußspuren überschnitten einander. Außerdem waren Blutspritzer zu sehen. Wieder drehte sich ihr Magen um. *Konzentrier dich auf die Fußstapfen im Schnee.* Eine Spur führte zurück zum Tor.

Mithilfe des schwachen Gaslichts und ihrer Taschenlampe wagte sie sich hinüber zur Straße und überquerte sie, ohne dabei die Fußspuren zu zertrampeln. Sie war froh, den scheußlichen Schauplatz einen Moment lang zu verlassen. Als sie über den Zaun neben dem offenen Tor sah, konnte sie die Spuren unter dem Vordach der Kirche erkennen: zwei Spuren in ihre Richtung und eine von ihr weg. Kein Anzeichen von Blut jedoch – oder etwa doch? Dichter am Vordach mochte welches sein, aber sie wagte es nicht, auf den Friedhof zu gehen und sich genauer umzusehen – und wollte es auch nicht.

Konnte Mr Rocke hier umgebracht worden sein, als er sich mit jemandem unterhalten hatte? War er von unter dem Vordach mit einem Gefährten gekommen, der ihn dann auf dem Dorfanger attackiert hatte? Nein, wieso sollte er dann eine Wunde auf dem Rücken haben *und* dann war der noch der Stein? War er vom ersten Angriff vor oder in der Kirche auf die Wiese hinausgetaumelt und dort noch einmal angegriffen worden? Doch kein Stein war zu so etwas in der Lage und sie hatte keine weitere Waffe herumliegen sehen.

Wieso jedoch war Mr Rocke unter dem Vordach der Kirche gewesen?, fragte sie sich. Wenn er direkt vom *Coach and Horses Inn* dorthin gegangen wäre, musste er spätestens, kurz nachdem die Gaststätte geschlossen hatte, dorthin gegangen sein, etwa gegen halb elf. Sie war gegen zehn Uhr vierzig gegangen und hatte niemanden auf der Wiese gesehen. Oder –

„Nell", rief Lord Ansley nach ihr. „Wir sind zurück. Gehen Sie sich am Feuer wärmen."

Frühstück. Nell schreckte hoch. Weder die Vögel noch das Morgengrauen hatten sie geweckt und es war nach acht Uhr. Warum hatte sie verschlafen? Dann erinnerte sie sich und das Bild von Mr Rockes leblosem Körper kam ihr in den Sinn. Heute war kein normaler Sonntag. Zum Glück war sie nicht für das Frühstück der Familie zuständig, aber ihre Aufgaben begannen frühmorgens mit den Lieferungen und den zu schreibenden Plänen. Heute würde es eine fürchterliche Änderung geben.

Der Körper war sicherlich längst von der Polizei zur Leichenhalle gebracht worden und die Spuren unter dem Vordach von St. Edith's und auf dem Dorfanger waren längst verschwunden, da so viele den frühen Gottesdienst von Reverend Higgins besuchten, überlegte Nell. Die Polizei war zu guter Letzt eingetroffen, jedoch erst nach anderthalb Stunden und sie waren nicht in der Stimmung, auf Nells Bitten einzugehen und die Fußspuren im Schnee aufzunehmen, besonders da es kurze Zeit später angefangen hatte zu schneien. Diese Beweise waren nun für immer verschwunden. Ihr vorrangiges und offenbar einziges Interesse war auf Jethro gerichtet, da er den Körper gefunden hatte. Sie blieben skeptisch, sogar nachdem sie seine Taschen noch einmal durchsucht und nichts gefunden hatten. Sie und Lord Ansley gingen gleich, als sie durften, und ließen den Fotografen mit seiner Blitzlampe herumpfriemeln.

Nun musste sie den Tag überstehen und tun, was getan werden musste, um mit der Situation zurechtzukommen. Flüchtig fiel ihr ein, dass die Gäste vielleicht länger als geplant auf Wychbourne Court bleiben mussten und doch nicht am Nachmittag abreisen würden. Dann würde sie die Menüs und die Lieferungen anpassen müssen. Nun gut, das war nicht das erste Mal. Gedanklich war sie jedoch hauptsächlich damit beschäftigt, was passiert war und was nun passieren mochte. Es gab keine Zweifel daran, dass ganz gleich, ob Jethro der Schuldige war oder nicht, es sich um Mord handelte, was bedeutete, dass die Polizei von Sevenoaks wahrscheinlich um Unterstützung von Scotland Yard bitten würde, insbesondere da Mr Rocke Gast auf Wychbourne Court gewesen war. Und das bedeutete, dass die Schreckgespenster der Vergangenheit zurückkehren konnten. Vergiss den Gedanken, Nell Drury, befahl sie sich. Denk ans Hier und Jetzt.

Als sie zur Küche hineinkam, war klar, dass die Neuigkeiten sich schon verbreitet hatten. Die Arbeit ruhte und alle Augen waren auf sie gerichtet.

„Stimmt es, dass seine Kehle von einer Axt durchtrennt war?“, fragte Kitty mit aufgerissenen Augen.

„Ihm wurde einer mit einem Grabstein übergebraten, habe ich gehört“, sagte der Diener Robert von sich aus.

Nell atmete tief durch. Sie musste es mit der mächtigen Göttin namens Gerücht aufnehmen, die nur selten etwas mit der Realität zu tun hatte. „Nein“, sagte Nell ruhig. „Es war keine Axt und ich habe keinen Grabstein auf dem Dorfanger gesehen.“

„Sie sagen, dass Sie die Leiche gefunden haben, Miss Drury", warf Mrs Squires ein und bestätigte Nells Sorge. Der frühe Gottesdienst hatte offensichtlich für gehörig Gerede gesorgt.

„Nein, Jethro James hat den Leichnam gefunden." Bewahre einen kühlen Kopf, sagte Nell sich. „Lord Ansley und ich sind zum *Coach and Horses Inn* zurückgegangen, um nach einem verlorenen Schmuckstück zu suchen, daher waren wir dort."

„War die Leiche blutig?", fragte Jimmy, der gerade erst dazugestoßen war, ehrfurchtsvoll.

Nell schluckte schwer. Bei toten Körpern musste Jimmy gleich an Sherlock Holmes denken. „Es war viel Blut dort." Sie musste ein Würgen unterdrücken, als die Erinnerung an das Gesehene zurückkkam.

„Ich habe Jethro nie gemocht", bemerkte Mrs Squires. „Er ist ein richtiger Miesepeter, der Kerl. Ständig jammert er wegen etwas. Schleicht sich an einen heran und ist schleimig."

Unterbinde das schnell, sagte Nell sich, sonst wird Jethro für immer als Mörder an den Pranger gestellt. „Jethro war bloß dort, so wie Lord Ansley und ich. Jethro hat den Leichnam gefunden und wenn er Mr Rocke umgebracht hätte, dann wäre er geflohen und hätte uns nicht geholt. Und jetzt – ist das Frühstück schon vorbei?", fragte sie in ihrer strengsten Chefköchinnenstimme.

Kitty und Michel nahmen rasch Haltung an. „Ja, Miss Drury. Einige haben auf ihren Zimmern gegessen, andere hier unten. Aber nun sind alle fertig. Natürlich reden alle über den Mord."

Natürlich. Zu Nells Erleichterung kam Mr Peters herein. Er würde mit der Situation besser umzugehen wissen als sie. „Seine Lordschaft hat mit der Polizei gesprochen", verkündete er ruhig. „Ihre Ladyschaft erwartet Sie, Miss Drury. Die Gäste haben sich im Morgensaal versammelt."

Es war kaum ein Rätsel, worüber sie sich unterhalten würden: warum Mr Rocke ermordet worden war; wer ihn umgebracht haben konnte; wie bald konnten sie abreisen? Nell machte sich darauf gefasst. Es würde ein schwieriger Tag werden.

„Natürlich müssen wir bleiben", sagte Katie und blickte in die versammelte Runde. Ihr Ehemann hatte sie gebeten, den anderen Gästen zu erklären, was vor sich ging, während er mit Lord Ansley sprach. Es war nicht einfach. Hubert hatte sein Pokerface aufgesetzt, Constance sah verängstigt aus, Neville trug den gewohnten ,was soll die ganze Aufregung?'-Ausdruck, Lynette war bemüht, gelangweilt auszusehen und Alices Gesicht zierte der tragische Gesichtsausdruck, für den sie so bekannt war. Zumindest schien Mr Trotter bei Lady Clarice oder Arthur Fontenoy Zuflucht gefunden zu haben, sonst wäre er wohl umhergehüpft und hätte versucht, den Geist des armen Tobias mit seinem Fotoapparat festzuhalten.

Katies Aufgabe wurde dadurch erschwert, dass sie selbst so schockiert und bestürzt war. Tobias hatte einmal eine wichtige Rolle in all ihren Leben gespielt und sie war entschlossen, Gertrude in dieser schrecklichen Zeit zu helfen, indem sie sicherging, dass alle sich angemessen verhielten. Tobias war einer von ihnen gewesen und sie waren es ihm schuldig, herauszufinden, was passiert war. Es schien einfach unmöglich. Um halb neun war Tobias noch über die Bühne gesprungen, verkleidet als Ermyntrude, die Mutter des Biestes, und zwanzig Minuten später war er als Pierrot in der Reihe auf und ab getanzt. Und dann etwa eine Stunde später war er tot. Wohlmöglich durch die Hand eines Betrunkenen, der aus dem Pub kam.

Katies Worte waren umsonst, denn es kam sogleich zum Streit. „Der Schnee hat nachgelassen und ich werde am Nachmittag mit Constance fahren“, erklärte Hubert. „Wir halten es wie geplant. Es geht mir nicht gut und ich kann auf keinen Fall morgen Abend eine Vorstellung geben, nachdem ich den halben Tag gereist bin. Das bin ich meinem Publikum schuldig.“

„Ich würde lieber bleiben, Hubert“, sagte Constance bestimmt, ganz zur Überraschung von Katie und allen Anwesenden. Einschließlich Hubert, dachte Katie.

„Heute, Constance“, entschied er.

„Morgen zu fahren, wäre höflicher, Hubert.“

Hoppla! Zeit einzuschreiten, dachte Katie, der Huberts Gesichtsausdruck nicht entgangen war. „Lasst mich das erklären“, sagte sie rasch. „Unsere Gastgeber sind gezwungen, uns zu bitten, auf den Wunsch der Polizei hin noch zu bleiben.“

Stille. „Davon wird der Kommissar erfahren“, antwortete Hubert zornig. „Kunst untersteht nicht der Willkür der Polizei.“

„Es bereitet uns allen Unannehmlichkeiten, Hubert“, sagte Alice ernst. „Aber wir Künstler sind anpassungsfähig, nicht wahr, Neville?“

„Aber sicher doch", stimmte er ihr zu, erfreut, dass Hubert von seiner *bête noir* in seine Schranken gewiesen wurde. „Wir alle haben unsere Verpflichtungen, an die wir denken, aber auch wenn wir nichts mit dieser Tragödie zu tun haben, müssen wir erst unseren verstorbenen Freund voranstellen."

„Und was für ein Freund er war", sagte Katie. „Wir haben Tobias gekannt und gerngehabt. Er kannte unsere Geheimnisse, unsere Stärken und Schwächen. Natürlich müssen wir bis morgen bleiben."

Das brachte sie zum Schweigen. Zuerst war sie erleichtert, aber – vielleicht war es Einbildung – dann spürte sie, dass sie etwas verheimlichten und ihre Gedanken nicht aussprechen wollten. Es war nur ein Moment oder zwei, dann schien alles wieder normal.

„Das ist Jahre her", sagte Lynette leichtfertig. „Und seitdem haben wir einander nicht gesehen. Die anvertrauten Geheimnisse sind schon lange keine mehr."

„Ist das so?", fragte Katie nüchtern. „Manche Geheimnisse bestehen ewig."

„Meine Güte, Katie. Das klingt ja fast, als wolltest du uns bedrohen", sagte Lynette affektiert.

„Wie könnte ich? Ich kenne keine deiner Geheimnisse", sagte Katie ärgerlich.

„Wenn es welche gibt", fügte Alice hinzu.

„Erzählen wir doch jeder eins", schlug Neville vor, der die Situation eindeutig genoss.

„Mary Ann Darling. Ich frage mich noch immer, ob wir dasselbe Geheimnis hüten."

„Was um alles in der Welt soll das bedeuten, Neville?", fragte Katie nervös. Die Unterhaltung wurde langsam heikel.

„Ich verstehe, Neville", sagte Constance eifrig. „Wir haben nie wirklich über den Tag und die Frage, ob sie wie der arme Tobias wirklich ermordet wurde, geredet. Es könnten ganz verschiedene Geheimnisse für uns sein. Wir haben uns alle gesorgt, aber wir haben geschwiegen. Aber warum? *Was* war das Geheimnis?"

„Meine liebe Constance, du redest Unfug", schnauzte Hubert sofort.

Alice war sogleich anderer Meinung. „Ich finde Constances Vorschlag höchst interessant."

„Liebe Connie, du hast es wie ein Märchen der Gebrüder Grimm klingen lassen", lachte Neville unbekümmert.

Constance nahm allen Mut zusammen. „Ich habe mich nur gefragt", sagte sie ruhig, „ob Tobias deshalb ermordet wurde."

Katie sah ihre Freunde an: Rührte die plötzliche Stille daher, dass sie nicht verstanden oder waren sie einfach verblüfft?

Hubert war der Erste, der sich räusperte und sprach. „Du bist heute nicht du selbst, Constance. Deine Bemerkung impliziert, dass einer von uns für Tobias' Tod verantwortlich ist, was du nicht gemeint haben kannst. Nein, Tobias wurde umgebracht, weil er spätabends draußen unterwegs war. Er muss ausgeraubt oder von einem verrückten Betrunkenen angegriffen worden sein. Sein Mord hat nichts mit uns zu tun. Die Theorie ist besser in reißerischen Novellen, die du ja unbedingt lesen musst, aufgehoben, meine Liebe. Wir können beruhigt in dem Wissen heimkehren, dass dies der Grund für seinen Tod ist."

„Können wir das?" Lynette zog eine Augenbraue hoch. „Das ist leeres Geschwätz. Wenn wir schon Detektiv spielen – wie können wir uns dessen sicher sein? Wir *kennen* einander nicht mehr und wir wissen auch nicht, was jeder von uns nach Ende der Revue gestern getan hat. Wie können wir also füreinander bürgen? Nach allem, was wir wissen, könnte Tobias vom anderen Ufer sein und gestern jemanden im Publikum aufgegabelt haben."

„Das war er natürlich nicht", blaffte Alice. „Ich hatte nichts für ihn übrig, aber so war er mit Sicherheit nicht geneigt."

„Woher sollen wir es wissen? Abseits vom Theater könnte er ein Herzensbrecher – ein richtiger Ladykiller – gewesen sein", feuerte Lynette zurück. „Ganz wortwörtlich, aber dann ..."

„So unangemessen deine Worte auch sind, Lynette", fuhr Hubert ihr dazwischen, „ich erinnere mich, wie vernarrt Tobias in Miss Darling war und daher könnte er genau gewusst haben, was aus ihr geworden ist."

„Was für ein Narr du doch bist, Hubert", platzte Neville dazwischen. „Wie meine ehemalige Frau willst du schlafende Hunde wecken, die es gar nicht gibt?"

„Aber ja, welch ein Spaß", stimmte Lynette ihm zu. „Sollen wir die auch wecken, mein *Darling*?"

„Sophy?" Rex steckte den Kopf zum Blauen Salon hinein.

„Ach, Rex, komm doch herein. Rette mich von der Aufgabe, ausrechnen zu müssen, was die Revue gekostet hat. Ich habe es Vater versprochen. Eine schöne Revue, die in einem Mord endet."

Sophy fing unwillkürlich an zu zittern, aber sie würde es sich vor Rex nicht anmerken lassen. Sie war stolz darauf, solche Gefühle nicht zu zeigen und nach alledem, was sie in der Vergangenheit durchgemacht hatten, war dies die Krönung.

„Ich helfe dir mit den Zahlen, Sophy. Aber im Moment braucht Helen dich", sagte Rex. „Sie will nicht auf mich hören. Sie nimmt sich den Tod so zu Herzen. Es ist nicht verwunderlich. Doch sie kannte Tobias gar nicht, was nur zeigt, dass sie sich von den Ereignissen im letzten Jahr noch nicht erholt hat."

Das war nachvollziehbar, dachte Sophy. Der Albtraum mit Charlie Parkyn-Wright letztes Jahr hatte an ihnen allen gezehrt und nun hatten sie noch eine Mordermittlung zu meistern.

„Kannst du sie nicht mit einem Ausflug aufmuntern?", fragte sie. „Oder vielleicht eine Fotografie von ihr machen? Benutz doch die schöne Dunkelkammer, die Richard hat aufbauen lassen."

„Damit wird Mr Trotter nicht einverstanden sein." Rex runzelte die Stirn. „Und die Polizei vielleicht auch nicht."

„Die *Polizei*? Wieso das denn?"

„Richard hat mir gesagt, er hat Tobias Rocke gestern Morgen aus der Dunkelkammer kommen sehen, als Mr Trotter gerade vorbeikam. Es hab einen heftigen Wortwechsel, gelinde gesagt. Na ja, jedenfalls hat Helen genug Aufnahmen von sich, um die National Portrait Gallery allein zu füllen", sagte er nun in einem leichteren Tonfall.

„Dann halt einfach ihre Hand und sag ihr, dass sie bezaubernd ist."

Er warf ihr einen Blick zu. „Nein, das funktioniert nicht", sagte er. „Das hat es nie. Ich bin nur Teil der Kulisse. Mehr nicht."

„Nicht für mich", antwortete Sophy unverzagt.

Er drückte ihr einen Kuss auf die Wange. „Gott segne dich, Sophy. Wenn du nicht hier wärst, hätte ich meine Rolle als Verehrer längst aufgegeben. Es ist eine Pantomime in sich."

„Und wie wäre es, eine andere Prinzessin zu umwerben, Mr Beastly Rotter?"

„Mich würde keine Prinzessin je wahrnehmen", lachte er.

Sophy dachte darüber nach. Rex war – na ja, Rex eben. Einigermaßen groß, einigermaßen gut aussehend, ein einigermaßen guter Tänzer und schlau. Lustig war er auch. Außerdem war er Rex, der Rex, der ihre leidenschaftlichen Ausbrüche über die Vorteile des Kommunismus ernst nahm und die Schwachstellen ihrer Argumente aufzeigte. Rex, der sie zum Lachen brachte und sie an dunklen Tagen ermunterte. Sie fragte sich, was um alles in der Welt sie tun sollte, wenn er Wychbourne Court nicht mehr besuchen würde. „Komm weiterhin hierher, Rex", bat sie ihn. „Wenn Helen dich durcheinanderbringt, bin ich immer noch hier – und vielleicht triffst du die eine oder andere Prinzessin bei einer unserer Partys", schob sie, zögerlich, wie sie bemerkte, noch nach.

„Keine Partys mehr wie diese, hoffe ich", sagte er ernst.

„Nein", sagte sie zerknirscht. „Der arme Mann war so lustig und nett. Warum wurde er umgebracht? Und von wem?", schaffte sie noch, hinzuzufügen, als ihr all die schrecklichen Möglichkeiten in den Sinn kamen.

„Es war zu kalt, als dass Landstreicher dort vorbeigekommen sein können und auch zu spät", sagte Rex. „Also bleiben noch die Dorfbewohner, wahreinschlich jemand, der im Pub war oder gestern im Publikum saß."

Sophy zwang sich, ihre Sorge in Worte zu fassen. „Oder jemand von uns hier auf Wychbourne Court."

„Ich konnte heute Morgen einfach nicht in die Kirche gehen, Nell", sagte Lady Ansley. „Es tut mir leid, Sie bei Ihrer Arbeit zu unterbrechen."

„Alles unter Kontrolle", log Nell heiter. Tatsächlich war es beinahe Zeit zum Mittagessen und es gab noch viel zu tun.

„Sie waren gestern Abend bei meinem Ehemann und der Polizei", sagte Lady Ansley abrupt. „Er will mir nicht davon erzählen mit der Begründung, dass es mich beunruhigen würde. Unfug. Ich bin bereits beunruhigt und das ist kaum verwunderlich. Wer würde Tobias umbringen wollen? Er war der Friedensstifter unter uns. Er kann von niemandem umgebracht worden sein, der ihn kannte."

Das war also Lady Ansleys Sorge, was passiert sein könnte, reimte Nell sich zusammen.

„Hatte er Familie?", fragte sie.

Lady Ansley dachte einen Moment lang nach. „Er hat mir erzählt, dass er jung geheiratet hat und seine Frau in jungem Alter gestorben ist, aber ich weiß nicht, ob er wieder geheiratet hat oder ob es Verwandte gibt. Die Polizei aus Sevenoaks hat heute Morgen dieselben

Fragen gestellt. Mein Ehemann hat sich sehr bemüht, aber ich musste mit ihnen reden. Sie wussten bereits, dass er ein Haus in Earl's Court besaß und dass eine Hausdame und ihr Mann im selben Haus wohnten. Die Polizei kann diese Dinge so beeindruckend schnell herausfinden und die Stadtpolizei fährt heute dorthin. Es gibt natürlich eine Bestattung zu arrangieren", fügte sie verzweifelt hinzu, „daher müssen sie seine Verwandtschaft informieren. Ach, Nell, ich kann es einfach nicht glauben. Ausgerechnet Tobias. Er war so nett zu mir."

„Auch zu allen anderen Ihrer Freunde?" Allmählich verstand Nell, wieso sie mehr herausfinden wollte. Es war nicht nur Neugierde, es war die Sorge, dass es Wychbourne betreffen könnte.

Lady Ansley sah zu ihr hinüber. „Vielleicht nicht zu allen. Ist es das, was Sie vermuten, Nell?"

„Die Polizei wird das überprüfen", sagte sie sanft.

Die nächsten Worte sprudelten aus Lady Ansley heraus. „Nell, ich habe es nicht gewagt, es meinem Ehemann gegenüber zu erwähnen, aber könnten all die Geheimnisse, die Tobias gehütet hat, nun hier wieder zum Vorschein kommen?"

„Meint Ihr Mary Ann Darling?", fragte Nell geradeheraus.

Lady Ansley wurde bleich. „Ja. Was habe ich nur *getan*, Nell?"

Was sie, Nell, *nicht* getan hatte, wie ihr später auf dem Weg in die Küche einfiel, war, die Brosche von Lady Ansley zu finden. Es war ein kostbarer Schatz, ihr Glücksbringer. Wenn sie ihn wirklich verloren hatte, würde

Lady Ansley es als schlechtes Omen sehen, dass noch mehr Pech auf sie zukam, wusste Nell.

Sie hatte nur jetzt Zeit, im Pub danach zu suchen, dachte Nell, auch wenn es bedeutete, dass sie ihr eigenes Mittagessen verpassen würde. Sie wusste von Lady Sophy, dass die Requisiten und Kostüme noch immer im *Coach and Horses Inn* waren und aufgrund der Geschehnisse sie wohl heute niemand abholen würde.

Wie konnte alles so normal aussehen, wenn etwas so Schreckliches vorgefallen war, fragte sich Nell, als sie durch den großen Saal eilte. Aber was war schon normal? Es war niemand zu sehen, obwohl der große Saal das Herz des Herrenhauses war. Nicht einmal Mr Peters war da, obwohl er für gewöhnlich in einer Kammer, die vom großen Saal abging, arbeitete, und praktischerweise nahe Lord Ansleys Arbeitszimmer gelegen war. Doch nicht heute.

Die Poster und Karten der Gaiety Girls sahen beinahe verloren aus, als fühlten sie den Verlust einer ihrer Mitdarsteller. Um Himmels willen, murmelte Nell, jetzt hab dich nicht so. Trotzdem blieb sie kurz stehen und sah die Bilder an. Auf einem grinste Mr Rocke als Algernon Bly aus *The Flower Shop Girl*, verkleidet mit einem Bäckerhut und einer Schürze. Alice Maxwell spielte auf einem Poster eine Magd im Musical *Kitty of Kensington* und auf einem anderen Bild war sie als Medea zu sehen. Neville Heydock spielte einen lustigen Diener in Lord Henry's *Bride*. Auf einer der Karten von *The Flower Shop Girl* war eine junge Katie Barnes (nun Kencroft) zu sehen, die eine hübsche junge Dame spielte und hinter dem Stuhl, auf dem sie saß, lehnte das namensgebende Blumenmädchen, Mary Ann Darling.

Nell nahm die Fotografie in die Hand und betrachtete sie genauer. Sie hatte das Gefühl, das Bild von Mary Ann Darling schon einmal gesehen zu haben, irgendetwas daran, wie sie zum Stuhl hinuntersah, kam ihr bekannt vor. Sie musste die Karte schon einmal gesehen haben, überlegte sie und legte sie zurück. Aber als sie am Ostflügel vorbeikam, war sie immer noch nicht überzeugt. Doch als sie an der Dunkelkammer vorbeilief, erinnerte sie sich, wo sie das Gesicht in diesem Winkel schon einmal gesehen hatte.

Aber ja! Es war das Bild des Geists auf Mr Trotters Aufnahme der früheren Gaiety Girls.

Der Triumph verflog jedoch sogleich. *Na und?*, dachte sie. Vielleicht traten die Geister immer in der gleichen Haltung ihres früheren Lebens auf. Oder war es so gekommen, weil sie sich am Freitag so sehr auf Mary Ann konzentriert hatten, dass sie alle Mary Ann so erinnert hatten, wie sie sie zuletzt auf der Fotografie im großen Saal gesehen hatten? Das war eine Erklärung für die Geisterbilder, auch wenn Mr Trotter ihr widersprechen würde.

Als sie ins Dorf lief, wieder elegant in Gummistiefeln beschuht, bemerkte sie, dass es noch mehr geschneit hatte, seitdem sie in den frühen Morgenstunden nach Wychbourne Court zurückgekehrt waren. Nun schneite es glücklicherweise nicht mehr. Es fühlte sich tatsächlich etwas wärmer an. Und trotzdem war klar, dass die Fußspuren, die sie letzte Nacht gesehen hatte und die schon zum Teil mit Schnee bedeckt waren, als die Polizei eintraf, nun vollständig verschwunden waren.

Sie öffnete die Hintertür zum *Coach and Horses Inn*, erleichtert, dass weder die Polizeiwagen noch die Polizisten und zum Glück auch nicht der Leichnam zu sehen waren. Die Tür zum Kellerraum, den sie für die Kostüme und Requisiten genutzt hatten, stand offen, aber es sah nicht aus, als hätte schon jemand die Kostüme hinuntergebracht, also lief sie zur Bühne hinauf. Es war ein trauriger Anblick. Sie schaute auf die gähnende Leere hinunter, wo nur die Stühle standen. Die Pierrot-Kostüme lagen noch, wie sie sie letzte Nacht zurückgelassen hatten, also nahm sie die Suche dort wieder auf.

Der verlassene Saal wirkte unheimlich und die Stille stand im starken Kontrast zu den Liedern, Tänzen und der allgemeinen Heiterkeit des Vorabends. Bilder eines lebendigen Tobias Rocke auf der Bühne hallten hier wider. Nell biss die Zähne zusammen und ging wieder ihrer Aufgabe nach, bestrebt, schnell fertig zu werden und nach Wychbourne Court zurückzukehren.

Da war sie! Sie hatte sie gefunden. Die Brosche war am Ärmel eines Kostüms hängen geblieben und erleichtert rettete Nell sie von dem Faden, an dem sie festhing. Zeit zu gehen. Und zwar flugs.

„Was tun Sie dort bitte?", kam eine gebietende Stimme aus dem Saal hinter ihr und mit einem Schlag wurde ihr bewusst, dass sie die Stimme kannte.

Sie sprang auf – wer von ihnen hatte sich mehr erschrocken?, fragte sie sich. Sie oder der Mann mit der Spurensicherungstasche in der Hand, der sie nun anstarrte.

„Guten Morgen, Inspektor Melbray", versuchte sie, mit ruhiger Stimme zu sagen. Alexander Melbray. Als sie ihn letztes Jahr getroffen hatte, hatte er gesagt, sie solle ihn Alex nennen. Aber wie konnte sie das tun, wenn er sie mit diesen nüchternen stahlblauen Augen ansah? Scotland Yard war eingetroffen.

Kapitel 5

„Blubbernde Bücklinge, was machen *Sie* denn hier?", platzte es aus Nell nach einem Moment des Schocks heraus.

Etwas, das ein Lächeln gewesen sein mochte, breitete sich auf dem Gesicht des Inspektors aus, aber wenn es eines gewesen war, unterdrücke er es rasch, als er die Spurensicherungstasche vorsichtig auf einem der Stühle abstellte. Darin würden sich Gummihandschuhe, Pinzetten, Reagenzgläser und eine Lupe befinden – all die Utensilien, die er brauchen konnte. Doch alles, was Nell sah, war der ausdruckslose Blick, der ihr so vertraut war.

„Meine Arbeit, Miss Drury. Ich habe die Requisiten und Kostüme im Kellerraum überprüft und wollte nun diese prüfen. Ich hatte ausdrücklich darum gebeten, dass in diesem Raum alles unberührt bleibt und die Tür verschlossen."

„Das haben Sie vergessen, *mir* zu sagen", entgegnete Nell, sich wohl bewusst, dass sie sich wie ein Kleinkind aufführte. Obwohl sie sich gedacht hatte, dass die örtliche Polizei Scotland Yard zu Hilfe rufen würde, da Mr Rocke ein Gast auf Wychbourne Court gewesen war, hatte sie sich zwar gesorgt, dass er herkommen würde, jedoch nicht ernsthaft damit gerechnet, Inspektor Melbray wiederzusehen. Scotland Yard musste mehr als einen Kriminalbeamten haben. Aber hier war er nun und es war deutlich, dass er bei der Arbeit war. Seine menschliche Seite – wenn er sie noch besaß – war fest verschlossen.

„Ich bin nur hier, um eine Brosche zu suchen“, fügte sie unbeholfen hinzu.

Er starrte sie an. „Es hat einen Mord gegeben. Einer von Wychbourne Courts Gästen, soweit ich weiß. Und Sie suchen nach einer Brosche?“

Nell errötete. „Das ist sie.“ Sie öffnete die Hand und zeigte ihm die Brosche. „Sie gehört Lady Ansley und sie ist ihr sehr wichtig. Ich habe mich heute Morgen daran erinnert. Lord Ansley und ich haben gestern Nacht danach gesucht, als wir Jethro draußen rufen hörten.“

Sie hatte das Gefühl, dass der Inspektor sich ein wenig entspannte. „Ich habe mich gefragt, warum Sie beide so spät hier waren. Ich werde bald nach Wychbourne Court kommen. Vielleicht sparen Sie sich Ihre Version bis dahin auf? Sie können die Brosche jedoch jetzt mitnehmen.“

„Da ist etwas, das ich Ihnen gerne zeigen ...“

„Danke, nein“, sagte er abweisend. „Ich sehe mich lieber selbst um.“

Zu allem Ärgernis ging er schon die Treppe zur Bar hinunter und sie wusste, dass das, was sie zu sagen hatte, nicht warten konnte. „Die Fußspuren“, rief sie ihm hinterher. „Sie sind vielleicht schon verschwunden, aber ...“

Er blieb mit versteinertem Gesicht abrupt stehen. „Fußspuren?“

„Wissen Sie, wo die Leiche lag?“, fragte sie vorsichtig.

„Natürlich.“ Seine Antwort war beinahe schroff.

„Als Lord Ansley und ich dorthin kamen, waren Spuren zu und von der Kirche deutlich zu sehen, abgesehen von den unberührten Fußspuren quer über den Dorfanger, da Jethro James auch dort war. Es waren zwei

Spuren, die aus der Richtung des Kirchvordaches kamen und eine führte zurück, was bedeuten muss ..."

Er unterbrach sie, jedoch weniger schroff. „Vielen Dank, Miss Drury. Die Bedeutung all dessen finde ich selbst heraus. Ich wäre Ihnen jedoch dankbar, wenn Sie mir zeigen würden, wo die Spuren sind oder, besser gesagt, waren."

Er schien sich nicht weiter unterhalten zu wollen, als sie den Weg hinunter und hinaus in die Morgenkälte voranging. Nell wollte gerne wissen, ob etwas von Mr Rockes Habseligkeiten gefehlt hatte, obwohl Lord Ansley dies gestern Nacht schon geprüft hatte, doch selbst wenn der Inspektor etwas wusste, würde er es ihr nicht so früh in der Ermittlung sagen. Viel dringender jedoch wollte sie wissen, wie Mr Rocke gestorben war und wenn er sowohl erdolcht worden war als auch mit dem Stein erschlagen – war die Mordwaffe schon gefunden worden? Sie wollte nicht an den Stein denken. Er brachte zu viele Erinnerungen zurück.

Sie gingen schweigend die Straßen entlang und die Kälte des eisigen Schnees erreichte ihre Beine und Füße trotz der Gummistiefel, Socken und Strümpfe. In der Kirche fand noch ein Gottesdienst statt. Ein brutaler Mord war draußen verübt worden und trotzdem waren in der Kirche die Lampen erleuchtet, die Orgel spielte und Nell hörte harmonischen Gesang. Das Alltagsleben, ob Sonntag oder Wochentag, musste weitergehen, doch Nell haderte mit dem Kontrast des Horrors so Seite an Seite mit dem Alltäglichen.

Zwei Polizisten bewachten den Ort, an dem Tobias Rockes Leichnam gelegen hatte. Es war noch etwas Blut zu sehen, obwohl weiter Schnee gefallen war. Zwei weitere Polizisten bewachten das Tor des Friedhofs und das Vordach. Auf der einen Seite der Wiese hatte sich eine Gruppe Dorfbewohner versammelt, die schweigend zusah. Ein weiterer Polizist, groß gebaut und genau wie der Inspektor in Zivilkleidung, kam auf sie zu. Er sah wie ein raubeiniger, ernsthafter Typ Mann aus, dachte Nell, doch seine Augen waren so klug wie die seines Vorgesetzten.

„Miss Drury ist eine Zeugin, Sergeant Caring", stellte Inspektor Melbray sie vor. „Sie war gestern Nacht am Tatort."

Der Sergeant nickte ihr freundlich zu. Er war ein großgewachsener Mann im Vergleich zum durchschnittlich großen Inspektor Melbray und trotzdem zog der Inspektor immer die Aufmerksamkeit auf sich, achtlos seines Rangs, dachte Nell und fragte sich, woran das lag.

„Es sieht nun anders aus. Am Morgen sind schon Automobile und Pferde die Straße entlanggekommen", sagte Inspektor Melbray forsch zu ihr.

Das hatte sie selbst sehen können. Der Schnee war fest gepresst und vom Matsch verfärbt. Und das bedeutete, dass die Spuren, die sie auf der Straße gesehen hatte, nicht mehr zu sehen waren, selbst wenn kaum mehr Schnee gefallen war. Sie stapfte zum Kirchtor hinüber, das offen stand, und hoffte, die Spur dort noch sehen zu können.

„Auch wenn es noch weiter geschneit hat, könnten noch die Eindrücke der Spur im Schnee zu sehen sein", erklärte sie dem Inspektor und bemühte sich, professionell zu klingen. Wieso wollte sie das überhaupt?, fragte sie sich ärgerlich. Sie war eine professionelle

Chefköchin, mehr nicht. Sie *war* einmal eine angehende Detektivin gewesen, aber das hatte in einem schönen Debakel geendet.

„Zu verschneit“, sagte Inspektor Melbray. „Wir haben nur Ihre Beschreibung von dem, woran Sie sich erinnern.“

Nur? Ihr gefiel nicht, wie er das Wort gebrauchte. „Die zwei Spuren, von denen ich Ihnen erzählt habe“, sprach sie weiter, entschlossen, ihn seine Wortwahl bereuen zu lassen, „kamen aus dieser Richtung zum Dorfanger und sie verliefen nicht genau nebeneinander. Sie waren ungleichmäßig und überschnitten einander manchmal. Vielleicht ist eine Person einer anderen gefolgt. Und ...“, sprach Nell ruhig weiter, obwohl beide Männer keine Regung zeigten „die Spur, die zurückführte, muss dorthin zurückgekehrt sein, wo beide Spuren herkamen.“

„Und das ist Ihrer Meinung nach wo?“

„Das Vordach der Kirche.“ So häufig bestand Polizeiarbeit daraus, das Offensichtliche auszusprechen.

„Wie kommen Sie zu diesem Schluss, Miss Drury?“

War er sarkastisch? Lachte er sie aus? Offenbar nicht. Beide Männer schienen auf ihre Antwort zu warten.

„Da die Tür nachts nicht verschlossen ist, habe ich gedacht, dass Mr Rocke vielleicht mit jemandem in der Kirche oder unter dem Vordach gesprochen haben könnte“, sagte sie mutig. „Und er oder sie könnte über den anderen Weg vom überdachten Friedhofstor an der Mill Lane gekommen sein.“ Sie zeigte in Richtung Westen. „Der Weg dort führt zum Tor auf der Ostseite des Friedhofs, welches am Ende der Auffahrt nach Wychbourne Court liegt.“

Viel zu spät erinnerte sie sich an die Blutspritzer. „Er könnte vor der Kirche angegriffen worden sein", warf sie rasch ein. „Dort waren Spritzer, die, wie ich dachte, von der Straße aus nach Blut aussahen, und vielleicht waren auch welche unter dem Vordach, falls er dort angegriffen wurde. Es schienen jedoch keine vor dem Friedhoftor zu sein."

Sie sah, wie Inspektor Melbray seinem Sergeant einen Blick zuwarf, der den Kopf schüttelte. „Nichts zu sehen, Chef. Zu viel Schnee seitdem und zu viele Menschen, die ihn festgetreten haben."

„Such noch einmal nach Blutflecken", wies ihn der Inspektor an.

„Wenn er dort angegriffen wurde", fügte Nell unbedacht hinzu, „könnte er versucht haben, über die Wiese zu fliehen."

„Wieso sollte der Angreifer dann zur Kirche zurückkehren? Wenn und könnte, sind passende Worte, um Dinge in Betracht zu ziehen, Miss Drury. Aber wir arbeiten hier nicht mit Vermutungen."

Nun reichte es ihr. Sie hielt es nicht länger aus, wollte sich jedoch auch nicht vor dem Inspektor und seinem Sergeant blamieren. „Dann überlasse ich es Ihnen, die Dinge zu betrachten und *wenn* sie nach Wychbourne Court kommen und *wenn* Sie mich befragen möchten, könnte ich Ihnen vielleicht mehr erzählen."

Sie marschierte davon und fühlte sich dabei wie ein ziemlicher Dummkopf. Lag es am Wind, dass ihr Tränen in die Augen stiegen? Wieso musste von all den Londoner Kriminalbeamten ausgerechnet *er* hierherkommen? Letzten Sommer waren sie in Freundschaft auseinandergegangen oder zumindest hatte sie das gedacht. ‚Nennen Sie mich Alex‘ hatte er gesagt und sie hatten sogar geplant, picknicken zu gehen.

Wieso war er nun so kalt?

Nell stapfte missmutig durch den Schnee zurück. Die ersten Tage über hatte der Schnee sich weich und fluffig angefühlt, wenn er sanft rieselte, doch mit der Zeit wurde er immer härter und knirschte. So wie die Liebe, kam es Nell in den Sinn und sie musste lachen. Erst so weich und nachgiebig und leicht verteilbar, doch dann knirschte es nur noch und egal, wie sehr es schneite, der Schnee wurde nie wieder wie zuvor. Genau das war ihre Erfahrung gewesen und vielleicht ging es Kriminalinspektor *Alex* Melbray auch so.

Doch dann fiel ihr etwas anderes ein. Sie wusste immer noch nicht sicher, dass Tobias Rocke erstochen oder ob eine Tatwaffe gefunden worden war, mal ganz abgesehen von der Frage, wer ihn ermordet hatte. Sogar für eine schlechte Anfängerdetektivin war das eine miserable Leistung. Sie würde sich mehr Mühe geben müssen, wenn sie Wychbourne Court in dieser Krise beistehen wollte. Ganz besonders, wenn der Mord etwas mit dem Verschwinden von Mary Ann Darling zu tun hatte, dachte sie mit einem Schreck. Aber das war doch sicherlich zu weit hergeholt, oder?

Für gewöhnlich gab es nichts, das eine trübe Stimmung so gut vertreiben konnte wie ein frühes Mittagessen. Laut Mr Peters hatte die Familie den Morgen damit verbracht, so zu tun, als wäre nichts vorgefallen, während die Gäste ungewöhnlich zurückhaltend waren. Das war nur natürlich, dachte Nell, schließlich war einer aus ihren Reihen ermordet worden und noch dazu eine allgemein beliebte Person. Doch das Argument überzeugte sie nicht gänzlich.

„Sie würden alle gerne den nächsten Zug nehmen", erzählte Mr Peters. „Man merkt es ihnen an. Sie haben alle Hummeln im Hintern."

„Es hilft nicht gerade, dass einer ihrer Freunde umgebracht wurde", entgegnete Nell.

„Das hat nichts mit Wychbourne Court zu tun", warf Mrs Fielding rasch ein.

„Eine Schande", sagte Miss Smith vorlaut. „Es hat ein wenig Leben in die alten Gemäuer gebracht, nicht, Mr Briggs? Sie sind so still."

Nell erstarrte. Obwohl man Miss Smith gewarnt hatte, musste sie den Grund für Mr Briggs schweigsame Art vergessen haben.

Mr Briggs stand auf, sah lächelnd in die Runde und ging. Nell hütete sich, ihn aufzuhalten.

„Was stimmt mit dem Mann nicht?", fragte Miss Smith.

„Der Krieg", antwortete Mrs Fielding knapp.

„Oh, das tut mir leid. Sie haben mir davon erzählt. Ich werde vorsichtiger sein." Miss Smith sah ehrlich zerknirscht aus und Nell konnte sie ein wenig besser leiden. „Kann ich irgendetwas tun?", fragte Miss Smith.

„Nein. Er ist mit seinem Federvieh ganz glücklich", antwortete Mrs Fielding.

„Wie bitte?" Miss Smith sah sie entsetzt an. „Hier oder ein flatterhaftes junges Ding im Dorf?"

Mrs Fielding sah sie so verdutzt an, dass Nell schnell dazwischenging. „Die gefiederte Sorte, Miss Smith. Mr Briggs mag besonders die Nachtvögel. Eulen und Nachtigallen gefallen ihm gut."

„Ich dachte, der Eul' und die Miezekatz fuhr'n zur See?", fügte Miss Smith clever hinzu, doch ihre Anspielung traf auf taube Ohren.

Zeit, das Gespräch in eine andere Richtung zu lenken, dachte Nell. „Die Küche ruft", sagte Nell schwungvoll.

„Ach, Miss Drury", sagte Miss Smith. „Ich habe ganz vergessen, Ihnen zu sagen, dass der ältere Herr Sie am Nachmittag um zwei besuchen kommt."

Der ältere Herr? Es war sinnlos, sich aufzuregen, dachte Nell. Miss Smith mochte frischen Wind in den langweiligen Bedienstetenflügel bringen, aber frischer Wind konnte manchmal eisig sein.

Der ältere Herr, der um Punkt zwei Uhr kam, war Arthur Fontenoy, wie Nell schon vermutet hatte. Trotzdem war sie erleichtert, als sie ihn sah. Einen kurzen Moment lang hatte sie Angst gehabt, es könnte Jethro James' Vater, der Wildhüter, sein. Er neigte dazu, sonntags vorbeizukommen und ihr für die Geschenke zu danken, die in Wahrheit die Beute seines Sohnes waren, was er jedoch nicht wusste. Er schob das ihm gelegentlich zukommende Federwild auf die Großzügigkeit von Lord Ansley oder Nell und sie brachte es nicht übers Herz, ihm zu sagen, dass sein Sohn der Wilderer war, den er so gewissenhaft und doch erfolglos suchte.

„Gerade rechtzeitig für eine Tasse Tee", begrüßte sie Arthur. „Ich habe uns zwei Teigteilchen aus Mrs Fieldings Kammer entwendet."

„Eine exzellente Stärkung gegen all die Missstände in der Welt. Meine liebe Nell, sagen Sie, wie verkraften Gerald und Gertrude die schrecklichen Ereignisse? Ich habe heute keines der Familienmitglieder gesehen.

Sogar die gute Clarice ist mysteriöserweise anderweitig beschäftigt und ich vermute, Mr Trotter steckt dahinter. Vielleicht hofft sie, dass er das Bild des Mörders mit seinem Fotoapparat festhalten kann."

„Ich wusste nicht, dass er noch hier ist."

„Aber ja. Die Polizei und der Schnee haben es bewerkstelligt, dass er uns noch länger erhalten bleibt. Er verbringt die meiste Zeit mit Lady Clarice und ist auf der Jagd nach den Geistern der vorherigen Marquess oder berichtet ihr von seinen bisherigen Erfolgen. Sagen Sie, hat das bezaubernde Bild der Gaiety Girls und der unbekannten Geisterdame Sie überzeugen können? Lady Clarice ist überzeugt, dass es Violet ist, das Milchmädchen und Mätresse des vierten Marquess, aber alle anderen glaubten, den Geist von Mary Ann Darling darin zu sehen."

„Ob ich überzeugt war, Arthur? Nur davon, dass sie der Postkarte im großen Saal von Mary Ann in *The Flower Shop Girl* verblüffend ähnlich sieht. Die Haltung ist genau gleich." Je mehr sie darüber nachdachte, desto mehr verwarf sie die Idee, dass ihr Unterbewusstsein gemeinsam solch ein Phänomen hervorrufen konnte. „Glauben Sie, dass Mr Trotter uns einen faulen Zauber vorgeführt hat? Lady Sophy hat mir erzählt, dass Lord Richard Mr Rocke aus der Dunkelkammer hat kommen sehen. Könnte es da einen Zusammenhang geben? Vielleicht war auch er misstrauisch."

„Wer weiß es schon? Richard vertraut Mr Trotter nicht und er hat tatsächlich Tobias aus Mr Trotters hochheiliger Dunkelkammer kommen sehen. Die Geisterfotografie ist ein stark umstrittenes Feld unter den Zweiflern und den Verfechtern. Berichten Sie mir, wie es Gerald und Gertrude geht." Arthur aß nie mit der Familie zu Mittag, denn er hielt es für das Recht der Witwe.

„Sie sind schockiert, besorgt und nervös", sagte Nell geradeaus. Nicht einmal die zurückgebrachte Brosche, die zwar mit Erleichterung entgegengenommen wurde, konnte daran etwas ändern.

Arthur seufzte. „Ich habe gehört, dass Scotland Yard bereits hier ist, genauer gesagt, Chefinspektor Melbray, wie der Kriminalinspektor sich nun nennen darf. Ihm wurde die Region zugeordnet und er übernimmt die Fälle, bei denen die Polizei von Sevenoaks um Unterstützung bittet. Er ist ein bemerkenswerter junger Mann, dass er so früh in seiner Karriere so weit befördert wird."

Chefinspektor? „Ja", gelang es Nell, durch die zusammengebissenen Zähne zuzustimmen. War er deshalb so abweisend gewesen? War sie seiner Beachtung nun nicht mehr wert als bloße Spitzenköchin?

„Ich habe gehört, er hat Geralds Angebot, ein Zimmer auf Wychbourne Court als Ausgangsort seiner Ermittlungen zu nutzen, abgelehnt. Er arbeitet lieber von einem Zimmer im *Coach and Horses Inn* aus. Vielleicht ist es klug, wenn man bedenkt, dass möglicherweise einer der Gäste, nicht nur die Demütigung einer Befragung über sich ergehen, sondern auch ihr Gepäck durchsuchen lassen muss. Mr Hardcastle ist über die Anwesenheit des Inspektors nicht gerade erfreut. Er befürchtet, es könnte dem Geschäft schaden und seiner Gaststätte einen schlechten Ruf geben."

Da musste Nell lachen, was zweifelsohne Arthurs Absicht gewesen war. Das *Coach and Horses Inn* war eine angesehene Gaststätte, aber dieses Dorf hatte seine Taugenichtse und Wychbourne stellte keine Ausnahme dar. Da es nur eine Gaststätte im Dorf gab, kamen hier alle Leute zusammen.

„Um zum Thema zurückzukommen, Nell", sprach Arthur weiter. „Ich bin natürlich schwer betroffen vom Mord an Tobias Rocke. Zunächst einmal, weil er meiner Meinung nach ein viel zu guter Schauspieler und Komiker war, den die Bühnen vermissen werden, und viel mehr noch im Namen der Familie."

Nell sah ihn scharf an. „Und besonders wenn einer ihrer Gäste darin verwickelt war?"

„Es ist eine Möglichkeit, angesichts der Umstände, die sie hergebracht haben. Ich habe mir von Lady Clarice sagen lassen, dass Chefinspektor Melbray Lord Ansley auf dem neuesten Stand hält und dass scheinbar nichts vom Verstorbenen gestohlen wurde. Die Polizei glaubt, dass er einige Zeit, nachdem die Revue vorüber war, gestorben ist und laut Jethros Bericht war er schon einige Zeit tot, als er ihn fand."

„Aber *warum* wurde er ermordet und wieso hier?"

„Es besteht die Möglichkeit, dass ein betrunkener Gast des *Coach and Horses Inn* sich entschloss, ihn anzugreifen oder einem werten Herrn, dem vorübergehenden Landstreicher, der so oft in den Detektivgeschichten auftaucht, gefiel seine Art nicht. Die Frage ist natürlich, wieso."

„Wieso sollte jemand seine Art nicht mögen?", fragte sie witzelnd. „Wenn gestern Nacht Landstreicher im Schnee vorbeigezogen wären, hätten sie wie ein Hummer im Fischnetz herausgestochen. Außerdem – wieso hätten sie sich die Mühe machen sollen, Mr Rocke umzubringen, wenn sie sein Geld und seine Uhr zurückließen?"

„Ich stimme Ihnen zu und fortan ist seine Art also nicht ausschlaggebend. Meine Frage war jedoch, *warum* und genauer – warum war Tobias Rocke an der Kirche, wenn die meisten Gäste entweder zu Fuß oder mit der Kutsche nach Wychbourne Court zurückkehrten?"

Noch ein Hieb gegen ihre Fähigkeiten als Detektivin, dachte Nell verärgert. Darauf war sie noch nicht gekommen.

„Die Revue – eine so herrliche Aufführung – endete um zehn Uhr", fuhr Arthur fort. „Das Publikum zerstreute sich recht bald, wie auch die Familie. Richards Kutsche beförderte Miss Smith bequem zurück, wie ich feststellte. Auf der Hinfahrt waren wir zusammen in die Kutsche gedrängt, doch auf der Rückfahrt wurde ich zurückgelassen. Zu meinem Glück hatten Sophy, Helen und Mr Beringer Mitleid mit mir und der reizenden Muriel und sie nahmen uns mit zurück. Ich war daher um halb elf auf Wychbourne Court zum späten Abendessen und unsere muss die letzte Kutsche gewesen sein. Während der Rückfahrt und im Speisesaal bemerkte ich nicht, dass einer der Gäste fehlte. Wann sind die treuen Anhänger wie Sie zurückgekehrt? Ich weiß, dass Sie und Robert tapfer zugestimmt haben, die Bühne noch zu reinigen."

Nell dachte zurück. „Robert ging früher als ich. Ich war kurz vor elf Uhr zurück am Haus und Lord Ansley und ich machten uns gegen zwanzig vor zwölf wieder auf den Weg. Wir hatten nicht lange nach Lady Ansleys Brosche gesucht, da hörten wir Jethro draußen rufen.

Mr Rocke muss also gegen halb zwölf tot gewesen sein, denn wir haben nichts und niemanden gesehen, als wir zum *Coach and Horses Inn* kamen. Und Jethro behauptet, er hat niemanden in der Nähe gesehen, als er den Körper fand. Das Blut war noch frisch", zwang sie sich, hinzuzufügen.

„Sind Sie sicher, dass Lord Ansley, Mr Hardcastle und Sie kurz nach Mitternacht zum armen Tobias kamen?"

„Ja, ich erinnere mich, die Kirchenglocken läuten gehört zu haben, als Lord Ansley und ich im *Inn* waren." So gerne sie Arthur mochte, sie sehnte sich danach, mit der Befragung fertig zu sein und sich wieder dem zu widmen, das sie am besten verstand: die Küche und die Freude an ihren Menüs. Aber er schien kein Ende zu finden und sie hatte Sorge, wohin das führen sollte.

„Sie kennen das Dorf, Nell. Gerüchte verbreiten sich so rasant, dass man kaum hinterherkommt. Wäre es möglich, dass ein Dorfbewohner, vielleicht jemand aus dem Publikum, wusste, dass Tobias als Gast hier war und der Mord rührt daher?"

Sie hoffte, seine Frage bejahen zu können – doch konnte sie das? Sie lebte hier und mochte das Dorf und seine Bewohner. „Vielleicht", antwortete sie zögerlich. „Mr Rocke könnte von jemandem aus dem Publikum gesehen worden sein, der ihn kannte und blieb, um sich zu unterhalten."

„Das ist in der Tat möglich." Arthur hielt inne. „Leider Gottes besteht immer noch eine andere Möglichkeit und zwar die, dass Wychbourne Court darin verwickelt ist."

Wie befürchtet mussten sie die Möglichkeit berücksichtigen.

„Ich meine natürlich die Gäste“, fügte Arthur hinzu. „Es ist sehr unwahrscheinlich, dass die Familie oder sonst jemand, der hier lebt, ihn umbringen wollte.“

Dabei stimmte Nell ihm inständig zu. „Aber wieso sollte jemand ihn auf dem Dorfanger umbringen, wenn dort noch so viele Menschen hätten sein können? Erscheint das nicht wie eine spontane Handlung?“

„Ja, aber der Kreis der Verdächtigen muss deshalb trotzdem Wychbourne Court und seine Gäste einschließen.“

Sie musste ihre Sorgen in Worte fassen. „Sie haben mir gesagt, dass Tobias Rocke als Geheimniswahrer bekannt war“, sagte Nell.

„Das habe ich. So nannten Gertrude und ihre Gäste ihn.“

„Wir könnten also wieder bei Mary Ann Darling angelangt sein?“

„Nicht zwangsläufig. Vergessen Sie den guten Mr Trotter nicht.“

Gertrude Ansley nahm allen Mut zusammen. Gerald war nie so distanziert gewesen. Die Gründe dafür verwirrten sie und sie verstärkten ihr Entsetzen darüber, was aus ihrem unschuldigen Wiedersehen geworden war. Sie suchte ihren Ehemann in seinem Arbeitszimmer auf. Wer weiß, wo sich ihre Gäste herumtrieben, dachte sie verzweifelt. In der Bibliothek? Im Billardzimmer?

Sie entschied sich, mit einer praktischen Frage anzufangen. „Nun, da der Inspektor darum gebeten hat, dass keiner unserer Gäste abreist und die Polizei das Gästezimmer von Tobias durchsucht, sind alle sehr missmutig, Gerald. Es fällt ihnen sehr schwer. Hubert tritt im Moment in einem Stück auf und Neville probt für sein neues Stück im *Albion*. Auch Lynette ist sehr beschäftigt und selbst Mr Trotter hat andere Verpflichtungen, denen er nachkommen muss. Sie alle fühlen sich, als stünden sie selbst unter Verdacht. Das bringt uns in eine prekäre Lage. Können wir denn nichts tun?"

Glücklicherweise beachtete Gerald sie nun endlich. „Das bezweifle ich. Ich hoffe, dass diese traurige Angelegenheit morgen abgewickelt werden kann und dann sollten zumindest alle abreisen dürfen."

„Das erscheint mir unwahrscheinlich", antwortete Gertrude entschieden. „Selbst wenn der Mörder ausgemacht und verhaftet wird, gibt es weitere Fragen zu klären. Gerichtliche Untersuchungen, die Beerdigung und so weiter. Wir müssen etwas tun, aber was?"

„Warten wir ab, Gertrude."

Wenn Gerald in diesem Tonfall sprach, wusste sie, dass es hoffnungslos war.

„Die Polizei hat seine Adresse und hat seine Hausdame gesprochen, die über seine Familie Bescheid wissen wird", sagte er. „Wir sollten bald mehr wissen und ich hoffe, dass unsere Gäste dann abreisen können."

Sie schwieg einen Moment lang, doch dann sprach sie. „Das Wiedersehen war ein Fehler, nicht wahr?"

„Du konntest nicht wissen, dass ein Mörder zuschlagen würde. Und die Revue war ein Erfolg." Seine Worte waren so abgeklärt, dass sie ihr keinen Trost spendeten.

„Aber es hat dazu geführt, dass alte Fragen in den Vordergrund gerückt wurden." Nun hatte sie es gesagt. Selbst wenn Gerald von ihren Sorgen genervt war, gab es diese Sorgen und sie sprach weiter. „Vielleicht wurde Tobias umgebracht, weil er der Wahrer unserer Geheimnisse war?"

Gerald antwortete darauf nicht und das versetzte sie in Schrecken. Gerald wusste einfach immer, wie man schwierige Situationen bewältigte.

Sie hatte es allerdings ausgesprochen und sie konnte es nicht mehr zurücknehmen, ob er nun verärgert war oder nicht. „Die Polizei wird die Vergangenheit genauso wie das Jetzt beleuchten. Was, wenn Tobias wusste, wer Mary Ann umgebracht hat?"

Und wieder antwortete Gerald nicht.

Katie Kencroft kamen immer mehr Zweifel, je länger sie die anderen Gäste beobachtete. Wie gut kannte sie sie nach all den Jahren noch? Sie waren so entsetzt wie sie, oder etwa nicht? Tobias war ihr aller Freund gewesen, doch es kam ihr vor, als wären der eine oder andere, obwohl sie dem Anschein nach alle schockiert waren, beinahe erleichtert über seinen Tod. Das war gut möglich, überlegte sie. Auch wenn Tobias ein vertrauenswürdiger Mann gewesen war, konnten Menschen sich unwohl in dem Wissen fühlen, dass jemand die eigenen Geheimnisse kannte und die Stimmung war zweifellos eine angespannte. Lynette streifte wie ein Tiger im Käfig umher und machte einen Aufstand, weil sie kein schwarzes Kleid mitgebracht hatte und sich nun mit einem grauen Seidenkleid behelfen musste, das jedoch eher als Abendkleidung angemessen war.

„Es schneit wieder", sagte Lynette ärgerlich, als wäre es an der Zeit, dass jemand ein ernstes Wörtchen mit Mutter Natur sprach, die ihre Pläne durchkreuzte.

„Es schneit aber nicht mehr so stark", wandte Constance ein.

Der hoheitliche Hubert, wie Katie den verkrampften Wichtigtuer heimlich nannte, starrte seine Ehefrau entgeistert an, als hätte sie pure Inkompetenz an den Tag gelegt. „Wir reisen morgen früh ab, ob Scotland Yard nun einverstanden ist oder nicht."

„Wie außerordentlich mutig von dir, lieber Hubert", entgegnete Neville.

„Ich stimme Hubert zu", sagte Alice. „Auch ich werde abreisen."

Das war wohl das erste Mal in ihrem Leben, dass Hubert und sie einer Meinung sind, dachte Katie. Schon am *Gaiety Theatre* waren sie wie Hund und Katz gewesen.

„Wie mutig", sagte Lynette und zog das zweite Wort in die Länge. „Ich für meinen Teil habe kein Problem damit, eine Woche lang all meine Verpflichtungen ruhen zu lassen. Ich muss unbedingt herausfinden, wie diese aufregende Geschichte weitergeht. Der arme Tobias", fügte sie hinzu.

„Ich bin sicher, das wird sich bald klären", sagte Neville. „Es war dieser Wilderer. Er muss es gewesen sein."

„Sich klären ist eine zweischneidige Formulierung", bemerkte Charles Kencroft trocken, „in Anbetracht dessen, dass der Inspektor offenbar glaubt, er hätte weitaus mehr Verdächtige in greifbarer Nähe."

„Meinst du etwa uns?" Alice sah entsetzt aus. „Warum sollte jemand von uns Tobias umgebracht haben?"

Dann herrschte eine eigenartige Stille, was Katie erstaunte. Konnte jemand von ihnen Tobias den Tod gewünscht haben?, fragte sie sich. Und wieder stellte sich die Frage, ob Tobias wusste, wer Mary Ann umgebracht hatte. Könnte einer von ihnen sie umgebracht haben? Nein, der Gedanke war absurd. Und trotzdem hatte Mary Ann ihr privates Leben sorgfältig geschützt, sodass keiner von ihnen wusste, wo sie gelebt hatte, da sie mit der Droschke zum Theater gefahren war und auch zurück. Das sprach doch dafür, dass sie vor etwas oder jemandem Angst hatte.

„Wer weiß denn schon, wer von uns einen Groll gegen Tobias hegte?", fragte Lynette leichthin. „Vielleicht stehen unsere Gastgeber genauso unter Verdacht."

„Gertrude und Gerald?", fragte Alice entsetzt.

„Aber warum nicht?", fragte Neville gelangweilt. „Schließlich haben sie ihn eingeladen."

Katie runzelte die Stirn. Sie hatte schon immer ihre Vermutungen gehabt, was Neville anbelangte. Er sah einen Hauch zu gut aus und war zu charmant, um sie davon zu überzeugen, dass seine warmherzige Art echt war. Er war während der Scheidung sehr zivil gewesen, hatte Lynette ihr erzählt. Er hatte keine Anstalten gemacht, es ihr mit dem so typischen Ausflug nach Brighton und der quasi rituellen Fotoaufnahme in flagranti mit einer anderen Frau heimzuzahlen.

„Immer mit der Ruhe, Neville", wies Charles ihn scharf zurecht.

„Ich bin nie ruhig, wenn ich des Mordes beschuldigt werde." Er lachte.

„Wir wissen nicht, ob du oder irgendjemand von uns unter Verdacht steht", sagte Constance fest. „Der Inspektor kommt uns nur befragen, nicht verhaften."

„Es ist eine Unverschämtheit, dass er die Befragungen einzeln durchführen will", schnauzte ihr Mann sofort weiter. „Ich gehe davon aus, dass auch unser Gastgeber in die Mangel genommen werden soll."

Da hatte Katie endgültig genug. „Wenn – nur um diese lächerliche Diskussion abzuschließen – Gerald oder irgendeiner der Ansleys Tobias umbringen wollte, hätten sie uns nicht alle eingeladen."

„Bravo, Katie." Constance klatschte ihr Applaus. „Natürlich hätten sie das nicht."

„Meine liebe Constance", sagte ihr Ehemann sogleich. „Du übersiehst den entscheidenden Punkt. Wir wären dann als Ablenkung hier nötig gewesen. Erinnere dich nur, was für ein begeisterter Theaterbesucher Gerald war."

Sie warf ihrem Ehemann einen Blick zu und wusste, was nun folgen würde. Charles neigte stets dazu, die Karten offenzulegen.

„Das war ich auch", sagte Charles platt. „Es ist ein Jammer, dass Gertrude Mary Ann erwähnt hat. Trotz alledem werde ich dem Inspektor von ihr berichten. Er könnte es für die Ermittlung als relevant erachten."

Na endlich. Natürlich bat Chefinspektor Melbray um ihre Gesellschaft, als sie gerade dabei war, die Lammkeule für das Sonntagsdinner auszustopfen. Glücklicherweise war heute einer der Tage, an denen Mrs Squires länger arbeitete.

Nell lief durch den großen Saal in den Frühstückssaal, wo Mr Peters dem Inspektor und Sergeant Caring Kaffee servierte. Er meinte es also ernst. Der ‚Alex‘, den sie kennengelernt hatte, war vollends verschwunden und ein kurzer Blick in sein Gesicht zeigte ihr deutlich, dass er heute nicht mehr über ihr Aufeinandertreffen am Morgen sprechen wollte. Sie war froh, dass sie schnell in ihr rotes Kleid geschlüpft war. Man fühlte sich gleich besser, wenn man gut aussah und das konnte sie dringend gebrauchen.

Wie immer überraschte Inspektor Melbray sie. „Ich muss mich für meine Unhöflichkeit am Morgen entschuldigen, Miss Drury. Eine Reise, die um drei Uhr früh beginnt und das bei Schnee und mit dem Zug, Automobil und zuletzt zu Fuß, ist nicht unbedingt gut für die Stimmung und die Sicht auf das Leben – oder den Tod.“

„Zumindest hatte ich letzte Nacht mehr Schlaf als Sie“, antwortete sie dümmlich und entspannte sich ein wenig.

„Danke. Nun, lassen sie uns noch einmal über ...“

„Die Fußspuren?“ Zu früh entspannt.

„Nein. Würden Sie mir erst von den Geschehnissen während und nach der Aufführung berichten?“

„Die Revue“, murmelte sie.

Er überging es und erwischte sie wieder auf dem falschen Fuß. „Haben Sie Mr Rocke nach der Revue gesehen?“

„Nur im Vorübergehen, als ich hineinging, um beim Aufräumen nach der Aufführung zu helfen. Er zog gerade das Pierrot-Kostüm aus und ging dann.“

„Haben Sie mit ihm gesprochen? Wissen Sie, wieso er dort geblieben sein könnte und nicht direkt nach Wychbourne Court zurückgekehrt ist?“

„Nichts davon. Ich habe ihn weder gesehen, als ich zum Anwesen zurückkam, noch auf dem Weg dorthin. Vielleicht ist er woanders hingegangen.“ Sie machte ein wahres Schneegestöber aus der Sache, dachte sie. All die Früchte und die Meringe, alle Fakten, schön in ein cremiges Chaos vermischt.

„Gehen Sie mit mir Schritt für Schritt Ihre Aufenthaltsorte durch", bat er sie noch einmal.

Und das tat sie auch, doch dann ergriff sie die Gelegenheit. „Ich weiß, dass er durch den Stein gestorben sein muss, aber wurde ihm auch in den Rücken gestochen?"

Er warf ihr einen Blick zu. „Ja. Es war kein schöner Tod, Miss Drury. Wir glauben, dass ihm zunächst in den Rücken gestochen wurde und er dann mit dem Stein erschlagen wurde. Erwähnten Sie nicht Blutspritzer? Es wurden einige vor dem Eingang der Kirche gefunden, was darauf hindeutet, dass er geflohen ist und zur Wiese verfolgt wurde. Wir haben jedoch noch nicht die Waffe gefunden, nur den Stein. Würden Sie mir nun freundlicherweise von Jethro James erzählen? Würde er Ihrer Meinung nach einen Grund haben, Mr Rocke umzubringen, wenn Diebstahl ausgeschlossen ist?"

„Keinen mir ersichtlichen. Er wird ihn nicht einmal gekannt haben. Wenn Mr Rocke ihn erwischt hätte – nein, ich stelle keine Vermutungen an." Hätte er Jethro bei der Tat ertappt und gedroht, Lord Ansley zu rufen oder die Polizei … Nein, das war äußerst unwahrscheinlich.

„Machen Sie sich keine Sorgen, Miss Drury. Motive bieten keine Beweise gegen einen Mörder, sie können jedoch als Wegweiser dienen, so wie in diesem Fall."

„Sie meinen Mary Ann Darling", sagte sie, ohne nachzudenken und bereute es sogleich.

Er sah sie nachdenklich an. „Ein solcher Name wurde mir gegenüber erwähnt. Wenn Sie Beweise oder irgendwelche Hinweise darauf haben, dass sie für diesen Fall relevant ist, wäre ich Ihnen dankbar, wenn Sie es mich wissen lassen.“

Kapitel 6

An manchen Tagen schien sich etwas über das Leben zu legen wie eine Haut über den Pudding und heute war es besonders unheilvoll. Nell musste über sich selbst lachen. *Maulende Macarons, nun sieh aber auch mal die guten Dinge.* Das Dinner am heutigen Abend würde nur für die Familie und Lord und Lady Kencroft sein, die nun im Westflügel ziemlich allein auf weiter Flur waren. Sogar Mr Beringer war nach London zurückgekehrt. Nur noch Lord Kencrofts Diener war im Ostflügel untergebracht. Der Schnee war größtenteils verschwunden und sie vermutete, dass die Vorgabe der Polizei, die Gäste mögen nicht abreisen, sich genauso in Luft aufgelöst hatte. Einige hegten noch einen Groll gegen die Polizei, die verlangt hatte, dass alle Taschen am gestrigen Nachmittag durchsucht wurden, doch der Heilbutt nach Mrs Leyels walisischem Rezept – welches ulkigerweise Kaninchen im Namen trug, aber keines enthielt – hatte den Humor der meisten Gäste wieder hervorlocken können.

Wenn doch nur alle Sorgen sich daran ein Beispiel nehmen und sich still davonmachen würden. Es gab keinen Zweifel daran, dass die dunkle Wolke über Wychbourne Court noch für einige Zeit bleiben würde. Tobias Rocke war ein bekannter Komödiendarsteller gewesen und daher würde es nicht nur eine gerichtliche Untersuchung geben, sondern auch Zeitungsreporter würden wieder in Vielzahl vertreten sein. Der Tatsache war sich Lord Ansley zweifellos bewusst.

Nells Montagmorgen begann mit einem unliebsamen Gruß aus der Küche. Mrs Squires war noch nicht eingetroffen, was sie vor ein unerwartetes Problem stellte. Sie wohnte in Burnt Ash Lane, nahe genug, dass der übrige Schnee keine Schwierigkeiten bereiten sollte. Etwas stimmte nicht, dachte Nell. Wenn sie krank wäre, hätte der Fleischer oder der Milchmann ihr eine Nachricht überbracht. Aber sie hatte nichts gehört, was bedeutete, dass Kitty, Michel und Nell selbst das Mittagessen der Bediensteten stemmen mussten. Miss Maxwell sowie ihre Angst einflößende Ankleiderin Doris Paget würden am Vormittag abreisen, wie auch die Jarretts. Nach dem Mittag würden Mrs Reynolds und Mr Heydock – zur allgemeinen Verwunderung – gemeinsam mit seinem persönlichen Diener Mr Winter in seinem Lagonda zurückfahren. Mr Winter würde wohl hinten zwischen dem Gepäck sitzen müssen. Der unermüdliche Mr Trotter würde nicht abreisen, sondern mit Lady Clarices freundlicher Zuvorkommenheit im *Coach and Horses Inn* bleiben, wie Arthur ihr erleichtert berichtet hatte. Er hatte schon Sorge gehabt, man könne ihn bitten, Mr Trotter zu beherbergen.

Während für das Mittagessen der Familie gesorgt war, herrschte im Bedienstetensaal noch immer Unklarheit. Nell hatte flink eine Runde durch die Speisekammer gedreht, um zu sehen, was Mrs Squires geplant hatte und fand die vorbereiteten Lammpasteten. Gegen elf Uhr hatte sie die Krise unter Kontrolle – zumindest in der Küche. Ihr morgendlicher Besuch bei Lady Ansley hatte sie nicht davon überzeugen können, dass die Stimmung im Haupthaus sich aufhellte. Die dunkle Wolke hing tief über Wychbourne Court und dabei würde es bleiben, vermutete Nell, solange Chefinspektor Melbray mit einem ungelösten Mordfall im *Coach and Horses Inn* verweilte.

Es war schon rätselhaft. War es nicht eigenartig, dass die anderen Gäste so zeitnah abreisen durften? Wenn dies bedeutete, dass sie nicht mehr auf der Liste der Verdächtigen standen, sah es für Jethro James düster aus. Er hatte den Körper in der eisigen Winternacht gefunden, was, wie er behauptete, ein Zufall war. Er war nicht im Publikum der Revue gewesen und Frank Hardcastle hatte ihn auch nicht im Pub bedient. Im Schnee konnte er auch nicht wildern gewesen sein. Was hatte er also draußen gemacht? Nell konnte ihn sich jedoch nicht als Mörder vorstellen – außer natürlich von anderer Leute Wild.

Sie bemühte sich konzentriert in ihrer Kammer – dem Kochtopf, wie Mrs Fielding die Kammer abwertend nannte –, die Vorbereitungen für das Dinner-Menü durchzugehen. Es klopfte an der Tür und Kitty brachte schwer atmend hervor: „Mrs Squires ist gerade gekommen. Sie zieht in diesem Moment ihre Schürze im Saal über."

„Hat sie gesagt, was passiert ist?", fragte Nell und folgte Kitty schnell in die Küche.

„Nein, aber sie sieht nicht glücklich aus", zischte Kitty.

Mrs Squires war schon an ihrem Arbeitsplatz. Sie sah nicht bloß unglücklich aus, dachte Nell bestürzt, doch Mrs Fielding fuhr Mrs Squires schon in vollem Hausdamenmodus an, bevor Nell es verhindern konnte.

„Und wo genau kommen Sie jetzt her, Mrs Squires? Es ist bereits nach elf Uhr."

„Es tut mir leid, Mrs Fielding. Es lag an meiner Freundin, Mrs Palmer", antwortete Mrs Squires.

„Ethel?", mischte Nell sich ein. „Was ist passiert? Es schien ihr bei der Revue noch gut zu gehen."

„Sie ist ganz aus der Fassung, Miss Drury." Mrs Squires drehte sich erleichtert zu ihr.

„Das sind wir alle", schnaubte Mrs Fielding. „Miss Drury wurden Unannehmlichkeiten bereitet."

„Vielen Dank, Mrs Fielding", sagte Nell rasch und innerlich zog sie die Augenbrauen überrascht hoch bei der plötzlichen Sorge um ihr Wohlergehen.

„Weshalb ist sie denn aus der Fassung? Ist ihr Ehemann krank?"

„Nein, er wurde verhaftet. Für den Mord an Mr Rocke", weinte Mrs Squires und Kitty eilte zu ihr, um sie zu trösten.

Der liebe John? *Verhaftet?* „Aber warum?", fragte Nell ratlos. Das war unbegreiflich. Nicht Jethro, sondern John? Der riesige Mann, der keiner Fliege was zuleide tun konnte, ganz zu schweigen einem Menschen. Welchen Grund konnte er haben, Tobias Rocke umbringen zu wollen? „Kann ich irgendwie helfen?", fragte Nell spontan.

„Würden Sie nach Ethel sehen, Miss Drury? Sie hat sich schrecklich aufgeregt. Sie können sicherlich herausfinden, wer den Herrn tatsächlich umgebracht hat, nicht wahr?"

„Aber ich habe doch nicht ..." Beim Anblick von Mrs Squires' hoffnungsvollem Gesicht brach Nell den Satz ab. „Ich besuche sie später und dann frage ich den Inspektor, was da vor sich geht." Beim Gedanken daran war ihr jedoch gar nicht wohl.

Noch immer herrschte eine erwartungsvolle Stille in der Küche und Nell gab sich geschlagen: „Ich werde mein Bestes geben, Mrs Squires."

Nell stapfte durch den wenigen liegen gebliebenen Schnee ins Dorf. Der Schnee fror nun zu kleinen Schollen aus Eis und Matsch, genau wie ihre Mission, dachte sie und verzog das Gesicht. Bei Schneefall wusste man, wie man mit der Situation umzugehen hatte, aber bei Eis und Matsch musste man vorsichtig sein. In all dem Trubel um den Mord an Mr Rocke hatte sie den Halt verloren. Sie hatte nicht gewusst, dass John Palmer – wie der offizielle Name des lieben John war – einer der Tatverdächtigen war, geschweige denn, dass er offenbar ein Mordmotiv gehabt haben musste. Was konnte das nur sein? Soweit Nell wusste, war er einer von Lord Ansleys Handwerkern, der Bäume auf dem Anwesen fällte und das Cottage streichen konnte oder was auch immer an derartigen Aufgaben anfiel. Sie hatte ihn bei der Revue mit seiner Frau gesehen, jedoch nicht danach. Was zur stotternden Steckrübe war nur geschehen?

Miss Smith, die ihre eigene Art hatte, an Informationen zu gelangen – höchstwahrscheinlich durch Lord Richard -, hatte die höhergestellten Bediensteten darüber informiert, dass die Gäste nach dem Frühstück erfreut waren, zu hören, dass Mr Rockes Mörder verhaftet worden war.

„Und vielleicht erleichtert?", hatte Nell vorgeschlagen.

„Danach sah es nicht aus", antwortete Miss Smith fröhlich. „Mr Jarrett besteht auf eine Entschuldigung des Inspektors, die dieser verweigerte, obwohl Mr Jarrett betonte hatte, dass es ihm nicht gutging und seine Aufführung am Abend zweifelsohne unter der Tortur des Wochenendes leiden würde. Seine Lordschaft und Ihre Ladyschaft waren sehr übellaunig, als sie von dem schrecklichen Mann erfuhren, der Mr Rocke umgebracht hat, denn er arbeitet für sie. Alle anderen haben sich über die ungeschickte und törichte Art, wie Scotland Yard das Gepäck durchsucht hat, beschwert."

In diesem Moment kam Mr Peters herein und machte sich das Gewicht seiner Position als Butler zunutze. „Was sich unter den Mitgliedern der Familie zuträgt, steht hier nicht zur Diskussion", sagte er maßregelnd.

Miss Smith jedoch fühlte sich nicht zurechtgewiesen. „Ein Jammer", sagte sie verschmitzt. „Das verdirbt den ganzen Spaß."

Spaß war jedoch nicht, wie Nell einen Mord beschrieben hätte. Früher wäre das Wort eines Butlers Gesetz gewesen, auch für die höhergestellten Bediensteten. Doch heute nicht mehr, wie es schien. Mrs Fielding wäre schockiert gewesen und auch Nell empfand es als unangemessen. So gerne sie Miss Smiths lebhafte Art in den meisten Situationen mochte, war es hier nicht der Fall. Miss Smith würde nicht lange auf Wychbourne Court bleiben, dachte Nell, ob Lord Richard dies nun wünschte oder nicht. Dass er nur sie zur Revue gefahren hatte, stieß im Bedienstetensaal auf Ablehnung.

Nell bezweifelte, dass übellaunig die Stimmung von Lord und Lady Ansley am Morgen treffend beschrieb, doch sie hatte keine Zweifel daran, dass Mr Jarrett so nörglerisch gewesen war, wie Miss Smith es beschrieben hatte. Wenn nur Mr Trotter zusammen mit den

Gaiety-Gästen von der Bildfläche verschwinden würde. Er logierte nun im *Coach and Horses Inn*, aber er schien trotzdem ständig auf Wychbourne Court zu sein. Allmählich tauchte er in Nells Träumen auf und sang ‚Ich will Ihnen keine Umstände machen ...‘ Das brachte sie auf die Karte mit Mary Anns Bild und die Frage, ob Mary Anns Geist sich entschieden hatte, in genau der Pose aufzutauchen oder ob der gänzlich menschliche Mr Trotter da seine Hände im Spiel gehabt hatte.

Welche Rolle hatte Mr Rocke in dieser Geschichte gespielt?, fragte sie sich.

Er hatte die Echtheit von Mr Trotters Fotografien infrage gestellt, nachdem die Arbeiten des Spiritualisten William Hope angezweifelt worden waren, und er hatte sich in die Dunkelkammer geschlichen. Vielleicht auf der Suche nach Beweisen? Hatte das zu seinem Tod geführt? Sah sich Mr Rocke als ein Harry Price? Hatte er sich vorgenommen, Mr Trotter als Schwindler zu enttarnen? Nein, soweit sie gehört hatte, war Tobias Rocke ein friedlicher, netter Herr gewesen, der sich stets bemühte, Situationen zu entschärfen, anstatt sie anzufeuern.

Als sie an das Ende der Auffahrt gelangte, entschied sie sich tapfer, den Fußweg vom Wychbourne Court Tor vorbei an der Kirche und der Stelle, wo Mr Rocke wahrscheinlich angegriffen worden war, zu nehmen. Von den Geschehnissen war nichts mehr zu sehen außer einem Berg dreckigen Schnees an einer Seite des Wegs. Kein Anzeichen von Blutflecken und darüber war sie froh. Auch im spärlichen Tageslicht war der Friedhof im Winter ein düsterer Ort. Das dichte Gebüsch zu beiden Seiten des Zauns und die verwitterten

Grabsteine gaben ihr ein beklemmendes Gefühl und es half nicht gerade, dass der Friedhof wochentags am Nachmittag völlig verlassen war. Sie beschleunigte ihre Schritte zum Friedhofstor, das zur Mill Lane führte und die Straße hinauf zum Birch Cottage, wo Ethel und John Palmer wohnten. Ihre Tochter hatte vor ihrer Hochzeit als Zimmermädchen auf Wychbourne Court gearbeitet, hatte Mrs Squires Nell erzählt. Da Nell jedoch erst vor einem Jahr nach Wychbourne gekommen war, kannte sie weder sie noch Ethel, nur der liebe John war ihr bekannt.

Bin ich als Trostspenderin oder als Ermittlerin hier?, fragte Nell sich, dann klopfte sie an die Tür. Beides, entschied sie, als sie Ethel in den Salon folgte. Der Raum wurde offensichtlich selten genutzt. Das Feuer im Kamin war in Eile angezündet worden und die Sofaschoner auf den Sesseln sahen makellos aus. Ethel musste etwa fünfundfünfzig sein, dachte Nell, auch wenn die Sorge und Trauer ihr ins Gesicht geschrieben standen und sie älter aussehen ließen. Sie war winzig neben Nell mit ihren eins siebenundsechzig und auf den gerahmten Bildern überragte sie ihr großgewachsener Ehemann. Nell sah kein Hochzeitsbild, aber viele mit ihren drei Kindern, die, wie Mrs Squires ihr erzählt hatte, alle nicht mehr in Wychbourne lebten. Der Dekor ließ auf ein glückliches Leben mit Arbeit und Ausflügen schließen, Nell sah eine Porzellanfigur einer Schäferin, ein Geschenk aus Margate, und die Bilder der Familie bei Jahrmärkten und Zirkussen.

„Es ist nicht wahr, Miss Drury", weinte Ethel, noch bevor Nell sich gesetzt hatte.

„Dann wird Ihr Ehemann freigelassen werden, wenn der Tatbestand geklärt ist“, sagte Nell zuversichtlicher, als sie selbst war. „Es ist ein Missverständnis. Warum sollte Ihr Ehemann Mr Rocke umbringen wollen? Es erscheint mir sehr unwahrscheinlich.“

„Er hat keinen Grund“, rief Ethel sogleich, als wäre es eine Anschuldigung gewesen. „Wir sind am Abend der Revue heimgekommen und nicht wieder ausgegangen. Die Polizei sagt, dass er Mr Rocke ermordet hat. Aber das würde er nicht, das könnte er nicht.“

Nell versuchte, das Gesagte zu entwirren. „Wieso glaubt die Polizei dann, dass er draußen war?“

„Ich *weiß* es nicht.“

„Sie müssen Zeugen haben“, versuchte Nell, ruhig zu erklären. Konnten sie John mit Jethro dem Wilderer verwechselt haben?, fragte sie sich. Nicht sehr wahrscheinlich und es würde auch nicht zu Ethels Geschichte passen, da Jethro noch nach Mitternacht unterwegs war. Log Ethel etwa? Sie schien zu ehrlich verzweifelt, um zu lügen.

„Sind Sie nach der Revue auf direktem Wege nach Hause gegangen?“

Ethel zögerte. „Ja.“

Nell entging ihr Zögern nicht. „Haben Sie auf dem Weg angehalten und mit jemandem gesprochen?“

Darauf sprang Ethel sogleich an. „Nun, das musste ich, da ich alle vom *Gaiety Theatre* kannte. Aber nur ein oder zwei Minuten und dann gingen wir direkt nach Hause.“

Das *Gaiety Theatre* wieder. Natürlich. Ethel hatte dort gearbeitet. Der Mord hatte doch wohl nicht mit Mr

Rockes Rolle als Geheimniswahrer damals zu tun? „Waren Sie zur selben Zeit dort wie Lady Ansley?"

„Nein, ich habe sie nicht kennengelernt. Ich kannte Seine Lordschaft – damals war er ein richtiger Stage-Door-Johnnie, so nannte man damals die Frauenhelden, die am Bühnenausgang warteten. Und Lord Kencroft auch. So bin ich hierhergekommen. Seine Lordschaft sagte, ich könne eines seiner Cottages beziehen. Ich kannte auch die anderen. Ich habe sie sofort erkannt. Miss Katie, Miss Lynette, Miss Constance und natürlich Mr Neville. *Und* diesen Mr Jarrett."

„Auch Mr Rocke?"

Sie zögerte wieder. Oder bildete sie es sich ein?, überlegte Nell.

„Ihn auch. Ich war ihre Ankleiderin, wissen Sie."

Aber natürlich! Nell erinnerte sich nun, dass Ethel nicht nur am Theater gearbeitet hatte, sie war Mary Ann Darlings Ankleiderin gewesen.

Nun ist Vorsicht geboten, ermahnte sie sich. „Waren Sie an jenem Abend dort, als Miss Darling verschwand?"

„Aber sicher doch. Es war mein letzter Abend dort, also fast jedenfalls. Ich kam am nächsten Tag ins Theater und erfuhr, dass sie verschwunden war, blieb noch ein paar Tage, doch dann hielt ich es nicht mehr aus. Ich mochte Miss Mary Ann sehr gerne."

Immer wieder führte alles zurück zu Mary Ann, dachte Nell. Und nun war Mr Rocke ermordet worden.

„Es hieß, dass Mr Rocke die Geheimnisse aller am *Gaiety Theatre* kannte. Glauben Sie, dass er wusste, was aus ihr geworden ist?"

„Keine Ahnung", sagte sie abweisend. „Ich hatte nicht viel mit ihm zu tun. Aber er war vernarrt in Miss Darling. Welch Zeitverschwendung."

„Wieso sagen Sie das?"

Ethel zuckte mit den Schultern. „Alle Männer waren hinter ihr her und sie wollte nichts von ihnen wissen. Von keinem von ihnen. So war sie nicht. Wie dem auch sei", sagte Ethel. „Das hat jedoch nichts mit dem Mord zu tun. Genauso wenig wie mein John. Wie könnte es auch? Ich habe das *Gaiety Theatre* verlassen, als Miss Darling ging und ich habe John erst drei Jahre später kennengelernt."

Das war ein ziemlicher Brocken gewesen, dachte Nell, als sie ging. Ethel Palmer mochte die Wahrheit über ihren und Johns Heimweg erzählt haben oder auch nicht. Sie hatte aber mit Sicherheit nicht die ganze Geschichte über das Theater und Mary Ann erzählt. Nell ging den Weg über den Friedhof zurück und musste unweigerlich daran denken, dass auch der Mörder von Tobias Rocke diesen Weg genommen haben mochte.

Als sie das Tor nach Wychbourne Court erreichte, zögerte sie. Wenn sie den lieben John nach Sevenoaks zur Vernehmung auf die Polizeistation mitgenommen hatten und nur noch ein Automobil vor dem *Coach and Horses Inn* stand, konnte der Inspektor wohl noch dort sein? Und wenn ja, sollte sie die Chance nutzen und ihm die Fragen zu John Palmer stellen? Er würde ihr höchstwahrscheinlich eine Abfuhr erteilen, aber sie war bereit, das Risiko einzugehen. Was hatte sie schon zu verlieren, außer die Beherrschung?

Er war nicht an der Theke zu sehen und Frank Hardcastle wies auf den kleinen Nebenraum, den Chefinspektor Melbray laut Hardcastle zu seinem Arbeitszimmer gemacht hatte. Der Raum war etwas gemütlicher als die anderen und war sonst der Bereich, in den sich die wenigen Damen, die sich mit ihren Ehemännern in das Reich der Männersachen wagten, zurückzogen.

Komm nur herein, sagte die Spinne zur Fliege, das schrieb schon Mary Howett und Nell würde es schlau anstellen müssen, um an diesem spinnenartigen Chefinspektor vorbeizukommen. Also dann. Nell machte sich auf die Herausforderung gefasst. Sie wollte gerade an die Tür klopfen, als diese von innen aufgezogen wurde. Inspektor Melbray, in Mantel und Hut gekleidet und die übliche Mordermittlungstasche unter dem Arm, war eindeutig sehr verdutzt über ihren unerwarteten Besuch.

Ausnahmsweise hatte sie die Oberhand, denn es lag an ihr, das Verfahren zu eröffnen. „Dürfte ich Sie sprechen?", fragte sie höflich.

Er zögerte lange, dann hielt er ihr die Tür auf.

„Kommen Sie herein, Miss Drury. Ich kann meine Abreise ein wenig hinauszögern."

Sie betrat das Wohnzimmer der Spinne und wartete, während er widerwillig seine Tasche abstellte und Mantel und Hut ablegte, gerade so, als zögerte er, sich auf ein tête-à-tête einzulassen. Er schlug ihr nicht vor, sich zu setzen, aber zumindest half er ihr aus ihrem Mantel. Sie entschied sich für einen geraden Stuhl an einem kleinen Tisch und er setzte sich auf eine Bank etwas entfernt. Trotzdem hatte sie das Gefühl, endlich das Kommando zu haben, trotz der uneleganten Gummistiefel.

„Sie haben Ihre Arbeit hier beendet?“, fragte sie.

Die Frage war überflüssig, da der Raum bis auf das Mobiliar der Gaststätte gänzlich leer stand. Lediglich eine traurige Schusterpalme und ein Stapel alter Zeitschriften sowie ein schweres Buch über das Leben des verstorbenen König Eduard VII, das sie einmal durchgeblättert hatte, waren noch hier.

„Ich habe gehört, Sie haben John Palmer verhaftet.“

„Das stimmt.“ Vielleicht war es das, das sie beruhigte, denn plötzlich hatte er wieder seine typische forsche Art. „In Anbetracht Ihres regen Interesses, darf ich fragen, ob Sie wieder überlegen, selbst als Ermittlerin tätig zu werden?“

Wie konnte sie nur darauf antworten? Nur indem sie seine Frage umging. „Es erscheint mir unwahrscheinlich, dass der liebe John …“

„Können Sie seine Unschuld beweisen, Miss Drury?“

Diesen sinnlosen Fechtkampf konnten sie den ganzen Tag lang weiterführen und sie würde ihn nicht so einfach davonkommen lassen. Es war an der Zeit, dass das aufhörte. Es war Zeit für einen direkten Stich und zwar jetzt.

„Ich wüsste gerne, wieso Sie mich als Miss Drury ansprechen. Letztes Jahr nannten Sie mich Nell.“

Er errötete. Sie hatte erwartet, dass er mit einem banalen Kommentar antworten würde, wie dass er nun bei der Arbeit war, aber nichts dergleichen geschah.

Stattdessen setzte er sich gegenüber von ihr an den kleinen Tisch.

„Ich möchte mich bei Ihnen entschuldigen, Nell.“

„Noch einmal? Sie haben sich am Sonntag bereits bei mir entschuldigt."

„Es ist eine ausführlichere Entschuldigung. Ich dachte nicht, dass ich nach Wychbourne zurückkehren und Sie wiedersehen würde."

„Das ist nicht wichtig", schoss sie zurück. „Was ist aus dem versprochenen Picknick geworden?"

„Wenn ich sagen würde, dass das Angebot noch steht, würden Sie es annehmen?", entgegnete er.

Na prima, dachte Nell. So drehte er also den Spieß wieder um. „Nur wenn Sie Ihr frostiges Verhalten erklären."

Ein kurzes Lächeln verschwand schnell wieder von seinen Lippen. „Ich entschied, dass ein gemeinsames Mittagessen uns nirgendwo hinführen würde, Nell. Sie arbeiten hier an einem Ort, den Sie lieben. Ich arbeite in London in einem Beruf, dem ich vierundzwanzig Stunden am Tag verschrieben bin und auch wenn ich es nicht unbedingt liebe, bin ich Teil dessen. Ist das für Sie noch immer der Fall?"

„Ich glaub, mich trifft die Kokosnuss", antwortete sie langsam. Worauf wollte er nur hinaus? „Ja."

„Nehmen wir also an, das Picknick führe zu etwas, und dann immer so weiter", sagte er ruhig. „Wären Sie bereit, Wychbourne Court aufzugeben?"

Das brachte sie zum Schweigen. Wychbourne Court aufgeben? Wie sollte sie das anstellen? Sie wurde hier gebraucht und es gab ihr alles, was sie brauchte, um ihre Träume zu verwirklichen. Sie war genauso Teil dessen wie er von Scotland Yard.

„Nein", antwortete sie und die Bedeutung all dessen wurde ihr mit einem Schlag klar. „Zumindest noch nicht", berichtigte sie sich schnell.

„Genauso kann ich meine Stelle nicht für Kent aufgeben. Zumindest noch nicht."

„Könnten wir denn Freunde sein und sehen, was sich entwickelt?", fragte sie unsicher. Was zum Donner sagte sie denn da? Gab sie gerade zu, dass da mehr sein könnte?

„Freunde? Was passiert, wenn Sie absichtlich einen Topf Milch auf dem brennenden Herd stehen lassen?"

„Die Milch kocht über", sagte sie verärgert.

„Überkochen steht mir nicht gut, Nell. Das kann ich nicht riskieren." Eine lange Pause folgte. „Es gibt jedoch noch die Möglichkeit, etwas leicht simmern zu lassen."

„Bis es allmählich verkocht", wendete sie ein.

„Das ist die Gefahr", antwortete er ernst. „Und der Topf könnte dabei auch anbrennen. Könnten Sie das riskieren?"

„Das ist ungerecht", sagte sie aufgebracht.

„In der Liebe und im Verbrechen ist nichts gerecht, Nell. Sollen wir es also eine Weile simmern lassen?"

„Wir können es versuchen." Wieso zur peitschenden Pastinake war ihr zum Weinen zumute? Schließlich war es ihm ein Leichtes, einen anderen Topf zu finden und die verdammte Milch mit wem anders zu kochen – und sie ebenso. Wenn sie das wollte, konnte sie das. Aber wollte sie das denn? Und dann verschlimmerte Alex alles, indem er ihr sanft die Hand küsste.

„Lassen Sie uns also einen Waffenstillstand ausrufen." Stille. „Ist das wirklich, wieso Sie hergekommen sind?"

„Vielleicht schon", gab sie zu. „Aber ich wüsste gerne, wieso Sie den lieben John verhaftet haben."

„Zu den üblichen Bedingungen?"

„Ja."

„Er hatte Dreck an den Stiefeln, hat über seine Aufenthaltsorte gelogen und außerdem haben wir eine dieser leichten Regenmäntel mit Blutspuren darauf im Gebüsch beim Friedhofstor gefunden. Im Schnee lag außerdem ein Handschuh vergraben, den zweiten haben wir bei der Hausdurchsuchung gefunden. Es war kein Blut daran, aber das war nicht nötig. Wir haben auch das Gepäck der Gäste durchsucht und nichts gefunden, das für den Fall relevant war."

„Haben Sie das Messer gefunden?"

„Nur den Stein, den Sie gesehen haben."

„Und mehr nicht?", fragte sie mutig.

„Nein. Am letzten Donnerstag hat John Palmer in betrunkenem Zustand im *Coach and Horses Inn* verkündet, dass er dem Mistkerl gerne den Hals umdrehen würde. Und ebenjener Mistkerl, um den es ging, war Tobias Rocke."

Das war noch immer weit von Mord entfernt, dachte Nell, als sie sich von dem Schreck erholt hatte. Was um alles auf der Welt könnte den lieben John so in Rage gebracht haben?

„Wieso haben Sie ihn zunächst verdächtigt?", fragte sie.

„Das geht zu weit, Nell."

„In Ordnung", sagte sie mürrisch. „Aber warum sollte er Tobias Rocke umbringen wollen?"

„Aha, wieder als Ermittlerin unterwegs, Nell? Sie haben die arme Ethel Palmer befragt, nehme ich an?"

Sie nickte.

„Hat sie erwähnt, dass Tobias Rocke ihr erster Ehemann war?"

„*Was?*"

„Oder dass sie, soweit wir das beurteilen können, sich nie die Mühe gemacht hat, sich scheiden zu lassen?"

Heilige Makrele, dachte sie benommen, als sie zum Anwesen zurücklief. Manche Tage stellten das Leben einfach auf den Kopf. Scheinbar hatte sie nun einen neuen ‚Freund', Chefinspektor Alex Melbray, der sich heute von einer ganz anderen, neuen Seite gezeigt hatte. Nein, das stimmte nicht. Sie war nicht neu, sie war nur überraschend zurückgekehrt, womit sie nicht gerechnet hatte. Schließlich kannte sie ihn kaum und nach ihrem ersten Treffen waren sie getrennte Wege gegangen. Doch stimmte das, wenn sie genauer darüber nachdachte? Sie konnte nicht abstreiten, dass sie immer wieder mal an ihn gedacht hatte, aber doch nicht so sehr, obwohl sie ihr ‚nein' doch recht schnell in ein ‚noch nicht' korrigiert hatte. Jedenfalls würde sie kein Drama daraus machen. Schließlich war der Fall, zumindest soweit es ihn betraf, abgeschlossen.

Alex – nein, sie musste ihn sich als Inspektor vorstellen, sonst würde sie seine zwei Rollen verdrehen – hielt den Mord an Tobias Rocke für aufgeklärt und sie verstand nun, dass der liebe John ein handfestes Motiv hatte, ihn umzubringen. Was konnte sie also tun? Es schien, als hätte Ethel ihn einfach geheiratet und vielleicht wusste er es nicht einmal, drum könnte er Tobias Rocke im Zorn umgebracht haben oder vielleicht hatte Mr Rocke angedroht, sie bloßzustellen. Deshalb musste

Ethel sie angelogen haben, wo sie sich aufgehalten hatte. Entweder war sie nicht mit dem lieben John nach Hause gegangen oder er war danach noch einmal ausgegangen.

Doch was bedeutete das?, überlegte Nell. Sie hatte Mrs Squires mehr oder minder versprochen, dass sie helfen würde, die Unschuld des lieben John zu beweisen. Bedeutete dies, dass sie zumindest noch etwas weiter ermitteln musste? (Vielleicht würde das sogar noch zum Picknick mit Inspektor Melbray führen.)

Schluss jetzt, Nell Drury, ermahnte sie sich. Denk an den lieben John. Motiv hin oder her, was sagten die Fakten?

Wenn er geplant hatte, Tobias Rocke umzubringen, dann hätte er gewartet, bis Mr Rocke nach der Revue zum Anwesen ging oder fuhr und hätte ihn dann überredet, mit ihm den Fußweg am Vordach der Kirche entlangzugehen, den kürzesten Weg zu seinem Haus, und hätte ihn dann umgebracht. Das Problem dieser Theorie war, dass die Leiche dann viel früher gefunden worden wäre, schließlich mussten zu der Zeit viele Menschen die Gaststätte verlassen haben. Vielleicht war Mr Rocke zusammen mit Ethel und dem lieben John zum Birch Cottage gegangen. Das war kein schlechter Einfall. Nach der Unterhaltung könnte John Palmer eine Ausrede gefunden haben, um ihn zum Tor an der Auffahrt zu Wychbourne Court zu begleiten und ihn dann auf dem Weg umgebracht haben.

Aber wieso sollten sie unter dem Vordach der Kirche stehen geblieben sein? Es hatte zu dem Zeitpunkt nicht mehr geschneit. War John Palmer mit einem Messer bewaffnet zur Revue gegangen oder hatte er es zu

Hause geholt? Der liebe John war ein großer starker Mann, Tobias Rocke hingegen war klein und hatte nicht besonders kräftig ausgesehen.

Sie war sich ziemlich sicher, dass Alex – nein, Chefinspektor Melbray – ähnlich gedacht haben musste. Er hatte eine letzte spitze Bemerkung fallen lassen.

„Nell, wir mussten John Palmer aufgrund der Beweismittel festnehmen. Aber an der Geschichte um Tobias Rocke mag mehr dran sein, als bisher bekannt ist."

Vielleicht überging er Mary Ann Darling doch nicht.

Kapitel 7

„Bitte kommen Sie herein, Nell."

Dem folgte sie gern. Es war Dienstagmorgen und Arthur Fontenoy war genau die Person, mit der sie über die Festnahme von John Palmer sprechen wollte. Wenn jemand die Geschichte entwirren konnte, dann war es Arthur. Auf eine Weise war er ein Außenseiter. Er war nicht Teil der Familie Ansley und doch stand er ihnen nahe (natürlich bis auf die Witwe). Außerdem war er kein Dorfbewohner, obwohl man ihn dort gern mochte.

„Welch Ehre, Sie hier zu begrüßen, Nell", sagte Arthur und bat sie ins Wychbourne Court Cottage. Die Bezeichnung Cottage war in Nells Augen falsch, denn das Haus hatte drei Stockwerke und war ein eleganter georgianischer Backsteinbau. Arthur führte sie in ihren liebsten Raum seines Hauses, sein Arbeitszimmer, das voller Erinnerungsstücke der Ansleys, seiner eigenen Familie und seiner größten Leidenschaft, dem Londoner Theater, war. „Auch wenn Chefinspektor Melbray wie der Schnee verschwunden, die Revue vorüber ist und der arme Mann verhaftet wurde, kombiniere ich richtig, dass Sie die schreckliche Geschichte um den Tod von Tobias Rocke noch lange nicht für abgeschlossen halten? Sind Sie deshalb hier?"

„So ist es, Arthur."

„Nun, es scheint eine Fügung zu sein, dass der Mord an Tobias dem Ehemann der Dame zugeschrieben wird, die die Ankleiderin von Mary Ann Darling war. Ich erinnere mich, dass Gerüchte umgingen, als die

Ankleiderin am Theater anfing, dass sie heimlich mit ihm verheiratet war, was all das Theater um seine ganz offenkundige Vernarrtheit in Miss Darling umso aufregender machte. Er war unter den Darstellern als Geheimniswahrer bekannt und seine Ehe schien eines der Geheimnisse zu sein. Die liebe Ethel. Natürlich kannte ich sie noch von damals, aber wir reden nicht über früher, wenn wir uns im Dorf begegnen."

Was für eine Erleichterung. Sie konnte sich mit Arthur also darüber unterhalten, ohne die polizeiliche Schweigepflicht zu verletzen. Nell erinnerte sich daran, wie Ethel gezögert hatte, als sie sie gefragt hatte, ob der liebe John und sie nach der Revue noch mit jemandem gesprochen hatten. Ihre Antwort hatte Ja gelautet, doch nur kurz. Der Name Tobias Rocke war – kaum überraschend – nicht gefallen.

„Das wird eine heikle Angelegenheit", setzte sie an. „Wenn er als Geheimniswahrer bekannt war, ist es nicht eine Fügung, dass er umgebracht wurde, als all die Menschen, die ihm ihre Geheimnisse anvertraut hatten, sich wieder zusammengefunden haben? Andererseits, wenn er die Geheimnisse so lange für sich behalten hat, wieso sollte man ihn nun umbringen?"

„An die Vergangenheit erinnert zu werden, kann unangenehm sein." Arthur runzelte die Stirn. „Sehen Sie sich all diese lächelnden Menschen auf den Bildern an. Ellen Terry, Henry Irving, Ellaline Terriss und außerdem Alice Maxwell, Hubert Jarrett, der gute Neville Heydock – keiner von ihnen will, dass alte Geschichten aufgewärmt werden, egal wie unwichtig oder unschuldig ihre Geheimnisse auch gewesen sein mögen oder es in der Tat noch immer sind. Keiner von uns würde das wollen. Möglicherweise hat John Palmer die Gelegenheit darin gesehen, Tobias allein anzutreffen und die Bedrohung so aus dem Weg räumen zu können. Ich bezweifle, dass es je eine Scheidung gegeben hat, man bedenke, wie die Gesetze damals und heute stehen. Trotz alledem verstehe ich Ihren Standpunkt, Nell. Glauben Sie noch immer, dass Mary Anns Verschwinden von Bedeutung ist?"

„Ich weiß es nicht", sagte Nell frustriert. „Es wurden Vermutungen über Ihren Mord angestellt und Mr Rocke könnte gewusst haben, wer sie umgebracht hat, aber wie finde ich das nun heraus?"

Irgendetwas musste sie doch tun können, um die Unschuld oder Schuld des lieben Johns zu beweisen oder zu widerlegen, nur was? Inspektor Melbray – ja, so an ihn zu denken, fiel ihr leichter – konnte Mary Anns Fall nicht weiter verfolgen, aber vielleicht konnte sie es. Der Schlüssel zum Rätsel musste Tobias Rocke selbst sein und wenn Mary Anns Tod der Prüfstein seines Mordes gewesen war, dann musste seine Beziehung zu ihr der Grund seines Todes sein.

„Ich werde mir die größte Mühe geben", fügte sie hinzu.

„Meine liebe Nell", sagte Arthur. „Nichts kann Sie aufhalten, wenn Sie sich etwas in den Kopf gesetzt haben. Doch ein Wort der Warnung. Machen Sie sich auf Hindernisse gefasst."

Sie verstand ihn sogleich. „Die Verwicklung der Ansleys. Aber Lady Ansley war noch nicht am *Gaiety Theatre*, als Mary Ann verschwand."

„Gerald war jedoch dort. Ich war es nicht. Ich stimme Ihnen zu, dass das Wiedersehen hier zur Wychbourne

Revue eine perfekte Gelegenheit geboten hat, um sicherzugehen, dass alle Geheimnisse für immer gewahrt werden. Nell, um es mit Mr Horace Walpoles brillanten Wort *serendipity*, etwa dem glücklichen Zufall, zu sagen, trifft es sich, dass Lady Kencroft, die ich mir unmöglich als Mörderin vorstellen kann, bald zu einem kleinen Plausch hierher kommt. Ich schlage daher vor, Sie bleiben noch ein wenig. Sollen wir in das Tageswohnzimmer gehen?"

Zu Nells Freude wirkte Lady Kencroft begeistert, sie wiederzusehen, als Arthur sie zwanzig Minuten später in den Raum führte. Sie war schlank und groß, trug ein plissiertes Tageskleid und einen Glockenhut, die der neuesten Mode entsprachen und ließen ihre strahlenden Augen und ihre aufgeweckte Art alles andere als unwichtig erscheinen. Pass gut auf, ermahnte Nell sich. Nun tauchen wir in ihre Vergangenheit ein und Lady Kencrofts Sicht der Dinge. Genau wie die anderen Gäste des Treffens mag ihre Erinnerung über die Zeit beschönigt sein.

„Ich habe von Lady Ansley gehört, dass Sie eine Kraft des Guten sind, Miss Drury", begrüßte Lady Kencroft sie. „Und auch, wie sehr sie sich auf Sie verlässt – das ist nun besonders wichtig. Arthur erzählte, dass Sie sich unterhalten haben und ich möchte Ihnen gerne helfen, besonders da Lord Ansley seine Zweifel an der Verhaftung von John Palmer hegt."

„Da wir gerade darüber geredet haben", antwortete Arthur, „würde es Ihnen etwas ausmachen, uns mehr über Tobias zu erzählen?"

„Nicht, wenn es die Wahrheit aufdeckt. Es wurde damals alles unter den Teppich gekehrt, aber es gingen

Gerüchte um, dass Tobias damals verheiratet war. Ich kann es mir jedoch kaum vorstellen, besonders da er so in Mary Ann Darling vernarrt war. O je!" Lady Kencroft verzog das Gesicht. „Ich vermute, es war Gertrudes Bemerkung, die sie zur Taube im Katzenkäfig machte, die Umkehrung der Katze im Taubenschlag. Sie war die einsame Taube und wurde praktisch restlos verputzt. Darunter leidet sie noch immer. Mary Anns Verschwinden war stets ein Buch mit sieben Siegeln. Nicht einmal mit meinem Ehemann spreche ich darüber, auch wenn es keinen Grund gibt, wieso ich das Thema meiden wollte. Glauben Sie wirklich, dass sein Tod mit ihrem Verschwinden zusammenhängt?", fragte sie besorgt.

„Es lässt sich nicht abstreiten, dass sein Tod bei diesem Wiedersehen einen gewissen Beigeschmack hat", murmelte Arthur.

„Seien Sie nur vorsichtig", sagte Lady Kencroft. „Auch mein Mann hatte Mary Ann sehr gern, so wie wir alle."

„Haben *Sie* daran geglaubt, dass sie umgebracht wurde?", fragte Nell. War dies eines der Hindernisse, die Arthur befürchtet hatte? Dass die gute Meinung der Gäste ihre Suche nach der Wahrheit im Weg stehen würden?

„Ach, Miss Drury", antwortete Lady Kencroft. „Als sie so plötzlich verschwand, vermuteten wir es. Insbesondere nachdem ihr Körper gefunden wurde. Sie hat vielen Menschen den Kopf verdreht. Und dabei war sie so ein liebes Mädchen. Sie hat ihnen nie Hoffnungen gemacht."

„Haben Sie sie nach der Aufführung an jenem Abend gesehen?"

„Ja, wenn auch nur kurz. Ich war im *Romano's*, so wie auch Charles, doch wir waren damals noch nicht verheiratet und saßen mit unserer jeweiligen Begleitung an verschiedenen Tischen. Die Neunziger waren die Blütezeit des *Romano's*. Ich habe gehört, dass es seit dem Krieg nicht mehr ist, was es einmal war, aber es war ein so schöner Ort. Von außen so unscheinbar, doch innen! Stellen Sie sich vor, es gleicht selbst einer Bühne. Es gab mehr Diamanten zu sehen als in Barney Barnatos Minen, mehr Champagner als in den Kellern von Cliquot-Ponsardin und die Kellner schienen wie aus *Die Lustige Witwe* – *Romano's* war wie eine Operette von Franz Lehár. Es herrschte stets Ausgelassenheit und Signor Romano war eine Ikone. Der Guv'nor, Mr Edwardes, hatte eine Abmachung mit Signor Romano, dass wir Gaiety Girls dort zum halben Preis essen konnten, damit wir dorthin mit unseren Begleitungen ausgingen. Wir waren die Attraktion und Teil der Unterhaltung dort, natürlich nur auf anständigste Weise."

„Saßen Sie in der Nähe von Miss Darling?", fragte Nell.

„Nein, Charles und ich saßen beide an Tischen im Erdgeschoss des Restaurants, wo man saß, um gesehen zu werden. Mary Ann hingegen hatte einen der privaten Räume im Obergeschoss. Ich sah sie nur kurz auf der Damentoilette."

„Wirkte sie besorgt oder aufgebracht?" Donnerwetter, dachte Nell, ich fange allmählich an, wie der große Chefinspektor selbst zu klingen.

„Besorgt nicht, eher aufgeregt. Irgendetwas beschäftigte sie, denn als wir uns unterhielten, war sie nicht wirklich anwesend."

„Wer war ihre Begleitung?", fragte Nell hoffnungsvoll. „Könnte es Mr Rocke gewesen sein?"

„Das bezweifle ich. Er ging selten in das Restaurant.
Ich sah Mary Ann am Abend nicht dort ankommen und
obwohl ich kurz einen Blick auf sie erhaschte, als sie
und ihre Begleitung das Restaurant verließen, sah er
wie jeder andere Frack tragende Gentleman aus."

„Begleitete ein Gentleman sie regelmäßig?"

„Nicht, soweit ich mich erinnere. Sie ging gerne ins
Romano's und ging oft mit verschiedenen Begleitern
aus. Sie war immer sehr zurückhaltend, wenn es um
ihr Leben außerhalb des Theaters ging und sie mochte
nicht, wie die Stage-Door-Johnnies sie verfolgten – bitte
entschuldigen Sie, Arthur. Ich erinnere mich, dass Sie
nach einigen Aufführungen noch am Theater waren."

„Aber kaum mit Absichten, die die Tugend der Gaiety
Girls anbelangte, meine liebe Katie", sagte er lachend.

Lady Kencroft lächelte. „Mary Anns Problem mit den
Verehrern war sehr ernst", sagte sie. „Sie muss Angst
gehabt haben, denn ich erinnere mich, dass sie mich
einmal bat, mit mir und Charles das Theater zu verlassen, bevor sie eine Droschke nach Hause nahm. Sie
fuhr immer mit der Droschke bis zum Künstlerein-
gang.

„Wenn sie bedroht wurde, dann könnte das zu ihrem
Mord geführt haben", sagte Nell.

„Das nehme ich an." Lady Kencroft sah besorgt aus.
„Es mag Ihnen komisch vorkommen, aber damals
wurde ihr Verschwinden nicht lange diskutiert, nachdem die Polizeibesuche vorüber waren. Schon bevor
ihr Körper gefunden wurde, waren wir alle insgeheim
zu dem Schluss gekommen, dass sie ermordet wurde

und das wurde dann bestätigt. Das Merkwürdige daran ist, dass Mary Ann nicht mit jemandem bei *Romano's* gegessen hätte, vor dem sie Angst hatte."

„Könnte es Mr Rocke gewesen sein?", fragte Nell. „Sie sagten, dass er ganz vernarrt in sie war."

„Himmel Herrgott, nein. Im Gegenteil. Er bot ihr Zuflucht, keine Bedrohung. Bei ihm konnte man sich die Augen ausweinen."

Nell lachte. „Haben Sie das getan?"

„Ja, damals in den Neunzigern. Ich hatte Charles schrecklich gern, er war gut aussehend und wir Gaiety Girls wollten alle gerne in den Adel einheiraten, sodass er und Gerald viel umworben waren. Doch Charles wählte mich und nun frage ich mich, warum ich je eifersüchtig war. Tobias war die Stütze, die uns alle zusammenhielt. Alice ist nicht die Sorte Frau, die sich ausweint, aber auch sie vertraute sich Tobias an. Das taten wir alle. Lynette weinte und fluchte damals im Wechsel über Neville und kurz nach Mary Anns Verschwinden heirateten sie. Auch Constance suchte Hilfe bei Tobias. Sie war so in Hubert verliebt, der sie jedoch auf diese Weise gar nicht wahrnahm, obwohl er ihr ständig erzählte, was für eine große Karriere er auf der Bühne vor sich hatte. Tobias riet ihr, daran festzuhalten und ich weiß nicht, ob es ein guter Rat war. Sie heirateten kurz nach dem schrecklichen Abend. Neville war damals mit Tobias befreundet – ich vermute, weil er ihn als jemanden erachtete, der seine Karriere für ihn vorantreiben konnte, obwohl er das selbst auch sehr gut beherrschte."

„Kannten Sie Mary Anns Familie?"

„Nein, sie erwähnte sie nie. Ich hatte den Eindruck, dass sie alleine lebte, doch ich wüsste nicht, wo.“

Tobias Rocke, jedermanns Freund, vernarrt in Mary Ann. Hielt er sich für ihren Beschützer?, fragte Nell sich. Wenn ja, würde er dann alles gegeben haben, sollte sie Feinde gehabt haben? Hatte er vielleicht einen ausfindig gemacht?

„Ich glaube nicht, dass der liebe John Mr Rocke umgebracht hat“, sagte Sophy bestimmt. Es war geradezu unmöglich, ihre Arbeit für die örtliche Arbeiterpartei weiterzuführen, wenn eine so dunkle Wolke über Wychbourne Court hing, aber es war genauso schwer, Helen oder Richard zu dem Thema aufzurühren, denn Helen vertrieb sich die Zeit mit dem neuesten Klatsch der Londoner Clubs und Richard mit seiner neuesten Leidenschaft, Miss Smith, was seine gesamte Gehirnleistung beanspruchte.

„Überlass das der Polizei.“ Helen gähnte. „Sie scheint zufrieden damit.“

„Aber was, wenn sie falschliegen?“, fragte Sophy. „Es waren so viele merkwürdige Menschen hier.“

„Jenny Smith meint, dass …“, fing Richard an.

„Und sie ist eine davon“, schimpfte Sophy.

„Sag doch so was nicht“, tadelte Helen sie. „Richard ist ganz verrückt nach ihr. Was hältst du von ihr als Schwägerin?“

„Grässlich.“

Richard errötete. „Sie ist ganz nett.“

„Viel wichtiger ist, dass sie eine gute Friseurin ist“, lachte Helen affektiert.

Sophy versuchte es erneut. „Die Sache mit dem lieben John ist ernst, Richard. Ma und Pa sind beide darin verwickelt." Wenn Rex Beringer doch nur nicht nach London zurückgefahren wäre. Er war der Vernünftigste von ihnen allen.

Richard zog die Stirn kraus. „Es ist vorbei. Sie haben John Palmer verhaftet. Nenn mir einen guten Grund, wieso wir uns unnötig aufregen sollten, Soph."

„Nenn mich nicht Soph", sagte sie ärgerlich. „Einen Grund? Gerne. Ich habe gesehen, wie Tobias Rocke nach der Revue mit dem lieben John und seiner Frau geredet hat und habe einige Worte zufällig mitgehört. Es klang in etwa so: ‚Lass uns ein wenig plaudern, meine liebe Ethel. Jetzt. Es hat so viel Spaß gemacht, mit meinen alten Freunden zu plaudern, aber nur einer oder zwei schienen tatsächlich erfreut, mich zu sehen und ich bin nicht sicher, ob du es bist. Was für ein Gefühl der Macht mir das gibt.' Dann sind sie zusammen fortgegangen."

„Hast du das dem ach-so-netten Inspektor erzählt?", fragte Helen nun besorgt.

„Nein. Er hat mich nicht befragt und ich hatte es auch vergessen. Doch als sie den lieben John verhafteten, dachte ich, dass ich es schlimmer machen würde, wenn ich dem Inspektor davon erzähle. Nun habe ich meine Zweifel daran, weil alle glauben, dass Mr Rocke erst einige Zeit später umgebracht worden ist."

„Und was wirst du gegen diese Zweifel nun tun, liebe Schwester?"

„Nell davon erzählen", sagte Sophy entschlossen.

Nell musterte Mrs Fielding kritisch. Der Ausdruck auf ihrem Gesicht ließ vermuten, dass sie gerne Neuigkeiten verkünden wollte und dass es wahrscheinlich schlechte waren. Das Mittagessen in Mr Peters' Salon kam ihr dafür ganz gelegen.

„Sie werden zurückkommen", verkündete Mrs Fielding in einem unheilvollen Tonfall. „Und zwar alle."

„Und sie wohnen hier?", fragte Nell, denn ihr war klar, dass Mrs Fielding die Gaiety-Gäste meinte.

„Das werden sie, Miss Drury. Die Untersuchung findet morgen, am Mittwoch, statt. Und zweifellos erwarten die Gäste wieder nur das Beste vom Besten."

Nell begann gedanklich sofort mit der Planung. Der Fischhändler war noch nicht da gewesen. Mit etwas Glück hatte er Krebse in seinem Wagen und vielleicht etwas Heilbutt oder Steinbutt. Das wäre gut. Das Treibhaus mit den Pfirsichen war noch verschlossen, aber es würde Ananas geben und aus dem Vorrat konnte sie Orangen mit einem Ratafia-Dessert servieren. Das war zumindest ein Anfang.

Die Menüs mussten jedoch warten. Als sie in ihre Kammer zurückkam, wartete dort Lady Sophy geduldig auf sie.

„Wozu brauchen Sie all diese Kochbücher?", fragte sie und blätterte durch Nells kostbare, hundert Jahre alte Ausgabe von *Domestic Cookery* von Mrs Rundell. „Sie müssen doch genug Rezepte kennen."

„Wir bauen auf den Schultern der Riesen auf", zitierte Nell großspurig, woraufhin Lady Sophy anfing zu kichern. „Ich glaube nicht, dass Mrs Beeton eine Riesin ist, aber vielleicht ihr dickes Kochbuch."

„Und deshalb baue ich nicht auf ihrem Wissen auf“, gab Nell zurück. „Was kann ich für Sie tun?“

Lady Sophy zögerte. „Da ist etwas, das ich dem Inspektor nicht erzählt habe.“

„Dann erzählen Sie es mir“, sagte Nell schweren Herzens und hörte sich schockiert die Geschichte an, die Lady Sophy wiedergab. Das würde dem lieben John nicht helfen, aber das konnte sie nicht beurteilen.

„Was soll ich tun?“, fragte Lady Sophy.

„Er muss davon erfahren“, sagte Nell rasch und überlegte. „Ich tue, was ich kann.“

Lady Sophy war ihr sehr dankbar, was Nell etwas zu voreilig vorkam. Es war ein Risiko, aber sie entschied sich, zuerst Ethel Palmer zu konfrontieren, bevor sie Chefinspektor Melbray die Nachricht überbrachte.

Auf dem Weg hinaus lief sie Lady Clarice in die Arme, die sie anstrahlte.

„Meine liebe Miss Drury, im Westflügel hat sich etwas Außerordentliches ereignet. Es war Tobias Rocke, daran habe ich keine Zweifel.“

„Sein Geist?“, schloss Nell aus dem Wortschwall. „Ist das denn möglich? Er lebte oder starb doch nicht auf Wychbourne Court.“

„Das ist wahr, doch Mr Trotter schlug vor, dass sein armer Geist hierher geflohen ist. Ich glaube, er möchte uns gerne etwas über seinen Tod mitteilen. Wäre es möglich, dass eine Nachricht über einen der Gäste der letzten Woche aufgetaucht ist? Mr Trotter hält es für möglich und hat freundlicherweise angeboten, nach der Anhörung morgen hierher zurückzukehren. Mein Bruder sagte, dass die Gäste hier wohnen werden. Ich würde mich freuen, wenn Sie uns begleiten würden, wenn wir versuchen, herauszufinden, ob Mr Rocke uns wieder beehrt. Die Geister vertrauen Ihnen.“

Wieder war Nell gezwungen, dankend anzunehmen. Es erschien ihr eine Kleinigkeit zu sein, auch wenn sie von ihrem neuen Ruf nicht besonders angetan war. Sie misstraute Mr Trotter nun noch mehr. Es war an der Zeit, Lord Richard zu der Dunkelkammer zu befragen, dachte sie, als sie die Mill Lane zu Ethel Palmer hinunterging.

„Ihre Freundin Mrs Squires bat mich zu helfen“, erklärte sie Ethel Palmer, die sie widerwillig hereinbat. „Es ist nun zum Vorschein gekommen, dass Ihr Mann ein Motiv hatte, Mr Rocke umzubringen, wovon Sie mir zuvor nicht berichtet hatten.“

„Mag sein, aber er hat ihn nicht umgebracht“, sagte Ethel herausfordernd.

Nell bemerkte ihre verschränkten Arme – kein gutes Signal, wenn man versuchte, die Wahrheit aus jemandem herauszukitzeln. „Ich habe außerdem gehört, dass Sie mit Mr Rocke nach der Revue gesprochen haben.“

„Reden ist nicht gesetzeswidrig. Wir haben nur ein, zwei Worte gewechselt.“

Da reichte es Nell. Zeit, klarere Worte zu finden. „Wenn Sie dabei im Zeugenstand erwischt werden, wird man Ihren Ehemann verurteilen, Mrs Palmer. Sagen Sie also besser die Wahrheit, egal wie schlecht es steht.“

Langsam ließ sie die Arme zu Nells Erleichterung sinken. „Er ging mit uns nach Hause“, sagte sie missmutig. „Sagte, er müsse sich mit mir über die alten Zeiten unterhalten. Dann ging er und danach haben wir ihn nicht mehr gesehen. Und mein lieber John wusste gar nicht, dass ich zuvor schon verheiratet war."

Aus den wieder verschränkten Armen und dem grimmigen Blick schloss Nell, dass sie so nicht weiterkommen würde. Also schlug sie einen anderen Kurs ein. „Waren Sie schon mit Mr Rocke verheiratet, als sie am *Gaiety Theatre* anfingen?"

„Ja, durch ihn bekam ich die Anstellung. Keiner wusste, dass wir verheiratet waren. Er sagte, es sei besser so. Er war ganz vernarrt in Miss Mary Ann und wollte, dass ich ihm von jeder Kleinigkeit berichtete, die sie tat. Und als wir heirateten, hieß er noch nicht Tobias St. John Rocke. Er war schlicht Billy Wagstaff. Doch er meinte, der Name genüge nicht für das Londoner Theater, drum änderte er ihn."

So bekam der Spitzname Geheimniswahrer noch eine ganz neue Bedeutung, dachte Nell. „Waren Sie noch mit Billy zusammen, nachdem Sie das Theater verließen?"

Sie zuckte mit den Schultern. „Nein. Er sagte mir dort, dass er sich trennen wollte. Er fand London zu gefährlich für Frauen und er hatte eine große Karriere vor sich. Er ging sicher, dass ich genug Geld hatte, aber ich war auf mich allein gestellt. Es machte mir nichts, zu gehen. Nicht nachdem Miss Mary Ann verschwunden war. Billy und ich hatten einige Zimmer gemietet, doch das versprochene Geld habe ich nie gesehen. Als Seine Lordschaft hörte, dass ich die Zimmer nicht zahlen konnte, bot er mir eines seiner Cottages an, also kam ich her und traf meinen John und nach knapp zwei Jahren heirateten wir. Was sollte daran falsch sein, dachte ich mir. Hier wusste keiner von Billy und mir. Nicht einmal Seine Lordschaft. Billy hatte seinen Namen geändert, als er ans Theater ging, aber ich blieb ganz einfach nur Ethel Wagstaff.“

„Wusste jemand am *Gaiety Theatre* Bescheid?“

„Vielleicht gab es Gerüchte, doch keiner wusste es sicher. Wir haben es völlig verschwiegen. Mich traf der Schlag, als Seine Lordschaft mir letzte Woche erzählte, dass Billy mit einigen anderen der alten Theatergruppe herkommen würde. John wollte hingehen und sie sehen, also dachte ich mir, wieso denn nicht? Keine außer uns wusste, dass Billy und ich verheiratet gewesen waren.“

„Wissen Sie, was Mary Ann widerfahren ist? Ihr Billy muss aufgewühlt gewesen sein wegen ihres Verschwindens. Ich habe gehört, er hatte sie sehr gern.“

„Und wie ich das wusste. Ständig belagerte er mich um neue Details.“

Noch ein weiterer Versuch. „Sind Sie sicher, dass Sie nicht gesehen haben, wer mit ihr zu Abend aß? Muss ihr Begleiter nicht zur Garderobe gekommen sein, um sie abzuholen?“

„Wenn, habe ich ihn nicht gesehen.“ Dann überdachte sie ihre Antwort. „Würde es meinem John helfen, wenn ich es Ihnen sage?“

„Möglicherweise.“ Nell hielt den Atem an.

„All die Jahre habe ich dichtgehalten. Er war es, wissen Sie. Lord Ansley.“

„Sie wollten mich sprechen, Miss Drury?“ Lord Richard steckte den Kopf durch die Tür ihrer Kammer. Er trat herein und zog spöttisch die Augenbrauen hoch. „Bitte sagen Sie mir, dass Sie nicht wegen Miss Smith mit mir schimpfen wollen.“

„Nicht heute, Ihre Lordschaft", antwortete Nell nüchtern. Sie war froh, ihn zu sehen, denn er lenkte sie von Ethels Enthüllungen über Lord Ansley ab. Ihr Kopf schwirrte noch immer bei dem Gedanken.

„Sie sind kein bescheidenes Dienstmädchen, Nell Drury. Worum geht es?"

„Um Timothy Trotter geht es."

„Aha, unseren Gespensterjäger. Ein Jammer, dass er nie welche erwischt. Ich nehme an, Sie haben Ihre Zweifel?"

„Sagen wir, es gab einige interessante Übereinstimmungen zwischen Fotografien der besagten Geister vor ihrem Tod und denen, die Mr Trotter aufgenommen hat."

Lord Richard lachte. „Ist das so? Nun, es wurden schon so einige Geisterfotografen als Betrüger entlarvt."

„Aber wie kann unser Mr Trotter die Fotografien verfälscht haben?"

„Vielleicht durch Doppelbelichtung. Davon habe ich gehört. Bilder der Person werden ausgeschnitten, fotografiert und dann gefälscht. In der Dunkelkammer waren Papierschnipsel und Pappe und außerdem Bilder von Leuten und anderen Dingen. Er war an jenem Tag schwer beschäftigt. Vater traut ihm nicht über den Weg."

„Ihr habt Mr Rocke aus der Dunkelkammer kommen sehen. Glaubt Ihr, dass er Mr Trotters kleines Geheimnis entdeckt hatte?"

Er sah sie voller Bewunderung an. „Das ist mal eine Idee, Nell."

Der Gedanke, all die neuen Informationen Alex Melbray vor der Untersuchung am nächsten Tag weiterzugeben, verdüsterte ihr den Tag. Am späten Nachmittag nahm Nell allen Mut zusammen und ließ sich zu Scotland Yard durchstellen, um zu fragen, ob sie ihn vor der Untersuchung treffen könne.

Zu ihrer großen Erleichterung klang er amüsiert. „Ein Picknick im Schnee, Nell?" Er erzählte, er würde nach der Untersuchung nach Wychbourne Court kommen, jedoch würde er schon früher im Dorf eintreffen und stimmte einem Treffen zu.

Es war also ausgemacht und nun musste sie nur noch eine lästige Aufgabe erledigen, bevor der Tag zu Ende ging. Sie hatte eine der außerhalb liegenden Vorratskammern, in der das Wild gelagert wurde, zu prüfen, denn für morgen stand Reh auf dem Menü. Die spärliche Beleuchtung des Gemüsegartens ließ den überdachten Weg so spätabends unheimlich aussehen. Ihre Taschenlampe war eine gute Hilfe, doch das Licht langte bei Weitem nicht und der Regen floss in einem Rinnsal den Weg hinunter. Als sie die Tür öffnete, spürte sie jedoch sofort, dass sie nicht alleine war. Auf dem Boden lag jemand ausgestreckt mit einer Flasche in der Hand, den sie dank ihrer Taschenlampe sofort erkannte. Es war Jethro. Woran hatte er sich nun bedient?

„Was zur hastigen Haselnuss machen Sie denn hier?", schimpfte Nell.

„Eine ruhige Pause, Miss Drury", spottete er. „Und Sie?"

„Ich arbeite", entgegnete sie knapp.

„Kochen ist keine Arbeit."

„Aber Wildern und Lebensmittel klauen schon?",
fragte sie. Was nun? Sollte sie ihn ignorieren und ihrer
Aufgabe nachgehen? Sie fühle sich unwohl dabei, zu
wissen, dass auch er überlegte, was zu tun war. Glücklicherweise stand sie mit dem Rücken zur Tür, doch
nur wegen seiner schielenden, anzüglichen Art würde
sie noch lange nicht ohne das Wildfleisch gehen.

„Habe gehört, Sie werden zu einem richtigen Sherlock Holmes", sagte er und beobachtete sie.

„Falsch. Nun machen Sie sich davon, Jethro", sagte sie,
als sie das Reh gefunden hatte.

„Wer soll mich dazu zwingen?"

„Ich jedenfalls nicht", blaffte sie. „Es hängt nur davon
ab, wer morgen kommt und sie verhaftet, wenn Sie
nicht gehen. Besonders, wenn das einer unserer Fasane
ist, der aus Ihrer Tasche guckt."

„Kümmern Sie sich um Ihre eigenen Sachen."

„Und Sie haben gerade behauptet, das sei, Verbrechen
aufzudecken." Nun war Nell auf der Hut. Jethro stand
wieder auf den Beinen und kam näher. Sie konnte sogar seinen Atem riechen.

„Fasane sind kein Verbrechen. Nicht wie Mord. Nicht
wie der Kerl, der tot ist. Dachte, die Bullen hängen es
mir an. Ich bekomme hier doch immer die Schuld. Aber
die haben den alten Palmer verhaftet und auch angeklagt, sagen sie. Hat er es getan? Ich könnte da eine Geschichte erzählen. Das könnte ich wohl. Soll ich sie
Ihnen erzählen, Miss Drury?" Er kam noch einen
Schritt näher und dieses Mal wich Nell zurück.

„Erzählen Sie sie der Polizei", antwortete sie. Sie
würde ihm den Rücken zukehren müssen, um zur Tür
zu gelangen.

„Vielleicht mache ich das", rief er ihr hinterher, als sie endlich in die kalte Nachtluft hinaustrat.

Jetzt wusste sie zumindest, wieso Jethro sich in der verschneiten Nacht draußen aufgehalten hatte. Wahrscheinlich hatte er noch mehr Kunden als nur seinen Vater, Kunden, die für die Inhalte der Vorratskammer von Wychbourne Court zahlten. Das war eine neue Wendung des alten Brauchs, dass die Armen von Tisch des reichen Mannes speisten.

Als sie am Mittwochmorgen zum *Coach and Horses Inn* kam, waren die Vorbereitungen für die Untersuchung schon zu Gange und vor der Gaststätte standen Automobile und Lieferwagen, drinnen zeugten Beamte davon. Wie vermutet würde dies kein freundlicher Plausch werden und heute war der Inspektor definitiv nicht nur ‚Alex‘. Das hier war seine Arbeit und sie hatte eine unangenehme Unterhaltung vor sich. Sie wappnete sich, als sie in den Raum im Untergeschoss hereintrat, in den man sie geschickt hatte. Der Chefinspektor war schon dort und stand auf, um sie zu begrüßen. Ja, sie erkannte augenblicklich, dass Gespräche über Picknicks völlig fehl am Platz waren. Er redete nicht lange um den heißen Brei.

„Geht es um John Palmer oder Mary Ann Darling?"

Sei tapfer, dachte sie. „Beides."

„John Palmer wurde angeklagt, wie Sie sicherlich wissen. Und ich habe die Akten zu Miss Darling gelesen, ein interessanter Fall. Sie wurde am Donnerstag, den achten Juni 1893, zuletzt gesehen. Ihre Leiche wurde zwei Jahre später von ihrer Vermieterin Elsie Humbold identifiziert, die sie auch nach ihrem Verschwinden vermisst gemeldet hatte. Es lag eine Notiz bei, dass dies in Abstimmung mit Mr George Edwardes geschehen war, da ihre Familie nicht bekannt war. Damit wurde die Ermittlung, ob es sich um Selbstmord oder Verbrechen handelte, damals eingestellt.“

„Was war die Todesursache?“, fragte Nell sofort. „Wurde sie umgebracht? Und wenn ja, wer waren die Verdächtigen? Gab es eine weitere Ermittlung?“

„Das ist eine der Sachen, die ich so an Ihnen mag, Nell. Sie zögern nicht, sich kopfüber in den kochenden Topf zu stürzen. Das muss an all den Kartoffeln liegen, die Sie kochen.“

„Hier kocht überhaupt nichts“, sagte sie empört. „Das hatte mehr als dreißig Jahre zum Abkühlen.“

Er lachte. „Warum dann die Ungeduld, mich heute Morgen zu sprechen? Ich freue mich natürlich. Sogar sehr, doch um Ihre Frage zu beantworten: Das Urteil des Untersuchungsgerichts lautete unbekannte Todesursache, aufgrund der Zersetzung. Sie wurde jedoch anhand ihres Schmucks identifiziert und mit der Zeit zog die Untersuchung kaum noch die Aufmerksamkeit der Zeitungen auf sich. Es gab nur wenige kurze Meldungen und in jener Zeit gab es leider viele Fälle von Frauen, die in der Themse ertrunken waren. Scotland Yard schloss die Akte, da die Ermittlungen aus ’93 ausreichend abgeschlossen waren und eine weitere Ermittlung konnte nicht angestellt werden, da es nach dem Urteil des Untersuchungsgerichts keine Hoffnung auf neue Entwicklungen gab.“

Das bedeutete doch, dass die Möglichkeit des Mordes bestand und sogar wahrscheinlich war, schließlich war Mary Ann spät am Abend verschwunden und ein

Unfall oder Selbstmord waren höchst unwahrscheinlich. Nun würde sie ihm von Ethel Palmer und Lady Sophy berichten müssen. Zunächst von der Letzteren.

Er hörte ihr mit finsterem Blick zu und sagte dann:
„Das sind keine guten Neuigkeiten für John Palmer,
Nell. Das muss ich weiter verfolgen. Nach Ihrer und
Jethro James' Aussage über die Blutspuren gehen wir
davon aus, dass Tobias Rocke schon in etwa eine Drei-
viertelstunde tot war. Ich fürchte, das würde genau
stimmen, wenn er die Palmers nach Hause begleitet
hat. Das würde bedeuten, dass er auf dem Rückweg
nach Wychbourne Court ermordet wurde."

Die Frage, ob sie ihm von Lord Ansley erzählen sollte
oder nicht, beschäftigte Nell noch immer. Schließlich
waren die Ermittlungen zu Mary Ann Darling abgeschlossen. Und doch hatte er ihr den Eindruck vermittelt, dass Tobias Rockes Vergangenheit eine Rolle in der
Geschichte seines Mordes spielte. Sie hatte also keine
Wahl.

„Mein Besuch bei Ethel Palmer hat noch etwas anderes ergeben", zwang sie sich zu sagen. „Sie behauptet,
dass Mary Ann Darlings Begleiter an jenem Abend Lord
Ansley war."

Er starrte sie an. „Nun verstehe ich, warum das alles
wieder aufkocht. Glauben Sie ihr?"

„Ja", sagte sie zögerlich. „Aber ich kann mir nicht vorstellen, dass Lord Ansley ein Mörder ist oder in irgendetwas verwickelt war, das in dem Tod einer Frau endete."

„Wir müssen den Hinweis berücksichtigen, so unwahrscheinlich es sein mag." Es entstand eine lange
Pause. „Ich hätte schon bald ein Picknick organisiert,

wissen Sie." Wieder schwieg er und Nell wartete sprachlos. Dann sagte er: „Ihr Vertrauen in Lord Ansley ist ganz natürlich, aber zum Zeitpunkt des Verschwindens von Miss Darling war er ein junger Mann. Manchmal werden Menschen im Alter ruhiger."

„Nicht immer", sagte sie hartnäckig. „Menschen verändern sich nicht."

„Glücklicherweise ist Mary Ann Darling nicht mein Fall und darüber bin ich froh." Er griff nach ihrer Hand. „Machen Sie sich keine Sorgen, Nell. Es wird sich alles klären."

Kapitel 8

„Ich bitte um Ruhe." Mit diesen Worten eröffnete der Untersuchungsrichter die Sitzung. Nur vier Tage zuvor war der Raum von Gesang und Tanz erfüllt gewesen, doch nun standen keine Pierrots auf der Bühne. Stattdessen hatten sich der Untersuchungsrichter und seine Beamten dort versammelt, unter denen Nell den Dorfpolizisten wiedererkannte. Den Untersuchungsrichter kannte sie jedoch nicht. Lord Ansley hatte ihr erzählt, dass er ein Anwalt aus Sevenoaks war und er sah sehr steif und streng aus, besonders mit dem hinter ihm aufgehängten königlichen Wappen.

Heute sollte offiziell die Todesursache bestimmt werden, nicht wer Tobias Rocke umgebracht hatte, was erklärte, wieso bloß die regionale Presse vertreten war. Nell erkannte einen Journalisten der *Sevenoaks Gazette*. Aus Sicht der nationalen Presse war die Geschichte wohl bereits vorbei, da der liebe John verhaftet worden war, überlegte Nell.

Sie saß in der Reihe der Zeugen, von wo aus sie alle Gäste von Wychbourne Court, einschließlich Mr Beringer, bei den Ansleys sitzen sehen konnte und dahinter die Bediensteten der Familie und ihrer Gäste. Und dann war da noch der unermüdliche Mr Trotter. Neben Nell saßen Jethro James und eine trotzig dreinblickende Ethel Palmer, Lord Ansley und natürlich Alex Melbray sowie die Polizisten aus Sevenoaks. Eine seltsame Mischung, fand Nell.

Sie versuchte vergeblich wegzuhören, als die grauenhaften Details der Verletzungen vom Pathologen des

St. Mary's Krankenhaus in London beschrieben wurden, auch wenn sie dabei ein schlechtes Gewissen hatte. Folgsam konzentrierte sie sich auf die Fakten. Das Blut auf dem Regenmantel, der im Gebüsch auf dem Friedhof gefunden worden war, stimmte mit dem von Tobias Rocke überein und der eine Handschuh gehörte in der Tat John Palmer. Beide Männer hatten die Blutgruppe 0, die häufigste Blutgruppe, was nicht helfen würde, überlegte Nell. Doch der leichte Regenmantel konnte in einer verschneiten Januarnacht nicht warm genug gewesen sein, was darauf deutete, dass der Mord geplant war, da es ein Leichtes war, die Jacke überzuziehen und nach dem Mord schnell verschwinden zu lassen.

Als Jethro James in den Zeugenstand gerufen wurde, hatte auch er Neuigkeiten. Zur Abwechslung sah er überraschend schick aus, aber ansonsten war er wie üblich aufsässig.

„Er lag dort einfach", erzählte er unbeschwert. „Lag dort mit eingehauenem Schädel. Das war um Mitternacht." Er genoss ganz offensichtlich seinen großen Augenblick.

„Waren Sie allein, Mr James?", fragte der Untersuchungsrichter.

„Ja, Ihre Lordschaft."

„Wieso waren Sie so spät dort? Es war Mitternacht."

„Mein Vater ist Lord Ansleys Wildhüter", sagte Jethro selbstgerecht. „Ich helfe ihm, indem ich sichergehe, dass sich auch keine Wilderer auf dem Anwesen von Lord Ansley herumtreiben."

„Und waren dort welche?", fragte der Untersuchungsrichter, der ihm kein Wort zu glauben schien.

„Nicht, soweit ich es beurteilen kann. Es ist so, ich teile meine Runde auf. Wilddiebe mögen es nicht, wenn Leute in der Nähe sind. Dann zeigen sich die Vögel und das Wild nicht. Darum starte ich meine Runde hinten bei den Vorratskammern, die die Wilddiebe plündern, wenn die Katze aus dem Haus ist. Entschuldigt, Ihre Lordschaft.“

„Ich gehe davon aus, dass auch dort niemand war?“, fragte der Untersuchungsrichter.

„Nein, Sir. Danach entscheide ich, eine Pause einzulegen und gehe nach Hause. Das war etwa um Viertel nach elf und ich bin über den Friedhof zur Mill Lane. Das Gebüsch hat etwas gewackelt, Sie wissen schon.“

„Eine ziemlich kalte Nacht dafür“, bemerkte der Untersuchungsrichter.

„Sehr wahr, Sir“, lachte Jethro, hörte jedoch abrupt auf, als er den harten Blick des Untersuchungsrichters sah und fügte rasch hinzu: „Die Wilderer können es nicht gewesen sein, Sir. Bei der Kirche gibt es kein Wild. Dafür muss man weiter auf das Anwesen.“

„Vielen Dank, Mr James. Das werde ich berücksichtigen.“

Der Untersuchungsrichter verzog keine Miene, doch Jethro blickte ihn unsicher an. „Dann habe ich hinter den Büschen zwei Gentlemen gesehen. Sie haben sich am Friedhofstor unterhalten. ‚Na also Wilderer‘, habe ich mir gesagt.“

Der Untersuchungsrichter sah ihn finster an. „Sie sagten, Sie haben niemanden gesehen.“

„Das war davor“, sagte er eilig. „Jedenfalls waren die zwei Gentlemen keine Wilderer, als ich näher kam. Der liebe John und der dicke Gentleman. Der, der ermordet wurde."

Bei diesem Eingriff, in sein richterliches Vorrecht zu entscheiden, wie Mr Rocke gestorben war, blickte der Untersuchungsrichter noch finsterer drein. „Was haben Sie dann getan, Mr James?"

„Ich wollte sie nicht stören, also bin ich geklettert ..."

„Geklettert?"

„Der Weg ist kurz, nur einmal quer von Mill Lane hinüber, Sir", beschwichtigte Jethro ihn. „Ich mache das nur, weil das die Wilderer tun und so kann ich sie besser fangen. Dann habe ich den langen Weg genommen, damit ich die Gentlemen nicht störe. Der lange Weg führt an der Mühle vorbei und dann Shepard's Lane hinunter zur Wiese, an der ich wohne. Zu Hause hatte ich ein Schlückchen und dann bin ich eine halbe Stunde später vielleicht zum zweiten Teil meiner Runde aufgebrochen. Als ich am Dorfanger vorbeikomme, sehe ich eine Masse dort liegen und gehe hin. Hat mir den Schreck meines Lebens verpasst, ihn so zu sehen mit dem Blut und so. Also habe ich um Hilfe gerufen."

Für gewöhnlich konnte man Jethro nicht weiter trauen, als sie einen Pfannkuchen beim Wenden durch die Luft sausen ließ, dachte Nell. Doch wenn seine Geschichte so stimmte, abgesehen vom Unfug über irgendwelche Wilderer, war nun klar, wieso der liebe John verhaftet worden war. Ethel hatte ihr gegenüber nicht erwähnt, das Cottage noch einmal verlassen zu haben. Er hatte ein Motiv, die Gelegenheit und die Mittel. Zumindest hatte er die Mittel, was den Stein anbelangte, verbesserte Nell sich. Laut Inspektor Melbray war kein Messer gefunden worden, nur das Paar Handschuhe. John Palmer hätte das Messer verschwinden lassen können, überlegte Nell unruhig, ganz gleich, ob es schneite oder nicht.

Was Jethro anbelangte, er musste seine gewohnte Runde gedreht haben, um abzugreifen, was immer er auf dem Anwesen in die Finger bekam. Wahrscheinlich war er wegen des Schnees zu den Nebengebäuden von Wychbourne Court gegangen und hatte sich dort rasch verstecken müssen, um den Menschen zu entgehen, die von der Revue zurückkehrten. Dort musste er gewartet haben, bis die Luft rein war und war dann mit seiner Beute über das Gelände zu seinem unkonventionellen Ausgang auf die Mill Lane getreten. Vielleicht hatte er aber auch nur einen Teil seiner Beute dabei, was erklären würde, weshalb er später hatte zurückkehren wollen.

Ihre eigene Befragung und die Lord Ansleys waren glücklicherweise kurz und sie bestätigten die Uhrzeit, zu der Jethro gerufen hatte und das, hatte sie zumindest erwartet, würde das Ende sein. Schließlich war der liebe John schon des Mordes angeklagt. Doch sie irrte sich. Ethel Palmer wurde als Nächstes verhört. Der Untersuchungsrichter war gründlich, dachte Nell. Nichts entging ihm und er kam bei Ethel weiter, als sie es geschafft hatte.

„Mr Rocke wollte uns sprechen", sagte Ethel zögerlich. „Wir wollten nicht in der Kälte stehen, denn das *Inn* hatte bereits geschlossen. Also sagten wir, ‚Kommen Sie mit zu uns und wir reden dort.'. Das war um kurz nach zehn. Also gingen wir nach Hause. Er sagte, er würde am nächsten Tag alles arrangieren und wir sollten uns nicht wegen der Sache mit der Ehe sorgen. Es tat ihm leid, dass er den Eindruck vermittelt hatte, dass wir nicht mehr verheiratet sind, was wir wohl noch immer sind."

Nell horchte auf. Das war neu. Bloße Ausschmückung oder die Wahrheit?

„Und dann?", fragte der Untersuchungsrichter sanft, als sie ins Stocken kam.

Oder zumindest kam es Nell so vor, doch sie irrte sich.

„Nichts", sagte Ethel trotzig. Sie tat sich selbst keinen Gefallen, dachte Nell. „Nun ja, John ging mit ihm bis zum Friedhofstor, nur um zu zeigen, dass er es ihm nicht übel nahm. Sie haben sich kurz unterhalten und John kam gleich zurück. Er war nicht länger als fünf Minuten draußen und an ihm klebte kein Blut oder etwas Derartiges."

„Und was trug er, als er hinausging?"

„Seine alte Jacke?"

„Unter einem Regenmantel?"

„Ja." Sogleich merkte Ethel, was sie da gesagt hatte und sprach hastig weiter. „Jedoch nicht so ein leichter." Doch der Schaden war angerichtet.

Als die Reihe der Zeugen ausgesagt hatte, hatte sich die Aufregung etwas gelegt. Im Fokus war die Frage, wie Mr Rocke gestorben war und die meisten Fragen zielten darauf ab, obwohl immer wieder nachgebohrt wurde, wie die Gäste das *Coach and Horses Inn* verlassen hatten: Nell merkte sich, dass Mr Peters als Erster gegangen war, noch vor dem Finale, Mr Jarrett hatte sich geweigert, als Pierrot aufzutreten, ging als Nächstes – zu Fuß – zurück. Lord Richard fuhr mit Miss Smith etwa um fünf nach zehn mit dem alten Tonneau zurück. Lady Sophy, Lady Helen, Mr Beringer, Mr Fontenoy und Muriel fuhren mit dem Planwagen und Mrs Reynolds, Mrs Jarrett und Lord und Lady Kencroft waren zu Fuß gegangen. Mr Heydock und sein ‚Jeeves‘ hatten eine andere Kutsche genommen und Miss Maxwell und Doris Paget waren kurz vor halb elf zurückgelaufen. Lord und Lady Ansley waren zusammen mit der Witwe pünktlich um zehn Uhr abgefahren und Lady Clarice hatte für sich und Mr Trotter die letzte Kutsche beschlagnahmt.

Von diesen Aussagen leitete Nell ab, dass um halb elf alle gegangen waren und außerdem waren sie alle nachweislich zum späten Abendessen erschienen, zumindest kurz, dann hatten sie sich auf ihre Zimmer oder ins Billardzimmer zurückgezogen. Aber was, überlegte sie, wenn jemand sich wieder weggeschlichen hatte? Nein, das konnte nicht funktionieren. Tobias Rocke war nicht nach Wychbourne Court zurückgekehrt und woher sollte sein Mörder dann wissen, wo er war?

Die Geschworenen hatten sich nur kurz in den Salon zurückgezogen und hatten rasch die kaum überraschende Entscheidung gefällt, dass es eine unrechtmäßige Tötung war.

Ein schöner Auflauf, hätte ihr Vater gesagt, dachte Nell niedergeschlagen. Wie würde Mrs Squires darauf reagieren? So überzeugt Nell auch noch immer war, dass der liebe John kein Mörder war, hatte sie so wenig Hoffnung, es beweisen zu können, wie dass ein Schneemann eine Hitzewelle überlebte. Sie wollte gerade das *Coach and Horses Inn* verlassen, als Arthur ihr zuwinkte.

„Nell, darf ich Sie um ein Wort im Vertrauen bitten? Ich habe mit einiger Mühe“, erklärte er ihr, „Lady Clarice überreden können, bei der Untersuchung nicht auszusagen, aber nur unter der Bedingung, dass sie mit Ihrem Inspektor spricht. Ich schlage vor, dass Sie sie begleiten.“

„Vielen Dank, Arthur“, sagte Nell verbissen. Sie hatte eine Vermutung, was diese ‚Aussage‘ beinhalten mochte. Es war nutzlos zu betonen, dass sie auf Wychbourne Court gebraucht wurde, da Lady Clarice schon auf Chefinspektor Melbray zusteuerte, der sich mit den Polizisten aus Sevenoaks unterhielt. Als Nell sie erreichte, war es schon zu spät, um Lady Clarice aufzuhalten.

„Haben Sie einen Moment, Inspektor?“, fragte Lady Clarice, als der Inspektor sich höflich zu ihr umdrehte. „Ich habe gute Neuigkeiten für Sie.“

„In Bezug auf diesen Fall?“, fragte er und warf Nell einen Blick zu, als wäre es ihre Idee gewesen.

„Der fünfte Marquess möchte gerne helfen“, sagte Lady Clarice triumphierend.

„Der fünfte? Aber er muss schon vor einiger Zeit gelebt haben“, bemerkte Inspektor Melbray und Nell verdrehte innerlich die Augen.

„Das hat er tatsächlich. Simon Ansley starb wie Mr Rocke viel zu jung. Er trat 1857 sein Erbe an und starb, vermutlich durch die Hand seines Bruders, im darauffolgenden Jahr. Nun hat er für immer Mitspracherecht, doch er kann ein ziemlicher Schwindler sein, doch ich bin sicher, sie sind dies von Zeugen gewohnt, Inspektor.“

Der Inspektor ging nicht darauf ein. „Hat der Marquess auf direktem Wege kommuniziert?"

„Das tun Geister selten", betonte Lady Clarice. „Ein Medium wird benötigt, um sich der Nachricht sicher zu sein. Wenn Sie wünschen, Mr Trotter könnte in jener Hinsicht helfen, obgleich sein Fachgebiet die Geisterfotografie ist, nicht Ouija-Bretter und derartige Mittel. Er tauchte ganz plötzlich gestern Abend auf. Seine Nachricht war ganz klar. Es wandelt ein Mörder auf freiem Fuß und das darf nicht sein."

„Wir glauben, ihn in Haft zu haben", sagte Inspektor Melbray.

„Unsinn. Sie haben vielleicht den Mörder von Tobias Rocke verhaftet, doch ich spreche von einem anderen Mord", antwortete Lady Clarice aufrichtig. „Der fünfte Marquess erwähnte den Tod von Miss Mary Ann Darling."

Nell schauderte. Chefinspektor Alex Melbray musste glauben, dass auf Wychbourne Court alle völlig verrückt waren, doch später unter vier Augen zeigte er erstaunlich viel Verständnis. „Letzten Endes", sagte er, nachdem Lady Clarice auf sein Beteuern, dass er es in Erwägung ziehen würde, gegangen war, „denkt der fünfte Marquess in die gleiche Richtung wie Sie."

„Wie schmeichelhaft", gab sie höhnisch zurück.

Er lachte. „Es stimmt aber. Sie beide glauben, dass die Antwort, warum Tobias Rocke ermordet wurde, in seiner Vergangenheit begraben liegt."

Das besänftigte Nell kaum. „Und Sie glauben es nicht?"

„Offiziell, nein. Doch ich komme wieder nach Wychbourne Court, erinnern Sie sich?"

„Sie haben recht", sagte sie zähneknirschend.

„Das höre ich immer gern. Hoffen wir, der fünfte Marquess hört Sie auch."

Er ging zurück ins *Inn* und sie machte sich auf den Weg nach Wychbourne Court zurück, wobei sie prompt Jethro James in die Arme lief.

„Sie haben hervorragend gesprochen, Jethro", sagte sie und dehnte die Wahrheit der Diplomatie zuliebe. Schließlich hatte er eine hervorragende Aussage seiner Sicht gemacht.

Er grinste. „Danke, Miss Drury. Das tue ich doch gern für Seine Lordschaft."

„Seine Lordschaft könnte mit weniger Hilfe, den Wildbestand zu verringern, gut auskommen."

Er zuckte mit den Schultern. „Er sollte mir dankbar sein, dass ich die Wildvorräte geprüft habe."

„Warum?"

„Gerechtigkeit. Ich habe seine schicken Gäste nach der Revue zurückkommen sehen und auch wieder gehen sehen."

Nell erstarrte. Hatte sie ihn unterschätzt? Könnte Jethro wirklich etwas gesehen haben, das Licht ins Dunkel bringen könnte? „Das ist Mr Peters' Aufgabe", sagte sie vorsichtig.

„Der Butler sieht nicht immer alles. Er ist an der Vordertür. Er kann nicht sehen, wer die Seitentür vom Frühstückssaal der feinen Leute nimmt. Und dort war jemand."

„Wer war es?"

„Woher soll ich das wissen? Es war ja dunkel. Die Gärten sind nachts nicht besonders gut beleuchtet, Miss Drury."

Wieder ein Rückschlag für die große Ermittlerin Nell, ärgerte sie sich, als sie zum Haus zurücklief. Mrs Rundell, Elizabeth Raffald und Mrs Acton nahmen sich nicht vom Kochbücher schreiben frei, um in Mordfällen zu ermitteln und hier war sie nun, Nell Drury, ausgerechnet von Jethro James ins Abseits gedrängt. Bleib bei der Arbeit, von der du etwas verstehst, sagte Nell sich. Das Mittagessen rief und es würde schnell gehen müssen, denn Chefinspektor Melbray wollte mit allen im Salon sprechen, während der Kaffee serviert würde, und dann musste er nach London zurückkehren.

Mrs Squires war erschüttert und richtig in Fahrt, als Nell in die Küche kam. „Diese Geschworenen verstehen es nicht", sagte sie, als sie Nell erblickte. „Wieso hat dieser Untersuchungsrichter ihn nicht freigelassen? Der liebe John kann keinem Huhn den Hals umdrehen – Ethel muss das tun. Als würde er einen Gentleman, wie Mr Rocke umbringen."

„Das ist alles so aufregend", schwärmte Miss Smith ungeschickt. „Ich dachte, es würde hier auf dem Land langweilig werden, aber das ist so spannend wie Jack the Ripper in der Nähe zu haben."

„Oder diesen Patrick Mahon", sagte Kitty und schüttelte sich. „Man stelle sich das nur vor, wie er seine Freundin in kleine Teile zerlegt und gekocht hat."

„Nicht hier, Kitty", sagte Nell bestimmt. Der Klatsch in der Küche hatte seine Grenzen, darauf bestand sie. „Wir haben genug um die Ohren."

Auch wenn Chefinspektor Melbray es nicht ausdrücklich so gesagt hatte, schien sein Wunsch, mit jedem im Hause zu sprechen, ein Zeichen zu sein, dass er seine Zweifel an der Verhaftung von John Palmer hegte und das trotz der Dinge, die Ethel ausgesagt hatte. Er konnte die Zufälle dieses Wiedersehens nicht ignorieren. Etwas verband Mr Rockes Tod und die Anwesenheit so vieler Menschen, die Mary Ann Darling gekannt hatten. Sogar der fünfte Marquess hatte eine Meinung dazu.

Nach dem Mittagessen (das Nell durch die Eile nicht zufrieden gestellt hatte) versammelte sich eine größere Gruppe im Salon, als Nell erwartet hatte. Es waren nicht nur die Familie und ihre Gäste, die Chefinspektor Melbray hatte sprechen wollen. Mr Trotter war hier und auch die höhergestellten Bediensteten, bis auf Mr Briggs, der schon so von dem Aufruhr verstimmt war und nicht wusste, was vor sich ging. Auch Mrs Fielding fehlte, denn sie stemmte den Kaffee alleine mit ihrer Küchenhilfe. Ängstlich, was nun passieren würde, nahm Nell ihren Platz bei Mr Peters und der aufgeregten Miss Smith ein.

„Ich kann mir nicht erklären, wieso Sie uns zu sprechen wünschen, Chefinspektor", setzte Mr Jarrett nörglerisch an. „Sie selbst haben den Mörder von Tobias verhaftet. Was gibt es noch zu sagen?"

„Eine ganze Menge, hoffe ich", antwortete Inspektor Melbray. „Die Staatsanwaltschaft würde an meine Tür klopfen, wenn ich es versäumen würde, mögliche Aussagen zur Verteidigung so wie der Anklage vorzuweisen. Besonders in diesem Fall. Das Motiv der Tötung stammt aus jener Zeit, als Mrs Palmer mit Mr Rocke verheiratet war und außerdem die Ankleiderin einer Dame war, deren Verschwinden Gegenstand der Ermittlung von Scotland Yard war, in der er verwickelt war. Ich spreche natürlich von Miss Mary Ann Darling."

Nell war hin- und hergerissen zwischen Erleichterung, dass der Inspektor auf Mary Ann als klaren Faktor in diesem Fall deutete und Mitleid mit Lady Ansley, die verzweifelt aussah. Lord Ansley sah grimmig drein.

„Also wirklich, Melbray", blaffte er. „Ich verstehe nicht, wie das für den Tod von Mr Rocke relevant sein soll. Wie Sie sagten, hielten Sie das Motiv für eindeutig genug. Ethel Palmer war bigamistisch mit John verheiratet."

„Das mag sein, doch eine Aufgabe ist es, alle Möglichkeiten zu beleuchten."

„Auch den Mord an Miss Darling?", meldete sich Mr Trotter aufgeregt zu Wort.

„Wenn er in Bezug zum Tod von Mr Rocke steht", antwortete Inspektor Melbray.

„Gewiss vermuten wir alle, dass Tobias Rocke sie umgebracht hat?", fragte Mrs Reynolds gedehnt.

Nell fühlte sich wie Sahne, die tüchtig geschlagen wurde. Und der Aufregung im Salon zufolge, ging es den anderen genauso.

„Nein, Lynette, das vermuten wir nicht", rief Lady Kencroft laut.

„Ganz im Gegenteil", rief Miss Maxwell mit hochrotem Gesicht vor Wut. „Ich stimme Lynette zu. Mary Ann hatte Angst vor ihm. Sie bat mich um Hilfe."

„Und auch ich stimme Lynette zu", rief Mr Jarrett aufgebracht. „Er hat sich dem armen Mädchen ständig aufgedrängt."

Nun fallen ihre höflichen Masken, dachte Nell und ihr Kopf drehte sich. War das, worauf der Inspektor gehofft hatte?

„Es ist absolut möglich, dass er sie umgebracht hat", stimmte Neville Heydock zu. „Das dachten wir insgeheim alle. Tobias lungerte an der Bühnentür auf der Wellington Street herum, um sie kommen und gehen zu sehen."

„Ihr liegt alle falsch", rief Constance. „Ich mochte Tobias nicht besonders, aber er vergötterte Mary Ann und ich glaube, er könnte gewusst haben, wer sie umgebracht hat. Er war der Geheimniswahrer und –"

„Überlass mir das Reden, Constance", donnerte ihr Ehemann. „Mary Ann fürchtete in der Tat um ihr Leben und es war mit Sicherheit Tobias, vor dem sie Angst hatte. Sie gewöhnte es sich an, niemals alleine durch die Bühnentür zu gehen und sie nahm stets eine Droschke nach Hause nach *Cheyne Gardens* und fuhr damit auch zum Theater. O ja, Tobias war der Mörder. Sie hat seine Avancen abgelehnt – wer würde das nicht? – und er hat sich gerächt."

„Nein, nein, nein", rief Lady Kencroft. „Ich stimme Constance zu. Tobias war unser Freund und er war Mary Anns Freund."

„Wir fischen wahrlich im Trüben", fuhr Inspektor Melbray unbewegt dazwischen. „Mr Rocke könnte also ermordet worden sein, weil er wusste, wer Mary Ann ermordet hat *und* weil er sie selbst ermordet hat."

„Das hat er", schrie Miss Maxwell wütend. „Sie hat ihn gehasst."

„Ich kann nicht glauben, dass du so über Tobias sprichst", stammelte Lady Ansley, doch die Streiterei nahm kein Ende.

Plappernder Pudding. Nell war entsetzt. Hatte Alex Melbray das so geplant? Die Masken waren eindeutig allesamt gefallen.

„Vielleicht sollten Sie sich fragen, was für ein Mensch Tobias Rocke war", sagte der Chefinspektor, als der Lärm abebbte. „Er war der Geheimniswahrer. Was sagt uns das? Vielleicht, dass er ein Mörder war, aber was noch?"

Was meinte er damit? Würde jemand darauf antworten?, fragte Nell sich. *Konnte* jemand darauf antworten?

Mrs Reynolds brach die Stille – ja, sie brach in schallendes Gelächter aus. „Es könnte hilfreich sein, Chefinspektor, zu fragen, wie Tobias diese Geheimnisse *genutzt* hat. Sicher kann niemand hier bestreiten, dass Tobias, unser lieber Freund, der netteste, behutsamste und unerbittlichste Erpresser war, den man sich vorstellen konnte?"

Erpresser? Eben war er noch ein Mörder. Wer war dieser Mann nur? Nell atmete tief durch. Sie hatte ihn erst vor einigen Tagen gesehen, pausbäckig, fröhlich und annehmlich – und nun so etwas. Sie war natürlich eine Außenstehende – stimmte das überhaupt? Einige schienen es zumindest zu glauben, sah Nell ihren Gesichtern an. Die Stille im Raum war nicht nur dem Entsetzen geschuldet.

„Hat er vielleicht den Mörder von Miss Darling erpresst?", fragte Chefinspektor Melbray zurück.

„Vielleicht", antwortete Lynette Reynolds nicht mehr lächelnd. „Oder vielleicht sind ihm noch andere Fische ins Netz gegangen. Am *Gaiety Theatre* tummelten sich so einige und vielleicht auch hier. Was meinen Sie, Mr Trotter?"

Kapitel 9

Sogar Chefinspektor Melbray sah überrascht aus. Alle Augen waren plötzlich auf den armen Mr Trotter gerichtet und es kam Nell vor, als wäre eine Reihe von Menschen erleichtert darüber. Einbildung, sagte sie sich und doch kamen ihre Zweifel an Mr Trotters Treiben wieder in ihr auf.

„Wie können Sie es wagen, Madam!" Mr Trotter stand zitternd auf. „Wie könnte ich in den Mord von Mary Ann Darling verwickelt sein? Ich hatte die Ehre, vergangenen Freitag mit ihrem Geist zu kommunizieren, wie Sie wissen, aber ich hatte nie zuvor Kontakt zu der Dame."

Lynette Reynolds zog eine Augenbraue hoch. „Ich sagte, es gingen viele Fische in Tobias' Netz, Mr Trotter", sagte sie kühl. „Vielleicht auch Sie. Er erfreute sich daran, Geheimnisse aus den zurückhaltendsten Menschen herauszukitzeln und sie später mit dem Wissen zu schikanieren."

„Das traue ich Tobias nicht zu." Lady Ansley sah empört aus.

„Ich schon, Gertrude", sagte Neville Heydock. „Viele Menschen – natürlich keine der heute anwesenden – haben darunter gelitten."

„Ich habe ihm keine solchen Geheimnisse anvertraut", blaffte Mr Trotter.

„Ich habe Mr Rocke aus Ihrer Dunkelkammer kommen sehen, Mr Trotter", warf Lord Richard ein. „Vielleicht hat er Ihre Referenzen geprüft und Ihre Glasscheiben studiert."

Bevor Nell sich einschalten konnte, stieg Lady Clarice in die Debatte ein.

„Richard, du sprichst schlecht von einem Gast. Mr Trotter hat außerordentliche Referenzen. Du hast selbst die hervorragenden Ergebnisse seiner Arbeit gesehen.“

„Das habe ich in der Tat“, antwortete Lord Richard amüsiert. „Und Miss Drury bemerkte, dass Ihre Geisterfotografie identisch mit einer Postkarte von Mary Ann ist, die im großen Saal ausgestellt ist, Trotter. Stimmt das, Miss Drury?“

„So ist es“, bestätigte sie.

„Ich habe mich in der Dunkelkammer umgesehen, um mehr herauszufinden“, sprach Lord Richard weiter. „*Höchst* interessant.“

Mr Trotter schäumte vor Wut. „Stellen Sie meine Integrität infrage, Ihre Lordschaft? Wenn die Fotografie wie ein anderes Bild von Mary Ann aussieht, dann bedeutet das lediglich, dass sie die Pose gern mochte, mehr nicht. Ihr deutet an, dass ich irgendein Trickbetrüger bin, aber ich, Sir, bin ein Medium.“

„Es gab letztes Jahr eine Geschichte um William Hope, der Bilder fälschte, indem er durch Doppelbelichtung die Fotografien mit bereits existierenden Bildern vereinte. Er hatte genug Tricks auf Lager, um mit Houdini zu konkurrieren“, sagte Lord Richard.

„Houdini war ein Freund Arthur Conan Doyles, der der Meinung ist, dass Hope ein erstklassiges Medium ist, so wie ich“, schoss Mr Trotter zurück.

Richard lachte. „*Sie* – ein erstklassiges Medium –“

„Genug, Richard“, griff Lord Ansley ein. „Dies ist nicht der Ort für solche Wortwechsel. Wir haben Gäste und du verärgerst deine Tante. Und wir haben einen Chefinspektor im Hause, der einen Mordfall untersucht."

„Ganz recht", antwortete sein Sohn sogleich. „Deshalb müssen wir mehr darüber erfahren, was Rocke angestellt hat. Entschuldige, Vater."

„Wenn ich mich zu Wort melden darf", sagte Chefinspektor Melbray leise. „Wenn jemand in diesem Raum von Tobias Rocke erpresst wurde, dann möchte ich es wissen. Ich sollte betonen, dass keine Details notwendig sind."

„Ich kann mir schwer vorstellen, wie jemand von uns darunter gelitten haben könnte", sagte Lord Ansley. „Dieses Wiedersehen wurde veranstaltet, weil wir einander selten sehen und obgleich noch einige von euch noch auf der Bühne stehen, müsst auch ihr Tobias in den letzten dreißig Jahren kaum gesehen haben. Es ist unwahrscheinlich, dass systematische Erpressungen im Gange waren, wie Lynette ausgesagt hat."

„Erpressung ist so ein hässliches Wort", sagte Mrs Reynolds. „Und so dehnbar. Äußerst dehnbar, wenn es um Tobias ging. Man muss Menschen nicht treffen, um sie zu erpressen, oder?"

„Lynette hat recht", sagte Mr Heydock plötzlich. „Doch Tobias war kein Erpresser, wie Sie es sich vorstellen, Chefinspektor. Es ging nicht um Geld, zumindest nicht in Zahlungen. Er mochte Macht. Macht über Menschen. Je mehr Menschen, die sich ihm anvertrauten, wie wir vermutlich alle es damals taten, desto mächtiger fühlte er sich."

„Wie wahr, mein Lieber", sagte Mrs Reynolds gedehnt. „Er sammelte Informationen seiner Opfer und dann stellte er sicher, dass sie nie vergaßen, dass er jeden Moment die Geschichten auspacken konnte. Er zwinkerte einem wissend zu oder schlug einen kurzen Plausch oder ein gemeinsames Mittagessen vor."

„Diese Unterhaltung macht mich ganz krank", beschwerte sich Mr Jarrett. „Doch ich kann nicht weiter schweigen. Da Tobias Charakterdarsteller war, deckten unsere Karrieren sich kaum, doch trotzdem glaube ich, was du sagst, Lynette, ist wahr. Würdest du mir nicht zustimmen, Alice?"

Miss Maxwell warf ihrem *bête noire* einen frostigen Blick zu. „Das würde ich tatsächlich. Ich habe bereits erwähnt, dass Miss Darling sich vor ihm fürchtete. Ich glaube, dass er sie erpresste und sie dann umgebracht hat. Ich hatte nie die Achtung vor Tobias, die andere zu haben schienen."

„Auch dem kann ich einfach nicht zustimmen", rief Lady Kencroft zornig. „Er war stets so nett zu uns, nicht wahr, Gertie?"

„Ja", sagte Lady Ansley kräftig. „Er unterstützte uns. Er war unser Freund. Es stimmt jedoch, dass ich nichts zu verheimlichen hatte, genau wie du, Katie."

„Bis auf die Schwärmerei für Charles", lachte Lady Kencroft – ganz offensichtlich ein Versuch, die angespannte Atmosphäre zu lockern, dachte Nell.

Was mochte Chefinspektor Melbray wohl daraus schließen?, fragte Nell sich und sah zu ihm hinüber. Alle redeten, als wäre er gar nicht im Raum und ganz gleich, wer noch hier war. Er hatte jedoch genau zugehört und nun beendete er die Diskussion.

„Miss Drury", rief Inspektor Melbray, als sie gerade hinausging. Ihre Gedanken rasten zwischen denen der

Planung des Abendessens und der Vorstellung von Tobias Rocke als Erpresser hin und her.

„Kann ich Sie kurz sprechen?", fragte er höflich, als er zu ihr hinüberkam.

„Gewiss", sagte sie förmlich. Sie konnte kaum den Salon in Beschlag nehmen, also musste es ihr Kochtopf, die Kammer voller Kochbücher, Unterlagen, Fotografien und Papierblöcken, sein. Sie war stolz auf den Raum, aber er war klein und drum war es vielleicht ein Fehler gewesen, ihn hierher zu bringen. Er war ihr zu nah, um klar darüber nachdenken zu können, was sie ihm sagen musste. Er lehnte sich vor, dass sich ihre Knie fast berührten, als sie auf ihrem Stuhl am Tisch saß.

Das hier ist keine private Unterhaltung, sagte sie sich.

„Das Treffen hat mehr offenbart, als ich mir erhofft hatte", sagte er.

„Doch John Palmer hat es nicht geholfen", sagte sie bekümmert.

„Auf Umwegen vielleicht doch. Ich versuche immer, mir ein Bild vom Charakter des Opfers zu machen. Die Erziehung, der Bekanntenkreis, und so weiter. In diesem Fall – wenn wir einen zufälligen Angriff ausschließen, was wir durch die Wetterlage am letzten Wochenende tun können – sind der Charakter und das Leben von Relevanz. Ich habe keine Zweifel daran, dass Mr Heydock richtigliegt, dass die Erpressung eine Art der Macht ist, doch die Frage ist, wie sie es sich zunutzen machte."

„So wie mit Mr Trotter?"

„Genau." Er schwieg. „Rocke könnte John Palmer als ein weiteres Opfer gesehen haben, vermute ich. Es gibt überzeugende Beweise ..."

„Von einem Wilderer", schnaubte sie, bevor sie es sich verkneifen konnte.

„Ein Wilderer, für den viel auf dem Spiel steht, wenn er in einem Fall lügt, in den Lord Ansley verwickelt ist."

„Das stimmt, Alex." Hätte sie nicht Inspektor sagen sollen? Nein, mach kein Theater, Nell, sagte sie sich. Stattdessen erzählte sie ihm von Jethros Behauptung, dass jemand sich gegen elf Uhr aus dem Seiteneingang gestohlen hatte. Und sie hatte das Gefühl, dass noch etwas anderes Interessantes kürzlich gesagt worden war, doch sie konnte sich nicht mehr entsinnen.

„Nehmen wir an, dass es wahr ist", sagte Alex Melbray, „könnte das ein völlig harmloser Ausflug von jemandem im gesamten Herrenhaus gewesen sein."

„Nicht jeder kommt dort hin. Die Tür ist nur für die Familie und ihre Gäste. Werden Sie sie genauer untersuchen, jetzt, wo dieser Aspekt der Erpressung aufgetaucht ist?"

„Immer die gleiche Geschichte, Nell. Offiziell kann ich nicht darüber sprechen. Doch ich wäre ein Narr, würde ich es ignorieren."

„Obwohl Tobias Rocke kein Geld verlangt hat?"

„Wir wissen nicht, dass er es nicht doch getan hat. Und was die Machtfrage anbelangt, gibt es Dinge, die nicht in Gesellschaft beredet werden. Sex, zum Beispiel. Logischerweise wollten Ihre Gäste von Wychbourne Court ihre Kavaliersdelikte und Vorlieben nicht vor Gott und der Welt verkünden."

„Wo wir schon bei Gott und der Welt sind, glauben Sie, dass diese Kavaliersdelikte mit Mary Ann Darling zusammenhängen?“, fragte Nell.

„Ich weiß es nicht, aber ich werde es weiter verfolgen. So wie auch Mr Trotter. Was hat es mit der Geisterfotografie auf sich?“

„Ich hole die Aufnahme und die Postkarte aus dem großen Saal.“ Als sie zurückkam, fand sie den Inspektor die Ausgabe von *Alice im Wunderland* aus ihrer Kindheit lesen, die er schnell weglegte.

„Schauen Sie“, sagte sie und legte beide Bilder auf den Tisch.

Er inspizierte die Bilder genau und sagte schließlich: „Sie haben recht. Das muss dasselbe Bild sein.“

„Ähnliche Zweifel an den Fotografien von William Hope haben seine Karriere jedoch augenscheinlich nicht beeinträchtigt. Vielleicht ist Mr Trotter also doch kein völliger Schwindler.“

„Sie sind zu gutherzig, Nell. Es wird Zeit, dass wir Mr Trotter genauer unter die Lupe nehmen.“

„Wir?“

Er lächelte. „Die Kriminalpolizei. Scotland Yard, um genau zu sein. Was jedoch Mary Ann Darling anbelangt – Sie hatte offenbar keine Familie, was darauf schließen lässt, dass sie einen Künstlernamen trug. Sie könnten sich erkundigen.“

„Wie das?“, fragte sie erstaunt.

„Fragen Sie Signor Antonio Murano.“

Sie blinzelte mehrfach. „Wer zum brutzelnden Braten ist das?“

„Er arbeitet im einst so beliebten und romantischen Restaurant *Romano's*. Er ist dort für Grill und Bar im

Untergeschoss zuständig, wo früher einmal die Küchen gewesen waren. Davor arbeitete er für den großen Romano selbst und später dann mit seinem Nachfolger Luigi. Doch Sie müssen mit Mr Murano sprechen. Er war in den 1890er-Jahren dort, als die Gaiety Girls dort hingingen. Ich habe mir erlaubt – mit Lord Ansleys Genehmigung –, Ihren Besuch dort morgen anzukündigen. Ich glaube, er wird leichter auf Ihr Interesse an der Geschichte des Restaurants eingehen als bei einer Vernehmung durch Scotland Yard. Am besten passt es gegen drei Uhr, nach dem Mittagsbetrieb. Leider herrscht dort nicht mehr so reger Betrieb. Das *Romano's* ist ein Relikt vergangener Tage wie auch die meisten seiner Kunden.“

Bei dem Vorschlag musste Nell lachen. „Dann sagen Sie mir bitte, was ich herausfinden soll.“

„So viel, wie Sie über die Darsteller und Darstellerinnen des *Gaiety Theatres* herausfinden können, die heute hier sind und am Abend des Verschwindens anwesend waren.“

Sie pfiff leise. „Ein Abend vor dreißig Jahren?“

„Der Abend wird sich in Muranos Gedächtnis eingebrannt haben. Er wird es kaum vergessen haben, auch wenn die Geschichte mit den Jahren etwas verdreht wurde.“

„Kann Ihnen Lord Ansley das denn nicht alles sagen?“

Er sah sie an. „Nicht zwangsläufig, wenn man bedenkt, dass er regelmäßig Gast im Theater war, noch bevor er Lady Ansley traf und an jenem Abend mit Mary Ann Darling ausging.“

„Ja, aber –" Wie gerne wollte sie ihn fragen, ob er mit Lord Ansley über jenen Abend gesprochen hatte, doch sie wagte es nicht. Das ging einen Schritt zu weit.

„Haben Sie von ihm oder dem Freund seines Vaters, Mr Fontenoy, erfahren?", fragte er.

Nell grinste. Sie hatten sich bereits wegen ihm gezankt. „Arthur Fontenoy", betonte sie. Doch dann verstand sie, was er andeutete. „Wollen Sie sagen, dass Lord Ansley eines der Erpressungsopfer von Mr Rocke war, weil er an jenem Abend mit Mary Ann im Restaurant war?", fragte sie ungläubig.

„Die Frage stellt sich natürlich. Insbesondere da er, soweit ich weiß, bei dem Thema sehr zurückhaltend ist."

„Haben Sie ihn danach gefragt?"

„Das habe ich. Er war sehr verhalten."

Nell versuchte, die Fassung zu bewahren. „Ich kann mir nicht vorstellen, wie Lord Ansley sich erpressen lässt oder Tobias Rocke."

„Ich auch nicht, aber wieso nicht?"

„Weil ...", sie suchte fieberhaft nach einer Erklärung, „... Mr Rocke sein Gast war."

Sie sah ihn an und biss sich auf die Unterlippe, dann brach sie in Gelächter aus, so wie er.

„Oh, Miss Drury", sagte er lachend. „Ich fürchte, die Anstandsregeln müssen in solchen Fällen ignoriert werden."

„Niemals", sagte sie würdevoll. „*Niemals* auf Wychbourne Court."

London. Die Stadt, die einst ihr Zuhause war. Sie war im East End geboren, hatte im *Carlton Hotel* gearbeitet und dann nach Monsieur Escoffier's Ruhestand eine

Stelle in Hampstead angenommen, bevor sie dann nach Kent und Wychbourne Court zog. Vermisste sie London? Manchmal musste sie an die Jahre denken, in denen sie ihren Vater, der Straßenhändler war, frühmorgens zum Spitalfields Market begleitet und später dann auf dem Markt von Covent Garden für das *Carlton* eingekauft hatte. Wie sehr liebte sie den Duft von frischem Obst und Gemüse, das aus aller Welt kam! Das war es, was ihre Liebe für gutes Essen entfacht hatte, der Funken, mit dem sie den Entschluss fasste, das frische Obst und Gemüse als Grundlage ihrer eigenen Rezepte zu nutzen.

Das bloße Gefühl, wieder Teil Londons zu sein, übermannte sie, als sie am Bahnhof Charing Cross aus dem Zug stieg. Würde sie dafür Wychbourne verlassen? Niemals. Sie war seit mehr als einem Jahr in Wychbourne und sie liebte es dort. Sie liebte die Gemüsegärten, die Schweine der nahe gelegenen Bauernhöfe, den Geruch von Sägemehl in der Tischlerei, die majestätisch flatternden Windmühlenflügel, den Duft frisch geschnittenen Rasens auf dem Kricketfeld, die springenden Tennisbälle. Sie liebte all das und auch in so schrecklichen Zeiten, in denen ein Mord über Wychbourne die Stimmung trübte.

„*Star, News, Standard*", rief der Zeitungsjunge, an dem sie vorbeilief. Trotz des Regens, der auf ihren Schirm trommelte, blieb sie stehen und kaufte eine Ausgabe des *Evening Standard* in der Hoffnung, dass sie nichts mehr über Tobias Rocke druckten. Strand war eine ihrer Lieblingsstraßen. Das hier war ihr London. Es war nicht so prachtvoll wie das reiche West End und war auch nicht so wirtschaftlich attraktiv wie Oxford und

Regent Street, so unterhaltsam wie Soho, doch Strand war jene Straße, die den Osten und Westen Londons verband. Hier hatten einmal die Reichen und Berühmten mit ihren herrlichen Villen und Gärten zur Themse hinunter gelebt. Nun aber war der Fluss weiter zurückgedrängt und statt Pferden und Kutschen fuhren nun Automobile und Lastenwagen. Die Villen waren nun Hotels, Geschäfte und Theater. Das Gebäude des *Gaiety Theatres*, wie Lady Ansley es gekannt hatte, war dem *Aldwych* gewichen. Das Theater war etwas weiter die Straße hinunter wieder aufgebaut worden, doch das frühere Tamtam fehlte.

Nell war während ihrer Zeit im *Carlton Hotel* viele Male am *Romano's* vorbeigekommen und noch immer trug es stolz den Namen über der Eingangstür. Sie hatte auch die Küchen bei Besorgungen für das *Carlton* besucht und Monsieur Escoffier hatte in höchsten Tönen von den prächtigen Kellern geschwärmt.

„Nell, der Still White Champagne Cramant. *Magnifique.*" Sie konnte die Stimme Monsieurs hören, wie er eifrig nickte. Schon damals veränderte sich die besondere Atmosphäre, hatte Monsieur gesagt. Signor Romano starb und obwohl sein Nachfolger Luigi hervorragend war, war das Restaurant ohne den exzentrischen Romano nicht dasselbe. Es hatte sich auch optisch verändert. Der untere Raum mit der Bar hatte die Küche im Untergeschoss ersetzt, wo sie nun Signor Murano heute traf.

Dann mal los, dachte Nell und schüttelte den Regen von ihrem Schirm. Es waren keine Gäste da, als Nell hineinging, doch sie wurde von einem kleinen, älteren

Herrn schon erwartet. Er trug einen Bart und begrüßte
sie mit einer altmodischen Verneigung.

„Signoria Drury", begrüßte er sie. „Welch Ehre, Signora."

„Die Ehre ist ganz meine, Signor", antwortete Nell liebenswürdig.

„Vielleicht ein Glas vom Château Yquem?"

„*Grazie.*" Monsieur Escoffier hätte dem mit Sicherheit zugestimmt.

„Das Vergnügen ist ganz meinerseits, Signora."

Die Formalitäten hinter sich gebracht, konnte Nell sich umsehen. Sie fühlte sich sogleich zu Hause, denn die Wände waren geziert von vertrauten Aufnahmen der Gäste aus früherer Zeit und von heute, sogar das eine oder andere Plakat vom *Gaiety Theatre* war dabei. Wenn das heutige Restaurant Beweise seiner früheren Pracht brauchte, hier hingen sie. Lynette Allison, wie sie damals hieß, Katie Barnes, Neville Heydock und ein bezauberndes Bild von Lady Ansley. Nell hob ihr Glas Château Yquem ihnen Tribut zollend und Signor Murano tat es ihr nach.

Er seufzte. „Der Signor von Scotland Yard sagte, Sie wünschen, mehr über den Abend vor so langer Zeit zu wissen, für den die Signora noch zu jung ist, um irgendetwas darüber zu wissen."

„Ich habe so viel gehört, um beinahe zu glauben, selbst hier gewesen zu sein", sagte sie. Es stimmte. Hier im *Romano's*, obwohl die Glanzzeit lange her war, war es ein Leichtes, es wie gestern erst zu erinnern. „Waren Sie an jenem Tag, an dem Signorina Darling verschwand, hier?"

„An jenem Abend arbeitete nicht die gesamte übliche Belegschaft, doch ich war hier. Die Dame sah ich jedoch nicht. Ich war im Hauptrestaurant an der Bar und die Polizei vernahm uns alle. Wenn Sie Ihren Wein getrunken haben, zeige ich Ihnen das *Romano's*, wie der Inspektor mich gebeten hat. Die Darsteller und Darstellerinnen des *Gaiety Theatres* kennen diesen Raum mit dem Grill nicht, doch sie kannten den großen Romano. Den Römer nannten sie ihn. Er verkörperte das *Romano's* und er war der größte Schausteller von ihnen allen. Sie kamen alle her, nicht nur die Theaterleute. Der Prinz von Wales liebte es hier – der alte Prince of Wales, nicht der junge Mann, den wir heute unter dem Namen kennen. Heutzutage sind wir geachteter, aber es ist weniger amüsant, Signora.“

Sie folgte ihm hinauf in das Erdgeschoss, wo er ihr die Eingangshalle zeigte. „Signora Darling wäre durch diese Tür gekommen, vielleicht hätte ihr Begleiter ihr Blumen am Stand hier drüben gekauft. Nun zeige ich Ihnen das Restaurant, Signora.“

„Haben dort die meisten Gaiety Girls gegessen?“, fragte Nell, die sich an Lady Kencrofts Worte erinnerte.

„Einige bevorzugten die privaten Räume, aber an jenem Abend waren viele im Restaurant. Ich zeige es Ihnen. Als das *Romano's* eröffnete, trafen sich alle in der Bar und gingen dann durch ins Restaurant. In den Neunzigern, als Miss Darling hierherkam, war die Tür zum Restaurant immer weit geöffnet. Das war damals *à la mode*.“

Er blieb vor der Tür stehen und warf sie dann dramatisch auf.

„*Ecco*, Signora.“

Und da war er. Der Glanz des *Romano's*. Noch nie hatte Nell ein merkwürdigeres Restaurant gesehen. Sie hatte das Gefühl, in *Tausendundeine Nacht* gelandet zu sein, denn die Wände waren zu beiden Seiten mit Hufeisenbögen geziert, in denen bunte orientalische Szenen dargestellt waren. Und trotz des unüblichen Dekors passte es zusammen, sodass es ihr wie ein aufregender Ort vor dreißig Jahren vorkam. Die Tische waren in zwei langen Reihen entlang der Wände aufgestellt und dazwischen lag die Tanzfläche, wie Signor Murano ihr erzählte.

„Ihre Dame war nicht hier", sagte er. „Aber die anderen Damen vom *Gaiety Theatre* waren an jenem Abend hier. Sie hat oben gesessen."

„Dort oben?" Nell deutete zu einem vergitterten Balkon hinauf, der sich über die ganze hintere Wand zog.

„Aber nein, diesen gab es in den Neunzigern noch nicht. Miss Mary Ann war in einem nicht öffentlichen Raum."

„Und Sie sind sicher, dass es die Nacht war, in der sie verschwand?"

„Das bin ich. Viele Menschen bestätigten es, als die Polizei am nächsten Tag kam, nachdem sie nicht am Theater erschienen war. Mr Edwardes fuhr zu ihrer Wohnung, doch es war niemand dort."

„War Darling ihr echter Name oder ein Künstlername?", fragte sie, als sie sich an Alex' Auftrag erinnerte.

„Das weiß ich nicht. Ich kannte sie nur als die hübsche Signora Darling."

Die Idee verlief sich also auch im Nichts. Nell sah sich im Restaurant um und versuchte, es sich voller exotisch gekleideter Damen mit glitzernden Juwelen vorzustellen, die die Nacht durchtanzten. „Würden Sie mir bitte die privaten Räume zeigen?"

„Gerne, Signora. Doch sie werden Ihnen wenig über Miss Mary Ann verraten."

Er führte sie hinauf und Nell verstand sogleich. Die Zimmer waren noch immer mit den schweren dunklen Möbeln und dunklen Plüschstühlen möbliert. Mary Anns war der erste in einer Reihe von vier Räumen, doch diese Räume zeugten nur von der Zeit, nicht den Menschen, die das Restaurant besucht hatten.

„Waren alle Räume an jenem Abend belegt?", fragte sie.

„Der nächste Raum war gebucht. Bei den anderen bin ich nicht sicher."

„Die Gäste haben sie nicht gehen sehen können, oder?"

„Nein, nur der Portier wird sie gesehen haben."

„Arbeitet er noch hier?", fragte sie hoffnungsvoll.

Er lächelte. „Nein, Signora. Er ist vor vielen Jahren von uns gegangen."

Auch hier kein Glück. „Wer war im anderen Raum?", fragte sie und versuchte, einen Sinn in der Geschichte zu finden.

„Signor Jarrett. Er ist später sehr berühmt geworden. Er war mit einer Signorina aus dem *Gaiety Theatre* hier, Miss Constance Wilson."

Konnte das ihr weiterhelfen?, fragte Nell sich. Sie fragte weiter. „War Mr Rocke an jenem Abend hier?"

„Ich meine, nicht. Er kam nur selten her und dann wollte er nah bei Miss Darling sein, egal wer ihr Beglei-ter war. Wenn sie erfuhr, dass er herkommen würde, versuchte sie, es zu vermeiden. Vielleicht mochte er es nicht, wenn sie mit anderen Gentlemen ausging."

Das klang gruselig, dachte Nell. Tobias Rocke hatte wie ein sehr annehmlicher Mann auf sie gewirkt und nun klang er wie Svengali aus George du Mauriers Roman *Trilby*.

„Im Restaurant waren noch mehr Darsteller des Theaters", sprach er weiter. „Miss Lynette Allison, Miss Katie Barnes, Miss Maxwell und ich meine, Miss Wilson stieß später dazu. Sie war mit Mr Jarrett gekommen, der jedoch früher ging. Es ist alles so lange her. Wir erzählten alles der Polizei, darum kann ich mich an alles erinnern. So lange her. Stellen Sie sich das Restaurant wie damals vor, Signora. Es hat sich verändert und nun sind wir nicht mehr so prachtvoll wie das *Savoy*."

„Ich habe zuvor im *Carlton* gearbeitet."

Er strahlte. „Dann kennen Sie die Hotelwelt. Viele Nationen arbeiten dort zusammen. Sie sind eine großartige Köchin, Miss Drury. Unser Koch in den Neunzigern kam aus einer Habsburger Familie, einer der jungen Kellner, Louis, war der Sohn eines Adligen aus Südfrankreich, dann war da Mario, der aus einem armen Dorf aus Süditalien kam – der Süden ist nicht so gut wie der Norden, wo ich geboren bin, müssen Sie wissen. Keiner von ihnen arbeitet mehr hier, sie waren auch an jenem Abend nicht hier, aber ich war es und ich bin noch immer hier, genau wie der Mann, der nach den Weinkellern sieht, Bendi. Er und ich reifen wie unser Wein, auf den wir sehr stolz sind."

„Sie altern ausgezeichnet, Signor."

Er verbeugte sich. „Ich danke Ihnen, aber es gibt in der Bibel eine Geschichte einer Frau, die ihr Kind

Ikabod nannte. Die Herrlichkeit ist fort, sagte sie, nachdem ihr alles, was ihr lieb war, genommen war. Ich bin Ikabod, Signora Drury. Die Herrlichkeit des *Romano's* ist fort und bald werde ich es auch sein."

Alex Melbray hatte nichts darüber gesagt, dass sie ihm von ihrem Besuch im Restaurant berichten sollte und als sie sich am Empfangstresen von Scotland Yard nach ihm erkundigte, erklärte man ihr, dass er am Nachmittag aus war.

Ihr lief die Zeit davon und Nell musste zurück nach Wychbourne Court, um mit den Vorbereitungen für das Abendessen zu beginnen. Sie war gerade angekommen, da klopfte schon Mrs Fielding an ihrer Tür.

„Durch London geschlendert, Miss Drury? Ich hoffe, Ihnen ist bewusst, dass ich für Ihre ausgefallenen Desserts mehr Äpfel bestellen musste und Kitty versucht hat, ihren Wackelpudding und die Milchcreme vorzubereiten. Der zusätzliche Druck war für sie unnötig wie ein Kropf. Sie wird froh sein, dass Sie zurück sind."

Es hatte keinen Zweck, sich zu verteidigen. Stattdessen lächelte sie über den Ausdruck. „Ich mache es wieder gut. Glücklicherweise ist es nur ein Familiendinner."

Ein leichter Fehler. „Nur die Familie?", erwiderte Mrs Fielding scharf. „Mr Beringer ist geblieben und Mr Fontenoy isst mit Lady Clarice, da die Witwe zu Hause geblieben ist. Um all das muss sich gesorgt werden."

„Und Mr Trotter auch?", fragte Nell, ohne das Gesicht zu verziehen. Mrs Fielding nahm es Mr Trotter übel, dass er unklugerweise in ihrer Anwesenheit angemerkt hatte, dass die Scones zu lange im Ofen waren.

Mrs Fielding versteifte sich. „Ihre Ladyschaft wollte ihn nicht einladen, doch Lady Clarice bestand darauf."

„Welch ein Glück, dass Sie hier waren und alles im Auge hatten, Mrs Fielding", sagte Nell diplomatisch, stellte ihre Tasche ab und drehte sich zum Gehen.

„Und Seine Lordschaft wünscht, Sie zu sehen, jetzt da Sie zurück sind", sagte Mrs Fielding nebenbei und versperrte ihr den Weg. „Natürlich nur, wenn Sie Zeit übrig haben."

„Das habe ich", sagte Nell mit bemüht freundlicher Stimme und drängte sich an ihr vorbei, um an das Haustelefon zu gehen. Sie hatte so eine Idee, worum es ging. Würde sie etwa ins Kreuzverhör genommen werden, bevor sie den Nachmittag selber ganz verstanden hatte? Offenbar schon. Lord Ansley wollte sie wenn möglich noch vor dem Abendessen sehen.

Und wenn Lord Ansley etwas wollte, musste es möglich gemacht werden. Aber warum so bald? Darauf konnte es nur eine Antwort geben. Er wollte von ihrem Besuch im *Romano's* hören. Chefinspektor Melbray hatte Lord Ansley von seinem Plan für Nells Besuch erzählt, im vollen Bewusstsein, dass seine Lordschaft am Tag von Mary Ann Darlings Verschwinden mit ihr zusammen gewesen war. Bedeutete dies, dass Lord Ansley wirklich des Mordes an Mary Ann oder Tobias Rocke verdächtigt wurde?

Pass gut auf, dachte sie, und tadelte sich dann sogleich für den Gedanken. Hatte sie nicht selber gesagt, dass sie niemals glauben würde, dass Lord Ansley etwas Böses tun könnte? Von Mord ganz zu schweigen.

Schwungvoll zog sie ihre Schürze aus, eilte in ihr Zimmer im ersten Stock, wo sie sich die Haare glättete und sich umzog, bevor sie, wie verlangt, direkt in sein Büro ging. Für Angelegenheiten, die das Anwesen betrafen, benutzte er das Zimmer des Verwalters, doch er wollte sie nicht deswegen sprechen. Das Büro lag im ersten Stock, und dort schrieb er seine Korrespondenzen und las. Dort fand sich eine große Anzahl Bücher, deren Themen hauptsächlich seinen Interessen entsprachen. Die Geschichte von Kent, Landwirtschaft, Archäologie und einige politische Memoiren.

„Danke, dass Sie so schnell gekommen sind, Miss Drury", begrüßte er sie förmlich. Er war bereits zum Abendessen umgezogen, trug einen Abendanzug und eine weiße Weste, sodass er eindrucksvoller wirkte, als er es in der üblichen Norfolk-Jacke und Hose tat. „Ich hoffe, es hat Ihnen im Restaurant *Romano's* gefallen. Es ist nicht mehr, wie es früher war, aber die Zeit lässt sich nicht zurückdrehen."

„Wollen Sie das denn?", fragte sie kühn.

Er lächelte. „Wenn Sie älter werden, Nell, werden Sie feststellen, dass man nicht immer gerne auf die übermütige Jugendzeit zurückblickt."

Die übermütige Jugendzeit am Bühneneingang des Gaiety?, fragte sie sich.

„Ich habe Sie hergebeten", fuhr er fort „Weil die Auswirkungen dieses Mordfalls so schnell Kreise ziehen, dass ich mich mit Ihnen und Chefinspektor Melbray unterhalten muss – immerhin ist es ja seine Aufgabe, in der Vergangenheit herumzustochern. Ich bin in dieser Angelegenheit zu Verschwiegenheit verpflichtet, doch da Mary Ann Darling nun auch in einem anderen Todesfall eine Rolle spielt, bin ich dazu gezwungen, mein Wort zu brechen."

Darum ging es also. Nell atmete auf, nahm jedoch kein Blatt vor den Mund. „Man hat mir gesagt, dass Sie in jener Nacht mit ihr zu Abend gegessen haben."

„Das stimmt. Miss Darling bat mich darum."

„Laut Mr Murano haben Sie in einem privaten Raum gegessen." Sie klang anklagend und bereute ihren Tonfall sofort.

„Was Sie verstehen werden, nachdem ich es erklären konnte", sagte er leise. „Mary Ann – so nenne ich sie, nicht ‚Miss Darling' … Mir lag viel an ihr. Nicht so viel, dass ich mit dem Stich unerwiderter Liebe zu kämpfen hatte, als sie mir erzählte, dass ihr Herz einem anderen gehörte, möchte ich betonen. Ich war jung, doch selbst damals wusste ich, dass ich mich erholen würde. Und so war es auch, denn ich traf Gertrude fast zur gleichen Zeit, nämlich als sie Mary Anns Rolle im *The Flower Shop Girl* übernahm. Mary Anns Zweitbesetzung war krank geworden, und Gertrude hatte sich im *Albion* mit einem Stück einen Namen gemacht, dessen Spielzeit gerade vorbei war.

Doch ich schweife ab", fuhr er fort. „An dem Abend war Mary Ann eine sehr verängstigte junge Dame. Sie sagte mir, sie habe eine schwere Zeit durchgestanden, man folge ihr und belästige sie auf Schritt und Tritt, und sie fühle sich nicht sicher. Sie nannte keine Details, aber sie war verängstigt genug zu glauben, dass ihr Leben in Gefahr sei, weil sie die Avancen des Mannes zurückgewiesen hatte. Sie sagte mir, sie wolle mit einem Mann verschwinden, der sie sehr liebte und den sie heiraten wolle."

Endlich erfuhr sie die Wahrheit. Dem Himmel sei Dank. „Hat sie seinen Namen genannt?"

„Nein. Sie sagte nur, dass er eines Abends vor dem *Romano's* halten wollte. Sie solle dort zu ihm stoßen und er würde sich um sie kümmern. Sie wollte ihre Heimat verlassen. Es widerstrebte ihr, Mr Edwardes ohne Vorwarnung zu enttäuschen, doch sie vertraute auf ihre Zweitbesetzung, die, wie schon gesagt, genau dann krank wurde, als sie gebraucht wurde.

Ich fragte Mary Ann, ob sie diesem Mann vertraue, denn ich machte mir große Sorgen, doch sie war sich seiner sicher. Ich hatte den Eindruck, dass es sich nicht um jemanden aus dem Gaiety handelte, was vielleicht von Vorteil war. Sie bat mich nur darum, sie durch die *Vorder*tür des Gaiety auf die Strand hinauszubegleiten, anstatt durch den Bühneneingang hinaus auf die Wellington Street. Dort verließen die Schauspieler meistens das Gebäude. Dann sollte ich sie zum Abendessen ins *Romano's* einladen. Sie hoffte, dass ihr Verfolger davon ausgehen würde, dass sie den Abend mit mir verbrachte. Das tat sie öfter. Dann bat sie mich, sie nach dem Abendessen nach draußen zu der Droschke zu begleiten, in der ihr Liebhaber auf sie warten würde.

Ihr Plan schien mir nicht wasserdicht zu sein, was ich ihr auch gesagt habe", fuhr er fort. „Selbst, wenn ich ihrer Bitte nachkäme, und sie in der Droschke davonfuhr, konnte sie immer noch verfolgt und später angegriffen werden, ob sie nun verheiratet war oder nicht. Deshalb beschlossen wir, es so aussehen zu lassen, als sei sie endgültig verschwunden. Dazu brauchten wir jedoch die Hilfe eines anderen männlichen Freundes aus dem Gaiety. Sie schlug Neville Heydock vor."

„Sie vertraute ihm?" Nell war überrascht. Ihr schien er sprunghaft und unzuverlässig, doch vielleicht war das nur eine Fassade.

„Ja, so wie sie mir auch vertraute. Der Plan war, dass Neville warten sollte, bis die motorgetriebene Droschke – eine mit Zwischenwand, damit der Fahrer nicht sehen konnte, was geschah – mit ihrem Freund darin bis zur Mitte der Straße vorfuhr. Dann sollte er hereinkommen und mir und Mary Ann Bescheid sagen, sofort wieder nach draußen gehen und eine zweite Droschke heranwinken, die direkt vor dem Restaurant warten sollte, während Mary Ann und ich hinunterkamen. Neville sollte in diese Droschke einsteigen, scheinbar um dort auf Mary Ann zu warten. Die erste Droschke sollte direkt neben der zweiten stehen, was keinerlei Aufmerksamkeit auf sich ziehen würde, weil die Strand damals noch belebter war, als sie es heute ist. Überall standen Kutschen umher, die darauf warteten, dass die Vorstellungen in den Theatern zu Ende waren und die Leute ihr Abendessen beendet hatten.

Sobald ich mit Mary Ann aus dem *Romano's* kam", sagte er, „sollte ich zum Kutscher gehen, ihm sagen, wo er hinfahren sollte und ihn gut bezahlen. Währenddessen sollte Neville unbemerkt durch die andere Tür aussteigen. Dann sollte Mary Ann auf dieser Seite einsteigen und ich so tun, als würde ich dem Fahrer andere Anweisungen geben, die Tür so laut zuschlagen, als wäre ich mit ihr eingestiegen und sollte dann in der Menge verschwinden. In der Zeit sollte Mary auf der anderen Seite wieder aussteigen und in die zweite Droschke steigen, in der ihr Liebhaber saß."

Nell schluckte. Was eine Geschichte! „Ist alles gut gegangen?"

„Rückblickend scheint es überraschend, dass alles glatt gegangen ist. Ich bin ins Restaurant zurückgegangen. Der Kutscher hat am Zielort keine Gäste in seinem Wagen vorgefunden. Er war bezahlt worden, also konnte es ihm gleich sein. Es hätte so viel schiefgehen können, aber wir hatten Glück. Eine Sache lief aber doch nicht reibungslos."

„Was war denn?"

„Mary Ann ist wirklich verschwunden", sagte er nüchtern. „Und ich befürchte, dass sie ein schreckliches Ende gefunden hat. Uns war klar, dass es eine Ermittlung geben würde, weil sie so bekannt war und eine Rolle im Gaiety innehatte, doch ich hatte keinen Grund zu der Annahme, dass sie nicht in Sicherheit war, auch wenn mir dieser mysteriöse Liebhaber merkwürdig vorkam. Der Polizei von unserem Plan zu erzählen, hätte ihr nur noch mehr Schwierigkeiten eingebracht, und ich hatte versprochen, nichts zu sagen. Erst einige Jahre später fragte ich mich, ob es die richtige Entscheidung gewesen war, besonders als bekannt wurde, dass man eine Leiche identifiziert hatte." Er hielt inne. „Ich schloss, dass Mary Anns Affäre schiefgelaufen war und dass sie entweder von ihrem Liebhaber ermordet oder so aufgebracht gewesen war, dass sie ihrem Leben ein Ende gesetzt hatte."

„Das muss schrecklich für Sie gewesen sein", sagte Nell mitfühlend. „Haben Ihre Freunde aus dem Gaiety, die im *Romano's* waren, Ihnen die Schuld für Mary Anns Verschwinden gegeben?"

„Mary Ann und ich hatten ein privates Zimmer, und, soweit ich weiß, hat uns niemand kommen oder gehen sehen. Im Restaurant wusste keiner, dass wir da waren. Mein Ruf wurde bewahrt, weil ich bei meiner Rückkehr ins Restaurant Signor Romano persönlich traf, der dafür bürgen konnte, dass ich wieder ins Restaurant kam, nachdem Mary Ann in die Droschke gestiegen war. Es überraschte ihn, mich allein zu sehen, denn er wusste, dass ich in Begleitung angekommen war. Doch er war solche Überraschungen gewohnt, also verhielt er sich diskret, und die Polizei befragte mich nicht. Ich unterhielt mich etwa zehn Minuten lang mit Signor Romano, bevor ich nach oben ging, um einen belebenden Brandy zu trinken. Die üblichen Kellner waren an diesem Abend nicht im Dienst, also hat der Chef den Brandy persönlich nach oben gebracht und sich mit mir über die reizende Mary Ann unterhalten. Ich wusste natürlich nicht, dass das ihr letzter Auftritt gewesen sein würde. Ich vermutete, dass sie nicht zurückkehren würde, doch ich hätte mir keinen so schrecklichen Grund ausmalen können.“

„Mr und Mrs Jarrett waren im Zimmer nebenan“, erinnerte sich Nell. „Haben sie Sie nicht gesehen?“

„Glücklicherweise nicht, glaube ich. Hubert war Mary Ann sehr zugetan und es war nicht das erste Mal, dass sie dort zu Abend aß und er sich das Zimmer neben ihr geben ließ. Seine Zuneigung wurde nicht erwidert. Ich dachte immer – ich weiß, dass Sie ein Geheimnis bewahren können, Nell –, ich dachte immer, dass Constance nur seine zweite Wahl gewesen war. Er hat sie bald nach Mary Anns Verschwinden geheiratet.“

Noch ein hartnäckiger Verehrer, dachte Nell. „Mr Murano hat mir heute erzählt, dass Mrs Jarrett später am Abend zu Lady Kencroft, Miss Maxwell und Mrs Reynolds stieß, weil Mr Jarrett früh gegangen war."

„Das wusste ich nicht", erwiderte Lord Ansley stirnrunzelnd. „Ich vermute, dass Hubert das Restaurant frustriert verließ, nachdem er erkannte, dass Mary Ann nicht mehr dort war. Ich glaube nicht, dass er der mysteriöse Liebhaber in der Droschke war. Aber er ist ein merkwürdiger Geselle."

Nell zögerte. „Mr Rocke bewunderte Mary Ann ebenfalls."

Lord Ansley sah sie an. „Und worauf wollen Sie hinaus, Miss Drury?"

Sie verzog das Gesicht. „Ich weiß es nicht. Ich kann mir nicht vorstellen, dass er einer der glühenden Verehrer war, denn damals war er mit Ethel verheiratet."

„Ich glaube nicht, dass Tobias sich davon hätte aufhalten lassen", sagte Lord Ansley trocken. „Aber wer kann das schon sagen? Tobias ist das größte Geheimnis von allen."

Kapitel 10

Nell fühlte sich wie ein Jo-Jo, das zwischen Mary Ann Darlings Geschichte und Himbeerklößen hin und her geschleudert wurde. Himbeerklöße deshalb, weil sie genau die zubereiten wollte. Es war gerade zwar keine Himbeersaison, aber vielleicht ging es auch mit eingemachten Himbeeren. Zurück zu Mary Ann: Kannte Lady Ansley die Geschichte? Als Plan B konnte sie immer noch auf geschlagenen Syllabub zurückgreifen. Das war ein Dessert, das man gut in der Hinterhand haben konnte. Und was war mit der anderen Leibspeise von Dr. Johnson, Kalbspastete mit Pflaumen und Fischsoße als Vorspeise? Was war Mary Ann zugestoßen, nachdem sie und ihr Liebhaber in der Droschke davongebraust waren? Hatte er sie ermordet? Obst – sie musste Obst auftreiben. Wie hätte sich das auf das Gaiety ausgewirkt? Hör auf damit, sagte sie sich. Ihr Alltag verlangte ihre volle Aufmerksamkeit. Auch, wenn Mrs Squires schon wieder zu spät kam.

Wieder einmal war Ethel der Grund dafür, dass Mrs Squires erst um halb elf am Sonntag hineingestolpert kam. „Tut mir leid, Miss Drury. Ethel ist ganz aufgewühlt."

„Was ist passiert?", fragte Nell beunruhigt. Ethels Lage war auch ohne zusätzliche Schwierigkeiten schon schlimm genug.

„Ich weiß nicht, was in sie gefahren ist", klagte Mrs Squires. „Morgen ist Mr Rockes Beerdigung und sie läuft rum, als könnte es ihr gar nicht besser gehen. Ich weiß nicht, wie wir das schaffen sollen."

„Wie *wir* das schaffen sollen?" fragte Nell. „Die Familie muss nach London, um an der Beerdigung teilzunehmen, das betrifft uns nicht."

„Nein, sie findet doch hier statt, oder? Die Beerdigung findet in der St.-Edith's-Kirche statt. Es ist alles vorbereitet."

„Hier in Wychbourne?" Das ergab keinen Sinn. Der liebe John wartete in einer Gefängniszelle darauf, dass ihm der Prozess für den Mord an einem Mann gemacht wurde, von dem Ethel sich nur zu gerne getrennt hatte, und für den sie jetzt wohl noch weniger übrighatte.

„Ethel hielt es für das Beste, weil in Earl's Court niemand die Vorbereitungen treffen konnte. Dort hat Mr Rocke gelebt und die Haushälterin hat keinen Finger gerührt, also hat Ethel dafür gesorgt, dass Mr Rocke auf dem neuen Friedhof begraben wird."

‚Neu' war der Friedhof eigentlich gar nicht, doch alle nannten ihn so, auch wenn er schon vor dreißig Jahren weiter oben an der Mill Lane eröffnet worden war, als der an die Kirche angeschlossene Friedhof wegen Überfüllung geschlossen werden musste.

„Das verstehe ich nicht", sagte Nell. „Warum kümmern sich die Erben nicht um die Beerdigung?"

„Ethel ist die Erbin, Miss Drury. Er hat kein Testament verfasst und hatte keine Kinder, also erbt sie laut dem Rechtsanwalt alles. Dem Gesetz nach waren sie noch verheiratet, doch da er seinen Namen geändert hat und sie nichts von ihm gehört hat, seit er ihr den Laufpass gegeben hat, hat man ihr gesagt, dass sie keinen Penny sehen würde. Ethel sagt, das Geld steht ihr zu, weil er sie so schlecht behandelt hat."

Seine Erbin? Nell war schockiert. Bei all diesen Neuigkeiten fühlte ihr Gehirn sich wie ein flüssiger Pudding an. Sehr zu ihrem Missfallen dachte Nell zuerst daran, wie viel Ethel wohl erben würde.

Mrs Squires schien ihre Gedanken zu lesen. „Keine Ahnung, wie viel sie erbt, aber es wird wohl eine ordentliche Summe sein, sagt Ethel."

Was, fragte Nell sich, würde Chefinspektor Melbray davon halten? Alles deutete immer deutlicher auf den lieben John hin. Der Inspektor könnte Ethel auch als Mittäterin verdächtigen, wenn man den Fall Thompson gegen Bywaters als Präzedenzfall sah, in dem Mrs Thompson dafür gehängt worden war, dass sie ihren Liebhaber zum Mord an ihrem Ehemann angestiftet hatte.

Mrs Squires hatte noch nicht ausgeredet. „Ethel wird ihn stolz machen, sagte sie. Morgen Nachmittag."

„Wir halten den Leichenschmaus doch nicht hier ab, oder?" Das beunruhigte Nell noch mehr. Der Gedanke, dass Jethro durch den großen Saal schritt, als würde er ihm gehören, gefiel ihr gar nicht.

„Nein, Miss Drury. Ethel hat sich mit dem *Coach and Horses Inn* geeinigt. Sie servieren Schnittchen und Tee."

Gott sei Dank, dachte Nell, auch wenn Mr Hardcastle die letzten Tage mit der Revue, einem Mord, einer Ermittlung und nun einer Beerdigung genug zu tun gehabt hatte.

„Abends essen sie jedoch alle hier", fuhr Mrs Squires unbekümmert fort.

„*Was?*"

„Das hat Lady Ansley gesagt, als Sie Freitag aus waren."

Davon hatte Lady Ansley gestern Morgen gar nichts gesagt, dachte Nell. Wer genau waren ,alle'? Dass Lady Ansley gar nichts dazu gesagt hatte, war ein weiterer Hinweis darauf, wie weit entfernt von ,alltäglich' ihr Alltag gerade war. Sie sah sich das Menü noch einmal schnell an, das sie Lady Ansley präsentieren wollte. Der Fischer hatte für Montag Austern versprochen, und sie wollte den Rest des Lammbratens für das Lamm à la Marie von Mrs Leyel benutzen, für das sie eine Curry-soße anrühren musste. Das würde für ,alle' nicht aus-reichen. Rauchender Räucherhering, sie würde schon eine Lösung finden. Aber würde die Lady Ansley gefal-len?

Lady Ansley tat es wirklich leid. „Entschuldigen Sie, dass ich Ihnen gestern nichts von der Beerdigung ge-sagt habe, Nell. Am Freitag ging alles so schnell und seitdem rufen so viele Leute an und machen Ärger." Sie verzog das Gesicht. „Wieso Constance Hubert Jarrett geheiratet hat, werde ich nie verstehen."

„Mrs Squires hat mir gesagt, dass Ethel das *Coach and Horses Inn* für den Tee reserviert hat, aber was machen wir mit dem Abendessen?", fragte Nell mit unheil-schwangerer Stimme. „Sie hat gesagt, dass alle hier es-sen würden."

Lady Ansley seufzte. „Nicht alle, nur die Leute, die auch für die Revue hier waren, aber das reicht ja schon. Mrs Palmer scheint wild entschlossen, die Beerdigung im Dorf stattfinden zu lassen. Zum einen, weil sie das Anwesen erbt, und es für ihre Pflicht hält, auch wenn ihr Mann ein Bastard war – so hat sie sich, fürchte ich, ausgedrückt –, während sie verheiratet waren. Nein, sie sind ja immer noch verheiratet. Während sie als Ehepaar zusammengelebt haben, meine ich. Zum anderen ist sie nicht nur davon überzeugt, dass der liebe John unschuldig ist, sondern dass ‚einer von ihnen‘, wie sie es ausdrückt, schuldig ist. Damit meint sie die Gäste.

Oh, Nell“, fuhr sie fort. „Ich hatte doch keine andere Wahl, als sie zum Essen und für die Nacht hierher einzuladen. Ich habe fest damit gerechnet, dass sie ablehnen, aber weil sie alle zur Beerdigung kommen, haben sie alle angenommen. Ist das nicht überraschend?“, fragte Lady Ansley.

Nell stimmte ihr zu und fragte sich im Stillen, wer aus der Gruppe fand, dass er oder sie kommen *sollte* und wer dachte, es müsse merkwürdig aussehen, nicht zu kommen – besonders, wenn einer von ihnen der Mörder war.

„Mrs Squires hat mich davon in Kenntnis gesetzt, dass im *Coach and Horses Inn* Schnittchen serviert werden und sie nach Helfern sucht“, fuhr Lady Ansley fort. „Muriel hat sich ebenfalls angeboten, genauso wie die drei Diener unserer Gäste. Kitty hat vorgeschlagen, auch zu kommen. Und Sie sind hoffentlich auch da, Nell, auch wenn Sie natürlich keine Schnittchen vorbereiten müssen. Chefinspektor Melbray stößt zum Abendessen dazu, bleibt aber nicht über Nacht. Vielleicht geht ihm so viel Kontakt mit den Verdächtigen zu weit.“

Damit könnte Lady Ansley durchaus recht haben, dachte Nell. „Und Mr Trotter?“, fragte sie und hoffte, Lady Ansley damit ein Lächeln auf das Gesicht zu zaubern.

Sie hatte Erfolg. „Das weiß ich nicht, und ich werde auch nicht nachfragen. Er wohnt im *Coach and Horses Inn.* Lady Clarice kann ihn zum Abendessen einladen, wenn sie es wünscht, aber ich vermute, dass ihn die Aussicht auf die Gesellschaft meines Sohnes davon abhalten wird, zu erscheinen. Richard spricht davon, eine Ermittlung wegen Betrugs gegen ihn einzuleiten. Gute Güte, ich bin bald so weit, dass ich einfach die Hände ausstrecke, und den Inspektor bitte, mir die Handschellen anzulegen, wenn er mir nur keine Fragen mehr stellt."

Nell lachte. Das klang schon eher nach ihrer Ladyschaft. Nells Laune besserte sich ebenfalls – wenn auch nicht zuletzt, weil sie Alex wiedersehen würde. Natürlich heiterte sie nur die Aussicht auf, die Unschuld des lieben Johns zu beweisen.

Lady Ansley zögerte. „Ich weiß, dass mein Mann gestern mit Ihnen gesprochen hat. Er hat mich in die ganze Geschichte eingeweiht. Gott sei Dank, Nell, Gott sei Dank." Als ihr klar wurde, dass sie so klang, als verdächtige sie ihren Mann einer Entführung oder eines Mordes, stieg ihr die Röte ins Gesicht.

Nell stimmte ihr in ihrer Erleichterung zu. Lord Ansley war der Grundstein, auf dem Wychbourne stand, und ohne ihn konnte Wychbourne momentan nicht weiterbestehen.

Die St.-Edith-Kirche war ein großes Gebäude für ein kleines Dorf wie Wychbourne, doch ihre Fenster aus altem, getünchtem Glas und die Sitzreihen, die schon mehrere Jahrhunderte alt waren, verliehen dem Innenraum eine gemütliche Atmosphäre. Die Kirche sieht schon seit vielen Jahren so aus, dachte Nell, und wir sind nur flüchtige Besucher. Heute hatte es viele noch flüchtigere Besucher gegeben. Die Messe war vorbei und die Gesellschaft flutete auf den Kirchenhof. Reverend Higgins schien von der so modischen Versammlung etwas überfordert gewesen zu sein, die mit Droschken und Automobilen angekommen war. Die Frauen trugen alle Schwarz oder das mittlerweile akzeptierte dunkle Violett, während die Männer stattliche Trauerkleidung trugen. Es waren nicht nur die Schauspielerinnen und Schauspieler hier, die sie in Wychbourne gesehen hatte, sondern auch viele andere, darunter Journalisten von lokalen und nationalen Zeitungen und fast alle männlichen Bewohner des Dorfes Wychbourne – die Tradition der rein männlichen Beerdigungen war in Wychbourne nur schwer auszumerzen.

Nell sah ihnen dabei zu, wie sie Ethel ihr Beileid aussprachen. Unter den Umständen konnten das doch nur Lippenbekenntnisse sein, dachte sie bei sich. Sie gingen langsam, wie die Holzfiguren, die jede Stunde aus einigen Uhren herauskamen und ihre Rolle spielten. Nur Chefinspektor Melbray sah in seinem gedeckten schwarzen Mantel und mit seiner Krawatte menschlich aus. Die meisten Teilnehmer gingen zum *Coach and Horses Inn* anstatt zur eigentlichen Beerdigung.

„Nell, gehen Sie ins Inn?" Alex hatte sie eingeholt und ging neben ihr zum *Coach and Horses Inn.* „Ich habe noch eine Mission für Sie."

„Noch ein Restaurantbesuch?", fragte sie interessiert. „Das hat mir Spaß gemacht."

„Diese Mission macht vermutlich weniger Spaß, könnte aber trotzdem interessant sein. Vielleicht können wir ein oder zwei Geheimnisse von Tobias Rocke aufdecken, bevor die Chance vergeht. Ethel Palmer verschwendet keine Zeit. Morgen wird sie sich Tobias Rockes Haus in Earl's Court ansehen. Es ist eine Zumutung, ich weiß, aber ich möchte, dass Sie sie begleiten. Ich werde Lord Ansley alles erklären. Meine Männer und ich sind dort fertig. Wir haben die üblichen Papiere gefunden, von denen einige mit seiner Ehe zu tun haben, aber wir haben keine neuen Hinweise gefunden, die auf jemand anderen als John Palmer hindeuten. Ich werde das Gefühl nicht los, dass Sie einen Hinweis aufspüren können, wenn an dieser Sache noch mehr dran ist."

„Eine Erpressung zum Beispiel?"

„Das liegt definitiv im Rahmen der Möglichkeiten."

Nell war sich unsicher. „Dazu bin ich nicht ausgebildet."

„Sie finden das Haar in der Suppe, oder?"

Sie lachte. „Dafür habe ich ein Talent, das stimmt. Ich werde hinfahren." Sie freute sich darauf, Ethel hin oder her. Die Details von Tobias Rockes Leben zusammenzusetzen, könnte eine faszinierende Aufgabe sein.

„Ich habe mir die Unterlagen der Darling-Ermittlung angesehen, Nell. Vielleicht interessiert es Sie, dass Tobias Rocke nicht für die Entführung und den Mord verantwortlich gewesen sein kann. Er kam erst um zwei Uhr morgens nach Hause, weil er an ihrem alten Arbeitsplatz, dem *Carlton Hotel*, zu Abend gegessen hat. Mehrere Zeugen haben das damals bestätigt."

„Ist der zeitliche Ablauf durcheinandergeraten?",
fragte sie hoffnungsvoll.

„Ich denke nicht. Er hat mit Marie Lloyd, einer Music-Hall-Sängerin, und einem vielversprechenden jungen Offizier gegessen, der jetzt Chefinspektor der Londoner Polizei ist. Ich habe mit ihm gesprochen und er hat mir versichert, dass Rocke wirklich mit ihm im *Carlton* war. Er hat den Tisch nur für einen kurzen Augenblick verlassen, um Marie Lloyd zur Kutsche zu begleiten. Das kann ich nicht bestätigen, weil Marie Lloyd nicht mehr unter uns weilt, aber mein Kollege erinnert sich genau, weil es wegen Mary Anns Verschwinden zwei Tage später das Gespräch der Stadt war. Wir müssen davon ausgehen, dass Tobias Rocke Mary Ann Darling zumindest an dem Abend nicht umgebracht hat. Es sei denn, er hatte mehrere Komplizen. Marie Lloyd dürfte keine davon gewesen sein."

„Und doch hatte Mary Ann Angst vor ihm."

„Vielleicht war Rocke ein abgewiesener Liebhaber, oder der aufdringliche Mann, der ihr überall hin folgte, aber das macht ihn noch nicht zu einem Mörder. Es sei denn, er hat nach ihrem Verschwinden ihren Aufenthaltsort ausfindig gemacht und sie dort umgebracht. Wenn dem so war, warum hat sich dann ihr Freund nicht gemeldet?"

„Aber vielleicht hat Tobias gewusst, wer sie getötet hat."

„Das ist möglich. Er hätte die Person erpressen können. Halten Sie bei ihm zu Hause die Augen offen, Nell. Vielleicht finden Sie etwas, das wir übersehen haben."

„Sie schmeicheln mir", sagte sie unsicher.

„Ich schmeichle nie jemandem“, erwiderte er glatt, und sie fragte sich erneut, ob sie ihn falsch verstanden hatte.

Beerdigungsgesellschaften waren eine merkwürdige Angelegenheit, dachte Nell, als sie sich im Zimmer umsah, das jetzt noch voller war, als es zur Revue der Fall gewesen war. Entweder kam eine lockere Konversation zustande, wenn die Gäste sich entspannten, oder sie blieben so steif, wie die Zeremonie selbst es gewesen war. Heute Abend waren beide Fraktionen vertreten. Auf den Tischen entlang der Wände standen Gläser und Getränke, Sandwiches und Kuchen. Mrs Squires, ihr Küchenpersonal und die Diener der Gäste, ja, sogar die Gäste selber, trugen kleine Tabletts umher und baten Getränke an. Von Lady Helen war keine Spur zu sehen, doch Lord Richard und Lady Sophy (und Miss Smith) halfen ebenfalls mit.

„Ich suche nach Hinweisen, Nell“, raunte Lady Sophy ihr zu, als sie mit einem Teller vorbeischwebte, auf dem sich allem Anschein nach Sandwiches mit Lachs und Gurke türmten.

„Dafür werden Sie eine Lupe brauchen“, gab Nell gutmütig zurück. „Keinen Teller voller Schnittchen.“

Sie bereitete sich darauf vor, zu Ethel hinüberzugehen und ihr ihr Beileid auszusprechen. Ethel sah aufgeregt und überfordert aus.

„Vielen Dank, Miss Drury“, sagte sie kalt. „Inspektor Melbray sagte, dass er sie gebeten hat, mich morgen zu begleiten. Ich weiß nicht, wieso. Die Ermittlung ist abgeschlossen, sagte er, aber ich soll alles im Haus beim Alten lassen, bis der Anwalt es mir offiziell überschreibt. Ich habe allerdings nichts dagegen, dass Sie mitkommen. Die Haushälterin wird noch mit ihrem Ehemann dort leben."

„Wenn sie dort leben, muss es schwer für sie sein."

„Es ist nicht meine Schuld, dass er ihnen nichts hinterlassen hat", fauchte Ethel. „Wonach wollen Sie suchen, Miss Drury?"

„Nach allem, was einen Hinweis auf den Mörder von Mr Rocke geben könnte. Ich glaube nicht, dass der liebe John schuldig ist."

Ethel hatte den Anstand, etwas freundlicher dreinzublicken. „Das ist er nicht. Weder er noch Billy könnten einen Mord begehen." Sie zögerte. „Billy war in der Nacht, als Miss Darling verschwand, nicht daheim, aber er hat sie nicht umgebracht. So etwas tut er nicht."

„Was tut er denn dann?", fragte Nell, bekam jedoch keine Antwort.

Nell war froh, als sie die warme Küche im Wychbourne Court betrat. Hier, dachte sie erleichtert, wusste sie genau, was sie tat. Alex Melbray mochte sie ja vielleicht für eine Art Ermittlerin halten, aber für die Detektivarbeit brauchte man – wie zum Kochen – Eingebungen, denen man folgen konnte, konnte sich des Ergebnisses aber nicht so sicher sein. Wo sie gerade beim Thema war: Das Abendessen verlangte ihre Aufmerksamkeit. Sie musste überprüfen, ob Muriel die Perlen aus den Muscheln entfernt hatte, und ob auch keine offenen Exemplare im Kochwasser gelandet waren. Außerdem, erinnerte sich Nell, hatte sie nicht nachgeschaut, ob sie genug Petersilie hatte. Ein altes Sprichwort besagte, dass Petersilie so lange brauchte, um auszutreiben, dass sie dem Teufel neun Besuche abstattete, bevor man die Pflänzchen sehen konnte. Mr Fairweather stimmte dem voll und ganz zu.

„Im Dorf erzählt man sich, dass Sie herausfinden werden, wer Mr Rocke wirklich umgebracht hat", bemerkte Kitty vertrauensvoll.

„So, tut man das?", erwiderte Nell knapp. „Erzählt man sich auch, wer der Mörder ist? Und wer hier die Stellung hält, wenn ich meine Pirscher-Mütze aufsetze und mich davonmache?"

Kitty verstand den Wink. „Nein, Miss Drury."

Sie blickte enttäuscht drein und Nell entschuldigte sich. Sie sollte die angespannte Stimmung in der Küche nicht noch schlimmer machen, sondern sie entspannen. Kitty träumte von ihrem Freund, Michel machte Miss Smith schöne Augen, Miss Smith saß wie ein Kuckuck inmitten der Bediensteten, Mr Peters schien der Meinung, dass das Ende der Zivilisation bevorstand, weil Miss Smith mit Lord Richard verkehrte, Mrs Fielding war permanent in Aufruhe und der Familie selber erging es kaum besser. Lord Richard brachte zu viel Zeit damit zu, Miss Smith gefallen zu wollen, anstatt sich um sein Anwesen zu kümmern, Lady Helen träumte von der nächsten Londoner Party und Lady Sophy flitzte umher, versuchte, die Labour-Partei zu retten und das Liebesleben ihrer Schwester zu organisieren und ignorierte dabei, dass sie viel besser zu Mr Beringer als Lady Helen zu ihm passte. Die Krönung des Ganzen war Mr Briggs, der Miss Smith ebenfalls sehr zugetan zu sein schien und sie auf seine erbärmliche Art und Weise mit Äpfeln aus dem Laden für sich zu gewinnen versuchte.

Eine schöne Ermittlerin bist du, schalt Nell sich. Kehr erst mal vor deiner eigenen Tür, befahl sie sich. Also los. Als Nächstes stand das Abendessen auf dem Plan und danach der Kaffee im Salon.

„Natürlich ging es um Sex. Darum geht es immer", bemerkte Lynette Reynolds, sobald die Gesellschaft sich im Salon gesetzt hatte und Nell unauffällig (so hoffte sie), den Kaffeewagen beaufsichtigte. „Schauen Sie sich doch mal Noël Cowards Theaterstücke an. Alle möglichen Arten von Sex", fuhr Mrs Reynolds fort. „Darum wird es bei Tobias Tod am Ende gehen."

Nells Erfahrung nach konnte es lange dauern, bis man herausfand, worum es wirklich ging. Vielleicht dauerte Sex auch lange, dachte sie, und zwang sich dann schnell, über etwas anderes nachzudenken. Die Vergangenheit war vergangen, und die Zukunft ... Nein, darüber würde sie ebenfalls nicht nachdenken. Nicht, wenn Alex Melbray in der Nähe war. „Tobias war ein Lustmolch", verkündete Mrs Reynolds. „Das ist Mary Ann zugestoßen. Er war von seinem eigenen Sexleben enttäuscht, also hat er sich an das anderer Leute rangemacht."

„In der Nacht, als sie verschwand, kann er es aber nicht gewesen sein", sagte Lady Kencroft geduldig. „Jetzt, da Gerald uns gesagt hat, was passiert ist, wissen wir, dass Mary Ann mit ihrem Freund in der Droschke saß, und das kann nicht Tobias gewesen sein."

„Das wissen wir nicht, Katie", warf Alice Maxwell ein. „Irgendjemand hat sie andauernd und schamlos belästigt. Wir wissen nicht, ob das nicht Tobias war. Das ist eine der Schwierigkeiten am Frauendasein. Zum Glück kann ich für mich einstehen."

Nell verstand, was sie sagen wollte. Miss Maxwell war eine korpulente Frau, und Nell wollte sie nicht als ihre Gegnerin wissen.

„Ich muss sagen", unterbrach Lord Ansley, „dass Tobias laut Chefinspektor Melbray ein wasserdichtes Alibi für jene Nacht hat. Er kann sie nicht umgebracht haben, doch es ist wie Sie sagen, Alice: Er könnte derjenige gewesen sein, der ihr nachgestellt und ihr solche Angst eingejagt hat."

„Die Person hätte aber auch einer der Angestellten des Gaiety sein können", bemerkte Lady Kencroft, die offensichtlich genervt war.

„Ich bleibe dabei, dass Tobias irgendwie für ihren Tod verantwortlich ist", verkündete Miss Maxwell.

„Da scheinen Sie sich ja sehr sicher zu sein, Alice", stellte Lord Kencroft fest.

„Sind Sie sich etwa nicht sicher?", gab sie zurück.

„Nein, auch wenn ich mit Ihnen übereinstimme, dass alles darauf hinzudeuten scheint. Sie hat mir mehrfach von der Bedrohung erzählt."

„Hat sie einen Namen genannt?", fragte Mrs Jarrett.

„Ich befürchte, nein. Er könnte genauso gut einer von uns sein", stellte Lady Kencroft ruhig fest.

„Damit meinen Sie, dass es jemand aus dem Theater sein könnte", sagte Mr Jarrett ungeduldig. „Constance, wie ich dir vorhin mitgeteilt habe, geht es mir gar nicht gut. Ich werde mich auf unser Zimmer zurückziehen."

Geht das schon wieder los, dachte Nell, als Mrs Jarrett aufstand, um ihn zu begleiten. Was für ein Gast! Sobald eine Situation unangenehm wird, fühlt er sich nicht gut. Wie hält diese nette Frau es mit ihm aus?

„So zieht Hubert sich aus der Affäre“, bemerkte Mr Heydock, nachdem die Jarretts das Zimmer verlassen hatten.

„Was meinst du damit, *Darling*?“, gab Mrs Reynolds gedankenschnell zurück. „Dass es am Ende wirklich immer nur um Sex geht?“

Mr Heydock lief rot an. „Denkt doch mal darüber nach. Hubert hat Constance kurz nach Mary Anns Verschwinden geheiratet. Hast du mir nicht gesagt, dass Constance an jenem Abend im *Romano's* zu euch gestoßen ist? Sie und Hubert hatten einen privaten Raum im zweiten Stock, also muss er früh gegangen sein.“

„Vielleicht fühlte er sich nicht gut“, sagte Lynette gelangweilt.

„Ich schlage vor“, sagte Lord Ansley ruhig, „dass wir das Thema wechseln. Ohne Beweise ist es nur zu leicht, sich in Spekulationen zu stürzen.“

„Hört, hört“, stimmte Miss Maxwell zu. „Mary Ann liebte das Gaiety und uns alle. Vergessen wir das nicht.“

Mr Heydock ließ sich jedoch nicht davon abbringen. „Wer es auch war, ich bin davon überzeugt, dass derjenige, der ihr nachstellte, auch für ihre Entführung und später dann auch für ihren Tod verantwortlich war.“

„Vielleicht werden wir es nie erfahren“, sagte Lady Kencroft bestimmt. „Aber Alice hat recht: Mary Ann hat uns geliebt. Wenn sie in Sicherheit gewesen wäre und das Gaiety mit all seinen Problemen hinter sich gelassen hätte, hätte sie uns ein Zeichen gegeben. Wir haben nichts gehört. Lassen wir sie in Frieden ruhen.“

Kapitel 11

Tobias' Haus lag in den Radpath Gardens, nur wenige Meter von der Earl's-Court-Station in Westlondon entfernt. Nell war sehr dankbar dafür, denn die Reise mit Ethel Palmer war schwierig gewesen, auch wenn dies zu erwarten gewesen war. Sobald die rechtlichen Formalitäten geklärt waren, sollte Ethel sich um seinen Besitz kümmern. Würde die andere Frau Nells Gegenwart bei der Besichtigung ihres Erbes schätzen oder sie als hinderlich empfinden? Pass auf, wie du dich verhältst, warnte sie sich selber.

Das hohe, weiße Reihenhaus sah selbst im tiefsten Winter gut aus und ließ darauf schließen, dass Tobias Rocke ein bequemes aber kein luxuriöses Leben gehabt hatte. Sie konnte erahnen, warum er sich dafür entschieden hatte, hier zu leben. Diese Häuser befanden sich im gesellschaftlichen Hinterland, hatten eine gute Lage, ohne mitten in der Glitzerwelt der Theater oder im modernen Chelsea zu liegen. Von hier aus konnte er alles im Blick behalten, ohne Aufmerksamkeit auf sich zu ziehen.

Nachdem sie die stattlichen Stufen erklommen und an der Tür geläutet hatten, öffnete ihnen die Haushälterin. Sie wäre ganz nach Dickens Geschmack gewesen, dachte Nell. Sie war stabil gebaut, lächelte breit und verkörperte Wärme und Zuverlässigkeit. Ihr Ehemann, der noch stabiler gebaut war, stand hinter ihr im dunklen Flur.

„Sie müssen Mr Rockes Witwe sein“, sagte die Haushälterin zu Ethel. „Komm rein, Liebes. Ich bin Mrs Jolly. Witziger Name, witziges Gemüt, sagt Cyril immer.“

Hinter ihr brummte Cyril zustimmend.

„Ich habe schon Tee aufgesetzt“, versicherte sie ihnen. „Wenn mein Rheuma nicht gewesen wäre, wären wir auch zur Beerdigung gekommen.“

Sie lächelte unvermindert, während man ihr Nell vorstellte, der jedoch auffiel, dass das Lächeln gezwungen wirkte, als erwähnt wurde, dass sie auf Bitten der Polizei hier war.

„Dachte, die wären fertig gewesen“, raunzte Cyril, als Mrs Jolly sie in einen spärlich eingerichteten, offenbar ungenutzten Raum geleitete, wo Teetassen auf einem Tisch standen. Dann ging sie selber in den Keller, um einen großen Teekessel zu holen. Die Häuser waren lange vor dem Krieg gebaut worden und seitdem war die Zahl der Bediensteten stark zurückgegangen.

„Wir haben uns gefragt“, sagte Mrs Jolly deutlich, als sie sich gesetzt hatte, „was Sie mit dem Haus vorhaben, Mrs Rocke. Sobald alles arrangiert ist, meine ich.“

Einen Augenblick lang dachte Nell, dass Ethel die Haushälterin anfahren würde, dass sie das nichts anginge. Doch man musste ihr anrechnen, dass sie sich diplomatisch verhielt. „Darüber muss ich mir noch Gedanken machen, Mrs Jolly. Wenn ich es verkaufen sollte, werde ich natürlich darauf bestehen, dass Sie und Ihr Mann zum Haus gehören.“

Mrs Jollys Lächeln wurde wieder ehrlich. Sie und ihr Mann blickten erleichtert drein.

„Sie arbeiten also bei der Polizei“, grunzte Cyril, der Nell immer noch misstrauisch beobachtete.

„Ich bin auf ihr Geheiß hier", berichtigte sie ihn.

„Dieser Inspektor Melbray wollte ein bisschen zu viel wissen, wenn Sie mich fragen", murmelte er. „Wollte wissen, wen Mr Rocke zu Gast hatte, hat seine ganzen Sachen durchsucht. Seine Nase überall reingesteckt. Wir sollten nichts anrühren, aber warum das Ganze? Für nichts, denn der Kerl, der's war, der sitzt hinter Gittern. 'tschuldigen Sie, Miss."

Ethel versteifte sich ob seines brüsken Tonfalls und seiner Wortwahl. „Das ist alles, Mr und Mrs Jolly. Wir werden uns jetzt umsehen."

„Es ist am besten, wir zeigen Ihnen alles." Mrs Jolly stand sofort auf.

So warm das Lächeln der Haushälterin auch war, Nell vermutete, dass bereits einige Gegenstände ihren Weg in ihr Zimmer gefunden hatten. Das reicht, Nell, tadelte sie sich. Gottes Detektivinnen ziehen keine voreiligen Schlüsse. Worauf auch immer Alex Melbray hoffte … Nell suchte wohl kaum nach einem Gegenstand aus Gold oder Silber.

„Wir haben alles hergerichtet", verkündete Mrs Jolly stolz.

So viel also zu der Anweisung des Inspektors, nichts anzurühren, dachte Nell verzagt. „Danke." Sie lächelte so freundlich, wie sie es trotz ihrer Mission zustande brachte.

„Sehr freundlich von Ihnen", sagte Ethel deutlich kühler.

„War Mr Rocke ein ordentlicher Mensch?", fragte Nell und sah sich in dem nüchternen Esszimmer im Erdgeschoss um.

„Das war er, Miss Drury. Nur in seinem Arbeitszimmer herrschte Unordnung“, fügte Mrs Jolly hinzu.

„Aber dort werden Sie nichts finden“, versicherte sie. „Der Inspektor hat es sich schon angesehen. Dort steht ein Korb, in dem Mr Rocke seine Glücksbringer aufbewahrte. Diese Schauspieler sind nicht ganz bei Trost. Nehmen einen Hasenfuß mit ins Theater, damit er ihnen Glück bringt. ‚Suchen Sie sich eine anständige Arbeit‘, wollte ich ihm immer sagen.“

Nell hatte langsam genug von den Jollys. „Ich würde mir sein Arbeitszimmer trotzdem gerne ansehen.“

Das Ehepaar führte sie widerstrebend nach oben, an einem nichtssagenden Salon vorbei und dann in das wesentlich interessantere Arbeitszimmer, das zur Straße hinaus ging. „Hier ist es“, sagte Cyril Jolly und deutete auf die Tür.

Das Arbeitszimmer war wirklich ein Kontrast zu den anderen Räumen. Bücherregale mit Schubladen darunter nahmen drei der vier Wände ein. Am Fenster stand eine Schreibmaschine auf einem Tisch und zwischen Tisch und Regalen eingequetscht stand ein Korb, der übervoll mit etwas war, was wie flauschiges Spielzeug aussah.

„Sehen Sie sich diesen Ramsch doch nur einmal an“, schnaubte Mrs Jolly.

Nell hielt das nicht für Ramsch. Ihr Interesse war geweckt. Ein Korb voller Spielzeug im Arbeitszimmer eines erwachsenen Mannes war ungewöhnlich, und bei genauerer Betrachtung erkannte sie auch andere merkwürdige Dinge darin. Wollte Alex Melbray, dass sie nach solchen Sachen Ausschau hielt? Sie erkannte beispielsweise einen Steiff-Teddybär, der nicht älter als ein oder zwei Jahre sein konnte und so nicht aus Tobias' Kindheit stammen konnte.

„Ich erinnere mich an den Hasen", sagte Ethel plötzlich, als sie über Nells Schulter blickte. „Er hat ihn in einem Theater gekauft, als wir nach London gezogen sind. Dass er den aufbewahrt hat ... Alter Dummkopf. Und das ist die Vase aus *The Flower Shop Girl*. Ich erinnere mich daran, weil Miss Darling sie so mochte. Und das da, meine Güte. Das muss Mr Heydocks Spielzeuglöwe sein. Er hat ihn Henry genannt, aber ich weiß nicht, warum. Er nahm ihn überall mit hin."

Nell besah die Sammlung eine Weile und fragte sich, welche Geschichten sich hinter den Objekten verbargen. Vielleicht gar keine, aber vielleicht passte eins zum anderen. Je mehr sie über Tobias Rocke erfuhr, desto besser standen ihre Chancen, eine Verbindung zu seinem Mörder zu entdecken. Doch zu ihrem Ärger erkannte Ethel keine weiteren der vergessenen Spielzeuge.

„Ich schaue mir jetzt die Dokumente an, Mrs Palmer", sagte Nell bestimmt.

Ethel schniefte. „Ich kann hier nichts Wichtiges sehen. Nur alte Dokumente."

Nur! Nell sah das ganz anders. Die Antworten auf ihre Fragen mussten sich einfach hier verstecken. Vor dem Arbeitszimmerfenster lag die Straße, nicht der Garten. Ein Fenster, das auf den Garten hinaus ging, hätte weniger Lärm hereingelassen. Doch Tobias Rocke hatte kein Interesse an ruhigen Orten gehabt. Er hatte die Straße überblicken wollen, sodass er sehen konnte, wer vorbeiging. Er schien ein neugieriger Mensch gewesen zu sein, ein Sammler bedeutungsloser

Kleinigkeiten. So hatte er das Gefühl, die Menschen und ihre Leben kontrollieren zu können.

„Wenn das alles ist, kann ich Ihnen die Schlafzimmer zeigen, Miss Drury“, sagte Mrs Jolly angespannt.

„Lassen Sie sich von mir nicht aufhalten“, sagte Nell ein wenig zu freundlich. „Wie Sie sehen können, bin ich hier noch beschäftigt.“

Ethel war auf Mrs Jollys Seite. „Ich habe auch nicht den ganzen Tag Zeit.“

Nell beschloss, dass es an der Zeit war, die Gesellschaft aufzulösen. Ethel wurde freundlich gebeten, sich den Rest des Hauses anzusehen und die Jollys sollten sie begleiten, sodass Nell ihre Ruhe hatte. Die Jollys taten ihren Unmut darüber kund.

„Wenn Sie wünschen, kann ich Scotland Yard anrufen“, sagte sie ihnen nervös. Das gefiel ihnen noch weniger, also verließen sie widerstrebend das Zimmer, sodass Nell sich weiter umsehen konnte. Dieses Zimmer war wie eine Auster, und sie wollte sich gründlich darin umsehen.

„Beim baumelnden Backfisch, Tobias Rocke“, murmelte sie vor sich hin, als sie sich der Aufgabe bewusst wurde, die ihr bevorstand. *Was in aller Welt hast du getrieben?* Wenn er wirklich jemanden bestochen hatte, musste es in diesem Chaos doch einen Hinweis darauf geben. Er hatte damit gerechnet, hierher zurückzukehren und hatte bestimmt keine belastenden Dokumente verschwinden lassen, bevor er nach Kent aufgebrochen war. Zum Glück hatten die Jollys kein Interesse an Dokumenten und sie hatten das Arbeitszimmer nicht „hergerichtet“.

Sie ging zunächst die einfachere Aufgabe an. Wenn sie mit den Dokumenten anfing, übersah sie vielleicht das Offensichtliche. Die Idee war gut, führte aber zu nichts. Auf dem Tisch und in der Schublade fand sie nichts Interessantes – nur Schreibutensilien und Ersatzbänder für die Schreibmaschine. Es gab kein Dokument, das praktischerweise noch in der Maschine steckte, und das einzige Dokument auf dem Tisch war ein Haushaltsbuch, aus dem sie nur ein Interesse an guten Weinen herauslesen konnte.

Als Nächstes nahm sie sich die Bücher in den Regalen vor. Für einen Theaterliebhaber und Schauspieler waren keine ungewöhnlichen Titel dabei: *The Stage Year Book* – eine Vorkriegsausgabe, John Hollingheads Buch über das *Gaiety Theatre*, Macreadys Tagebuch, Bücher von Sir Herbert Beerbohm Tree, Taschenbuchausgaben von Theaterstücken und einige hundert andere Bücher. Hier würde sie nichts finden, befand sie.

Die schweren Akten voller loser Blätter waren bestimmt eine andere Sache, hoffte sie, und zog sie wieder hervor. Sie waren unbetitelt, hatten aber alle denselben Inhalt: Seiten über Seiten mit Ausschnitten aus Zeitungen, die mit Daten, Quellen und Fotos versehen waren, Postkarten oder Bilder, die aus Magazinen abgezeichnet worden waren, lagen zwischen den Ausschnitten. Die Ausschnitte schienen Rezensionen zu jedem Theaterstück zu sein, das je aufgeführt worden war, von Euripides zu Coward. Artikel über Schauspieler und Schauspielerinnen aus *The Era, Play Pictorial* und anderen Magazinen aus den 1880er-Jahren bis in die Moderne.

Sie starrte die Seiten eine Minute lang an. Gab es eine Verbindung zwischen den Akten? Wenn ja, konnte es keine Chronik aller Stücke sein, in denen Tobias aufgetreten war, denn in vielen der Artikel wurde er nicht einmal erwähnt. Dann fiel ihr der Name von Lynette Allison, Mrs Reynolds Mädchen- und Jugendname, in zwei Artikeln ins Auge. Bei genauerem Hinsehen erkannte sie, dass Mrs Reynolds in jedem Artikel genannt wurde. Darum ging es also. Jede dieser Akten behandelte einen seiner Freunde.

Freunde? Sie wollte die Akten gerade wieder hinlegen, als die letzte Seite aufblätterte. Ein großes Bild der jungen Lynette nahm fast die ganze Seite ein – und über ihr Gesicht war ein großes, schwarzes Kreuz gemalt worden.

Was, bei allen Eiereclairs, ging hier vor? Nell erschauderte. Lernte sie jetzt den wahren Tobias Rocke kennen? Alex' Leute hatten das vielleicht übersehen, oder es als unbedeutendes Detail abgetan, aber es schien genau das zu sein, wonach sie hatte suchen sollen. Lass es ruhig angehen, dachte sie, während sie die anderen Akten durchblätterte. Du musst dir ganz sicher sein. Nur einige der Akten enthielten so ähnlich verunstaltete Fotos, aber Fotos verschiedener Größen enthielten sie alle. Einige Artikel nannten mehrere Namen, also konnte sie nicht immer sofort erkennen, um wen es Tobias Rocke gegangen war. Und war es nicht merkwürdig, dass sie keine Akte zu Lady Ansley oder Lady Kencroft gefunden hatte?

Und Mary Ann Darling? Gab es auch eine Akte zu ihr? Sie durchsuchte die Akten fieberhaft, wobei ihr bekannte Namen wie Hubert Jarrett, Alice Maxwell und

Neville Heydock auffielen. Für Constance Wilson, die jetzt Mrs Jarrett war, gab es nur eine Akte, doch ihr Gesicht war so energisch durchgestrichen worden, dass man sie kaum erkennen konnte. Und dann fand Nell Mary Anns Akte. Sie war voller Rezensionen und Fotos, doch davon waren nicht alle von ihr. Es gab auch Ausschnitte von Lokalzeitungen, die den Namen Elsie Hawkins nannten und aus den 1880er-Jahren stammten. Bei diesen Artikeln lag nur ein Foto, das zweifelsohne die junge Mary Ann Darling zeigte, aber mit Elsie Hawkins beschriftet war. Das musste ihr wirklicher Name gewesen sein. Nell jauchzte. Immerhin eine Mission hatte sie abgeschlossen.

Von Mary Ann gab es viele Bilder; sie lächelte Nell auf jeder Seite entgegen, doch diese blätterte voller Angst zur letzten Seite. Dort fand sie noch ein Bild von Mary Ann, über deren Gesicht ein dickes, schwarzes Kreuz gemalt worden war. Der Stift war mit so viel Druck geführt worden, dass er das Papier zerrissen hatte. Der Hass sprang sie geradezu an.

Sie musste sich dazu zwingen, weiterzusuchen, obwohl sie eigentlich nur die Flucht ergreifen wollte. Der ganze Raum schien jetzt Hass auszustrahlen. Was würde sie sonst noch finden? In einer der Schubladen unter den Bücherregalen steckte ein Schlüssel und sie öffnete sie. Die erste Schublade enthielt mehrere Papiertüten, die je mit einem Datum beschriftet waren. Eine, die auf 1893 datiert war, enthielt ein paar Seidenstrümpfe für Damen. In der nächsten Tüte fand sie eine Korsettbedeckung und in der Tüte, die auf 1909 datiert war, Damenunterwäsche. Das reicht, beschloss sie. Tobias Rocke war ein wirklich kranker Mann gewesen.

Nun zur anderen Schublade. Zu ihrer Erleichterung schien es sich bei dem Inhalt hier nur um lose Fotografien zu handeln, die zwar interessant, aber nicht ungewöhnlich waren. Auf der Rückseite eines Fotos stand *Cannes*. Es zeigte Alice Maxwell mit Tobias und Doris Paget im Hintergrund. Auf einem zweiten Bild sah man Tobias im *Ivy*-Restaurant in Begleitung einer Person, die sie nicht kannte. Ein weiteres Bild, auf dessen Rückseite *Ascot* stand, zeigte ihn mit Neville Heydock. Tobias war in allen Fotografien zu sehen. Konnte sie daraus irgendwelche Schlüsse ziehen, außer, dass er süchtig danach gewesen war, sich selbst auf Bildern zu bewundern und eine obszöne Sammelleidenschaft für Damenunterwäsche gehabt hatte? War das Recherche für Bestechungen gewesen? Schon möglich, dachte sie, aber wie man mit diesem Material jemanden bestechen konnte, verstand sie nicht. Er hatte höchstens einen Überblick über die Leben seiner Opfer bekommen können.

Wie verwirrend, dachte sie säuerlich. Mir bleiben nur noch sterbende Hoffnungsfetzen. Es gab keine Tagebücher, keine Notizen, keine verräterischen Briefe ... Und trotzdem mussten die verschandelten Bilder und die verschlossene Schublade eine Bedeutung haben. Genauso wie der Korb mit Kuscheltieren neben seinem Schreibtisch. Warum sollte Tobias Mr Heydocks Spielzeuglöwen und Mary Anns Vase mitgenommen haben?

Tobias musste etwas über das Leben der anderen erfahren haben, was in den Händen der Öffentlichkeit hätte gefährlich werden können. *Hat er damit gedroht, dieses Wissen an die Öffentlichkeit zu bringen, oder hat er nur Anspielungen gemacht, oder hat er sogar Forderungen gestellt?* Es musste viele Menschen wie Arthur Fontenoy geben, die sich privat lieber mit Männern als mit Frauen umgaben, doch in der Öffentlichkeit durfte das schon allein deswegen nicht angesprochen werden, weil es illegal war.

Sie wollte die Schublade schon wieder schließen, als ihr ein letztes Bild auffiel. Darauf schien nur ein Garten mit Büschen abgelichtet zu sein, und eine Person, die vor einer Haustür stand. Das Bild war zwar aus der Entfernung aufgenommen worden, doch sie konnte Mary Ann trotzdem erkennen. Es war eine Sepia-Fotografie, die, wenn man sich ihr Kleid ansah, um die Zeit ihres Verschwindens herum aufgenommen worden war. Nell sah es sich genauer an, weil es den anderen Bildern in der Schublade so unähnlich war, die alle an einem luxuriösen Ort aufgenommen worden waren. Die Büsche schlecht belichtet und fast schwarz, doch es sah so aus, als ob sich dort jemand versteckte. Jemand, den Mary Ann von ihrer Position aus nicht hatte sehen können. Etwas an dieser Gestalt kam ihr bekannt vor – seine Haltung hatte sie in den Akten gesehen, die sie gerade durchsucht hatte.

Es war Hubert Jarrett.

„So hatte ich mir unser erstes, privates Treffen nicht vorgestellt, Nell." Alex Melbray zog den Stuhl zurück, damit sie sich setzen konnte.

„Ich auch nicht", erwiderte sie fröhlich. „Ich hätte doch zumindest mit Paris gerechnet."

„Paris ist nur für Liebespaare und verheiratete Frauen, und ich kann mit keinem von beidem dienen. Irgendwann fahren wir dorthin, Nell."

„Ja." Sie stellte sich vor, mit ihm an der Seine oder vor dem Eiffelturm entlang zu spazieren. „Wie auch immer", fügte sie ernst hinzu. „Lyons Teesalons sind auf ihre eigene Art und Weise auch sehr angenehm."

Er lachte und ihr fiel auf, wie anders er aussah, wenn er im Dienst war. Das galt vermutlich auch für sie.

Nell, die Chefköchin, die Michel den Marsch blies, weil ihm die Mayonnaise geronnen war, war nicht dieselbe Frau, die jetzt Alex Melbray in einem Teesalon in der Northumberland Avenue in London gegenübersaß.

„Sie haben recht", sagte er. „Ich persönlich bin sehr angetan von den Schokoladeneclairs. Wir sollten einige bestellen."

„Als Köchin kann ich Nachmittagshäppchen nicht gutheißen", antwortete sie so bestimmt wie möglich. „Aber da ich nicht als Köchin hier bin, kann ich diese exotische Speise, ohne zu zögern, mit Ihnen genießen." Sie konnte sich nicht länger zurückhalten. Immerhin hatte sie eine Theorie, was die Akten und die Fotos anging.

„Ich dachte mir schon, dass Sie mich deswegen sehen wollten."

Die Informationen sprudelten aus ihr hervor und er hörte ihr sehr aufmerksam zu, dachte sie, auch wenn sein Gesicht nicht verriet, was er dachte und sie sich seine Aufmerksamkeit bald mit Tee und Eclairs teilen musste. Sie war zu versunken in ihre Geschichte, um den Tee einzugießen und einige Augenblicke später goss Alex sich selber ein. Verdutzt hielt sie mitten im Satz inne.

„Sprechen Sie weiter, ich höre Ihnen zu", sagte er.

„Das tun Sie nicht ..."

„Doch, tue ich. Sie sind den Korb mit Spielzeugen durchgegangen und haben Henry, den Löwen, gefunden.“

Beruhigt aber noch nicht davon überzeugt, seine volle Aufmerksamkeit zu haben, fuhr sie fort. Als sie ihm von der Unterwäsche und den verschandelten Gesichtern erzählte, zog er die Augenbrauen hoch. Und zu guter Letzt platzte sie mit der Theorie heraus, dass die losen Fotos in der Schublade für diejenigen standen, die er erpressen wollte, und dass die Akten, Zeitungsausschnitte, die Kuscheltiere und die Unterwäsche damit zusammenhingen.

„Ich bin mir bei dieser Theorie nicht ganz sicher“, sagte Melbray, als sie geendet hatte.

„Warum nicht?“, fragte sie enttäuscht. Sie hatte sich große Mühe gegeben, nicht zu überzeugt von ihrem eigenen Einfall zu klingen.

„Sie haben recht: Tobias hätte Beweisstücke mit nach Wychbourne genommen, um seine Opfer damit unter Druck zu setzen. Er hätte sich diese Gelegenheit nicht entgehen lassen. In dem Fall hätten meine Leute oder ich etwas gefunden, als wir sein Zimmer durchsucht haben.“

„Vielleicht haben die Erpressten das Zimmer schon durchsucht und die Beweise versteckt“, versuchte sie eine Erklärung.

„Also spekulieren wir jetzt auch noch. Für Theorien braucht man immerhin Beweise. Darf ich jetzt mein Eclair essen?“

„Ja“, sagte sie finster, und nahm sich ihr eigenes Eclair – doch dann fiel ihr das letzte Bild ein, das sie gefunden hatte. „Doch Sie können meine Theorie nicht einfach so abbügeln."

„Geben Sie mir einen Grund, warum nicht."

„Schauen Sie." Sie gab ihm das Bild von Hubert Jarrett. Er hatte Schwierigkeiten, sich gleichzeitig die Fotografie anzusehen und das Eclair zu essen. „Was macht dieses Bild hier, Nell?"

„Ich habe es aus Versehen eingesteckt."

Er seufzte schwer. „Das Entwenden von Beweisen wird nicht gerne gesehen."

„Auch, wenn die Akte von Mary Ann geschlossen wurde?"

„Ich eröffne den Fall wieder." Er runzelte die Stirn. „Spaß beiseite. Verstehen Sie, was das heißt?"

„Ja. Wenn Hubert Jarrett der Mann war, der Mary Ann nachgestellt hat, dann hat Tobias Rocke ihn möglicherweise erpresst. Der große Mr Jarrett würde nicht wollen, dass seine Frau von seiner früheren Schwäche erfährt oder seinen Ruf beim Theater ruiniert."

„Da steckt noch mehr dahinter, Nell. Wenn das auf diesem Bild Jarrett ist, hätte Rocke ihn wirklich damit erpressen können, besonders, nachdem er ihre Leiche identifiziert hatte."

„Glauben Sie, er wurde erpresst, weil er Mary Ann *getötet* hat?" Nell dachte nach. „Mr Jarrett hat das *Romano's* an jenem Abend früh verlassen, sodass er Mary Anns Liebhaber hätte ausschalten und sich in die Droschke setzen können."

„Wenn Sie spekulieren wollen, Nell, dann gibt es unendlich viele Optionen, von denen keine besonders rosig klingt. Wir sprechen hier nicht über die schöne Gaiety-Welt. Ob Rocke Mary Ann nun erpresst hat oder nicht, er hatte zumindest andere Menschen in der Hand und Hubert Jarrett scheint einer davon gewesen zu sein. In bester Sherlock-Holmes-Tradition: Ich bin nur Lestrade, doch wenn ich mir dieses Bild erneut ansehe, muss ich gestehen, dass ich fast überzeugt bin. Es gibt allerdings noch ein Problem. Ich kann meine Leute nicht bitten, sich den Fall Mary Ann Darling anzusehen."

Nell seufzte enttäuscht. „Aber ..."

„Aber ich kann selber daran arbeiten. Darf ich jedoch anmerken, dass Sie einen Aspekt entweder übersehen oder nicht genau genug betrachtet haben?"

„Der wäre?"

„Was die Gaiety-Schauspieler angeht, nimmt Ihre Theorie Fahrt auf, aber warum sollte Rocke nicht versucht haben, noch mehr Leute zu erpressen? Selbst, wenn er sie nach ihren Aufführungen bedrohte, hätte er doch trotzdem andere Leute erpressen können. Nicht nur in der Vergangenheit, sondern auch in der Gegenwart."

Darauf hatte sie sofort eine Antwort parat. „In der Schublade gab es viele andere Fotos und eine Menge weiterer Akten."

„Aber es gibt ein Erpressungsopfer, dessen Bild nicht in der Schublade zu finden sein wird. Timothy Trotter."

„Er würde doch sicherlich niemanden *umbringen*?"

„Sie tun das so ab, wie einer meiner Vorgänger Dr Crippen abgetan hat. Unterschätzen Sie nie einen Außenseiter. Auch sie haben Bedürfnisse. Mr Trotter scheint mir besonders starke zu haben. Ich halte ihn jedoch nicht für einen Mörder. Ganz im Gegensatz zu anderen Gästen auf Wychbourne Court."

„Meine liebe Nell. Genau die Person, die ich sehen wollte.“

So sehr sie Arthur auch mochte – Nells Magen krampfte sich zusammen. Dass sie ihn gerade jetzt traf, nachdem sie ihr Automobil eben erst abgestellt hatte und dringend Mr Fairweather sprechen musste, der wahrscheinlich schon auf dem Heimweg war, passte ja nur zu gut.

„Ist es in Ordnung, wenn ich auf dem Rückweg bei Ihnen vorbeischaue? Ich will gerade herausfinden, wie die Kartoffeln sich machen.“ Das klang irrsinnig, entsprach aber der Wahrheit. Sie musste das Kartoffellager wieder auffüllen, obwohl die Gäste zum Glück schon lange weg waren, wenn man die wenigen geparkten Autos als Indikator nahm. Die Jarretts waren noch vor dem Frühstück von ihrem Fahrer im Bentley gefahren worden.

„Noch später passt besser. Kommen Sie nach dem Abendessen ins Cottage. Es werden einige Leute kommen, die Sie sicher interessieren.“

„Worum geht es denn?“, fragte sie vorsichtig.

„Nur keine falsche Scheu. Clarice bringt ein Ouija-Brett vorbei. Ganz harmlos, das versichere ich Ihnen. Es ist heutzutage fast schon ein Spiel und im Vergleich mit ihren sonst üblichen Geisterjagden ist es *wirklich* ein Spiel. Mr Trotter wird auch da sein. Sie ist wegen der Enthüllungen bezüglich seiner Person sehr aufgebracht, aber ist sich trotzdem sicher, dass er ein echtes Medium ist, obwohl er sich an ein oder zwei Fotos zu schaffen gemacht hat. Clarice will die drückende

Stimmung über Wychbourne verscheuchen und Mr Trotter ist wild entschlossen, seinen Namen reinzuwaschen."

Als Nell voller Zweifel über die bevorstehenden Geschehnisse in Wychbourne Cottage ankam, sah Mr Trotter zu überhaupt nichts wild entschlossen aus.

„Danke, dass Sie gekommen sind, Nell", sagte Arthur. „Lady Clarice ist übrigens überzeugt, dass die gefälschten Fotografien erklärbar sind. Mr Trotter hat wohl nur versucht, die Geister dazu anzuregen, sich dieses Mediums zu bedienen."

Er führte sie in den Salon und sie verstand, warum er sie eingeladen hatte. Arthur, Lady Clarice und Mr Trotter waren die einzigen Teilnehmenden und sie, Nell, sollte der Welt vermutlich verkünden, dass Mr Trotter ein wahres Medium war. Warum in aller Welt hatte sie sich darauf eingelassen, fragte Nell sich, während sie sich umsah.

Das Ouija-Brett stand auf einem kleinen, polierten Tisch in der Nähe des Fensters. Darauf lag ein Zeiger inmitten eines gedruckten Alphabets und der Wörter „Ja" und „Nein". So können die Geister leichter auf Fragen antworten, schloss Nell entgeistert. Es war vielleicht nicht mehr als ein beliebtes Spiel, doch unter den aktuellen Umständen in Wychbourne war Nell skeptisch. Lord Richard hatte zwar eines gekauft und ohne Zwischenfälle nutzen können (ohne Zwischenfälle, aber auch ohne Ergebnisse, die nicht durch die kosmische Hand seiner Schwester hervorgerufen worden sein könnten), aber Lord Richard hatte Mr Trotter nicht eingeladen.

„Was, wenn Sie erlauben", sagte Arthur schwer, als er die Lichter dimmte, „sollen wir den Geist fragen, Mr Trotter? Wird er überhaupt den weiten Weg vom Court zu meinem bescheidenen Cottage auf sich nehmen? Dürfen wir Fragen stellen?"

„Zunächst einmal müssen wir uns konzentrieren, Sir", sagte Mr Trotter. „Bitte unterbrechen Sie mich nicht. Je konzentrierter ich daran arbeite, die Geister des Courts hierherzurufen, desto wahrscheinlicher ist es, dass sie uns mit ihrer Gegenwart beehren und uns zur Wahrheit führen."

Nell, die verloren mit am Tisch saß, war sehr froh, dass Alex Melbray nicht hier war, auch wenn sie zugeben musste, dass sie trotz des stärker werdenden Magenflatterns von Minute zu Minute interessierter war.

„Versuchen wir zuerst, Mr Rocke zu erreichen", befahl Lady Clarice. „Dann können wir ihn fragen, wer ihn umgebracht hat. Legen Sie alle Ihre Finger auf den Zeiger und drücken Sie zu."

War es wirklich so einfach? Nell tat, wie ihr geheißen wurde. Mr Trotter, der die Augen geschlossen hatte, war offenbar tief in eine Meditation versunken, doch wenn er Mr Rocke dazu bringen wollte, sich zu ihnen zu gesellen, so blieb seine Bitte unerhört. Der Zeiger bewegte sich nicht.

„Mr Trotter hat sich freundlicherweise angeboten, die Fragen zu stellen", flüsterte Lady Clarice. „Das ist bei seinem Talent als Medium nur sinnvoll. Bitte, fangen Sie an, Mr Trotter."

Einen Moment lang glaubte Nell, Mr Trotter würde sich widersetzen, doch dann sprach er. „Große Geister von Wychbourne, ist Tobias Rocke unter euch?" Er klang sehr beeindruckend.

Ihm antwortete nur die Stille und der Zeiger bewegte sich nicht.

„Tobias Rocke, möchten Sie uns sagen, wer Sie ermordet hat?", fragte Mr Trotter.

Wieder keine Antwort und keine Bewegung des Zeigers.

Nell nahm all ihren Mut zusammen. Wenn das alles ein großer Schwindel war, konnte es nicht schaden, wenn sie etwas sagte. Wenn es kein Schwindel war, würde es vielleicht sogar helfen. Vielleicht war es ein Fehler, Mr Trotter allein die Fragen zu überlassen. Was, wenn die Geister seine Fragen nicht mochten?

Sie verstärkte den Druck auf den Zeiger und fragte: „Hat John Palmer Tobias Rocke ermordet?"

Mr Trotter zischte missbilligend, doch dann konnte sie nur den Atem der anderen hören, während sie auf den Zeiger drückte. Vielleicht drückte sie etwas zu hart, denn sie spürte, wie das Brett erst einmal, dann noch einmal erzitterte. Vielleicht lag es an dem Druck von Arthur oder Lady Clarice. Doch gerade, als Nell unruhig wurde, weil sie sicher war, dass sie nicht für die Bewegung verantwortlich war, setzte sich der Zeiger in Bewegung. Langsam, ganz langsam bewegte er sich vorwärts, um dann zitternd zum Stehen zu kommen.

„Wer war das?", fragte Arthur erschrocken.

Mr Trotter sah ebenfalls unglücklich aus. „Wer ist da?", fragte er. „Was wollen Sie?"

Nell hätte schwören können, dass er ehrlich nervös war – doch wenn er ein echtes Medium war, dann war er doch bestimmt mit dieser Situation vertraut.

Während sie noch darüber nachdachte, setzte der Zeiger sich erneut in Bewegung. Sie bildete sich das doch sicher alles nur ein? Doch es war real. Jemand musste den Zeiger bewegen, doch alle anderen im Raum blickten genauso erschüttert drein wie sie. Dann hielt der Zeiger an.

„Er steht auf T", rief Lady Clarice. „Bitte versuch es noch einmal, Nell, ich wusste, dass du eine Verbindung zu den Geistern hast."

Doch Nell musste gar nicht erneut fragen. Der Zeiger bewegte sich auch ohne Frage weiter zum nächsten Buchstaben.

„O", sagte Arthur, als könne er es nicht glauben. Nell traute ihren Augen nicht. Sie fühlte sich von dem Zeiger hypnotisiert, als säße sie in der Falle.

Jetzt bewegte der Zeiger sich schneller. Nell konnte kaum hinsehen, ihre Finger zitterten, doch sie hielt den Druck aufrecht. Sie hielt es nicht mehr aus und musste den Blick abwenden.

„D", sagte Lady Clarice ernst. „Tobias Rocke ist hier. Er will uns von seinem Tod erzählen".

„Oder vom Tod eines anderen", murmelte Arthur leise.

„Ich muss sagen, ich war erschüttert, Nell", sagte Arthur, nachdem eine sehr zufriedene Lady Clarice und ein sehr erschütterter Mr Trotter gefahren waren.

„Ich auch", gab Nell zu. „Aber was haben wir erfahren? Nur, dass Mr Rocke zu Tode gekommen ist. Das deutet nicht zwangsläufig auf einen anderen Tod hin."

„Einige Experten glauben, dass die Bewegungen des Zeigers von unseren Gedanken beeinflusst werden, oder unser Unterbewusstsein unsere Finger steuert“, bemerkte Arthur.

„Das hilft nicht“, sagte Nell. „Besonders, wenn Mr Rocke uns vor einem weiteren Tod warnen wollte.“

„Ich stimme Ihnen zu. Mr Trotter sah viel zu aufgewühlt aus, als dass mich das beruhigen könnte. Es tut mir leid, dass ich Sie da mit hereingezogen habe. Wollen wir uns ein Glas Brandy genehmigen? Er ist nicht so gut wie der im *Romano's*, aber trotzdem annehmbar.“

Nell nahm dankbar an und entspannte sich, als der Alkohol ihre Kehle wärmte. Sie wollte gerade gehen, als das Telefon klingelte.

„Merkwürdig“, sagte Arthur. „Das ist das Haustelefon, dabei ist es doch schon fast sieben Uhr.“

Aufmerksam beobachtete sie seinen Gesichtsausdruck, während er telefonierte. „Was ist denn, Arthur“, fragte sie, sobald er aufgelegt hatte.

„Lord Ansley“, sagte er ernst. „Er wollte uns mitteilen, dass noch jemand gestorben ist. Ob es ein Mord, ein Unfall oder ein Selbstmord war, ist noch nicht bekannt, und man weiß auch nicht, ob es etwas mit Wychbourne Court zu tun hat.“

„Wer ist es?“ fragte sie ängstlich.

„Hubert Jarrett.“

Kapitel 12

Hubert Jarrett war *tot*? Während Nell die Tür zum dunklen, stillen Ostflügel aufschloss, versuchte sie, die Nachricht zu verdauen. Gewöhnlich war Wychbourne Court ein sicherer Hafen, doch weil der Generator nachts den Dienst versagte und nur eine flackernde Kerze ihren Weg erhellte, fühlte es sich so an, als wollten sich alle Geister, die Lady Clarice gerufen hatte, auf Nell stürzen.

„Kokettierende Konfitüre", murmelte sie. „Reiß dich zusammen, Nell Drury. Das hier ist kein Geisterhaus." Es gab keine bösen Geister, die um die Ecke lauerten, und keine Ouija-Bretter, die sie von Wychbourne Cottage hierher verfolgt hatten. Was auch immer Mr Jarrett zugestoßen war, Wychbourne Court war nicht darin verwickelt, beschloss sie. Er war durch einen gruseligen Zufall in London gestorben, das war alles. Sie hatte ihn nicht gemocht und hatte sich gut vorstellen können, dass er Mary Anns Stalker gewesen war. Vielleicht war er sogar ihr Mörder gewesen und deshalb von Tobias Rocke erpresst worden. Jetzt war er tot, vielleicht ermordet worden und all ihre Theorien gingen den Bach runter.

Sie versuchte, die Ereignisse des Tages hinter sich zu lassen, doch sie verbrachte die ganze Nacht im Halbschlaf und träumte von Alex Melbray, der Eiweiß schlug und seine Erörterungen darüber, dass Baiser die perfekte Falle für Mörder war, mit wildem Gefuchtel mit dem Schneebesen unterstrich. Was Dr. Freud wohl davon halten würde? Warum träumte sie überhaupt von Alex? Sie unterdrückte auf jeden Fall ihre sexuellen Bedürfnisse. Was für ein Blödsinn, sagte sie sich. Sie befand sich in Wychbourne und nicht in einem romantischen Palast, in dem Rudoplh Valentino umhergaloppierte. Und Alex Melbray war ganz sicher kein Scheich, der sie in sein Zelt entführte.

Am Mittwochmorgen nach dem Frühstück wartete Nell darauf, dass sie wie üblich in den Salon gerufen wurde. Nicht zuletzt deswegen, weil sie auf Neuigkeiten zu Hubert Jarretts Tod hoffte. Als sie gerufen wurde, war es nicht nur früher als gewöhnlich, sondern es waren außerdem Lord und Lady Ansley, die sie sehen wollten. Hatte das etwas zu sagen? Als sie sein Büro erreichte, überraschten sie die dunklen Ränder unter seinen Augen kein bisschen.

„Meine Frau", begann er ohne Umschweife, „fährt mit Lady Kencroft nach London, um der armen Constance zu helfen. Sicherlich haben Sie die Neuigkeiten mittlerweile schon gehört, aber ich weiß noch nichts Genaueres. Es gibt da noch etwas, das sich auf die Ereignisse des heutigen Tages auswirken könnte, Miss Drury. Meine Frau bleibt zweifellos in London, doch Chefinspektor Melbray kommt zurück und nimmt sich ein Zimmer im *Coach and Horses Inn*. Er hat mir erzählt, dass Sie ihn gestern nach Ihrem Besuch bei Tobias getroffen haben. Wie ist es gelaufen?" Er sah sie neugierig an. „Haben Sie Ihre Detektivfähigkeiten nutzen können?"

„Meine Arbeit hier wird davon nicht beeinflusst", erwiderte sie angespannt. Das waren schlechte Neuigkeiten. So gerne sie Alex auch wiedersehen wollte, war seine Gegenwart hier doch ein sicheres Zeichen dafür, dass er nicht nur in einem Mordfall ermittelte, sondern den Täter auch in Wychbourne Court vermutete.

„Das kann ich bezeugen." Er rang sich ein Lächeln ab. „Nell – vergeben Sie mir meine Formlosigkeit, aber wir leben in ungewöhnlichen Zeiten – von seinen Symptomen lässt sich darauf schließen, dass Mr Jarrett mit Arsen vergiftet wurde."

„Wie Herbert Armstrong und Mrs Maybrick?" Sie versuchte, sich die Details der Fälle ins Gedächtnis zu rufen. Wirkte das Gift nicht recht langsam, auch wenn man die Symptome fast sofort beobachten konnte? Nell zuckte zusammen, als ihr einfiel, dass Mr Jarrett sich am Montagabend nicht gut gefühlt hatte, und dass er und seine Frau früh am nächsten Morgen abgereist waren. Er hatte sich auch zu anderen Gelegenheiten unwohl gefühlt, weshalb seine Beschwerden am Montag nicht mit einer Vergiftung zu tun haben mussten. Aber vielleicht hatte man ihm wegen seiner vorherigen Beschwerden am Montag nicht geglaubt und er war schon vergiftet worden. Wenn ja …

„Ja, genau", erwiderte Lord Ansley. „Arsen ist ein sehr beliebtes Gift. In Huberts Fall wird er es sich vermutlich nicht selber verabreicht haben."

„Er wird nie zum Ritter geschlagen werden", bemerkte Nell traurig, als sie sich an seine wunderbare Darbietung von ‚Sein oder nicht sein' bei der Revue erinnerte.

„Nein. Sein Verlust schmerzt die Theaterwelt und Constance sehr. Nell, ist Ihnen klar, dass das Auswirkungen auf Wychbourne Court haben wird?"

Es war ganz, wie sie befürchtet hatte. Sie machte sich innerlich bereit.

„Hubert hat sich darüber beschwert, dass er sich hier kränklich gefühlt habe, wie Sie sich vielleicht erinnern", fuhr Lord Ansley fort. „und hat sich auf sein Zimmer zurückgezogen. Wir haben es für eine Magenverstimmung gehalten. Über Nacht ging es ihm schlechter, weshalb er am Dienstag sehr früh gefahren ist und Constance nach einem Arzt schickte. Da er sich so oft unwohl fühlte – auch wenn sich das nur selten auf seine Auftritte auswirkte, wenn ich mich recht entsinne –, waren weder sie noch der Doktor beunruhigt. Als Hubert Symptome einer Arsenvergiftung zeigte, machte sich der Arzt doch Sorgen. Da Hubert kein Frühstück gegessen hatte, machte ich mir Sorgen, dass die Aufmerksamkeit wegen seines Abendessens am Montagabend auf Wychbourne Court fallen könnte. Zum Glück erinnert sich seine Frau daran, dass er sehr wenig gegessen hat und sich bereits zu dem Zeitpunkt nicht gut fühlte. Trotzdem wird man vermuten, dass er während des Abendessens vergiftet wurde."

Vergiftet wegen ihres Essens?, fragte Nell sich sofort. Das war lächerlich. Wie könnte jemand Arsen in eine ihrer Speisen gegeben haben, ohne auch alle anderen zu vergiften? Sie ging die Sache logisch an. „Was ist denn mit den Schnittchen und dem Tee im *Coach and Horses Inn*? Wo hat er zu Mittag gegessen?"

„Er aß früh bei sich daheim zu Mittag. Das wird natürlich überprüft, doch wegen der schnellen Reaktionszeit auf das Arsen vermute ich, dass die Mahlzeiten im Pub und hier wahrscheinlicher sind. Ich befürchte, dass Scotland Yard erneut eine Untersuchung hier durchführen wird. Der Chefinspektor und seine Leute werden in Kürze hier eintreffen, und ich muss Sie bitten, vorher noch einige Dinge zu unternehmen. Das Geschirr von Montag ist natürlich schon gespült worden – wenn in den Speisekammern noch Reste lagern, heben Sie diese bitte auf. Alle anderen Speisen, die für den Abend zubereitet wurden, müssen für eine Inspektion aufbewahrt werden und alles wird auf Spuren des Giftes untersucht werden. Alle Zutaten, die für die Speisen am Montagabend verwendet wurden, werden überprüft werden müssen, und nichts davon darf für weitere Speisen verwendet werden."

Nell war schwindlig vor Schreck. „*Alle* Zutaten?" Zucker, Butter, Mehl ... ihr war elend zumute.

„Ja, alles. Nur als Vorsichtsmaßnahme, da bin ich sicher. Es ist unmöglich, dass sich hier jemand an dem Essen für alle zu schaffen gemacht hat. Dann wären wir alle vergiftet worden."

Nun standen also *ihre* Speisen unter Verdacht? Gedanklich ging sie in Windeseile die Menüs und das Geschirr durch sowie die Speisekammern und all die Gerichte, die sie serviert hatte. „Ich kümmere mich darum", versprach sie. „Was ist mit den Lebensmittelresten für die Tiere?"

„Ich werde mit Mr Ramsay darüber sprechen und wofür er sonst noch zuständig ist."

Mr Ramsay war nicht nur für die Automobile und Garagen verantwortlich, sondern auch für die Nebengebäude und den Hof mit den Mülleimern und Abfalltonnen.

„Natürlich muss die Polizei auch feststellen, bitte vergeben Sie mir, Nell, ob sich jemand am Essen in unseren Küchen oder zu Tisch zu schaffen gemacht hat. Wenn nicht, können wir ausgeschlossen werden und das *Coach and Horses Inn* würde in Betracht gezogen werden."

„So muss es gewesen sein." Zumindest hoffte Nell dies inständig. „Es kann einfach nicht hier passiert sein."

„Die andere Frage ist, ob das Gift aus Fliegenfängern stammte oder Rattengift war."

„Aber niemand der Bediensteten hätte ihn umbringen wollen", rief Nell gequält.

„Ich stimme Ihnen zu, doch es wäre für jeden hier vergleichsweise einfach, an solche Mittel zu gelangen, so unwahrscheinlich es auch sein mag. Man sagte mir, dass es einige Zeit dauert, den Fliegenfängern das Gift zu entziehen und nicht jeder hätte gewusst, wo auf dem Anwesen Rattengift zu finden ist, wenn wir denn welches haben. Somit können wir recht sicher unsere Gäste ausschließen, obwohl sie theoretisch das Gift heimlich am Tisch in Huberts Essen hätten mischen können. Wie bereits gesagt, ist es jedoch nicht wahrscheinlich. Nichtsdestotrotz ist Arsen ein weißes Pulver, das sich, wieder bloß theoretisch, nur zu leicht in Ihre Gerichte mischen ließe, Nell."

„Oder in ein Sandwich im *Coach and Horses Inn*", fügte Nell hinzu. Kaum hatte sie die Worte ausgesprochen, fiel ihr jedoch ein, dass ihr Küchenpersonal beim Zubereiten der Sandwiches geholfen hatte. Sie konnte das Gesagte nicht zurücknehmen.

„In meinen Augen muss das *Coach and Horses Inn* die Quelle sein", sagte Lord Ansley bestimmt. „Hoffen wir, dass der Chefinspektor uns zustimmt."

Nell kehrte in die Küche zurück und versuchte, sich mit der neuen Situation zu arrangieren. Sie hatte keine Zeit zu verlieren. Sie musste ihr Personal darauf vorbereiten, bevor ein Pulk Polizisten über ihre Küche herfiel. Jeder Schrank, jede Speisekammer, jedes Glas und jede Vorratsdose musste für die Polizei identifiziert werden, so auch jedes Krümelchen Abfall und die Essensreste.

Ganz besorgt hatte Mrs Squires ihr versichert, dass sie sich nicht vorstellen konnte, wie jemand etwas unter die Sandwiches gemischt haben sollte, die sie im *Coach and Horses Inn* zubereitet hatten. Zu Nells Entsetzen fügte sie hinzu, dass viele der Zutaten von Wychbourne Court gekommen waren, doch keine der Lebensmittel hatten zuvor jemanden vergiftet, da nur eine Person gezielt vergiftet worden war.

„Mrs Hardcastle war verantwortlich", erklärte Mrs Squires. „Wir brachten einige Kuchen mit, doch die Sandwiches wurden im *Inn* belegt. Wir haben sie auf die großen Tabletts gestapelt und sie auf die Tische gestellt. Mit den kleinen Tabletts wurden die Sandwiches dann den sich unterhaltenden Menschen angeboten."

Nun fiel es ihr wieder ein. Nell erinnerte sich, dass gelegentlich eine Stimme die Unterhaltungen übertönte und ‚Ei und Anchovis' (Monsieur Escoffiers Favorit) oder ‚Kaviar' gerufen wurde, was schöne Erinnerungen an London zurückgebracht hatte. Sie beruhigte sich etwas. Wie erleichternd! Es gab massenhaft Möglichkeiten, wie das Gift in das Sandwich gelangt sein konnte. Es war riskant, aber möglich. Hoffnung kam in ihr auf. Es war doch *ihr* Essen.

„So war es nie geplant“, sagte Mrs Squires nervös. „Einige der Gäste der Beerdigung nahmen die Tabletts und gingen selbst damit herum.“

Das Mittagessen der Bediensteten war eine eilige Angelegenheit. Der bevorstehende Besuch der Polizei sorgte für drückende Stille, doch es gab auch einige, die ihre Spannung kaum verbergen konnten. Als der Pulk von Polizisten, vor dem Lord Ansley sie gewarnt hatte, eintraf, suchte sie jedoch bloß Chefinspektor Melbray in der Küche auf. Er war wieder im Dienst und ganz anders als der Alex, mit dem sie sich am Vortag Eclairs geteilt hatte.

„Ich vermute, dass die Bediensteten angewiesen wurden, kein Essen von Montag oder damit verbundene Zutaten anzufassen, Miss Drury“, sagte er förmlich, stolperte jedoch über das ‚Miss Drury‘, was vielleicht ein Zeichen war, dass es auch ihm schwerfiel.

„Das wurden sie“, sagte Nell stolz. „Mülleimer, Essensreste und Zutaten stehen für Ihre Inspektion bereit.“

„Vielen Dank. Meine Männer werden sie gleich prüfen.“

„Die Sandwiches sind höchstwahrscheinlich die Quelle und sie wurden im *Coach and Horses Inn* zubereitet, wenn auch mit einigen unserer Zutaten“, sagte sie und versuchte, sich dabei seiner förmlichen Art anzupassen. Zuversichtlich erzählte sie ihm von den Sandwiches und den Tabletts, doch er ging nicht darauf ein. „Was ist mit der Kuchenglasur? Mir wurde gesagt, dass in Ihren Küchen mehrere Kuchen für den Tag gebacken wurden.“

Nell stöhnte innerlich. Mrs Fielding würde es nicht gefallen, wenn sie unter Verdacht gerieten.

„Wieso sollte die Hausdame oder ihre Angestellten einen Gast vergiften wollen?“, fragte sie und versuchte dabei, objektiv zu klingen.

„Das weiß ich nicht – noch nicht. Aber da ein Teil Ihres Personals im *Coach and Horses Inn* ausgeholfen hat, müssen wir es in Betracht ziehen. Hubert Jarrett aß außerdem hier zu Abend. Auch das spielt eine Rolle.“

„Und Mr Trotter war auch Gast hier“, schoss sie zurück und fühlte sich sogleich schlecht, ihn namentlich hineinzuziehen.

Sackgasse. So kamen sie nicht weiter. Sein eiskalter Blick traf sie. „Wir haben bereits die außen gelegenen Speisekammern durchsucht und müssen dasselbe nun hier tun. Eine Dose Rattengift könnte in einer der Speisekammern fehlen, jedoch herrscht darüber noch Uneinigkeit.“

Wollte er damit etwa andeuten, dass das Personal von Wychbourne Court nachlässig war? „Die Bediensteten haben hier bereits alles überprüft“, sagte Nell fest.

Doch der eiskalte Blick sagte ihr, dass Bedienstete eines Landsitzes nicht mit Scotland Yard verglichen werden konnten und besonders nicht, wenn diese Bedienstete eine Frau war.

„Ich erinnere mich, dass bei der Trauerfeier Tabletts herumgetragen wurden, drum ist es unwahrscheinlich, dass jemand sich erinnert, was Hubert Jarrett gegessen und wer es ihm angeboten hat. Seine Ehefrau erwähnte jedoch, dass er Meeresfrüchte gern mochte.“

„Es gab Sandwiches mit Krabbensalat“, sagte Nell rasch, „und auch welche mit Ei und Anchovis.“

„Das könnte die Lösung sein. Die Post-Mortem-Untersuchung wird zeigen, ob darin Gift war.“ Er hielt inne, dann sprach er mit einem Hauch von einem Lächeln auf den Lippen weiter: „Bezüglich der Kuchenglasur bin ich gewillt, die Idee zu verwerfen.“

Erleichterung. „Warum?“, fragte sie dann skeptisch.

„Dazu wäre vorherige Planung notwendig gewesen, um das Gift unter die Glasur zu mischen, was nicht einfach ist, wenn Teller herumgereicht werden und man hoffen muss, dass das Opfer das richtige Stück Kuchen greift.“

Er schien sich allmählich zu entspannen, denn er fügte hinzu: „Ihre Theorie zu Jarrett könnte noch immer stimmen, Nell. Doch wieso wurde er dann umgebracht?“

„Vielleicht wusste er, wer Tobias Rocke umgebracht hat“, sagte sie spontan. Und so spontan sprach sie weiter: „Lady Clarice hat gestern Abend eine Sitzung mit einem Ouija-Brett bei Arthur Fontenoy ausgerichtet.“

Er sah sie entgeistert an. „Sie sind dort hingegangen?“

„Wieso nicht?“, fragte sie abwehrend. „Ich dachte, dort würde ich vielleicht etwas Neues erfahren.“

„Und haben Sie das?“

„Ja, dass es einen weiteren Tod geben wird. Und so kam es auch.“ Er machte unwillkürlich einen Schritt auf sie zu, nahm sich dann jedoch zusammen und sagte sanft: „Sie lassen sich von dem Fall übermannen, Nell. Tun Sie das nicht.“

„Ich habe mit meiner Frau telefoniert, Miss Drury.“ Lord Ansley blieb stehen, als sie sich im großen Saal begegneten. „Sie plant, am Freitag zurückzukehren und möglicherweise mit Mrs Jarrett zusammen.“

„Wird Mrs Jarrett nicht zu Hause gebraucht?", wunderte sich Nell. Wenn man nur bedachte, was sie alles zu bewältigen hatte.

„Sie ist verständlicherweise verzweifelt und die Journalisten haben sich auf die Geschichte gestürzt, denn sie wittern, dass mehr hinter dem Tod des großen Schauspielers steckt. Lord Northcliffes Theatergruppe, die Journalisten seiner Zeitungen ständig vor der Haustür zu haben, ist nicht, was Constance zurzeit gebrauchen kann. Sie hat darum gebeten, hierher kommen zu dürfen und vielleicht hofft sie, dass das ihr hilft. Bisher sehen die Zeitungen keinen Zusammenhang zwischen Tobias' Tod und dem Huberts. Vielleicht gibt es auch tatsächlich keinen, aber sollte es doch einen geben, könnte es sein, dass er sich wirklich das Leben genommen hat. Ich fürchte, ich habe Hubert nicht als einfachen Gast wahrgenommen, doch wir müssen seine Frau, so gut es geht, unterstützen."

Er sah Nell hoffnungsvoll an. „Selbstmord ist nur eine Möglichkeit, wenn Hubert glaubte, dass die Polizei herausgefunden hat, dass er Schuld am Tod von ..." Er hielt inne. „Beinahe hätte ich Mary Ann Darling gesagt, denn ich fürchte, ihr Schatten hängt noch immer über uns allen, doch eigentlich meinte ich den Tod von Hubert."

„Weil er von Mr Rocke erpresst wurde?"

„Das wäre vermutlich die logischste Erklärung, doch im Moment erscheint mir alles möglich, Nell."

Sie stimmte ihm zu. „Wann findet die Untersuchung statt?"

„Schon bald, habe ich gehört. Sie findet natürlich in London statt, wenn der Post-Mortem-Bericht abgeschlossen ist. Doch Wychbourne kann sich nicht dem

Adlerauge des Gesetzes entziehen. Die außen gelegenen Speisekammern werden nun überprüft, falls das Rattengift von uns kommen sollte. Zur besagten Speisekammer haben jedoch viele Leute Zugang.“

„Nicht viele von ihnen hatten jedoch einen Grund, Mr Jarrett umzubringen.“ Nell machte sich sogleich Vorwürfe, so freiheraus gesprochen zu haben. Jetzt war kein guter Zeitpunkt dafür.

Lord Ansley erblasste. „Dem werden wir uns stellen müssen.“

In den Ostflügel zurückzukehren, erschien ihr wie eine beängstigende Aufgabe. Es kam Nell gerade so vor, als würde sich ein Krankheitsgefühl durch die Räumlichkeiten der Bediensteten und das Haupthaus ziehen und die Durchsuchung der Polizei hatte es nur verschlimmert. Vielleicht hatte es schon mit der Verhaftung von John Palmer begonnen – oder lag es etwa an ihr? Hatte sie es von Lord und Lady Ansley? Ihr Zuhause wurde von der düsteren Wolke überschattet. Trotz der Verhaftung von John Palmer brachte der Tod von Mr Jarrett mit all den offenen Fragen das Fass nun endgültig zum Überlaufen. All ihre leckeren Speisen hatten nicht gereicht, um den Knoten zu lösen. Hammelragout und Wucherblumen konnten eben nicht jedes Gefühl der Krankheit vertreiben.

Sie hatte keine Idee, wie sie Wychbourne Court wieder zu mehr Schwung verhelfen sollte. Die Revue hatte sie alle nicht glücklich vereint, im Gegenteil und Nell war mit ihrer Weisheit am Ende. Nur indem sie den Mord an Tobias Rocke und nun vielleicht an Hubert Jarrett klärten, würden sie das Steuer herumreißen.

Als sie in die Küche kam, schlug ihr ein erdrückendes Schweigen entgegen. Sie alle waren versammelt: Kitty und Michel standen an der Tür zur Spülküche und sogar Mrs Fielding und Miss Smith waren da. Die Durchsuchung der Polizei war vorüber, doch von den Vorbereitungen für das Abendessen oder den Nachmittagstee keine Spur. Nell hatte die ungute Vermutung, dass sie von der Polizei nicht allzu freundlich befragt worden waren. Nun starrten sie sie an, als wäre es ihre Schuld gewesen.

Sie war baff. Diese Situation erforderte mehr als nur einen flotten Spruch. Plötzlich kam Hilfe aus unerwarteter Richtung. Mr Briggs, der sonst allein auf einem Stuhl am Fenster saß und ins Nichts starrte, erhob sich plötzlich. Seitdem sie nach Wychbourne gekommen war, hatte sie ihn nur selten sprechen gehört und meist das übliche ‚G/26420, Corporal Briggs, *Sir*‘. Doch heute fing er an zu singen. Zunächst ein leises Summen, dann lauter und immer lauter. „The bells of hell go ting-a-long-a-ling“, grölte er immer wieder.

Verblüfft verstand Nell nach einem Moment jedoch, was er vorhatte und stieg mit ein:
„The bells of hell go ting-a-long-a-ling
For you but not for me.“

Mrs Fielding stieg als nächste mit ein und dann Michel, dann Muriel, Kitty, die Küchenmädchen, die Spülmädchen und Jimmy, der Lampenjunge. Danach stimmte Mr Briggs ein anderes Lied aus Kriegszeiten an:
„When this blasted war is over
O how happy I shall be

When I get my civvy clothes on,
No more soldiering for me."

„G/26420, Corporal Briggs, *Sir*." Und damit setzte Mr Briggs sich wieder.

Wenn Soldaten auf dem Weg in den Schützengraben diese Lieder (oder andere Abwandlungen davon) gesungen hatten, dann konnte Wychbourne Court das auch, sagte Nell sich. Als das Küchenpersonal an seine jeweiligen Aufgaben zurückkehrte, summten und sangen sie weiter. Die Ordnung hatte sich erstaunlich schnell wieder hergestellt und die Aussichten auf Seezungenfilet, Hammel und Wucherblumen auf dem Tisch der Ansleys verbesserten sich sogleich.

Den Ansleys täte eine Portion von Mr Briggs Medizin auch nicht schlecht, dachte Nell, als sie dem Servierzimmer einen raschen Besuch abstattete. Ohne Lady Ansley und ohne die Witwe war die Mahlzeit eine trübselige Angelegenheit, obwohl durch die Abwesenheit der Witwe Arthur anwesend sein konnte. Trotzdem wollte Lord Ansley die jahrelange Tradition nicht brechen und so wies er Helen an, den Platz ihrer Mutter am anderen Ende des Tischs einzunehmen.

Lady Helen weigerte sich. „Das ist doch albern, Pa", sagte sie gelangweilt. „Ich kann doch nicht von dort hinten zu dir rufen. Das ist einfach zu langweilig."

Das würde die Stimmung nicht verbessern, dachte Nell, als sie in die Küche zurückeilte. Lord Ansley sah höchst unzufrieden aus. Was nun?, fragte sie sich verzweifelt. Sollte sie einen Cancan organisieren? Kurz hatte sie das Bild vor Augen, wie Mrs Squires und Mrs

Fielding ihre Rüschenröcke hochwarfen und zur Belustigung der Familie ihre Beine zeigten. Nun sei aber vernünftig, sagte sie sich. Eine Wunderlampen-Vorführung? Lord Richard war gut in solchen Dingen, doch manchmal ging er damit zu weit.

Zu ihrer Erleichterung hatte Lord Richard eine viel vernünftigere Idee, als Nell später den Salon betrat, um den Kaffee zu servieren. „Wir haben gegessen, wir haben getrunken, nun lasst uns tanzen und fröhlich sein." Er schlenderte zum Grammophon hinüber und augenblicklich ertönte *Tea for Two*. Lady Helen und Lady Sophy sprangen sogleich auf und auch Lady Clarice und Arthur Fontenoy erhoben sich. Nur Lord Ansley blieb sitzen.

„Dies ist kein angemessener Zeitpunkt dafür", sagte er ruhig.

„Nein, Vater. Nun ist genau der richtige Zeitpunkt dafür. Da ist Miss Drury, der es in den Fingern juckt, mitzutanzen. Kommen Sie, Nell!"

Das ließ sie sich nicht zweimal sagen und sie gesellte sich zu den Tanzenden, die sich von Richards Begeisterung hatten anstecken lassen. Schweren Herzens machte schließlich auch Lord Ansley mit. Nell nahm das Läuten der Türglocke kaum wahr. Einige Minuten später öffnete sich die Tür des Salons und Mr Peters trat ein.

„Chefinspektor Melbray, Ihre Lordschaft."

Die Tanzenden blieben abrupt stehen und Nell sah, wie Alex sich verblüfft umsah. Dann gab er sich einen Ruck. „Ich bin hier, um Sie zu warnen, Lord Ansley, dass sich Londoner Journalisten vor dem *Coach and Horses Inn* versammeln."

„Ich bin Ihnen dankbar, dass Sie uns darüber informieren, Chefinspektor“, antwortete Lord Ansley. „Wie Sie sehen, geben wir uns die größte Mühe, kein Trübsal zu blasen. Wie es scheint, wird das Gefecht morgen wieder beginnen, doch die heutige Nacht gehört nur uns und Sie sind willkommen, sich uns anzuschließen.“

Einen Moment lang dachte Nell, er würde sich weigern, doch dann lächelte Alex Melbray.

„Vielen Dank, Lord Ansley. Sollen wir tanzen, Nell?“

Und wenn nur für einen kurzen Augenblick, war Wychbourne Court wieder ganz wie früher.

Kapitel 13

Vorsätze waren leicht gefasst, doch sie umzusetzen, war oft weitaus schwieriger. Das wusste Nell nur zu gut. Am Vorabend war sie noch froh gewesen, dass Wychbourne Court der Krise zu trotzen schien, doch am Donnerstagmorgen war all ihre Zuversicht verpufft. Lady Clarice und ihre Geister hatten es gut. Sie mochten zwar ihre eigenen Tragödien zu beklagen haben, doch sie konnten nichts daran ändern, wohingegen sie eindeutig etwas tun musste. Doch was? Die Polizei hatte das Haus nach Beweisen durchsucht und sie konnte nichts für den Tod von Mr Jarrett tun. Nun hatte diesen Monat der zweite Mord Wychbourne Court heimgesucht.

Die ersten Journalisten waren am Haupteingang des Herrenhauses eingetroffen, wo Mr Peters sie wirkungsvoll verscheucht hatte.

„Ich habe Ihnen gesagt, Seine Lordschaft sei erst später am Vormittag zu sprechen", erzählte er Nell. „Einer von ihnen sagte dann ‚oh, wir haben schon mit Chefinspektor Melbray gesprochen, der uns alles erzählt hat'. ‚Dann brauchen Sie Seine Lordschaft nicht mehr stören', habe ich schnell gesagt und die Tür geschlossen."

Nell bezweifelte, dass Alex den Journalisten überhaupt ein Wort gesagt hatte und kurz darauf erschien er in ihrer Küche.

„Darf ich Sie für einen Augenblick sprechen, Miss Drury?", fragte er und sah sich neugierig in der Küche um, wo die Overall und Schürze tragendenden Bediensteten umhereilten.

Sie vermutete, dass er damit ein Gespräch unter vier Augen meinte und begleitete ihn zu ihrer Kammer, ihrem Kochtopf. Natürlich entging das Mrs Fielding nicht, die gerade aus ihrer nahe gelegenen Kammer trat.

„Ich werde Kitty für Sie im Auge behalten", sagte sie hämisch anspielend, dass Nell wieder einmal ihr alle Arbeit überlies und sich davonstahl. Sie freute sich eindeutig, ihr wieder eins auswischen zu können.

Doch Nell hatte ihr dankbares Lächeln eingeübt. „Vielen Dank, Mrs Fielding."

Alex sah sie amüsiert an. „Ich bitte um Entschuldigung, Nell."

„Das ist nicht neu. Sie nutzt jede Gelegenheit, die sich bietet."

„Auch Scotland Yard hat seine Mrs Fieldings."

„Vielleicht sollte ich unserer Mrs Fielding vorschlagen, dort anzufangen."

„Keine schlechte Idee. Nell, Sie werden erleichtert sein, dass wir unsere Durchsuchungen hier abgeschlossen haben. Weniger erleichtert jedoch wohl, dass wir den Fall nun als Mordfall einstufen müssen. Bei der Autopsie wurde tatsächlich eine hohe Dosis Arsen gefunden. Der einzige bisherige Verdacht ist eine Dose Rattengift, die möglicherweise in einem der Nebengebäude entwendet wurde."

„Für gewöhnlich sind diese verschlossen, doch ich habe Jethro James einmal am späten Abend in der Vorratskammer mit dem Wild angetroffen. Entweder wurde die Tür nicht abgeschlossen oder er hat einen Weg hineingefunden."

„Teil seiner sogenannten Arbeit, die er bei der Untersuchung angab, wenn ich mich richtig erinnere. Das möglicherweise entwendete Rattengift müsste jedoch aus der Scheune geklaut worden sein. Mr Ramsay und Mr Peters haben die einzigen Schlüssel, wie Sie vermutlich wissen, doch sie haben zugegeben, dass die Türen häufig nicht verschlossen waren."

Nell rutschte das Herz in die Hose. Das würde also keine einfache Sache werden. „Oh", war alles, was ihr dazu einfiel.

„Das ist aber keine typische Reaktion einer Ermittlerin", sagte Alex leichthin.

„Das ist nicht lustig", erwiderte sie bedacht darauf, sich nicht ärgern zu lassen. „Wie wäre es dann damit? Das Gift könnte möglicherweise von Wychbourne Court stammen, doch genauso gut könnte es jemand auf anderem Wege erstanden haben."

„So leicht ist das nicht. Heutzutage kann ein Möchtegern-Giftmischer nicht mehr so einfach welches kaufen. Es reicht nicht, einen falschen Bart anzukleben, den Hut tief zu ziehen und dann bekommt man es über den Ladentisch frei verkauft. Heute muss man sich im Register eintragen und der Verkäufer muss den Käufer kennen. Auch Fliegenfänger eignen sich nicht mehr wie früher, denn nach dem Fall Frederick Seddon wurde das Gesetz angepasst."

„Es muss doch Tausende Dosen Rattengift und Fliegenfänger in den Häusern der Leute geben, so wie hier", sagte sie.

„Das stimmt, Nell, aber überlegen Sie nur. Man braucht nicht auf einen Landsitz eingeladen werden, um an eine halbe Dose Rattengift zu kommen und genauso klettert man nicht im Salon des Gastgebers die Wände hoch, um Fliegenfänger zu stehlen. Genauso wenig besucht man eine Trauerfeier, um dort hoffentlich jemanden umbringen zu können."

„Wenn der Mord an Mr Jarrett im Vorwege geplant war, muss jemand aus der versammelten Menge mit dem Gift zur Trauerfeier angereist sein", sagte Nell. „Es hätte nicht viel Platz in einer Jackentasche oder einer Handtasche eingenommen."

„Das muss ich leider als eine Möglichkeit in Betracht ziehen."

Gut gemacht, dachte Nell düster. Sie merkte, dass sie die dunkle Wolke über Wychbourne Court nur noch verschlimmert hatte. „Was Sie sagen, könnte jedoch auf jeden Anwesenden angewandt werden", sagte sie und fügte dann rasch hinzu, „außer natürlich John Palmer."

„Ganz recht, Nell. Ich konnte gestern kurz zu Mr Rockes Haus fahren und habe die Akten und Schubladen angesehen, die Sie erwähnten. Ein sehr eigenartiger Mensch, um es gelinde auszudrücken."

„Sagen Sie mir, was ich übersehen habe."

„Was wir beide wohl übersehen haben. Ich bin mir sicher, dass dort noch etwas ist, aber was? Die Anzeichen seiner aufgeblasenen Selbstwahrnehmung und das krankhafte Interesse an anderen Menschen, besonders an Menschen, die auf der Bühne stehen. Eine Sache fiel mir auf: Die Rezensionen und Bilder in den Akten erstrecken sich über die gesamte Karriere des Opfers. Die Termine auf den Aufnahmen in der Schublade stehen alle im Zusammenhang mit einem Tag in ihren Akten und an jener Stelle ist ein Strich durch die Akte gezogen. Das in Verbindung mit den schwarzen Kreuzen, stellt uns vor eine Menge ungeklärte Fragen. Die Kreuze tauchen nur auf einigen Akten auf. Lynette Allison, die nun Mrs Reynolds heißt, ist eine von ihnen und natürlich bei Mary Ann Darling. Mein Sergeant vermutet, dass Rocke seine Opfer zufällig wählte, aber vielleicht sind es jene, die nicht oder nicht genug zahlten."

„Wieso sollten die schwarzen Kreuze zufällig sein?"

Er runzelte die Stirn. „Ich halte es auch für unwahrscheinlich. Tobias Rocke scheint mir nicht wie ein Mensch, der willkürlich handelt. Was denken Sie? Ich habe meine eigenen Regeln gebrochen und einige der Bilder aus der Schulblade und weitere aus den Akten mitgebracht." Er zog einen Stapel aus seiner Reisetasche und breitete sie auf ihrem Tisch aus.

„Sehen Sie sich Hubert Jarretts Akte an", sagte er. „Es gibt viele Zeitungsausschnitte und Aufnahmen ab 1893. Doch keine sind durchkreuzt. Unter dem Zeitungsausschnitt aus dem Juni 1893, dem Monat, als Mary Ann Darling verschwand, ist eine Linie gezogen. Und auch in der Schublade fand ich Bilder von ihm. Auf einem versteckt er sich – wie wir vermuten – im Gebüsch vor ihrem Haus und dann noch zwei weitere. Die Zeitungsausschnitte über Alice Maxwell sind aus 1896 und unter dem aus 1909 ist eine Linie gezogen. Auch hier – keine Kreuze. Doch die Aufnahme von ihr zusammen mit Tobias und Doris Paget stammt aus demselben Jahr. Die Akte zu Constance Jarrett wirft ähnliche Rätsel auf. Und hier ist Mary Ann Darlings Akte." Er öffnete sie. „Zeitungsausschnitte von 1891, darunter einige überraschend frühe, wie Sie angemerkt hatten. Auch ich vermute, dass Elsie Hawkins ihr Geburtsname gewesen sein muss. Unter 1893 ist eine Linie gezogen. Es gibt kein Bild von ihr mit Tobias, doch auf ihrem Bild am Ende der Akte prangt ein großes schwarzes Kreuz. Fällt Ihnen sonst noch etwas auf, Nell?"

„Nur, dass die Vanillesoße eindeutig geronnen ist", kommentierte sie. Es hätte eine glatte Lösung des Rätsels geben sollen, doch es wollte einfach nicht.

„Darf ich Ihnen die Aufgabe übertragen? Ich muss nach London zurückkehren."

„Aber gewiss, Chefinspektor Melbray", antwortete sie in ihrer besten Ermittlerinnenstimme und hoffte, dabei selbstsicherer zu klingen, als sie sich fühlte.

„Ich bin Ihnen zum Dank verpflichtet, Miss Drury." Er verbeugte sich ernst.

Alex Melbray war an diesem Morgen nicht ihr einziger Besucher. Auch Arthur Fontenoy kam unangekündigt vorbei, als sie gerade den Chrysanthemensalat vorbereitete. Es war ein weiteres von Mrs Leyels spannenden Rezepten und sie hatte Mr Fairweather um einige der Blumen bitten müssen. Er hatte sie für die Blumendekoration des Hauses gebraucht, was im Januar eine ziemliche Herausforderung darstellte, doch einige wenige hatte er an sie abgetreten.

„Ich habe gehört, Lady Ansley und Mrs Jarrett werden nicht vor morgen zurückkehren, Nell. Meines Wissens nach erst nach dem Mittag", sagte Arthur. „Ich dachte, ich sollte Ihnen jedoch hinsichtlich Ihrer Ermittlungen mitteilen, dass Mr Trotter bestrebt, abzureisen, bevor Mrs Reynolds möglicherweise mit ihnen zusammen zurückkommt. Sie und Mr Trotter scheinen sich nicht sonderlich gut zu verstehen. Außerdem ist mir zu Ohren gekommen, dass er dank seiner gefälschten Geister-Fotografien ein mögliches Mordmotiv hat. Darüber hinaus scheint er Wychbourne Court gerne schnellstmöglich verlassen zu wollen, nachdem seine sogenannten fotografischen Nachbesserungen bekannt wurden. Ich dachte, ich könnte anbieten, ihn nach dem Mittag mit dem Automobil zum Bahnhof von Sevenoaks zu bringen und ..."

„Ich müsste dringend ein oder zwei Erledigungen dort tätigen. Wie klug von Ihnen, Arthur." Sie hatte zwar vorgehabt, sich mit Tobias' Akten und den Bildern zu beschäftigen, doch dieses Angebot konnte sie sich nicht entgehen lassen.

„Was für eine hervorragende Gelegenheit, Mr Trotter eine Autofahrt lang gefangen zu halten", sagte sie, als sie nach dem Mittagessen in den Hof trat. Ganz diplomatisch bestand sie darauf, den Rücksitz des Armstrong-Siddeleys zu nehmen und den Vordersitz Mr Trotter zu überlassen. So würde er vorne ‚gefangen' sitzen und nicht alleine auf der zweiten Reihe. Er war sichtlich nervös und schwieg absichtlich, während Arthur kurbelte. Als er zurück in den Wagen stieg, fühlte Mr Trotter sich gezwungen, etwas zu sagen. „Was für eine bedauerliche Angelegenheit der Tod von Mr Jarrett doch ist", sagte er elendig.

„Wohl wahr", sagte Nell von hinten. „Besonders da wir alle anwesend waren, als das Gift im *Coach and Horses Inn* wohl verabreicht wurde."

„Wie auch viele andere Menschen", antwortete Mr Trotter rasch.

„Hätte es doch nur nicht solch ein Missverständnis um Ihre Aufnahmen gegeben", sagte Arthur, der den Wagen geschickt an einem Igel, der über die Auffahrt tapste, vorbeilenkte. „Die Polizei musste natürlich jeden unter die Lupe nehmen, der Gründe hatte, Abneigungen gegen Tobias Rocke und damit auch Hubert Jarrett zu hegen, schließlich konnte er gewusst haben, wer Tobias umgebracht hat."

Mr Trotter griff sofort nach dem Rettungsgurt, den Arthur ihm geboten hatte. „Ein Missverständnis, ganz richtig. Es waren nur Feinheiten, um die Aufnahmen nach zu verbessern und die Geister zu beruhigen, die ich aus der Geisterwelt gerufen hatte."

„Mr Rocke könnte einen anderen Eindruck gewonnen haben, als er Sie am Samstagmorgen in Ihrer Dunkelkammer aufsuchte", warf Nell ein.

Mr Trotter stimmte ihr zu. „Er muss die zusätzlichen Glasplättchen und alten Aufnahmen gesehen haben, die ich nutzte, um die Geister zu überzeugen, sich uns zu zeigen. Ganz genau wie die Taschenlampe und die eine oder andere Perücke, zum selben Zwecke. Daran ist nichts unaufrichtig."

„Und doch mag es den falschen Eindruck erweckt haben", murmelte Arthur.

„Nur für das ungeschulte Auge", sagte Mr Trotter entrüstet. „Mr Rocke war äußerst unhöflich. Obwohl in meiner Dunkelkammer alles richtig und professionell zuging, drohte er, seine Beobachtungen bei der Society for Psychical Research bekannt zu machen. Seine Sicht auf meine Arbeit hätte meine Karriere ruinieren können."

„Und ich bin sicher, Mr Rocke hat die Situation für sich genutzt", sagte Nell mitfühlend.

Schweigen. Dann murmelte Mr Trotter: „Er wollte, dass ich ihn Sir Arthur Conan Doyle vorstelle und stellte weitere unmögliche Forderungen."

„Jedoch besser, als die Wahrheit auf dem Tisch zu haben oder, besser gesagt, dem Ouija-Brett. Haben Sie auch da nachgebessert?", fragte Arthur.

„Bitte sprechen Sie nicht mit Lady Clarice darüber", keuchte Mr Trotter. „Ich wollte sie so gern erfreuen, doch Ouija-Bretter funktionieren oft nur mit etwas Ermutigung, daher habe ich ..."

„Ein bisschen nachgeholfen?", schlug Nell vor, als er ins Stocken geriet.

„Das versuchte ich vergeblich", gab er traurig zu, doch dann sammelte er sich. „Doch es bewegte sich von ganz allein. Wahrhaftig. Ich war zutiefst erschüttert. Aber welch ein Erfolg! Wenn Sie sich erinnern, es hat den Tod korrekt vorhergesagt."

„Da wären wir also", sagte Arthur, als sie den noch immer Kauderwelsch redenden Mr Trotter am Bahnhof von Sevenoaks abgesetzt hatten. „Möchten Sie tatsächlich Ihren Erledigungen nachgehen? Falls nicht, hoffe ich, ein Mittagessen im *White Hart* sagt Ihnen zu. Ein wenig gehaltvolles Essen scheint mir angemessen nach all den unsichtbaren Geistern um uns herum."

Die Bibliothek von Wychbourne Court war Nells erste Anlaufstelle, als die Vorbereitungen für das Dinner abgeschlossen waren. Sie wusste, dass es dort eine Reihe gebundener Ausgaben des *The Stage Year Book* gab, das seit 1908 veröffentlich wurde. Darin gab es allerhand

Informationen über berühmte Schauspieler, Nebendarsteller, Hauptdarstellerinnen und die Stücke, in denen sie aufgetreten waren. Sie lieh einige der Bücher aus und ging zurück in ihren Kochtopf, um sich an die Arbeit zu machen.

Sie fing bei Hubert Jarrett an, so wie Alex, und studierte die Bilder, die er gefunden hatte, eingehend. Das erste war 1900 vor dem Garrick Club aufgenommen worden, wie sie aus den Zeitungsausschnitten erfuhr, das Jahr, in dem er mit seiner Rolle Richard II berühmt wurde. Unter der Rezension war eine Linie gezogen. Die zweite Aufnahme war neuer. Sie stammte aus 1920, als er für seine Rolle des Othello viel Lob erntete. Auf dem Bild standen die zwei Herren neben einem Portrait von Etty. *The Bath* war wohl Tobias' Wahl gewesen, dachte Nell.

Das nächste Bild zeigte Neville Heydock, der 1902 eine Hauptrolle im Stück von Jerome K. Jerome spielte, doch die Linie war erst unter einer Rezension aus 1908 gezogen. Kein schwarzes Kreuz. Zu Lynette Reynolds, damals noch Lynette Allison, fingen die Rezensionen 1896 an und spannenderweise fand Nell hier keine eingezeichnete Linie, aber dafür ein schwarzes Kreuz. Genauso verhielt es sich mit Constance Wilson, wie Mrs Jarrett damals noch hieß. Abgesehen davon, sah Nell nur die Zusammenhänge, auf die Alex Melbray sie gebracht hatte. Von wann die Aufnahmen stammten und die Linien in den Akten.

Was konnte sie also daraus schließen?

Nichts.

Unfug, sagte sie sich forsch. Alle Zutaten liegen vor dir, nun mach also ein Gericht daraus. Alles, was du noch nicht weißt, ist die richtige Reihenfolge der verflixten Zutaten. Sie würde also raten müssen, um herauszufinden, was stimmen konnte.

Zunächst einmal die Morde: Gab es zwei Mörder oder einen? Vermutlich einen, was bedeutete, dass Tobias Rocke der Schlüssel zu alledem sein musste. Was hatte es mit den Fotografien auf sich? Was bedeuteten die Linien unter den Akteneinträgen? Wozu die schwarzen Kreuze? Warum der *Garrick Club* und Cannes? Und so machte sie immer weiter. Waren die Orte von Bedeutung? Der Garrick Club war bekannt dafür, der bevorzugte Londoner Club männlicher Hauptdarsteller zu sein. Es gab strenge Aufnahmekriterien. Hatte Hubert also Tobias Rocke dort vorschlagen müssen, weil er ihn erpresste? Möglich war es. Sie selbst hätte dagegen gestimmt.

Wieso war Hubert Jarrett jedoch eines seiner Opfer? Das war leicht zu beantworten. Wahrscheinlich war er der Mann, der Mary Ann belästigt hatte und vielleicht ihr Mörder. Was war mit Alice Maxwell? Die Rezension über der Linie war zu ihrer Rolle in *Medea* 1909 und das Bild mit Tobias stammte aus demselben Jahr. War er dort mit ihr im Urlaub oder hatten sie sich zufällig getroffen? Weder Hubert noch Alice Maxwell hatten ein schwarzes Kreuz auf einem ihrer Bilder. Nell betrachtete wieder Lynette Reynolds. In ihrer Akte war keine Linie gezogen, doch die Rezension von 1890 zierte ein schwarzes Kreuz. Auf der Aufnahme vom diamantenen Thronjubiläum 1897 war sie mit ihrem damaligen Ehemann Neville Heydock und Tobias bei einer Abendveranstaltung zu sehen. Lynette sah darauf mehr als unglücklich aus.

Zu Constance Jarrett gab es nur wenige Rezensionen und über ihrer Akte war kein Strich gezogen worden. Auf ihrem Bild prangte jedoch ein großes, schwarzes Kreuz.

Schwarze Kreuze. Waren es Leute, die Tobias Rocke und seinen Erpressungsversuchen die Stirn geboten hatten? Sie ging sie wieder durch: Lynette Reynolds, Mary Ann, Constance Jarrett. Bisher gab es keine schwarzen Kreuze bei den Männern, nur bei den Frauen. Und auch nicht bei jeder Frau. Was hatte das zu bedeuten?

Fing nun endlich ihr Topf an zu kochen? Es mochte ein Zufall sein, aber was, wenn die Kreuze für jene Frauen standen, die seine Avancen abgewiesen hatten? Bedeuteten die fehlenden Akten zu Lady Ansley und Lady Kencroft, dass er entschieden hatte, ihnen nicht nahezukommen, da sie einflussreiche Verehrer hatten? Nell entschied, dies vorsichtig bejahen zu können, denn es würde die Kreuze erklären. Sein verletzter Stolz war mit Tobias Rocke durchgegangen.

Die in den Akten gezogenen Linien irritierten sie jedoch noch immer. Möglich, dass sie mit den Personen zusammenhingen, die er erpresste, was erklären würde, wieso einige Akten – wieder Lady Ansley und Lady Kencroft – keine Linien aufwiesen. Konnten die Linien darauf hinweisen, wann Tobias Rocke seine subtilen Erpressungen angefangen hatte? Über der Linie hatte er einige allgemeine Informationen zu seinem potenziellen Opfer gesammelt, ehe er nach der Macht griff. Auch der Theorie über die Linien konnte sie ein vorsichtiges ‚ja‘ geben, nun musste sie also herausfinden, was die Aufnahmen zu bedeuten hatten.

Fang am Anfang an, dachte sie sich. Was hatte Tobias Rocke gefordert, wenn es kein Geld war? Waren ein Nicken oder ein Zwinkern genug, um seine Opfer daran zu erinnern, dass er sie unter Kontrolle hatte, weil er ihre Geheimnisse kannte? Verlangte er – egal wie sanft – Preise und Maskottchen und im Falle der Frauen – sie schauderte bei dem Gedanken – ihre Wäsche? Das Wissen, dass er ihre tiefsten Geheimnisse kannte, langte jedoch nicht, um seine Opfer über so einen langen Zeitraum noch bangen zu lassen. Vielleicht kamen hier seine Erinnerungsstücke ins Spiel, damit er sich damit brüsten konnte, während seine Opfer innerlich tobten. Konnte er so seinen Opfern auch deutlich gemacht haben, dass es an der Zeit für eine weitere kleine Belohnung war? Er hatte von Mr Trotter verlangt, Sir Arthur Conan Doyle vorgestellt zu werden, also hatte er vielleicht auch von seinen anderen Opfern Dinge verlangt. Vielleicht eine Mitgliedschaft im Garrick Club in London oder einen Urlaub in Cannes, den Eintritt zum diamantenen Thronjubiläum und so weiter. Von jeder solchen Gelegenheit gab es mindestens eine Aufnahme, die er anderen zeigen konnte, um so in der Gesellschaft gebührend anerkannt zu werden. So konnte er in der Gesellschaft weiter aufsteigen und würde nicht mehr nur ein passabler Charakterdarsteller, sondern Direktor der Welt, die er begehrte, sein – und wenn schon nicht am Theater, dann abseits der Bühne. Nell lehnte sich zurück. Mit ihrer Theorie konnte sie zufrieden sein – nein, sie war gut genug, um sie eine *Schlussfolgerung* zu nennen und sie Chefinspektor Melbray zu unterbreiten.

Die Möglichkeit, dies zu tun, ergab sich kurz darauf – am nächsten Tag bereits. Lord Ansley entschuldigte sich, dass er sie so kurzfristig bat, ihn nach London zu begleiten, um der Untersuchung beizuwohnen. „Da meine Ehefrau morgen nach Wychbourne zurückkehrt, würde ich Ihre Begleitung sehr begrüßen. Es könnte auch für Ihre Arbeit für Chefinspektor Melbray nützlich sein", sagte er mit unbewegter Miene.

Es war möglich, dachte Nell, obwohl sie nicht sicher war, ob, der Untersuchung beizusitzen, die Ehre war, die es schien. Es war ihr zu früh nach der letzten Untersuchung. Trotzdem nahm sie dankend an und fing gedanklich an, die Freitagsliste auszubrüten und Schätzungen für das Wochenende für Mr Fairweather durchzugehen. Er mochte es, wenn die Dinge ordnungsmäßig verliefen. Gemüse, Obst und Blumen mussten im Voraus bestellt werden und je nach seinem wöchentlichen Bericht, was reif sein würde – abhängig vom Wetter. Den Nachsatz hatte Nell sich eingeprägt, da Mr Fairweather ihn fast immer an seinen Bericht anhängte.

Die Untersuchung wurde im Gericht zur Untersuchung von Todesursachen von Westlondon in Fulham abgehalten. Als sie eintrafen (sie wurden in Lord Ansleys Rolls-Royce dorthin gefahren), erspähte Nell sofort Chefinspektor Melbray im Zeugenstand beim Untersuchungsrichter sitzen. Sie wappnete sich für den bevorstehenden Morgen und wie vermutet erwiesen sich die medizinischen Details als schier endlos. Sie war sehr erleichtert, als die Geschworenen nach nur kurzer Zeit zu dem Urteil unrechtmäßigen Tötens kamen. Trotzdem musste sie lange warten, bis sie Alex Melbray zu sprechen bekam, denn er schien mit jedem dringend reden zu wollen, außer mit ihr. Zumindest kam es Nell so vor.

Als er endlich Zeit hatte, sah er sehr müde aus. Bange ihm ihre Theorie vorzustellen, sprach sie Dinge voreilig aus, bei denen sie sich hätte zurückhalten sollen. Ihr war bewusst, das dies kein geeigneter Zeitpunkt war, doch sie musste die Chance nutzen, ihm gleich davon zu berichten.

Er hörte ihr aufmerksam zu und auch geduldig, wie sie feststellte, doch dann sagte er: „Gute Arbeit, Miss Drury, aber ich bin davon nicht überzeugt. Wieso hätte sich einer von ihnen nun plötzlich dazu entschließen sollen, Rocke oder Jarrett nach all den Jahren der Erpressung aus dem Weg zu räumen? Und wieso in Wychbourne und in Anwesenheit ihrer Bekannten und dann noch in einer verschneiten Nacht? Das ergibt keinen Sinn."

Sie versuchte es noch einmal. „Vielleicht wurde Tobias Rocke aufsässig. Wenn Mary Ann Darling ihn abgewiesen hat, könnten es auch andere getan haben. Ich bin sicher, dass die schwarzen Kreuze auf den Aufnahmen darauf hinwiesen und es wäre auch eine Erklärung für die verschlossene Schublade voller Unterbekleidung."

„Oder es war andersherum", sagte er. „Wenn er sie erpresste, jedoch sexuell nicht an ihnen interessiert war, würde es die Demütigung, solche Dinge zu verlangen, nur noch verschlimmern." Er hielt inne. „Wirklich gute Arbeit, Nell. Nur eine Sache noch. Woher wissen *Sie*, dass die Gäste von Wychbourne Court oder zumindest einige von ihnen von Rocke erpresst wurden?"

Das konnte sie leicht beantworten. „Bedienstete – und dazu zähle auch ich – bekommen vieles mit, auch wenn wir nicht wahrgenommen werden. Ich serviere Kaffee, stehe bei und warte."

„Das habe ich mir gedacht. Und was, wenn jemand bemerkt, wie viel Sie mitbekommen? Würden Sie dann auch zum Schweigen gebracht werden?", fragte er grimmig.

Das überraschte sie. „Das ist unwahrscheinlich. Schließlich schnappen viele von uns zufällig Dinge auf, nicht bloß ich. Wir wussten alle über Mary Ann Darling und die Gäste Bescheid." Sie zögerte, ob sie weitersprechen sollte. Wieso nicht? Es war eine berechtigte Frage. „Könnten Sie nicht offiziell die Ermittlungen in Mary Anns Tod wieder aufrollen?"

„Nell, Sie kennen die Grenzen", sagte er verärgert. „Ich erzähle Ihnen, so viel ich kann, aber weiter kann ich nicht gehen. Wieso ist Ihnen das so wichtig?"

„Ich bin mir sicher, dass sie diese Morde verbindet."

„Genug jetzt, Nell."

„Ich verstehe nicht, wieso …"

„Ich kann Ihnen nicht die Augen öffnen, Nell. Sie wissen, dass ich nur bis zu einem gewissen Grad über meine Arbeit sprechen kann." Er zögerte. „So würde es *immer* sein. Könnten Sie damit leben?"

„Nein", platzte sie heraus.

Er seufzte. „Ich muss nun los, Nell. Der Fall entwickelt sich rasend schnell und ich kann aktuell nicht mehr sagen."

Sie sah ihm nach und es juckte sie in den Fingern, ihm nachzulaufen, die Worte zurückzunehmen und sich zu entschuldigen, doch sie brachte es nicht über sich.

Würde sie es ertragen können, immer nur die halbe Geschichte zu kennen, bis sie vorbei war? Sie hatte gedacht, sie könnte es, doch nun zweifelte sie daran. Sie wartete noch, bis er die Stufen zur Underground-Station hinabgegangen war, dann ging sie zurück, um mit Lord Ansley nach Hause zu fahren. Zurück nach Wychbourne Court.

Kapitel 14

„Es ist, als hätten die Keystone Kops gleich ganz Wychbourne Court übernommen", sagte Lady Ansley verzweifelt. „Sie vollbringen Wunder in der Küche, Nell. Peters gibt sein Bestes und ich meins, doch trotzdem geht es bei unseren Veranstaltungen drunter und drüber."

Lady Ansley war gestern allein zurückgekehrt und hatte Nell umgehend in ihren Salon bestellt. Da Samstage für gewöhnlich ruhige Tage waren, wenn keine Gäste anwesend waren, musste irgendetwas nicht stimmen, beschloss Nell.

„Keystone Kops sorgen für Spaß", sagte Nell munter. „Doch ihr Humor und Spaß blieben in Wychbourne aus."

„Wie wahr. Ich habe mit Mrs Jarrett telefoniert. Die arme Constance ist ganz erschöpft von der Beerdigung und der Untersuchung, was nachvollziehbar ist. Es war eine familiäre Beerdigung, sagte sie und der Gedenkgottesdienst in der St.-Pauls-Kathedrale wird zu gegebener Zeit angekündigt. Vorerst konzentriert sie sich darauf, die Wahrheit über Huberts Tod zu erfahren."

Nell sah, dass Lady Ansley zögerte und wartete nur auf die schlechten Neuigkeiten.

„Ich fürchte, Constance ist der Auffassung, dass, wer immer ihren Ehemann vergiftet hat, es uns allen gestehen wird. Mir erscheint es höchst unwahrscheinlich, doch sie ließ sich nicht aufhalten. Wenn ich ehrlich sein darf, Nell, war Constance mir stets ein Rätsel. Sie war Hubert treu ergeben, obwohl sie sich seiner

Schwächen bewusst war – und ist – und sie sagte, es
verstärke ihren Vorsatz umso mehr, seinen Mörder
ausfindig zu machen. Sie hat ihre Meinung, hierherzu-
reisen, gestern geändert, doch sie wünscht noch immer, hierherzukommen, da er hier das Gift verabreicht
bekommen haben muss. Schlimmer noch, sie will alle
Freunde, die für die Revue hier waren, anwesend haben. Sie hat sogar schon mit ihnen allen gesprochen
und ach, Nell! Sie haben *zugesagt.* Sogar der arme, her-
zensgute Neville, dessen Stück *We Dine at Nine* gerade
eröffnet werden soll, weshalb es für ihn wirklich keine
passende Gelegenheit ist, für mehrere Tage nach Kent
zu reisen, ist so gut.“

„Für mehrere Tage?“, fragte Nell entsetzt. Normalerweise stellten mehrtägige Besuche kein Problem dar,
doch nun kam es ihr merkwürdig vor. „Wann kommen
sie an?“ Sie sah Lady Ansley sofort an, dass ihre Vorah-
nung richtig war.

„Heute.“

Heute? Nells erster Gedanke war, dass Mr Fairweather Kleinholz aus ihr machen würde, wie ihr Vater es
immer so elegant ausgedrückt hatte. Die Vorstellung,
wie hocherfreut Mrs Fielding darüber sein würde, so
viele Gästezimmer so kurzfristig herrichten zu müssen,
hellte ihre Stimmung etwas auf. Froh über ihre Weit-
sicht, immer einen Notfallplan zu haben, wusste Nell,
dass es ihr keine Probleme bereiten würde. Die Vorratskammer mit dem Wild würde die Lage meistern (solange Jethro sich nicht zu oft bedient hatte) und Mr
Fairweathers sicherheitshalber eingelagerten Trauben
und das Gemüse aus dem Gewächshaus würden ihr zur
Verfügung stehen, sobald er sich von dem Schock

erholt hatte und sie ihn überredet hatte, sie herauszu-
rücken. Das Brot würde knapp werden, da der Bäcker
seine Lieferung für das Wochenende bereits zugestellt
hatte. Die Zeit würde jedoch noch reichen, um mit dem
Bäcker eine Lösung zu finden.

„Sie kommen heute Abend zum Dinner", fügte Lady
Ansley ängstlich hinzu.

Nachdem Nell ihr versichert hatte, dass ihre Gäste, ob
nun willkommen oder nicht, kaum verhungern würden, besann sich Lady Ansley auf ihre eigentliche
Sorge. „Constances Beharren auf ein solches Treffen ist
besorgniserregend. Ich glaube, dass sie es ansprechen
will. Sie ist natürlich eine sehr gute Schauspielerin. Sie
war immer sehr zurückhaltend, doch auf der Bühne
blühte sie auf. Was für ein Verlust, dass Hubert sie nach
der Heirat nicht mehr auftreten ließ. Mir kam dieselbe
Abmachung sehr gelegen, als ich Gerald heiratete, doch
im Gegensatz zu mir schien Constance der Bühne so
verschrieben wie Alice."

Knurrender Knoblauch, dachte Nell, nun noch be-
sorgter, als sie zurück in die Küche eilte. Das Letzte, das
Wychbourne Court brauchte, war eine Sarah Siddons,
eine große tragische Schauspielerin, die auf die Bühne
drängte. Nell rügte sich für einen solchen Vergleich.
Die arme Frau hatte gerade ihren Ehemann verloren
und so herrschsüchtig er auch gewesen sein mochte,
würde es ihr sicherlich nicht leichtfallen, sich an ein Leben ohne ihn zu gewöhnen. Doch was würde jetzt wohl
noch alles aufgewühlt werden?

„Sie haben mich nicht gesehen, frühestens in fünf-
zehn Minuten", raunte sie Mr Peters zu, als sie an ihm

vorbeihuschte. „Haben Sie gehört, was uns heute bevorsteht?“

„Mrs Fielding hat es mir gerade erzählt. Ach, Miss Drury, Lady Clarice hat nach Ihnen gefragt. Ich habe Sie also die nächste halbe Stunde nicht gesehen. Ich werde Ihrer Ladyschaft mitteilen, dass man Sie im Gemüsegarten vermutet.“

„Gott segne Sie“, rief sie aus und rannte zu Kitty und Michel, um einen Plan auszuhecken. Das Ergebnis ihrer Besprechung war eine Liste für Mr Fairweather, die in Notfall (für heute) und Provisorium (für die nächsten vier Tage) aufgeteilt war und ihre Pläne waren von Hoffnung anstatt bloßer Machbarkeit gezeichnet. Die Gäste würden doch wohl nicht länger als vier Tage bleiben? Nach einem etwas nervenaufreibenden Treffen mit Mr Fairweather fand Nell Lady Clarice nur zehn Minuten nach Mr Peters Gnadenfrist.

„Da sind Sie ja, Miss Drury.“

Lady Clarice war in einen Stapel Bücher aus der Bibliothek von Wychbourne Court vertieft und saß an einem Tisch am Fenster ihres Salons. Eines der Bücher erkannte Nell sogleich, Thiselton Dyers *Ghost World*. Glücklicherweise schien Lady Clarice ihr Zuspätkommen nicht zu bemerken.

„Sie sind genau die richtige Person, die helfen kann“, sprach Lady Clarice weiter. „Bitte setzen Sie sich doch.“ Sie deutete auf den Stuhl ihr gegenüber und Nell ließ sich nieder. Sie hoffte, das dies nicht auf eine lange Unterhaltung hindeutete. „Ich mache mir Sorgen, Miss Drury. Um Wychbourne Court und insbesondere um Lady Ansley und meinen Bruder. Mir scheint, dass eine dunkle Wolke über dem Anwesen und besonders über ihnen hängt. Würden Sie mir nicht zustimmen?"

„Ja, Lady Clarice", antwortete Nell vorsichtig. Sie musste ihr in der Tat zustimmen, doch bei Lady Clarice war nicht klar, worauf solche Unterhaltungen hinausliefen. Mr Briggs hatte das Küchenpersonal amüsiert und Lord Richard hatte spontane Tänze veranstaltet, aber die Wolke hing noch immer über Wychbourne Court – kaum verwunderlich, schließlich hatte es zwei ungeklärte Morde gegeben und beide Opfer waren ihre Gäste gewesen.

„Mein Neffe vernachlässigt seine Pflichten für Miss Smith, Gertrudes Kammerzofe. Meine Nichte Lady Helen verbringt zu viel Zeit in London und das unbeaufsichtigt. Lady Sophy vergisst ihr Erbe über ihre Begeisterung für die sozialistische Bewegung und das bolschewistische Russland. All diese Dinge sehe ich als Gründe für den mangelnden Fortschritt in den Mordermittlungen. John Palmer ist noch immer im Gefängnis und die Polizei gibt keine Aussage darüber, ob sie dies als Ungerechtigkeit anerkennen und zuletzt bieten wir dem Dorf nicht die Führung, die von uns erwartet wird. Und auch Sie tun dies im Übrigen nicht, Miss Drury."

Nell zuckte zusammen. „Meine Arbeit?"

„Nein, Sie selbst. Mir ist eine gewisse *Zuneigung* zu Chefinspektor Melbray nicht entgangen. Das ist natürlich Ihre private Angelegenheit, doch es beeinflusst Ihre Bemühungen, die dunkle Wolke über Wychbourne Court zu vertreiben und ich muss Sie eindringlich bitten, die Bedeutung von Wychbourne Court zu berücksichtigen. Wir haben Sie alle sehr gern, Nell", fügte Lady Clarice rasch hinzu, bevor Nell eine Antwort darauf geben konnte, die sie bereut hätte. „Wychbourne braucht Sie.“

„Und ich Wychbourne“, brachte Nell heraus. „Aber ich tue, was ich kann.“ Lady Clarice musste etwas anderes im Sinn haben, auch wenn sie nicht sicher war, was.

„Gut. Ich habe vor, selbst eine Rolle darin zu spielen, die düstere Wolke zu vertreiben und habe Mr Trotter hinzugezogen.“

„O nein.“ Die Worte waren ausgesprochen, bevor Nell sich stoppen konnte, aber zum Glück verübelte Lady Clarice es ihr nicht.

„Ich verstehe, dass Mr Trotter nicht bei allen beliebt ist und vielleicht war es töricht, die Geister auf so unkonventionelle Art zu ermutigen, dennoch hat er bemerkenswertes Talent als Medium.“

„Hilft das denn Wychbourne Court?“ Nell konnte sich die Frage nicht verkneifen.

„Wir müssen erfahren, wer Tobias Rocke ermordet hat, Miss Drury und vermutlich auch Mr Jarrett. Wir können nicht zulassen, dass Wychbourne Court als ein Ort, an dem Schauspieler ihr Ende finden, abgestempelt wird. Außerdem könnte der liebe John am Old Bailey, dem zentralen Strafgerichtshof, für schuldig erklärt werden, wenn wir uns nicht beeilen.“

„Dann würde Mr Jarretts Mord noch immer ungeklärt bleiben.“

Lady Clarice sah sie ernst an. „Vielleicht könnte sogar Mr Trotter verdächtigt werden.“

Sogleich war Nell in Alarmbereitschaft. Diese Worte waren für Lady Clarice, gelinde gesagt, höchst überraschend.

„Das erstaunt Sie sicherlich, Nell. Aber denken Sie darüber nach. Tobias Rocke war Mr Trotter gegenüber sehr unwirsch und drohte sogar, seine Karriere zu beenden und auch Mr Jarrett war ihm gegenüber sehr unhöflich. Man könnte daher argumentieren, dass Mr Trotter ein Motiv hatte, um beide umzubringen und auch wenn ich keinen Moment lang daran zweifle, dass er unschuldig ist, stimmt er mir zu, dass der wahre Mörder schnellstmöglich entlarvt werden sollte. Deshalb hat er zugestimmt, nach Wychbourne Court zurückzukehren und die Angelegenheit endgültig zu regeln.“

Es waren erst zwei Tage vergangen, dass er abgereist war, dachte Nell und das nur, weil er Mrs Reynolds nicht hatte gegenübertreten wollte. Lady Clarice, vermutete sie, hatte deutlich gemacht, dass sie seine Rückkehr erwünschte. Doch Nell konnte Lady Clarice viel nachsehen. Ihre Ladyschaft hoffte noch immer, dass der Geist ihres Verlobten Jasper zu ihr zurückkommen würde. Er war im Zweiten Burenkrieg gestorben und mit ihm all ihre Hoffnungen auf Liebe und Ehe.

„Er trifft heute ein und wird im *Coach and Horses Inn* wohnen“, sprach Lady Clarice weiter.

Nell war erleichtert. Die Vorstellung, hinter jeder Ecke in Mr Trotter hineinzulaufen, hätte ihr Leben noch weiter erschwert. Doch wie kann er der Ermittlung helfen?, fragte Nell sich und überlegte, was um alles auf der Welt Lady Clarice dieses Mal im Sinn hatte.

„Ich habe meinen Bruder um Erlaubnis gebeten, dass er dazu nach Wychbourne Court kommen darf. Er war zunächst voreingenommen, so wie scheinbar auch Sie, Nell, doch dann kam er zur Einsicht.“

„Inwiefern?" Nur ruhig Blut, was immer nun kommen würde.

„Wir werden im großen Saal ein Tribunal einsetzen", sagte Lady Clarice begeistert. Nell musste sie sehr ausdruckslos angesehen haben, denn Lady Clarice sprach ungeduldig weiter. „Mr Trotter wird ihm natürlich assistieren."

„Wem assistieren, Lady Clarice?" In was für einem Albtraum war sie nun gefangen?

„Sir William Ansley natürlich. Sechzehntes Jahrhundert und später wurde er zum ersten Baron. Ich habe ihn überzeugen können, teilzunehmen."

Nell war verwirrt. „Mr Trotter?"

„Aber nein, Sir William natürlich. Er ist der perfekte Geist, um die Sitzung zu leiten, wenn die arme Mrs Jarrett später ankommt. Er wird uns die Wahrheit zeigen."

Sie brauchte einen raschen Einfall, dachte Nell. Auf dem Portrait im großen Saal sah Sir William wie ein fröhlicher Mann aus, väterlich interessiert an dem, was sich um ihn herum ereignete, doch wie er als alleiniger Richter fungieren sollte, war Nell ein Rätsel.

„Wie kann er das denn tun, Lady Clarice?", wagte Nell zu fragen. „Die Polizei hatte noch keinen Erfolg."

„Weil Sir William ein Geist ist und mehr sehen kann als wir und fraglos mit Tobias und Hubert in der Geisterwelt, in der sie sich alle befinden, kommunizieren kann. Nun, vielleicht nicht mit Hubert, da er vielleicht London bevorzugt, doch sein Mörder wird hier sein. Mr Trotters Anwesenheit wird garantieren, dass er dem Tribunal beiwohnt und dann wird Sir William seine Entscheidung verkünden."

„Wer wird bei diesem Tribunal anwesend sein?“, fragte Nell bestürzt, als sie sich vorstellte, wie Mrs Jarrett und alle Gäste diese Quälerei ertragen mussten. Das ging zu weit.

„Eine recht kleine Runde“, sagte Lady Clarice beschwichtigend. „Sie, Nell, ich, mein Bruder und Gertrude. Lady Sophy ist anderweitig beschäftigt, meinen Neffen lade ich nicht ein, da er seine *Zweifel* hat und Lady Helen ist in London. Mr Fontenoy wird auch anwesend sein. Wir werden es im großen Saal abhalten, bevor die Gäste eintreffen. Die Dämmerung ist keine ideale Zeit dafür, doch Mr Trotter versicherte mir, dass Finsternis nicht vonnöten ist, wenn die Fensterläden geschlossen sind.“

Sie musste Nells Gesichtsausdruck bemerkt haben, denn sie beruhigte sie. „Machen Sie sich keine Sorgen, Nell. Sir William wird sich darum kümmern, dass Gerechtigkeit siegt.“

Frische Luft, das war, was sie brauchte, wenn sie alle Aufgaben bewältigen wollte. Um Lady Clarice zufriedenzustellen, musste sie an dem Tribunal teilnehmen und sich dann um die unerwarteten Änderungen des heutigen Dinners kümmern. Was immer auch das Tribunal bewirken würde (oder auch nicht), Nell hatte ihre eigenen Aufgaben, die Vorrang hatten. Nach dem Dinner würde sie wieder im Salon auf ihrem Posten sein, denn Mrs Jarrett war offenbar fest entschlossen, herauszufinden, wer ihren Ehemann umgebracht hatte und Nell hatte vor zu lauschen.

Bis dahin würde sie versuchen, sich so gut wie möglich auf das Spektakel vorzubereiten. Zwei Morde.

Konnte Hubert Jarrett Tobias Rocke umgebracht haben oder hatte er gewusst, wer der Mörder war? Frische Luft würde ihr beim Denken helfen, entschied Nell. Es wurde schon langsam dunkel, aber vielleicht würde es ihrer Konzentration helfen, um den Friedhof zu laufen. Vielleicht würde sie dabei dem Geist von Tobias Rocke in die Arme laufen, dachte sie, dann verwarf sie den Gedanken rasch.

Als sie sich dem Friedhof näherte, erinnerte sie sich an das raschelnde Gebüsch, das sie auf den Wind geschoben hatte. Konnte das mit dem Geraschel, das Jethro etwa eine halbe Stunde später auf der anderen Seite des Friedhofs gehört hatte, zusammenhängen? Mr Fairweather und seine Frau, die im Pförtnerhaus wohnten, hatten nichts Auffälliges in der Nähe ihres Hauses bemerkt, was darauf hindeutete, dass Tobias Rocke tatsächlich aus der Richtung des Friedhoftors zum Vordach der Kirche gegangen und dann angegriffen worden war. Das Rascheln im Gebüsch konnte gut sein Mörder gewesen sein, der auf Mr Rockes Rückkehr wartete.

Konnte jemand Drittes dort gewesen sein? Ethel vielleicht? Konnte sie ihm den ersten Schlag versetzt haben? Ethel hatte das Treffen im *Coach and Horses Inn* veranstaltet, bei dem Hubert Jarrett vergiftet worden war. Nell erinnerte sich an den medizinischen Befund, dass er nichts bis auf die kleine Portion auf Wychbourne Court am Abend vor seinem Tod und im *Coach and Horses Inn* gegessen hatte. Nicht spekulieren, ermahnte Nell sich, als sie an Alex' Warnung denken musste. Aber waren die Möglichkeit, ihn umzubringen, und ihr Motiv nicht in gewisser Hinsicht auch Beweise?

„Was mache Sie hier, Miss Drury? Wildern Sie etwa wieder?“ Jethro tauchte plötzlich hinter ihr auf, als sie das Friedhoftor erreichte, an dem der liebe John und Tobias Rocke sich unterhalten – oder vielleicht gestritten – hatten.

„Das Verbrechen nachvollziehen“, sagte sie knapp.

„Seiner Lordschaft wird es nicht gefallen, wenn der alte John davonkommt. Ganz praktisch, wenn er weggesperrt ist und keiner die Familiengeheimnisse ausplaudern kann.“

„Zur Abwechslung reden Sie wohl mal keinen Stuss, Jethro.“ *Nur die Ruhe bewahren, Nell.* „Zeigen Sie mir doch, wo sie das Rascheln gehört haben.“

Er zuckte mit den Schultern. „Spielt da wieder wer Ermittlerin?“

„Gelegentlich“, sagte sie freundlich. „Haben Sie irgendwelche Geheimnisse zu lüften?“

„Das hätten Sie wohl gerne, was?“

Nun hatte sie aber genug. „Zeigen Sie mir die Stelle, Jethro, oder ich verpfeife Sie bei Ihrem Vater.“

Das wirkte. Er grinste. „Dort drüben. Das Gebüsch am Tor.“

„Und Sie wissen nicht, was das Rascheln war? Hat es geschneit?“

„Nein. Es hatte aufgehört. Es war auch kein Tier.“

„Haben Sie den Regenmantel gesehen, den die Polizei gefunden hat?“

„Daran hätte ich mich wohl erinnert, oder? Ich habe keinen Mantel gesehen. Niemanden bis auf die zwei Herren. Aber da war etwas im Gebüsch. Aber eins kann ich Ihnen sagen, Miss Drury ...“ Er lehnte sich zu ihr hinüber. „Natürlich nur im Vertrauen.“

„Was genau, Jethro?“
„Es war keines der Gespenster von Wychbourne.“

Kapitel 15

Zu guter Letzt hatte sie eine kurze Verschnaufpause vor den Vorbereitungen für das Dinner. Sie kamen alle zurück und das war kaum verwunderlich, schätzte Nell, schließlich standen sie einem kaum lösbaren Dilemma gegenüber. Wenn sie kamen, würden sie in Mrs Jarretts Augen zu ‚Verdächtigen‘ und wenn sie nicht kamen, dann würde man sie für schuldig halten.

Ihre Verschnaufpause musste ausfallen, als Lord und Lady Ansley sie um ein kurzes Wort zu sich baten.

„Zumindest wird Clarices Tribunal vorüber sein, wenn die Gäste eintreffen“, sagte Lady Ansley erleichtert, nachdem Nell sich erkundigt hatte, ob schon welche der Gäste angekommen waren. „Und ich weiß, das Dinner wird hervorragend sein. Was danach passieren soll, bereitet mir Sorgen. Constance ist so ungeduldig, zu Wort zu kommen, dass sie vielleicht schon heute anfängt. Ich kann sie kaum daran hindern.“

„Ich habe jedoch gute Neuigkeiten, Miss Drury“, sagte Lord Ansley. „Sie sollten das Tribunal entschädigen. Der liebe John wird freigelassen.“

„Das ist wirklich sehr erleichternd“, sagte Nell freudig, auch wenn die Möglichkeit, dass die Palmers sich verbündet haben könnten, um Tobias Rocke umzubringen, ihr wieder in den Sinn kam.

„Die zweite Neuigkeit ist, dass Chefinspektor Melbray morgen zurückkehrt. Er möchte mit allen, die in die zwei Morde verwickelt waren, zugleich sprechen.“

Nell schluckte. „Soll ich dabei sein?“

„Ja, er hat Sie eigens erwähnt, Nell. Doch nun sollten wir uns in den großen Saal begeben. Das Tribunal beginnt in Kürze. Ich bin nicht sicher, ob meine Schwester es Ihnen erklärt hat. Wissen Sie, dass es sich um Tischrücken handelt?"

„Tischrücken?", wiederholte sie bleich. War das nicht eine Art von spiritistischer Séance?

Lord Ansley blickte sie entschuldigend an. „Meines Wissens nach hat sogar Mr Trotter seine Zweifel, da er es für äußerst unwissenschaftlich hält. Clarice hat den Chefinspektor gefragt, ob er anwesend sein möchte. Er konnte die Einladung leider nicht annehmen, doch er wünscht, über die Ergebnisse informiert zu werden. Er hat ihr wohl gesagt, sie könnten nützlich sein."

War die ganze Welt verrückt geworden?, fragte Nell sich. Scotland Yard und ausgerechnet Alex glaubten an Tischrücken? Stand es nicht auf einer Stufe mit Ouija-Brettern, was die Unzuverlässigkeit anbelangte? Es stimmte schon, dass beide eigenartige Ergebnisse produzierten. So wie der Zeiger, der *Tod* buchstabiert hatte, erinnerte sie sich.

„Ich hoffe, Sie werden trotzdem teilnehmen, Nell", sagte Lady Ansley nervös.

Einen Augenblick lang wollte sie ‚Nein!' schreien, aber sie wollte Lady Clarice nicht verärgern, indem sie sich weigerte. Stattdessen machte sie sich auf das Spektakel gefasst, während sie zu dritt zum großen Saal hinuntergingen. Arthur war bereits eingetroffen und Mr Peters beaufsichtigte fleißig die aufgestellten Stühle und den Tisch. Sie waren unter dem Portrait von Sir William positioniert, was Nell auffiel. Wohl, damit er über die Geschehnisse walten und schnell vorbeikommen konnte, wenn ihm danach war. Mr Trotter rückte nervös die Möbel zurecht, um sie zu seinem Zweck ideal auszurichten – was immer dieser Zweck war.

„Das sieht mir alles ziemlich unheimlich aus, Miss Drury“, flüsterte Mr Peters, der gerade die Lampen abdunkelte.

Nell wünschte sich die Gewissheit, die ihr das Kochen bot, zurück und die gesamte komische Geisterwelt weit weg. Hier war nichts gewiss. Sie hatte schon genug über solche Tische gelesen, die sich bewegten oder rüttelten, ob nun von Geisterhand oder nicht. Sie wusste, dass diese Tische manchmal schon Ergebnisse geliefert hatten, ohne dass da eine krumme Sache lief.

Lady Clarice strahlte erwartungsvoll. Die Einzige hier, die darin Gewissheit finden würde, dachte Nell.

„Sollen wir unsere Plätze einnehmen, Mr Trotter? Sind Sie bereit?“, fragte Lady Clarice.

„Wieso haben Sie Sir William gewählt, Clarice?“, fragte Arthur, als sich alle gesetzt hatten. „Er sieht auf seinem Portrait so friedfertig aus.“

„Es liegt an uns, zu entscheiden, Arthur“, sagte Lady Clarice rügend. „Die Frage ist, wer uns auswählt. Sir William führt die Geister von Wychbourne Court an und verdient diese Ehre. Sie müssen wissen, Königin Elizabeth machte ihn zum Baron, weil er sie in schweren Zeiten erheiterte. Er spukt in diesem Bereich des Saals und Sir Ralph, der damals nur ein bloßer Ritter war, spukt in der Mitte des Saals, wo im Mittelalter einmal das Feuer gewesen war. In jungen Jahren verdiente er sich den Respekt des Eroberers, weil er dafür plädierte, dass die Bewohner Kents den Brauch der

Realteilung des Grundbesitzerbes beibehielten. Und dann gibt es noch Gilbert –"

„Sollen wir beginnen, Clarice?", fragte Lord Ansley sanft. „Sir William könnte unruhig werden."

„Aber natürlich. Wie töricht von mir. Dies ist ein Tribunal", sagte Lady Clarice. „Aber wir haben ihn ausgewählt, Arthur, da nicht bekannt ist, ob Sir William durch die Hand eines anderen starb oder selbst für seinen Tod verantwortlich ist. Deshalb ist er für unser Tribunal die ideale Wahl."

In Nells Augen hätte er deshalb für untauglich erklärt werden müssen, wenn er sich nicht einmal entscheiden konnte, ob er nun umgebracht worden war oder sich umgebracht hatte, doch sie verwarf den Gedanken.

„Es hängt natürlich davon ab", begann Lady Clarice, „ob Sir Williams Tod ein Verbrechen aus Angst oder Leidenschaft war. Man stelle sich seine missliche Lage vor. Sein Bruder John war ein eifersüchtiger und gewalttätiger Mann, der seinen Bruder um Titel und Besitz beneidete. Bei einem Trinkgelage griff John Sir William mit einem schweren Krug an, doch ob es aus Zorn oder Selbstverteidigung geschah, ist nicht bekannt. Einer von beiden starb sofort, der andere wohl vor Schreck. Es gibt keine Aufzeichnungen, die es belegen. Glücklicherweise war John nicht verheiratet und hatte keine rechtmäßigen Nachkommen, drum erbte der älteste Sohn von Sir William Wychbourne Court."

„Sollen wir beginnen, Clarice?", wiederholte Lord Ansley nachdrücklich.

„Aber ja, Gerald."

Diese Gruppe würde sich auch für ein Ölgemälde eignen, dachte Nell beim Anblick ihrer Begleiter in

Abendgarderobe, die um den Tisch saßen, als würden sie nach dem Dinner ein spannendes Spiel spielen. Weit gefehlt.

„Die Hände bitte mit den Handflächen auf den Tisch", verlangte Lady Clarice.

Mit allen Händen an richtiger Stelle war es leichter, das Spektakel so ernst zu nehmen, wie Lady Clarice und Mr Trotter es wünschten. Es war leichter, sich den Tisch als lebendiges Objekt vorzustellen, der sich aus eigenem Willen bewegte. Oder sollte es der Wille der Geister sein?, fragte Nell sich.

„Schließen Sie Ihre Augen, aber konzentrieren Sie Ihre Gedanken auf Tobias Rocke und Hubert Jarrett", befahl sie als Nächstes.

Einige Minuten vergingen und Nell bemühte sich, Lady Clarice zu gehorchen, auch wenn ihre Gedanken zu Gilbert, dem Geist des Butlers, abdrifteten und sie sich fragte, ob er wohl auftauchen und Cocktails servieren würde. Bisher sah es nicht danach aus.

„Sind Sie unter uns, Sir William?", fragte Mr Trotter. „Klopfen Sie einmal, wenn Sie hier sind."

Offenbar war er es nicht, denn man konnte nur das Atmen der Anwesenden hören und sie spürte nichts.

„Sir William", rief er wieder. „Klopfen Sie einmal, wenn Sie unter uns sind."

Nichts.

„Vielleicht streiten die Brüder wieder", murmelte Arthur.

„Auf keinen Fall. John Ansley hat Wychbourne Court nie wieder verdüstert", sagte Lady Clarice. „Versuch du es, Gerald."

Nell konnte Lord Ansleys Zögern spüren, doch sie wusste, wie gern er seine Schwester hatte und vermutete richtig, dass er sie nicht enttäuschen würde. Er räusperte sich. „William, wir warten noch immer auf dich."

Nichts. Nein, das stimmte nicht. Jemand musste sich auf den Tisch gestützt haben, denn er wackelte leicht. Und dann war da ein Geräusch. War das ein Klopfen? Drückte jemand zu sehr auf den Tisch?

„Vielen Dank, Sir William", sagte Mr Trotter mit tieferer Stimme – sprach Sir William etwa durch ihn? Willkürliche Gedanken rasten Nell durch den Kopf.

Lady Clarice trat nun bestimmt auf. „Dürfen wir erwarten, heute Abend mit dem Mörder von Tobias Rocke zu speisen? Zweimal Klopfen für Ja, einmal für Nein."

Das ging zu weit, dachte Nell in Angst versetzt, obwohl sie angestrengt horchte. Nichts geschah. Doch dann tat sich etwas. Der Tisch bewegte sich eindeutig und nicht nur einmal, sondern zweimal. Jemand von ihnen musste das angestellt haben. Nell sah sich um und blickte in sechs Gesichter, die genauso verängstigt aussahen, wie sie sich fühlte. Ganz besonders Mr Trotter.

Es läutete an der Tür. Die ersten Gäste trafen ein.

Trotz aller Bemühungen würde das Dinner alles andere als beschwingt werden, jetzt da die Gäste lieber auf ihre Teller starrten, als gesellig zu plaudern. Die Qual des Tribunals war ihnen erspart geblieben, doch sie mussten vielleicht etwas Schlimmeres über sich ergehen lassen. Von ihrem Posten im Servierzimmer aus sah die versammelte Gruppe ähnlich merkwürdig aus. Bis auf Helen, die ein strahlendes Violett trug, waren alle Gäste wie Mrs Jarrett in Trauerkleidung erschienen und als sie in den Dinnersaal eintraten, ähnelte es einem Trauerzug. Es erinnerte Nell an den exzentrischen französischen Gourmet Grimond de la Reynière, der erste Gastronomiekritiker, der Ende des achtzehnten Jahrhunderts Dinnerpartys veranstaltet hatte und sie als Beerdigungen inklusive Särgen und allem, was dazugehörte, inszeniert hatte.

Mrs Jarrett wurde von Lord Ansley in den Raum begleitet. Sie war eine große, Achtung gebietende Dame, ihre hübsche Miene war ruhig und unbewegt. Wenn sie innerlich von Trauer und Anspannung zerrissen war, ließ sie sich nichts davon anmerken. Ihre Vornehmheit stellte Mrs Reynolds, Lady Kencroft und Miss Maxwell in den Schatten.

Würde dieses Treffen die Ermittlungen voranbringen?, fragte Nell sich. Es war schwer vorstellbar, wie sie die Vergangenheit aufrollen und die Geheimnisse so herausrückten, wie Mrs Jarrett sich wohl erhoffte. Bleib bei deinen Rezepten, Nell, ermahnte sie sich.

Als sie nach dem Dinner mit dem Kaffee in den gemütlichen Salon trat, fachte Diener Robert gerade das Kaminfeuer an und Mr Peters bereitete den Digestif vor. Nell sollte das Treiben nur beaufsichtigen, denn glücklicherweise war Mrs Fieldings Annie gut in der Lage, allein den Kaffee zu servieren. Die Herren brauchten länger als sonst, um sich zu den Damen zu gesellen. Waren sie etwa nervös? Doch als sie eintrafen, ließen sich alle nieder, ganz wie ein Publikum, das darauf wartete, dass der Vorhang aufging.

Was würde Mrs Jarrett sagen? Würde sie jemanden beschuldigen, ihren Ehemann umgebracht zu haben? Nell wartete ungeduldig, hin- und hergerissen zwischen Aufregung und Angst. Dies würde keine Lobrede auf den verstorbenen Mann sein. Als Mrs Jarrett sich erhob, erschien es Nell, als würde wirklich ein Stück aufgeführt. So sollte sie es sich vorstellen, entschied sie. Sie würde es mit Abstand betrachten und sich nicht von ihren eigenen Reaktionen ablenken lassen.

Die Szene: im Salon. Kaffee wird serviert. Im Mittelpunkt: Constance Jarrett, Witwe des Ermordeten. Links und rechts von Schauspieler: die Nebendarsteller. Das Publikum: Nell Drury.

Die Anfangszeile: „Ich danke euch für eure Beileidsbekundungen und dass ihr hergekommen seid, mir zu helfen.“ Die Nebendarsteller murmelten zustimmend.

„Ich frage mich jedoch, warum“, fügte Mrs Jarrett hinzu.

Nell erstarrte. Damit hatte sie nicht gerechnet.

„Neville, dein Stück wird bald im *Albion* uraufgeführt und du steckst mitten in den Proben“, sagte sie. „Du bist so beschäftigt und doch bist du hier. Zu freundlich.“

Neville Heydock sah sie entgeistert an und Mrs Jarrett fuhr fort. „Lord Kencroft, auch du bist hier, obwohl das Land normalerweise all deine kostbare Zeit beansprucht. Katie, warum bist du hier?“

Es war tatsächlich ein Theaterstück. Die Reden waren einstudiert, doch worauf wollte sie hinaus? Nell wusste es nicht.

„Ich werde die Frage für uns beide beantworten“, sagte Lady Kencroft sogleich. „Vor der Wychbourne Revue haben wir einander viele Jahre nicht gesehen. Wir sahen einander nur, wenn unsere Wege sich auf der Bühne oder gesellschaftlich kreuzten. Darling, sagten wir dann, wie schön, dich zu sehen. Doch die Vorhänge fielen und wir gingen von der Bühne ab. Doch dann kam Gertrudes liebe Einladung nach Wychbourne Court und damit auch die Pflicht, einander zu unterstützen. Und deshalb sind Charles und ich heute hier."

„Ich danke dir, Katie", antwortete Mrs Jarrett. „Ich bin euch sehr dankbar. Der Grund, weshalb ich jedoch heute hier bin, hat andere Gründe als mein Ersuch eurer Unterstützung. Hubert und ich waren *glücklich* verheiratet, was einige von euch überraschen mag, doch so war es."

„Einen Moment, Connie", setzte Neville Heydock beklommen an.

Sie wichen vom Skript ab und Nell spürte die Spannung im Raum. Mrs Jarrett hielt jedoch nicht inne. „Ich habe daher vor, herauszufinden, wer ihn und Tobias umgebracht hat."

„Ist das nicht Aufgabe der Polizei, Constance?", fragte Miss Maxwell.

„Genauso ist es meine Alice."

„Das ist lobenswert, Constance", griff Lord Ansley ein, der sichtlich beunruhigt war. „Doch ich kann mir nicht vorstellen, was du dafür tun kannst, so schrecklich es für dich sein mag. Wenn einer von uns etwas gesehen hätte, wie das Gift in Huberts Getränk oder Speise gelangt ist, hätten wir es der Polizei mitgeteilt."

„Das ist mir klar", sagte Mrs Jarrett kühl. „Was die Polizei ohne unsere Unterstützung nicht herausfinden kann, ist das Ausmaß von Tobias' Erpressungen, ein

Thema, welches angeschnitten und dann geschickt im Detail umgangen wurde."

Volltreffer! Ob nach Skript oder nicht, Nell wollte kein Wort verpassen. Endlich würde sie die Zusammenhänge zwischen den Aufnahmen und den Akten prüfen können.

„Eine grandiose Idee, Constance." Mrs Reynolds begann zu klatschen, doch es stimmte niemand ein.

„Vielen Dank", antwortete Mrs Jarrett. „Ich habe erkannt, dass Hubert eines von Tobias' Opfern war und ich möchte euch erzählen, warum. Ich hoffe, dass nun, da Tobias tot ist, es euch ermutigen wird, euch auch zu äußern."

Stotternder Stockfisch! Nell hielt den Atem an. Wo führte das nur hin ...

„Ich verstehe nicht, wie die Erpressungen jetzt nach seinem Tod noch relevant sein sollen", sagte Lord Kencroft.

„Vielleicht sind sie es nicht", gab Mrs Jarrett zurück. „Doch ich kann mir keinen anderen Grund für Huberts Tod vorstellen, auch wenn es ein eigenartiger Grund sein mag. Bevor er mich traf, verehrte Hubert Mary Ann Darling. Jung und töricht folgte er ihr wie ein Hündchen überall hin, dass sie sich sogar bei Mr Edwardes beschweren musste."

„Er war der Mann, der Mary Ann verfolgte?", fragte Neville Heydock überrascht.

Das bestätigte also die Vermutung, dachte Nell, dass der Mann im Gebüsch vor Mary Anns Wohnung Hubert Jarrett gewesen war. Ihre Theorien erwiesen sich somit als wahrscheinlich.

„Das war er", antwortete Mrs Jarrett ruhig. Tobias fand es heraus und machte sehr deutlich, dass er Huberts Chancen auf eine große Karriere zerstören könnte, indem er bekannt werden ließ, dass er Mary Ann Darling schikaniert hatte. Die Situation spitzte sich zu, als sie verschwand. Tobias verlangte große und kleine Gefallen. Oft vergingen Monate und Jahre und wenn Hubert sich gerade sicher dachte, kam Tobias mit seinen abscheulichen Forderungen."

„Ich nehme an, Hubert hatte nichts mit Mary Anns Tod zu tun?", fragte Lord Ansley.

„Nein", sagte Mrs Jarrett scharf. „Ab dem Moment ihres Verschwindens machte sich Tobias einen Spaß daraus, das Gerücht zu verbreiten, sie sei ermordet worden, einfach nur, um Hubert in Angst zu versetzen, dass seine Jugendsünde ihn zum Mordverdächtigen machen würde. Als der Körper als ihrer identifiziert wurde, wurden die Drohungen schlimmer. Ich glaube nun, dass er es nicht gewagt hätte, die Drohungen wahr zu machen. Er hatte zu viel zu verlieren."

Stille herrschte und Nell beobachtete, wie die Zuhörer die Andeutungen begriffen. Zu viel zu verlieren?

„Wurde Tobias damals verdächtigt, Mary Ann umgebracht zu haben?", fragte Neville Heydock. „Wie ich hörte, hatte er ein Alibi, doch nicht jedes Alibi ist wasserdicht."

„Zum allerletzten Mal, Tobias war kein Mörder, Neville", rief Lady Kencroft aufgebracht. „Und meines Wissens auch kein Erpresser. Er wurde nie verdächtigt. Er war ein netter Mann."

„Nett?", kreischte Mrs Reynolds. „Katie und auch du, Gertrude, ihr habt ja keinen Schimmer, wie überhaupt gar nicht *nett* Tobias war. Viele von uns haben geschwiegen und tun es noch immer. Ihr wollt, dass wir unsere Meinung sagen, also tue ich es, Constance. Der *nette* Tobias bat mich, nein, befahl mich eher, in sein Bett, doch als ich ihn auslachte, deutete er an, dass ich ohne Bedenken in Betten anderer Männer gestiegen war, woraufhin meine Scheidung von Neville folgte." Sie drehte sich zu ihm um. „So war es doch, nicht war, mein *Darling*, Neville? War das nicht der Grund unserer Scheidung, *Darling*?"

Was ging hier vor sich?, fragte Nell sich. Eines war jedenfalls klar. Das schwarze Kreuz auf dem Bild von Mrs Reynolds, und darum höchstwahrscheinlich alle schwarzen Kreuze, konnten Zeichen der Zurückweisungen sein. Er war nicht nur einmal abgewiesen worden, sondern viele Male und das schien der Wichtigtuer nicht hinnehmen zu können.

„Ja, das war der Grund, Lynette." Mr Heydock war kreidebleich.

„War es das wirklich, *Darling*?", fragte sie erneut. „War es nicht so, dass Tobias mehr Interesse an deinem persönlichen Diener und seiner Rolle in deinem Leben zeigte? Es hätte deiner Karriere als heißer Feger wohl kaum gutgetan, wenn er dich als Schwuchtel entlarvt hätte."

Brutzelnder Backteig, darauf hatte Arthur also angespielt, als er von alten und heutigen Geheimnissen gesprochen hatte. Er hatte bemerkt, dass Neville Heydocks Privatleben seinem eigenen glich, verstand Nell nun. Er tat ihr schrecklich leid. Er sah völlig verunsichert aus, wie er mit der Situation umgehen sollte.

„Das ist genug, Lynette", sagte Miss Maxwell scharf, was sich als unklug erwies.

„Und was ist mir dir, angehende Dame Alice?", fragte Lynette unschuldig. „Man könnte sich fragen, wieso du nie geheiratet hast und die weibliche Gesellschaft bevorzugst, wie deine treu ergebene Doris. Heutzutage ist es in Mode, doch nicht in der breiten Öffentlichkeit."

„Mein Privatleben geht nur mich etwas an", antwortete Miss Maxwell ruhig. „Und Tobias hatte an diesen Dingen kein Interesse. Er hat, das gebe ich zu, versucht, Druck auf mich auszuüben, weil ich meine erste Hauptrolle auf unfaire Weise erhalten hatte."

Das erklärte das Bild aus Cannes, dachte Nell und versuchte, all die Erkenntnisse, die sich nun präsentierten, zu behalten. Tobias musste ihr verdeutlicht haben, dass ihm ein Urlaub dort sehr willkommen wäre.

„Faszinierend", lachte Mrs Reynolds. „Du hättest es mir nachtun sollen. Ich sagte ihm, er solle zur Hölle fahren und ich hoffe, dass er nun dort ist. Nachdem er die Gerüchte verbreitete, war meine Karriere vorbei. Ich bekam höchstens kleine Charakterrollen, wenn ich Glück hatte. Vielen Dank, *netter* Tobias."

„Trotzdem hast du wieder geheiratet", warf Lady Kencroft ein.

„Es gibt keine zweite Ehe. Es gibt keinen Mr Reynolds", sagte sie schlicht. „Bist du nun zufrieden? Ich dachte, nach der Scheidung würde ich wieder heiraten, doch Tobias hatte es unmöglich gemacht. Ein geflüstertes Wort an einen möglichen Ehemann und weg war er."

Eine weitere Maske war gefallen, dachte Nell. Eine völlig andere Frau tauchte darunter auf.

Mrs Jarrett nickte. „Genau wie mit Mary Ann. Er drohte, ihren echten Namen preiszugeben. Ich glaube, ihr Vater war ein gewalttätiger Mensch. Ich kenne keine Details, doch sie floh nach London und änderte ihren Namen. Tobias war ständig hinter ihr her, hat Hubert mir erzählt und er war froh, als Mary Ann Tobias deutlich abblitzen ließ. Er rächte sich, indem er sie verfolgte wie Hubert, doch er hatte darüber hinaus die Macht, ihr mit mehr als seinen sexuellen Avancen Angst einzujagen. Kaum ein Wunder, dass sie fliehen musste."

Mrs Jarrett sah ihr Publikum an, als wäre sie nicht sicher, was sie da tat. „Mir scheint, viele von uns waren dazu gezwungen. Auch ich litt unter seinen abscheulichen Annäherungsversuchen."

Das dritte Kreuz, erinnerte Nell sich.

Lady Ansley brachte Mrs Jarrett eine Tasse Kaffee und setzte sich neben sie. „Ich war es, die den Fehler gemacht hat, Constance, nicht du. Ich dachte, wir könnten die Vergangenheit aufleben lassen, aber ich habe nur das Schlimmste zurückgebracht und nicht das Gute."

„Du hast uns allen einen Gefallen getan, Gertrude", sagte Miss Maxwell herzlich. „Wir sind hier, die Wahrheit ist herausgekommen, die Masken sind gefallen und wir können uns wieder verbunden fühlen. Denk nur an den Erfolg der Revue. Die Zeit verflog nur so und das kann sie wieder."

Nell war fassungslos. Ihre Theorien hatten sich bestätigt, doch die hier versammelten Menschen hatten den Preis dafür bezahlt und unter Tobias Rocke gelitten. Waren sie wirklich alle erleichtert oder hatte es den alten Kummer wiederaufleben lassen? So oder so waren die Morde, ob nun Verbrechen aus Angst oder Leidenschaft, wie Lady Clarice ausgedrückt hatte, noch immer nicht gelöst. Hier konnten keine Gespenster oder Geister helfen. Es blieb nur noch Chefinspektor Melbray und vielleicht konnte sie einen Hauch beisteuern.

Morgen würde Alex Melbray nach Wychbourne Court kommen und nicht nur, um weitere Hinweise zusammenzutragen. Er würde wissen, wer der Mörder oder die Mörder waren und Alex kam nur aus einem Grund her: zur Bestätigung. Und das wiederum bedeutete, dass sie ihn zuerst sprechen sollte, denn die Erkenntnisse des Abends würden mit Sicherheit relevant sein. Lord Ansley musste derselben Auffassung gewesen sein, denn er holte sie auf dem Weg in den Ostflügel ein.

„Heute wurde viel gesagt, Nell, das Chefinspektor Melbray vor seiner Ankunft morgen wissen sollte. Es fällt mir schwer, mit ihm zu sprechen, da dies Freunde und Gäste unseres Hauses sind. Wir müssen uns von dieser über uns hängenden Wolke des Verdachts befreien. Dürfte ich daher vorschlagen, dass Sie morgen den Chefinspektor anrufen? Es ist natürlich ein Sonntag, doch ich habe seine private Telefonnummer. Sie können die Privatleitung in meinem Arbeitszimmer nutzen. Sie werden bei dem Telefonat natürlich alleine sein, sodass Sie frei sprechen können. Kommen Sie zu mir, bevor wir zum Morgengottesdienst gehen.“

Sie war wahrlich keine Straßenhändlerin auf dem Markt von Spitalfields mehr, dachte sie, als sie Lord Ansley dankte. Doch es brachte auch seine

Verantwortung mit sich. Doch damit würde sie sich *morgen* beschäftigen – was für ein wunderbares Wort, das den Druck aus allem herausnahm, sogar die Müdigkeit, die sie plötzlich überkam.

Sicher im Kokon von Lord Ansleys Arbeitszimmer geschützt, wählte sie am nächsten Morgen die Nummer für das Ferngespräch und wurde mit Alex' verwirrter Stimme belohnt. Sogar durch das Telefon konnte sie ihn nachdenken spüren, obwohl er ihre Worte weder abtat, noch ihnen zustimmte, was sie erleichterte. Als sie ihre Erzählung vom Tribunal abschloss, kam ihr noch ein Nebengedanke. „Nebenbei bemerkt, unterteilt Lady Clarice die Morde der Gespenster in Verbrechen aus Angst und Verbrechen aus Leidenschaft."

Stille herrschte, dann sprach er endlich. „Vielen Dank, Nell. Ich komme am Abend am *Coach and Horses Inn* an. Ich werde alles arrangieren, um alle in die Fälle involvierten Personen morgen dort zu versammeln."

Dort versammeln und nicht auf Wychbourne Court? Das ernüchterte sie, denn es implizierte, dass er jemanden verhaften würde und es auf neutralem Boden vorhatte zu tun.

„In einem der Räume im Untergeschoss oder wo die Revue stattfand?", fragte sie zögernd.

„Letzteres. Nell, es ist Zeit für ein letztes ‚Vorhang auf!'. Und zwar, wo die Wychbourne Revue begann und auch enden sollte."

Kapitel 16

Vorhang auf? Chefinspektor Melbray schien einen genauen Plan zu haben, ein eigenes Bühnenstück. Nell schwankte zwischen Erleichterung, dass das Ende nahte und Panik, was ihnen nun bevorstand. Der Vortag war für die Familie und infolgedessen auch für die Bediensteten schwierig gewesen. Nach der hitzigen Diskussion am Samstagabend waren die Gäste am Sonntag verhalten und eilten zu Kirche oder zum Billardzimmer, versteckten sich hinter Zeitungen im Salon. Sogar in der Küche hatte man das Gefühl, auf der Stelle zu treten, denn jeder wusste, dass Chefinspektor Melbray kommen würde.

Mrs Jarrett schien die einzige Ausnahme zu sein. Sie war noch immer darauf versessen, den Mörder ihres Mannes ausfindig zu machen. Übertrieb sie die Rolle der Schauspielerin dabei? Nein, sie hatte jeden Grund dazu, führte Nell sich vor Augen. Mrs Reynolds, wie sie noch immer angesprochen werden wollte, war auffallend still. Lady Ansley schien in Gedanken versunken, als Nell zur Besprechung der Menüs in Lady Ansleys Salon trat. Der Haushalt musste weitergehen und Menüs waren gestern und heute in rekordverdächtigem Tempo abgestimmt.

Das Erste, was Nell auffiel, als sie kurz vor elf Uhr am *Coach and Horses Inn* ankam, waren die zwei Polizeiautos, die auf dem Hof parkten und noch unheilvoller – ein größerer Polizeiwagen. Die Stimmen aus einem der Räume im Untergeschoss ließen vermuten, dass die Polizisten dort versteckt und außer Sichtweite warteten

– zumindest vorerst. Als sie den oberen Raum betrat, erkannte sie Sergeant Caring, der in Zivilkleidung strategisch in der Nähe der Tür saß. Er bewachte sie nicht wirklich, aber der Gedanke kam nah.

Nell atmete tief durch. Das Publikum des heutigen Dramas – wenn sie es richtig vermutete – war bereits eingetroffen. Die Stimmen murmelten leise und alle warteten, dass der Vorhang sich öffnete. Die Stühle waren nicht vor der Bühne aufgereiht, wie sie es für die Wychbourne Revue gewesen waren, sondern in einem großen Halbkreis entlang der Innenwand zu ihrer Rechten. Sie alle umringten einen Mittelpunkt – einen einzigen leeren Stuhl. Sie wusste, wer dort sitzen würde. Nell schien als eine der letzten eingetroffen zu sein, denn die gesamte Familie Ansley, bis auf die Witwe, saß bereits und auch die Gäste und ihre Bediensteten, Mr Trotter und auch Arthur Fontenoy. Jede involvierte Person, hatte Alex Melbray gesagt. Sogar die Palmers und Jethro waren anwesend, der zur Abwechslung beunruhigt und gar nicht übermütig aussah.

Als Nell ihren Platz einnahm, schlüpfte auch Chefinspektor Melbray unauffällig durch die Tür und setzte sich. Sie sah, dass Sergeant Caring näher zur Tür rückte und bereitete sich innerlich auf das bevorstehende Schauspiel vor. Sie konnte nichts tun, um das Skript des Dramas zu ändern.

„Obgleich die Wychbourne Revue, wie ich mir habe sagen lassen, ein freudiges Ereignis war", setzte Chefinspektor Melbray an, „folgte darauf jedoch eine tragische Wendung, in der Sie alle eine Rolle gespielt haben. Manche eine kleine Rolle, andere eine Hauptrolle. Und da dies ein Drama ist, bin ich sicher, dass Ihnen allen bewusst ist, dass, bis der Vorhang fällt, niemand die Bühne verlassen und in sein privates Leben zurückkehren kann."

Geschickt, dachte Nell nach dem ersten Schreck, wie er die Aufgabe anging. Er hatte es geschafft, einen Abstand zwischen dem Tod von Tobias Rocke und Hubert Jarrett herzustellen und doch die Tragweite dessen betont.

„Wir werden es Akt um Akt durchgehen", sprach Chefinspektor Melbray unbewegt weiter. „Lady Ansley hat freundlicherweise angeboten, mit einem kurzen Vorspiel unser Stück zu eröffnen."

Lady Ansley? Was hatte sie damit zu tun? War es nicht ungerecht, sie mit hineinzuziehen? Aber nein, sie hatte sich geirrt, bemerkte Nell. Es war deutlich, dass sie vorbereitet war, als sie völlig gelassen aufstand.

„Ich fürchte, ich habe diese schreckliche Kette von Ereignissen losgetreten. Ich hatte keine Absichten, außer meine alten Freunde wiederzusehen. Ihr seid noch immer unsere Freunde und ich hoffe, ihr werdet es bleiben. Doch ich sorgte mich, ob die Revue allen zusagen würde und sorgte mich so sehr, dass ich töricht genug war, Mary Ann Darling zu erwähnen."

„Erster Akt", sagte der Inspektor, als Lady Ansley wieder ihren Platz einnahm.

„Es folgt Lord Ansley."

Krachende Crêpes, was hatte sich der Inspektor dabei nur gedacht? Nell hielt den Atem an. Erst hatte er darauf bestanden, dass Mary Ann kaum oder gar keine Rolle in der Ermittlung spielte und nun schien es, als spielte sie eine ganz wesentliche Rolle.

Auch Lord Ansley schien vorbereitet. „Auf die Bitte von Miss Darling hin, haben Mr Heydock und ich ihr geholfen, was wir nur für ihr Verschwinden aus dem Theater hielten, damit sie ein ruhigeres, glücklicheres Leben führen konnte. Soweit wir wussten, hatte unser Plan funktioniert, doch später hörten wir, dass ihr Körper gefunden wurde. Nicht wahr, Neville?"

Mr Heydock nickte. „Ja", antwortete er. „Ich konnte ihren Liebhaber, der in der Droschke wartete, nicht sehen, aber es ist mehr als unwahrscheinlich, dass es Tobias Rocke war. Es könnte jedoch – bitte verzeih, Constance – Hubert Jarrett gewesen sein, der ihn in der Droschke ersetzt hatte."

Mrs Jarrett musste sich auf diese Qual vorbereitet haben, denn sie zeigte keine Regung, als sie antwortete. „Er könnte es gewesen sein, Neville. Hubert war damals nicht verheiratet und war einer von Mary Anns hartnäckigsten Verehrern gewesen. Trotzdem glaube ich nicht, dass er Mary Ann umgebracht hat. Er war kein gewalttätiger Mensch. Alibi oder nicht, ich glaube noch immer, dass Tobias sie umgebracht hat."

War das, was der Chefinspektor wollte?, fragte Nell sich. Dass seine Darsteller sich einbrachten? Wusste er schon, wohin das führte?

„Wir können Mr Rockes Alibi genauer überprüfen", sagte der Inspektor. „Er hatte ein Motiv, sie umzubringen, denn wir vermuten, dass sie seine sexuellen Avancen zurückgewiesen hatte. Er hätte jedoch nichts von ihrem Tod gehabt außer Rache."

„Das hatte er mit Sicherheit", wandte Miss Maxwell empört ein. „Er hat ihr das Leben zur Hölle gemacht, indem er drohte, ihrem Vater zu verraten, wo sie lebte, doch Mary Ann wollte den Guv'nor darum bitten, sich darum zu kümmern."

„Ganz recht, Alice", stimmte Mrs Jarrett ihr ruhig zu. „Tobias war ein gerissener Mann. Er hatte ein Alibi vorbereitet und später identifizierte er ihren Körper, zweifellos auf seine eigene Anregung. Er wollte, dass die Ermittlungen abgeschlossen wurden."

„Das ist möglich", stimmte der Inspektor ihr zu. „Aber ich schlage vor, wir gehen zu Akt Zwei über: den Tod von Tobias Rocke. Hängt das Motiv mit Miss Darling oder jüngeren Gründen zusammen: der Erpressung, sowohl in der Vergangenheit als auch im Hier und Jetzt? Tatsächlich sehr aktuell, wäre die Erpressung von Mr Trotter, der hier teilnimmt, da auch er von Mr Rocke erpresst wurde."

„Ich?", piepste Mr Trotter.

„Warum sollten Sie nicht teilnehmen, Mr Trotter?", fragte Mrs Reynolds. „Wir alle müssen uns der Untersuchung des Inspektors unterziehen, wieso nicht auch Sie?"

„Aber ich war ein Gast auf Wychbourne Court. Ich kehrte mit Lady Clarice zurück. Ich habe ein Alibi", stotterte Mr Trotter.

„Tobias wurde erst nach elf Uhr ermordet. Ein gelenkiger Gentleman wie Sie könnte problemlos durch eine Tür oder aus einem Fenster geschlüpft sein", zog Mrs Reynolds ihn auf.

„Ich würde gerne bei meinem Skript bleiben, Mrs Reynolds", sagte der Inspektor.

„Ach, kommen Sie. Ich bin sicher, dass Sie längst wissen, dass ich keinen Anspruch auf diesen Namen habe.

Mrs Heydock genügt, nicht wahr, Darling?" Sie drehte sich Neville Heydock zu.

„Aber natürlich, mein Täubchen", erwiderte er. Zu ihrer Überraschung schien er damit beinahe zufrieden zu wirken, trotz all des Sarkasmus, dachte Nell.

„Trotz alledem muss ich als Drehbuchschreiber einschreiten", sagte der Inspektor verhalten. „Kommen wir zum dritten Akt. Ihren Aussagen zufolge, waren Sie alle gegen zwanzig vor elf zurück auf Wychbourne Court, bis auf Sie, Miss Drury, die etwa zur vollen Stunde eintraf. Sie alle wurden zumindest kurzzeitig im Speisesaal gesehen und zerstreuten sich dann in das Billardzimmer, den Salon oder gingen zu Bett. Eine unerkennbare Person wurde von Jethro James dabei gesehen, wie sie aus einer Seitentür kam."

„Mr Trotter", stieß Mrs Reynolds (wie sie für Nell noch immer hieß) aus.

„Vielleicht einer der Bediensteten?", schlug Mr Heydock vor.

„Möglich", räumte der Inspektor ein. „Tobias Rocke und John Palmer wurden von Mr Jethro James zusammen am Friedhofstor gegen Viertel nach elf gesehen und zur gleichen Zeit hörte er auch merkwürdige Geräusche im Gebüsch des Friedhofs, was wohl mit dem Mord unter dem Vordach kurz darauf zusammenhängt."

Etwas stimmte bei dieser Berechnung nicht, dachte Nell besorgt. Dieses Rascheln im Gebüsch. Alex hatte recht, dass es wohl mit dem kurz darauf geschehenden Mord zusammenhing, aber was war mit dem Geräusch, das sie gehört hatte, als sie das *Coach and Horses Inn* bereits eine halbe Stunde zuvor verlassen hatte? War es nur der Wind gewesen oder hatte auch das mit dem Mord zu tun?

„Auf James' Aussage ist kein Verlass", wandte Mr Heydock ein.

„Wieso nicht? Er hatte keinen Grund, den armen Tobias umzubringen", sagte Mrs Reynolds.

Neville zuckte mit den Schultern. „Vielleicht hat er ihn beim Wildern erwischt."

„Wieso sollte er ihn dann vor der Kirche umbringen?", fragte sie spöttisch. Darauf antwortete ihr keiner. Stattdessen schien das Publikum erleichtert, nicht mehr im Rampenlicht zu stehen. Sie warteten, dass Chefinspektor Melbray den Dialog vorantrieb.

„Wieso also?", fragte er. „Sollen wir bei denen weitermachen, die Tobias Rocke erpresst hat oder versuchte zu erpressen?"

„Na hervorragend", sagte Mrs Reynolds und verdrehte die Augen. „Wieder ich, die ich ein Messer packe *und* noch einen Stein, um meine Morde zu verüben. Ich übertreibe es aber auch immer."

„Sei ruhig, Lynette", fuhr Mr Heydock sie an.

„Etwas zu verheimlichen, mein Liebling? Ich jedenfalls nicht."

Chefinspektor Melbray setzte wieder an. „Wir sollten berücksichtigen, ob diese Verbrechen aus Angst oder Leidenschaft ausgeübt wurden."

Er hatte sich Lady Clarices Worte gemerkt, dachte Nell in einem Anflug der Aufregung. Wohin würde das führen?

„Würden Sie den Mord an Tobias Rocke als einen aus Leidenschaft einordnen?", fragte er.

„Angst. Er hat mehrere von uns bedroht", sagte Mr Heydock.

„Es gibt auch noch mehr Motive für Mord", gab Miss Maxwell zu bedenken. „Hass oder Gier, wobei man sagen könnte, dass sie beide unter Leidenschaft fallen."

„Wir müssen wirklich von verschiedenen Personen sprechen", unterbrach sie Lady Kencroft verärgert. „Das ist nicht der Tobias, den ich kannte."

„Dann war er ein Jekyll und Hyde", sagte Mrs Jarrett nüchtern. „Er hat jedoch meinem Ehemann das Leben zur Hölle gemacht und ich glaube, dass er Mary Ann umgebracht haben könnte. Wenn nicht in der Nacht ihres Verschwindens, dann später."

„Er hatte ein Motiv, sie umzubringen, wenn man nur bedenkt, dass er ein Mann war, der Zurückweisung nicht leicht hinnahm", sagte der Inspektor. „Oder hat er vielleicht ihren Mörder erpresst?" Stille. „Oder liegt das Motiv gar nicht so weit in der Vergangenheit?"

Niemand antwortete. „Denken Sie darüber nach", sprach er ruhig weiter. „Der Vorhang des Zwischenakts fällt mit Tobias Rocke."

„Und wenn er sich wieder hebt?", fragte Lord Ansley steif.

„Ich hoffe, Sie vergessen nicht, dass mein armer Hubert auch ermordet wurde", fuhr Mrs Jarrett sauer dazwischen.

„Wir widmen uns ihm im vierten Akt, dem Tod von Hubert Jarrett. Die Beweise deuten darauf hin, dass er hier in Wychbourne vergiftet wurde und wahrscheinlich wurde das Gift in einem Sandwich hier im *Coach and Horses Inn* gegessen", sagte der Inspektor sachlich.

„Riskant", gab Mr Heydock dazu.

„In der Tat, doch Mr Jarrett war mit Gewissheit die Zielperson", antwortete der Inspektor. „Obgleich die Methoden unterschiedlich sind, scheint es gewiss, dass sein Mord mit dem an Tobias Rocke zusammenhängt. Beide Verbrechen verlangten ein gewisses Maß an Planung, da Messer und Gift zur Hand sein mussten, doch auch ein Stück weit Improvisation. Das Vordach der Kirche war wohl kaum die erste Wahl für den Mord, noch das Risiko, dass das Sandwich bei der Trauerfeier darstellte. Warum jedoch wurde Mr Jarrett umgebracht?"

„Die Antwort ist einfach", sagte Lord Kencroft. „Hubert wusste, wer Tobias umgebracht hat."

„Ihr kleines Vorspiel deutete darauf hin, dass Mary Ann der Grund beider Morde war", sagte Alice Maxwell.

„Aber das schließt den guten Mr Trotter aus", beschwerte sich Mrs Reynolds.

„Und das, so kurz er auch ist, bringt uns zum letzten Akt", sagte Chefinspektor Melbray. „Ich bin überzeugt, dass beide Morde Verbrechen aus Leidenschaft waren, nicht aus Angst."

Beide? Nell staunte. Wer würde Mr Jarrett aus Leidenschaft umbringen? Außer natürlich ... eine Erinnerung kam ihr zuletzt in den Sinn. Etwas, das er gesagt hatte, das nicht gepasst hatte. Doch noch immer konnte sie sich nicht genau entsinnen.

„Leidenschaft?", zitternd sprang Mrs Jarrett auf. „Wollen Sie andeuten, dass ich meinen Ehemann vergiftet habe, Chefinspektor? Ich habe Hubert verehrt. Wieso sollte ich ihn umbringen wollen? Und selbst wenn, wieso sollte ich es hier unter Freunden tun?"

„Nein, Mrs Jarrett. Ich bin sicher, Sie haben Ihren Ehemann nicht umgebracht. Und genauso sicher bin ich, dass Sie, Mr Trotter, Tobias Rocke nicht umgebracht haben.“

„Vielen Dank.“ Mr Trotter schien den Tränen nahe. „Ich fing allmählich an zu glauben, ich hätte ihn in der Trance umgebracht und dass er mich nun als Geist heimsuchen würde.“

„Und hat er das?“, fragte Lady Clarice neugierig.

„Das bezweifle ich sehr, Lady Clarice“, sagte der Inspektor entschieden. „Sein Geist wird eine andere Mission verfolgen. Rache an seinem wahren Mörder.“

Arthur Fontenoy brach das gespannte Schweigen. „Und wer ist das, Inspektor? Sie sagten, dies ist der letzte Akt Ihres Dramas.“

„Das habe ich. Der Mord an Mr Rocke war ein Verbrechen aus Leidenschaft und Rache, durch die einzige Person, die, wie ich glaube, einen Grund hat, beide Männer aus Leidenschaft statt Angst umzubringen. Die Person, die Tobias Rocke so sehr hasste und sich dann gegen Hubert Jarrett wandte. Der Grund war der Mord an Mary Ann Darling, die, wie sie glaubte, von Tobias Rocke ermordet wurde.“

Das Kreischen von Doris Paget hallte durch den Raum. „Ich war *bei* ihr, ich war immer bei ihr. Ich schwöre es. Das ist nicht wahr.“

„Die meiste Zeit, Miss Paget“, sagte Chefinspektor Melbray ernst. „Sie waren unter dem Vordach der Kirche bei ihr, als Sie beide Tobias Rocke ermordeten. Sie waren bei ihr, als Sie in jener Nacht nach Wychbourne Court zurückkehrten, wo Sie sich trennten und Sie in den Ostflügel, den Bedienstetenflügel, gingen, und Sie in den Westflügel. Sie waren nicht bei ihr, als sie rasch nach Wychbourne Court zurückeilte, um sich kurz beim späten Abendessen blicken zu lassen, bevor sie sich wieder hinausschlich. Doch Sie waren mit Sicherheit bei ihr, als Mr Jarrett vergiftet wurde."

Die ganze Zeit über hatte Miss Maxwell mit regloser Miene geschwiegen. Nell wartete, dass Chefinspektor Melbray weitersprach, wohl bewusst, dass Sergeant Caring bereitstand und jederzeit eingreifen konnte. Doch nichts geschah. Fassungslose Gesichter starrten einander an und blickten vom Inspektor zu Miss Maxwell.

Endlich stand Alice Maxwell auf. „Ich würde gerne einige Worte sagen, Chefinspektor." Ihre Stimme war satt und tief, als stände sie wirklich auf einer Bühne.

„Ich ..." Sie zögerte einen Moment lang, dann sprach sie weiter. „... Ich habe in der Tat Tobias Rocke umgebracht, jedoch habe ich alleine gehandelt. Miss Paget war nicht darin verwickelt. Ich bereue nichts. Ich vergiftete Hubert Jarrett und dafür entschuldige ich mich bei dir, Constance, so unzulänglich es dir auch erscheinen mag. Was Tobias Rocke anbelangt, habe ich ihn mit Vergnügen umgebracht und ich hoffe, dass er in der Hölle schmort."

Sie hielt inne und Chefinspektor Melbray stand auf. Vielleicht hatte auch er wie Nell gesehen, dass Mrs Jarrett weinte.

„Bevor wir aufbrechen, Inspektor, möchte ich von Tobias Rocke erzählen", sagte Alice Maxwell ruhig.

„Das ist nicht ratsam, Alice", sagte Lord Ansley besorgt. „Ein Anwalt sollte dazu anwesend sein."

„Nicht nötig, Gerald, ich danke dir. Ich werde eine der größten Reden meines Lebens halten und dieses Mal ist es meine eigene. Das Old Bailey, der Strafgerichtshof, mag mir so etwas nicht zugestehen. Manchmal gibt es Zeiten, da Frauen wie Medea, St. Joan oder ich an die Macht kommen. Medea, als sie ihre eigenen Kinder umbrachte, St. Joan auf dem Scheiterhaufen und ich, wenngleich weitaus weniger dramatisch, nun hier. Wir Frauen haben unsere Stärken und wir haben unsere Schwächen. In meinem Fall war Tobias Rocke töricht genug, erstere zu unterschätzen und letztere gegen mich auszuspielen. Er machte sich über die Jahre jede Gelegenheit zunutze, mich daran zu erinnern, dass mein Privatleben kein orthodoxes ist, egal wie langjährig die Erfahrung. Die Freuden besangen schon Dichterinnen wie Sappho auf der Insel Lesbos, doch sie wurden ignoriert. Ich wurde damit gesegnet. Doch nur ein Wort über mein Privatleben und meine Karriere wäre vorbei gewesen. Neville ist in derselben Situation."

„Aber was ist mit mir, Alice? Du hast meinen Ehemann umgebracht", schluchzte Constance.

Nell schauderte. Alice Maxwell war mitleidslos, völlig versessen in ihr eigenes Leben und ihre Karriere. Doch noch immer stimmte etwas nicht, fiel Nell auf. Alex hatte es als Verbrechen aus Leidenschaft bezeichnet, aber was Alice Maxwell beschrieb, war ein Verbrechen aus Angst vor Erpressung.

„Es war mehr als nur die Erpressung, nicht wahr?", platzte Nell dazwischen.

Alice Maxwell blickte sie mit dem kalten Blick der Medea an. „Ja", sagte sie. „Viel mehr noch."

Nell musste einfach weitersprechen. „Sie haben Mr Rocke wegen Mary Ann Darling aus Leidenschaft umgebracht."

Alice Maxwells teilnahmeloses Gesicht war nun schmerzverzerrt. Würde der Inspektor ihr nun Einhalt gebieten? Nein. Er machte keine Anstalten einzugreifen.

„Tobias Rocke hat Mary Ann permanent gequält", sagte Alice Maxwell. „Er drohte nicht nur, ihren wahren Namen preiszugeben, er prahlte auch damit, sich ihrer ermächtigt zu haben. Bis ich nach Wychbourne kam, wusste ich nicht, dass er sie auch umgebracht hatte, obwohl ich ihn zuvor schon verachtete, weil sie solche Angst vor ihm hatte. Ich hatte ihn auch für den Ghul gehalten, der sie damals vom und zum Theater verfolgt hatte. Ich fand heraus, dass es Hubert war, doch es machte keinen Unterschied."

„Aber du hast ihn umgebracht! Meinen Mann umgebracht!", schrie Mrs Jarrett sie an.

„Das habe ich. Sie beide haben Mary Anns kurzes Leben ruiniert. Kurz nach meiner Ankunft beschuldigte ich Tobias dessen und des Mordes. Er verspottete mich und behauptete, dass, selbst wenn er sie aufgespürt und erwürgt hätte, ich es nicht beweisen könne. Es bereitete ihm große Freude, mir das zu sagen. Ich wusste, dass ich keine Wahl hatte, was Hubert anbelangte, als ich von seinen Taten hörte. Ich musste ihren Tod und ihr Leiden rächen."

„Jeder Mensch hat eine Wahl", sagte Lady Ansley.

Alice drehte sich zu ihr um. „Ich bin nicht jeder", sagte sie schlicht. „Und Chefinspektor Melbray, meine liebe Doris, hat nicht dabei mitgewirkt. Ich habe Tobias umgebracht und ich habe das Gift in Huberts Sandwich versteckt."

„Ich bin an allem schuld“, weinte Lady Ansley. „Ich mit meiner unbesonnenen Frage nach Mary Ann. Warum, oh, warum hat dich ihre missliche Lage nur so gekümmert?“

Alice Maxwell lächelte. „Wir können nicht alle mit der Person zusammen sein, die wir lieben. Es ist das Pech, das uns verbindet. So wie auch ich. Sie erwiderte es nicht, doch Mary Ann war die Liebe meines Lebens.“

„Das Verbrechen aus Leidenschaft, Nell.“ Alex hatte sie gebeten zu warten, bis die Formalitäten geklärt waren und die Polizeiautos zur Station von Sevenoaks aufgebrochen waren. Das Grüppchen von Wychbourne Court war inklusive Mr Trotter zurückgekehrt und Nell war froh, Alex wiederzusehen, auch wenn er erschöpft aussah. Der leere Saal im Obergeschoss war eine gute Idee gewesen.

„Wussten Sie, dass es Alice Maxwell war?“, fragte sie.

„Ja.“

„Woher?“

„Aus vielen Gründen. Ich habe sie genau beobachtet, da Doris Paget und sie als letzte gegangen waren und daher niemand hinter ihnen lief. Laut ihren Aussagen waren sie dann, nachdem Miss Maxwell kurz beim Essen gesehen wurde, zu Bett gegangen, was niemand bestätigen konnte, ganz im Gegensatz zu denen, die ins Billardzimmer oder in den Salon eingekehrt waren. Natürlich gibt es noch überzeugendere Beweise, die bei der Gerichtsverhandlung dargelegt werden. Doch wichtiger ist jedoch, dass Sie einen frischen Blick auf den Fall hatten, Nell. Sie haben mir von den Fußspuren erzählt, mit mir Ihre Schlussfolgerungen der

Erpressungen geteilt und noch viel mehr. Sie brachten mich darauf, was für eine Art Verbrechen es war. Ein Verbrechen aus Leidenschaft."

„Auch für Doris Paget?"

„Aber ja. Ich bin überzeugt, dass sie zusammen gehandelt haben. Die Leidenschaft der armen Miss Paget war Alice." Er hielt inne. „Es war ein langer Morgen, Nell. Sie haben all diese Emotionen und schrecklichen alten Geschichten gehört und müssen sich fragen, wie ich so lange ruhig hier habe sitzen können, bis sie in die Falle gingen. Sicherlich mögen Sie mich deshalb gerade nicht sonderlich. Ich bin so müde, dass ich nicht einmal weiß, ob ich gemocht werden will. Dies ist meine Arbeit, dies ist das Leben, das ich führe. Die Polizei ist nach Sevenoaks zurückgefahren und muss auch dorthin aufbrechen, bevor ich nach London zurückkehre. Doch, Nell, bevor ich Wychbourne verlasse, muss ich wissen ..."

„Ob der lustige Sir William noch im großen Saal spukt?", unterbrach sie ihn flapsig. Er sah so ernst aus, dass sie Angst bekam.

„Nein. Ob Leidenschaft ..."

Sie hörte nicht, ob er noch hatte weitersprechen wollen, denn seine Lippen trafen ihre, seine Arme umschlungen sie und ihr Körper zitterte (vor Freunde). Ihre Hände schienen sich wie von selbst zu bewegen, genau wie ihre Lippen. Sie hatte das Gefühl ganz vergessen, so lange war es her, dass sie das letzte Mal in den Armen eines Mannes gelegen hatte und nun fragte sie sich, wieso eigentlich.

Als er sich von ihr löste, musste sie sich an seinem Arm festhalten, um die Balance nicht zu verlieren.

„Leidenschaft. Mir scheint, ich habe zweimal für ‚Ja‘ ge-
klopft, Alex“, hörte sie sich die Worte stammeln und
sah, wie er schwer schluckte. „Oder war ich es? Spielt
das eine Rolle?“

„Nein.“ Und dieses Mal machte sie den ersten Schritt.

Kapitel 17

Wie lange würde es denn noch dauern? Seit der Verhaftung von Alice Maxwell waren vier Tage vergangen und noch immer hatte sie nichts gehört. Erschöpft von den unaufhörlichen und oftmals falschen Gerüchten unter den Bediensteten und sogar in der Familie Ansley, war Nell des Wartens müde. Lady Helen zog wie vom Weltschmerz geplagt eine Augenbraue hoch, wann immer das Thema zur Sprache kam und Rex Beringer war (zu Sophys Enttäuschung, wie Nell vermutete) nach London zurückgekehrt. Doch Lord Richard und Lady Sophy hatten zur Stille bezüglich der Verhaftung allerhand zu sagen.

„Das ist nicht fair", hatte Lord Richard sich bei Nell beschwert. „Die Revue war meine Idee und trotzdem haben wir keinen blassen Schimmer, was los ist."

„Eigentlich war es Mutters Idee, sie alle einzuladen", warf Sophy ein. „Es ist unfair, sie zu beschuldigen. Wie sollte sie es ahnen? Stell dir nur vor, wir würden uns alle in fünfzig Jahren wiedertreffen und herausfinden, dass Mörder und Erpresser unter uns waren."

„Kenelm würde uns den Hunden zum Fraß vorwerfen, wenn er den ganzen Pulk erbt", hatte Richard gesagt. Nell hatte Sir Kenelm, den ältesten Sohn der Ansleys, nicht kennengelernt, denn er arbeitete im Ausland für den Kolonialdienst und besuchte Wychbourne Court nur selten.

Die Ruhelosigkeit der Familie spiegelte sich auch im Bedienstetensaal wider. Die Aufregung um Alice Maxwell war schlimm genug, dachte Nell, als sie ihr

Frühstück aß. Sie jedoch sehnte sich danach, von Alex die vollständige Geschichte zu hören.

Seit Montag gab es unter den Bediensteten jedoch ein neues Rätsel. Das merkwürdige Verschwinden von Miss Smith. Wie Mary Ann Darling war sie vor drei Tagen einfach wortlos verschwunden. Gestern war sie am Morgen dann wieder aufgetaucht und war unbekümmert wieder ihren Pflichten nachgekommen, als sei nichts passiert.

Dem Schweigen der Ansleys und dem verlegenen Grinsen auf Lord Richards Gesicht nach zu urteilen, hatte Mrs Fielding mit großem Genuss die weit verbreitete Meinung verlauten lassen, dass da doch ‚etwas im Busche war‘. Insbesondere Mr Briggs war von ihrem Verschwinden verwirrt gewesen und hatte sich bei den Mahlzeiten ratlos umgesehen. Als Nell sie im Zimmer der Butler zur Rede stellte, erzählte Miss Smith vergnügt, dass Lord Richard sie ‚auf die Probe gestellt‘ hatte. Auf der Rückfahrt eines Ausflugs ans Meer hatte sein Auto einen sorgsam inszenierten Platten, sodass sie in einem Hotel unterkommen mussten. Miss Smith hatte Lord Richard klargemacht, dass er in seinem Automobil würde schlafen müssen und sie das Zimmer nehmen würde, das er rein zufällig schon gebucht hatte. Sie hatte die Geschichte dann als einen ‚herrlichen Spaß‘ bezeichnet.

Kurz vor dem Mittagessen kam dann endlich der Anruf, auf den Nell gewartet hatte. Lord Ansley wollte sie in seinem Arbeitszimmer sprechen.

„Ich habe von Chefinspektor Melbray gehört, Miss Drury“, sagte Lord Ansley und Nell horchte sofort auf. Endlich Neuigkeiten. Endlich würde etwas geschehen.

„Er wünscht, dass Sie uns morgen nach London begleiten“, sprach Lord Ansley weiter, „und wir werden mit ihm im Restaurant *Romano's* essen gehen. Ein angemessener Treffpunkt, wie er mir versicherte, auch wenn die Küche nicht mit Ihrer vergleichbar sein mag.“

Es geschah *wirklich* etwas. Was sollte sie anziehen?, fragte sie sich sogleich, schob den Gedanken jedoch schuldbewusst beiseite.

„Er möchte uns morgen mehr von diesen furchtbaren Fällen berichten“, erklärte Lord Ansley. „Alice Maxwell wurde wegen Mordes angeklagt und ich fürchte, auch Miss Paget, trotz Miss Maxwells Bemühungen, die Schuld auf sich zu nehmen. Miss Paget hat einen bitteren Preis für die Liebe gezahlt.“

Nell dachte an die Ereignisse von Montag zurück, nachdem der erste Anflug von Freude über die Einladung verflogen war. Der Preis der Liebe, Miss Maxwell und Doris Paget, Hubert Jarrett und Mary Ann Darling, Tobias Rocke und sein Machtwahn: Sie dachte über all diese Dinge nach, bis ihre Gedanken abdrifteten. Was würde Scotland Yard über den großen Chefinspektor Melbray sagen, wenn er eine Zeugin in den Armen hielt? Schließlich war sie vielleicht eine der Zeuginnen im Fall und würde Alex im *Old Bailey* wiedersehen. Dann wären sie wieder bei leeren Versprechen von Tee und Picknicks.

Sie versuchte, sich selber weiszumachen, dass das Problem mit Alex mit der Zeit verblassen würde, aber auch das gefiel ihr nicht. Sonst bist du doch nicht so albern, Nell Drury, sagte sie sich. *Was* willst du also? Etwa, dass jemand dir den Mond mit dem Lasso vom Himmel holt? Wychbourne *und* Alex Melbray?

Unmöglich. Das hatten sie bereits besprochen. Er hatte seine Arbeit, die er mit ihr nicht teilen konnte und sie hatte ihre, für die der Chefinspektor sich vermutlich nicht sonderbar interessierte. Leider schätzte sie ihn als jemanden ein, der aß, um zu leben, nicht lebte, um zu essen. Nicht, dass sie Letzteres befürwortete. Wie kompliziert das Leben doch war!

Sie riss sich zusammen. „Vielen Dank, Lord Ansley. Es würde mich sehr freuen, Sie zu begleiten."

„Wir werden mit dem Rolls-Royce fahren und über Nacht im *Waldorf Hotel* bleiben. Ich hoffe, das ist Ihnen recht."

„Vielen Dank, Lord Ansley", antwortete sie und wieder schweiften ihre Gedanken zu der Frage ab, was sie anziehen sollte. Hatte sie überhaupt ein Kleid, das schick genug war, um damit ins *Romano's* zu gehen? Das alte schwarze? Das blaue? Es musste ein Abendkleid sein, also waren beide nicht geeignet. Sie würde also wieder das pinke Chiffonkleid tragen.

Hallende Haselnüsse, dachte sie, als sie auf der Rückbank des Rolls-Royce Platz nahm und sich mit Lady Ansley die wärmende Decke über den Knien teilte. So ließ es sich stilvoll leben. Der Rolls-Royce Phantom war eine ungewöhnlich glamouröse Entscheidung der Ansleys im letzten Jahr gewesen. Ihr Vermögen war, wie das jeden Großgrundbesitzers im Land, durch den Krieg geschrumpft und die hohen Steuern schwankten derzeit zwischen vier und fünf Schilling je Pfund. Beinahe ein Viertel aller Erträge des Anwesens wurde als Steuer abgegeben, obwohl das Anwesen immer mehr Kosten verursachte.

Als sie die Straße Strand hinunterfuhren, verglich Nell sie mit ihrem vorherigen Besuch im *Romano's*, zu dem sie mit ihrem Schirm die Straße im Regen hinuntergelaufen war. Heute war ein Portier zur Stelle und trat hinaus, um Lady Ansley und – ja, wahrhaftig – ihr, Nell Drury, die Tür des Rolls-Royce zu öffnen. Der Chauffeur zwinkerte ihr zu. Heute war es Mr Ramsay, der beim eigentlichen Chauffeur darauf bestanden hatte, dass heute *er* an der Reihe war. Er würde den Rolls-Royce noch zum *Waldorf* fahren, doch dann hatte er sicherlich seine eigenen Pläne für einen freien Abend und Vormittag in London.

Als sie ihre Mäntel dem Aufseher im Eingang überreichten, war Alex nicht zu sehen. Aber nein, sie irrte sich. Da stand er und drehte sich gerade vom Blumenstand zu ihnen, in der Hand zwei Rosen – *Rosen*, zu dieser Jahreszeit –, die er Lady Ansley und ihr überreichte. Er sah ihr einen kurzen Moment lang in die Augen und sie versuchte, den Schauer, der ihr über den Rücken lief, zu ignorieren. Er sprach jedoch ganz gefasst.

„Wir haben einen abgetrennten Raum hier unten, wo wir über die Geschehnisse sprechen können und dann werden wir oben essen", erklärte er.

„Ich bin seit meiner Zeit am *Gaiety Theatre* nicht mehr hier gewesen", sagte Lady Ansley und sah sich im Restaurant um, als sie zu ihrem privaten Raum gingen. „Sieh nur, die Galerie am anderen Ende ist neu. Und all die Wandmalereien aus *Tausendundeine Nacht*. Die hatte ich völlig vergessen."

Nell freute sich, Signor Murano wiederzusehen, der sie mit einem Tablett mit Cocktails erwartete. Kein alkoholischer Cocktail für Alex, denn er war im Dienst.

Doch ein wenig Vergnügen würde wohl drin sein, hoffte sie. Der Hanky Panky war einer der neumodischen Cocktails, von denen Mr Peters nichts hielt – gewiss würde der Geist des Butlers Gilbert seine Meinung teilen. Doch der Cocktail war köstlich.

„Sie haben bereits erfahren, dass Alice Maxwell angeklagt wurde", fing Alex an zu erzählen. „Natürlich genauso Doris Paget. Sie wollte alle Schuld auf sich nehmen. Sie waren seit vielen Jahren Liebhaberinnen gewesen, doch in der Öffentlichkeit wahrte sie die Rolle der Angestellten. Leider schützt Aufopferung für die Liebste oder die Arbeitgeberin nicht vor Strafverfolgung."

Aufopferung für den Arbeitgeber? Dachte er etwa auch an mich und Wychbourne?, fragte Nell sich flüchtig. Unfug, sagte sie sich. Er war im Dienst und sie war als Begleitung der Ansleys hier.

„Sie werden sich fragen, was genau geschehen ist", sprach er weiter. „Miss Maxwell und Miss Paget haben keinen Hehl aus der Geschichte gemacht. Doris Paget wurde einige Jahre nach Miss Maxwells Zeit am *Gaiety Theatre* ihre Ankleiderin, doch sie wusste, wer Tobias Rocke war und war verwundert, als Miss Maxwell einem gemeinsamen Urlaub in Cannes zustimmte, obwohl sie ihn nicht ausstehen konnte. Es dauerte einige Zeit, bis Miss Maxwell sich ihr anvertraute und vielleicht wurden sie dann Liebhaberinnen. Übrigens spielte sich eine ähnliche Situation mit Mr Heydock und seinem ‚Jeeves' ab, als Rocke von der Beziehung erfuhr. Es mag sie erfreuen, dass Mr Heydock und Mrs Reynolds wieder heiraten werden. Offenbar passte dieses Arrangement beiden gut. Mrs Reynolds wird wieder einen Ehegatten haben und gewinnt an gesellschaftlicher Anerkennung und eine Ehefrau zu haben, hilft Mr Heydock hinsichtlich der Gesetzeslage zu seinem Privatleben."

Nell bemerkte zu spät, dass sie ihn anstarrte, in Gedanken wieder beim überraschenden Ende ihres Montags, und bevor sie den Blick abwenden konnte, bemerkte er ihren Blick. Sie spürte, wie sie errötete.

„Des Weiteren", sagte der Inspektor ruhig, „hat Alice Maxwell vermutet, dass Tobias Rocke auf Wychbourne Court sein würde und sie hatte sich auf das übliche Katz-und-Maus-Spiel gefasst gemacht. Als sie ankam, stimmte er einem Plausch zu, hatte jedoch keine Zeit und vertröstete sie. Sie haben sich aber getroffen. Miss Maxwell war allerdings nicht auf seine Behauptung, dass er in Miss Darlings Verschwinden verstrickt und für ihren Tod verantwortlich wäre, vorbereitet gewesen. Wie Sie sich erinnern, hatte er sie verhöhnt, dass er sie hätte erwürgen können, ohne dass Miss Maxwell etwas hätte ausrichten können. Dies und die Tatsache, dass er den Mord nicht von sich wies, besiegelten sein Schicksal. Er trieb den Spott zu weit. Miss Maxwell fasste den Entschluss, dass er keine weiteren Leben ruinieren würde. Verglichen mit ihrer Liebe für Mary Ann, schien Miss Pagets Hingabe nicht zu genügen. Im Nachhinein schien Miss Maxwell es verstanden zu haben.

„Sie benutzten ein Messer", sprach er weiter, „das Alice Maxwell zum *Coach and Horses Inn* mitgebracht hatte, um es für ihre Medea bei der Revue zu nutzen, doch während der Aufführung benutzte sie es nicht. Nach der Tat brachte sie es zu den Requisiten der Revue zurück und obwohl wir das Gepäck aller Gäste durchsuchten, fanden wir es nicht, weil Doris Paget es bei sich behalten hatte. Miss Maxwell und Doris hatten vorgehabt, als letzte von der Revue nach Wychbourne Court zurückzukehren. Sie wollten mit Tobias Rocke ein Stück zurücklaufen und ihn dann nahe dem Gebüsch am Zaun des Friedhofs angreifen. Soweit ich erfuhr, hatten die meisten derjenigen, die zu Fuß zurückkehrten, Taschenlampen, um die dunkle Auffahrt zu erhellen. Miss Maxwell und Miss Paget warteten bis halb elf auf Tobias Rocke. Ärgerlicherweise ging Rocke mit den Palmers nach Hause, was bedeutete, dass sie ihren Plan rasch ändern mussten. In dem Wissen, dass Rocke bald zurückkehren würde, ging Miss Paget mit dem Messer durch das Gebüsch zum anderen Ende, sodass sie Rocke sehen konnte, wenn er die Mill Lane entlanglief. Jethro hatte also sie gehört.“

Und das war das Rascheln, das ich auf dem Rückweg gehört hatte, dachte Nell. Doris Paget, die sich zum anderen Ende des Friedhofs schlich.

„Nachdem sie nach Wychbourne Court zurückgeeilt war, um sich beim späten Abendessen bemerkbar zu machen“, erklärte der Inspektor, „verließ Alice Maxwell das Anwesen wieder durch den Seiteneingang, wie es unserem Freund Jethro auffiel. Sie eilte die Auffahrt hinunter und es wäre ein Leichtes gewesen, eine Ausrede zu finden, weshalb sie zurücklief, wäre sie jemandem in die Arme gelaufen. Sie erreichte den Vorbau der Kirche gerade, als Tobias durch das Friedhofstor kam und am Vordach vorbeilief, wobei Miss Paget ihm heimlich auf den Fersen war.

Alice Maxwell rief nach ihm und als er sich überrascht umsah, nutzte Miss Paget die Gelegenheit, zuzustechen. Was dann geschah, wissen Sie. Rocke schwankte durch das Tor, das vom Schnee blockierte und er sackte auf dem Dorfanger zusammen. Doris Paget eilte ihm nach, griff nach dem Stein und ging sicher, dass er dieses Mal nirgendwohin schwanken würde. Auch auf das viele Blut waren sie vorbereitet, denn sie konnten ein so reich verziertes und daher leicht zu identifizierendes Messer nicht aus der Wunde ragen lassen. Da sie auch nicht riskieren konnten, so blutverschmiert gesehen zu werden, war Miss Paget am Freitag noch nach Sevenoaks gefahren und da sie angeboten hatte, Rocke zu erstechen, hatte sie einen besonders leichten Regenmantel erstanden, den wir später im Gebüsch fanden.“

„Obwohl sie beide gestanden haben, gibt es sonst noch weitere Beweise außer den Regenmantel?“, fragte Lord Ansley. „Er könnte sicherlich auch einem Verdächtigen gehört haben.“

„Die haben wir. Wir haben, zum Beispiel, das Geschäft ausfindig gemacht, in dem der Mantel gekauft wurde. Sie erinnerten sich an Miss Paget. Ich muss jedoch zugeben, dass wir hinsichtlich des Beweggrunds zuerst Mr Heydock verdächtigten.“

„Nicht Mr Trotter?“, fragte Nell unschuldig.

„Nicht in Bezug auf die Morde. Vielleicht werden meine Kollegen, die gegen Betrug ermitteln, ein Auge auf seine Arbeit werfen.“

„Der arme Mr Trotter“, sagte Lady Ansley. „Nun habe ich beinahe Mitleid mit ihm. Das Traurige ist, dass ich glaube, dass er einige besondere Talente hat und

Clarice ist ganz überzeugt davon. Der Tisch bewegte sich schließlich so eigenartig während des Tribunals im großen Saal."

Nell musste ihr zustimmen, doch eigenartige Phänomene bewiesen Mr Trotters Integrität noch lange nicht. „Was ist mit Mr Jarrett, Inspektor?", frage sie stattdessen. „Haben sie gestanden, auch ihn umgebracht zu haben und haben Sie Beweise?"

„Wieder haben wir nur ihre Geständnisse. Alice Maxwell gestand die Tat bereitwillig. Sie und Jarrett waren immer Rivalen gewesen und es war bekannt, dass sie beide hofften, als Erstes durch den König für ihre Leistungen auf der Bühne ausgezeichnet zu werden. Stellen Sie sich also vor, wie entsetzt sie gewesen sein muss, als sie solche Mühen in Kauf genommen hatte, Mary Ann Darlings Tod zu rächen und sich von ihrem Erpresser zu befreien, und Mr Jarrett dann die Rolle des Erpressers einnahm, indem er drohte, ihre Beziehung zu Miss Paget publik zu machen. Die Theaterwelt hätte es wohl nicht erschüttert, doch es hätte einen Strich durch ihre Pläne gemacht. Königin Victoria mag sich dieser Dinge nicht bewusst gewesen sein, doch nicht Königin Mary und König George."

„Das war schlimm genug", sprach er weiter, „doch dann fand sie, wie wir wissen, heraus, dass nicht nur Tobias Rocke, sondern auch Jarrett Mary Ann das Leben schwer gemacht hatte und dass Jarrett sie sogar belästigt hatte. Es stimmt, dass Hubert Jarrett damals noch ein junger Mann gewesen war, doch nicht so jung, dass man seine Zuneigung als bloße Schwärmerei abtun kann. Wenn ich so frei sein darf, Lady Ansley, legt sein Drang nach Macht über seine Ehefrau etwas anderes nah. Mary Ann wies ihn ab und für jemanden mit Jarretts Naturell war dies genauso wenig akzeptabel, wie es für Tobias Rocke gewesen war. Sollte Miss Maxwell zusätzlich zu den Drohungen herausgefunden haben, dass er Mary Ann nachgestellt hatte, war sein Schicksal damit besiegelt."

„*Cheyne Gardens*", rief Nell. *Das* war es gewesen, was Nell seit der Untersuchung zu Tobias Rocke nicht losließ. Es hatte nicht gepasst.

„Ganz genau, Miss Drury, *Cheyne Gardens*. Niemand, bis auf der Guv'nor des Theaters, hatte gewusst, wo Mary Ann wohnte", sprach der Inspektor weiter. „Nicht einmal ihre Freundin Alice Maxwell. Und doch wusste Hubert Jarrett es."

„Also hat Alice daraufhin Arsen in sein Essen gegeben?", fragte Lord Ansley.

„Ja. Sie wusste durch Mrs Palmers Einladung, dass sie für die Beerdigung zum *Coach and Horses Inn* kommen würden, also konnten Doris und sie Pläne schmieden. Sie brauchten nur eine Gelegenheit, um ihn zu vergiften und den Tod hinauszuzögern, wobei das nicht ausschlaggebend war. Die perfekte Möglichkeit ergab sich, als sie die Ankündigung der Beerdigung erhielten und Lady Ansley mit Miss Maxwell wegen der Vorkehrungen telefonierte. Miss Maxwell konnte so Doris Pagets Unterstützung anbieten. Sie brachten das Gift mit sich – eine Möglichkeit, die Sie, Miss Drury, vorschlugen – und eines der Sandwiches für das Brot aus Wychbourne benutzt wurde. Alles, was Miss Paget tun musste, war, die Krabben-Füllung hinzuzugeben. Sie ging sogleich zum Inn, um sich dort ein Bild der Lage zu verschaffen und bemerkte, dass sie das Sandwich nur auf einem Tablett Mr Jarrett anbieten musste." Er hielt inne. „Ich wiederhole noch einmal, Lord Ansley, dass Wychbourne nicht Quelle des Rattengifts war und ihre Küche, Miss Drury, sich nichts vorzuwerfen hat."

„Ich bin zutiefst erleichtert", sagte Nell.

„Und nun, Lord Ansley, Lady Ansley, sollen wir hinaufgehen?"

„Für mich bitte kein Arsen, wenn möglich, Chefinspektor", sagte Lady Ansley.

„Nur Foie gras und der beste Champagner, das versichere ich Ihnen."

Alex bot Lady Ansley höflich den Arm und Nell folgte ihnen an Lord Ansleys Seite.

„Gute Güte", sagte Lord Ansley. „Dies ist der Raum, nicht wahr? Ich habe das *Romano's* häufig besucht, doch diese Etage stets gemieden. Musste es dieser Raum sein, Chefinspektor?"

„Ich verstehe, dass es traurige Erinnerungen mit sich bringt", sagte Alex, „doch ich hoffe, es wird Ihnen gefallen. Ich hoffe auch, dass Sie nichts einzuwenden haben, dass ich noch zwei weitere Gäste eingeladen habe. Einer von ihnen arbeitete vor Jahren mit Signor Murano zusammen, obwohl er nun in Südfrankreich lebt. Der Wein stammt von seinem eigenen Weingut, denn im *Romano's* hat er so viel über Wein gelernt. Lady Ansley, Miss Drury, Lord Ansley, darf ich Ihnen Madame la Marquise und Monsieur le Marquis de Vaucluse vorstellen?"

Was um alles auf der Welt ging hier vor sich? Wieso hatte er Fremde eingeladen?, fragte sich Nell. Der Marquis war ein großer Mann Mitte fünfzig und die blonde Marquise mit den lebhaften Augen war etwa im gleichen Alter. Wieder stellte Alex sie vor ein Rätsel. Sie spürte, dass er etwas verheimlichte, doch sie konnte nicht erraten, was. Und dann verriet Alex Melbray es ihnen.

„Sie kennen sie vielleicht eher als Mary Ann Darling."

Der Raum begann, sich zu drehen und es lag nicht am Cocktail, soweit war Nell sich zumindest sicher. Hatte sie sich verhört? Nein, sie sah, wie Lord Ansley lächelte und auf die Marquise zuging.

„Mary Ann", murmelte er.

Sie hatte sich nicht verhört. Sie war die echte Mary Ann Darling. Nicht ermordet und ganz und gar lebendig. Sie lächelte zögerlich.

„Sie müssen mir verzeihen, Lady Ansley, Gerald und auch Sie, Miss Drury, dass ich so lange geschwiegen habe", sagte sie.

Lady Ansleys schockierte Miene wich einem warmen Lächeln. „Madame la Marquise, ich habe Ihre Rolle in *The Flower Shop Girl* übernommen. Es tut mir sehr leid."

„Davon weiß ich. Ich las es in den Zeitschriften und war begeistert. Ich sah Ihr Bild und wusste, dass Sie genau richtig waren für die Rolle und ich hätte Sie gerne getroffen. Nun habe ich es. Ich sehnte mich lange nach einer Gelegenheit, dies zu tun und meinen Freunden zu sagen, dass ich sicher und glücklich war. Doch ich konnte es nicht, nicht solange dieser Mann lebte. Nicht einmal dir, Gerald."

„Wir fürchteten, du seist tot, Mary Ann." Seine Stimme war belegt.

„Dank Louis und dir, Gerald, und dem guten Neville, bin ich es nicht. Ihr wart die Einzigen, denen ich trauen konnte. Es machte mich traurig, dass ihr glaubtet, ich sei umgekommen. Der Inspektor erzählte mir, dass meine frühere Vermieterin mich vermisst gemeldet hatte, da der Guv'nor ihr die Aufgabe überlassen hatte. Drum wurde sie auch gerufen, um den Körper zu identifizieren und sie nutzte wohl die Gelegenheit, sich selbst zu bereichern. Mein Besitz ging an die Krone, da meine Familie nicht aufgefunden werden konnte und ich vermute, dass mein wertvoller Schmuck seinen Weg in die Taschen meiner Vermieterin gefunden haben muss.

Ich fürchte, Tobias hat Alice absichtlich in die Irre geführt und hat sie glauben lassen, er habe mich umgebracht. Als der Körper der armen Frau gefunden wurde, nutzte er die Geschichte für sich. Ich glaube jedoch, dass noch mehr dahintersteckte, als dass er nur Alice wütend machen wollte. Wenn er mich totglaubte und die Ermittlung abgeschlossen wurde, würde es ihm leichter fallen zu vergessen, dass er, der große Tobias Rocke, abgewiesen worden war. Er liebte, Macht über Menschen zu haben. Doch auch Liebe kann Übel mit sich bringen. Die arme Alice liebte mich tatsächlich. Aber deshalb brachte sie zwei Menschen um und ich kann ihr nicht verzeihen – oder mir selbst, darin eine Rolle gespielt zu haben."

„Nein, Madame. Sie tat es für sich, nicht für Sie", sagte Lady Ansley. „Sie konnte Ihr Herz nicht erlangen und ließ ihre Wut an anderen aus."

Mary Ann senkte den Kopf. „Ich danke Ihnen, Lady Ansley. Mein Schweigen hat vielen Elend gebracht, was niemals meine Absicht war. Doch Tobias Rocke war noch immer aktiv. Er hätte nie vergessen, wie ich ihn – in seinen Augen – herabgewürdigt hatte. Trotz des

Kummers, den ich ungewollt verursacht habe, ging der Plan meines Verschwindens perfekt auf und mein lieber Louis und ich sind sehr glücklich seitdem."

„Würden Sie uns verraten, was sich zugetragen hat, nachdem Sie uns in jener Nacht verlassen haben?", fragte Lord Ansley.

„Der Fahrer der ersten Droschke, die für mich gedacht war, war ein Freund von mir", erklärte sie. „Louis hatte arrangiert, dass er vor *Romano's* hält, nachdem unsere eigene Kutsche bereitstand. Unser Freund erzählte die Wahrheit. Seine Droschke war leer, als sie an meiner Unterkunft ankam. Louis' und mein Wagen fuhr uns nur bis Embankment Gardens. Dort wechselte ich meinen Mantel, setzte eine Perücke auf und einen anderen Hut, alles eher schäbig, und auch Louis trug Alltagskleidung. Wir liefen Villiers Street hinauf bis zum Bahnhof Charing Cross, wo wir unser Gepäck zuvor eingeschlossen hatten. Der Nachtzug nach Paris war schon abgefahren, daher nahmen wir den Zug nach Dover, blieben dort eine Nacht und am nächsten Morgen nahmen wir den Zug nach Paris. Wir leben heute in der Nähe von Avignon. Wir sind glücklich. Wir haben drei Kinder, eine unserer Töchter ist eine Sängerin."

Sie lächelte Lady Ansley an. „Aber sie singt nicht *Song of My Heart*. Ich habe Sie es auf Schallplatte singen hören, aber es ist nicht dasselbe, wie Sie zu hören. Würden Sie es für mich singen, Gertrude?"

„Nur wenn Sie mit mir singen, Mary Ann." Lady Ansley hatte Tränen in den Augen, genau wie Nell, wie sie bemerkte.

„Sollen wir unser Picknick haben, bevor Sie zurückfahren, Nell?" Am nächsten Morgen war Alex ins *Wal-
dorf* gekommen, um sie zu treffen. „Wir könnten es in
den Gärten am Fluss versuchen. Ich habe auf meinem
Spaziergang hierher Vögel singen hören."
„Es ist Februar, Alex", protestierte Nell.
„Dann eben ein Picknick in einem Restaurant."
Nell musste laut lachen. „Also gut."
„Ich bin froh, dass Sie lachen. Ich dachte, ich wurde
von Ihrer Tanzkarte gestrichen, weil ich Sie nicht einmal, sondern zweimal zurückgestoßen habe und unfai-
rerweise überrumpelt habe."
„Ich habe Sie auch abgewiesen."
„Nehmen Sie mich auf Bewährung wieder auf." Er zögerte. „Ich werde in London bleiben müssen, Nell. Daran lässt sich nicht rütteln. Scotland Yard wird nicht
nach Kent ziehen, selbst wenn Sie mehr Verbrechen
um Wychbourne aushecken."
„Und Wychbourne wird nicht nach London ziehen",
versuchte Nell, betont leicht zu antworten. Sie sah ihn
an und bemühte sich, schnell wieder Boden gutzuma-
chen. „Zumindest noch nicht."
„Was, wenn unser Topf überkocht? Verschreiben wir
uns beide unseren jeweiligen Aufgaben, die Verbrechen in der Welt aufzuklären und ihre Kochkunst zu
vollenden?"
„Nein", sagte sie, ohne Zögern. Aber *was* dachte sie?
Würde die Entscheidung eine andere sein?
Alex seufzte. „Es gibt ein Gedicht von Robert Brow-
ning über eine verliebte Frau, die am Fenster stand und
einen sie verehrenden Edelmann, der an ihrem Fenster
vorbeikam. Keiner konnte den Mut aufbringen, einen

ersten Schritt zu wagen und so wurden sie alt und grau
und mussten Statuen ihrer selbst aufstellen, um die Beziehung aufrechtzuerhalten.“
„Das gefällt mir gar nicht.“
„Warte nicht zu lange, Nell.“